种城记

李桂平 著

作家出版社

如果不是棚改

谁晓得那些拥堵片区里屋檐下艰涩的过往

如果没有棚改

谁知道那些潮湿的心何处晾晒

一段国史何其辉煌

目 录

第一章

　　张松阳赴任渔梁县委书记做的第一件事就是李家屋整村搬迁。这件事没做好，张松阳心里不好受，到现在他还纳闷，当初是怎么作的这个决策？李家屋处在中江西岸，中江在前头拐了个急弯，绵延起伏的山峦偏离中江，像是被中江绕得烦了拂袖而去。中江摆脱了大山，没了羁绊一路浩荡。一千年前朝廷选择了东岸的盆地做了渔梁城，五百年前李家屋的祖先选择了西岸的盆地开基繁衍。望着县城，像隔着千里，城里的香风没嗅着一丁半点儿，祖祖辈辈守着中江岸边的沃土种庄稼。行政中心西迁后，李家屋不偏不倚横在行政大楼的正前方。当初也许是这个村庄刺着了张松阳的眼睛，这才让他下定了整村搬迁的决心。

　　安置房建在李家屋的北面，是一个小区的布局，临街的西面和南面耸立着几栋小高层，楼是隔开的，一层的店面却是连着的，像是日日产蛋的鸡窝。东北面不临街，都是栋房的布局，同样也是用作安置，政府建好了基础部分。几年过去，安置率不到10%，基础部分露在外面的钢筋都生了锈。农房还在，村庄的形态没变，只是更加衰败，农田部分被征收，这些地，点状隔花，有些种着庄稼，有些长着野草，让人看着心里过不去。紧接着更重要的任务来了，脱贫攻坚的战鼓擂得震天响，县委、县政府顾头难顾腚，整村搬迁的事只好摆下。张松阳这一届干下来，县城面貌没改变多少，违法违规建筑倒是像雨后春笋越发多了。还有荒唐的，农民在自家地里搭建铁皮屋卖瓷砖，收入比种田强千倍。干部下乡扶贫，城里的事似乎没人管。其实，城管和乡镇也懒得去管，毕竟这是夺人饭碗损人钱财的事，得罪人不说，搞急了难免起冲突。但这种状态能持续多久？毕竟县城也是城，人口密集，百姓杂居，农村要脱贫过小康生活，城市对美好生活的向往更加强烈。

渔梁县在城市扩容与旧城改造中走入迷局。谁都知道这个坎必须得迈过去，不然何以向群众交代，又何以向历史交代？事实上，大家心里都明白，房征不了，地拿不下，财政迟早要关门。这就是一颗定时炸弹，只是何时炸大家都不知道。

如果不是情况特殊，张松阳换届进市人大或市政协班子应该没有悬念。因为他已经任满一届，而且年龄偏大。岂料中央有令，贫困县书记、县长在脱贫摘帽前不许挪窝。换届前，张松阳忙着做收摊子的事，许多事都搁着。换届后，这才开张，张松阳办公室就没脱过人，在秘书室等候汇报的人一茬接着一茬。他选择性听汇报，把急的事先定下。下午快下班的时候，秘书送过来一份急件，是省政府办公厅下发的预通知，说是省长近期将视察渔梁。近期是什么时间，通知上没说，但肯定是要来的。张松阳盯着这一纸文书，上面的每一个字似乎都扎眼，他的目光游移，瞟到窗外的时候，不知看到什么，眉毛就紧锁起来。

一般而言，省长来县视察对于县委书记、县长无疑是表现自己的好机会，张松阳应该高兴才是。但他心里的确有些紧张，这种紧张自然源于工作上的不自信。

张松阳拿起电话拨通县委副书记秦小伟，说，刚接到通知，省长近期要来渔梁视察，这位领导对城乡环境整治近乎严苛，据说他所到之处被挨批几乎难以幸免。我的意见是，你马上召集相关领导和部门、乡镇开会，研究部署迎接省长来县视察，重点是沿途环境整治。

秦小伟应承着，试探性地给书记抛出了一个具体问题，行政大楼前那个蓝色铁皮屋怎么处理？

张松阳清楚，秦小伟说的这个蓝色铁皮屋，说到底还是李家屋整村搬迁的产物，每次看到心里堵得难受。这会儿听秦小伟说，几乎脱口而出，下决心拆吧，办法你想，两天够了吧？

秦小伟不置可否说，好。

省长是中江省官场私下戏称的"酷吏"，他从外省调任中江还不到3个月，把打造美丽中国中江样板喊得贼响，力推三件事像旋风波及中江方方面面，一是拆广告牌，二是拆蓝色铁皮棚、防盗网，三是挖祖坟、收棺材板。短短几个月，省境高速广告牌全部拆除，几个亿没了，高速老总心尖都痛。市委书记为了说明蓝色铁皮棚非拆不可，居然把19世纪科学家约翰·廷德尔的蓝色理论搬出来。说大气中的尘埃和水粒子有助于光的吸收和散射，天空的颜色与人的眼睛中的感受器联系在一起，这些感受器对各种颜色的触发因素的敏感性各不相同，眼睛对波长的颜色有不同的感知，所以蓝色铁皮棚是视觉污染。这个名牌大学的理工男的确费了心。大家注意到，在他的语境中突然多了建筑美学这个新词，而且连着给县委书记、县长、分管副县长上建筑美学课，大家听得云里雾里，却是赞誉之声不迭。回去以后，一把手们又都有自己的创造发明，把一个个匠心设计的城市作品精美地呈现在年终评比的现场。当然笑话自然也没少闹，比如地方建筑风格被总结为"飞檐翘角坡屋顶"，五六层的小高层建筑都被飞檐翘角化。传统的好东西一旦被异化，味就变了。稍微较真，只要翻开中国建筑地图，大江南北哪里不是飞檐翘角坡屋顶？

换届前县里下了很大功夫推动这项工作，效果并不明显，难搞的是拆蓝色铁皮棚、防盗网。单位带头，本来停车泊位就少，铁皮棚拆了，干部职工骂声不迭。而私人的铁皮棚、防盗网就难拆了，老百姓说，屋顶上没这个棚热死人，院子里没这个棚车没地放，窗子外不加个网，家里头少了东西谁负责？县政府研究不出名堂，最后复杂问题简单处理，赔钱呗。城管局拆一条街下来，就花去1000多万元，乡下扶贫到处要钱，拆的事只好放慢节奏。最难搞的当然还是挖祖坟、收棺材板，毕竟在中国传统文化中生和死的文化太重。省里在梅关县开现场会，这个县把所有人家备好的棺材板全收了，而且烧光。梅关县委书记是一女的，这女人做工作够狠。民政厅长讥讽男书记，人家蹲着屙尿都搞动了，冤枉你们站着撒尿。这个会一开全省都动起来了，盯死人的气氛骤然浓烈，政策和措施跟着出台，上级督察下级，通报问责不作为，基层苦不堪言。在县委、县政府领导的报告中，挖祖坟、收棺材板居然成了打造美丽乡村精准扶贫的重要内容。在外工作的游子们似乎心寒，更有名校的教授说话了，一个没有文化情怀的地方官员足以灭绝一个地方的文化。

人们想象，省长视察渔梁不死也得脱层皮。对书记、县长而言不紧张才怪。

时至处暑，高温酷热仍未消停。行政大楼前的桂花开了，一树树黄黄的细花擦亮眼睛，偶有浓香飘进办公室。席火根觉得奇怪，过去在七楼办公好像没闻过这浓香，或许是楼层太高，香气飘不上来？

席火根到五楼上班才一天，正要下班，建口秘书林力通知他到九楼会议室召开紧急会议。

这种工作节奏，席火根似乎有些不习惯了。

昨天晚上，席火根还沉浸在创作的幽梦里，他早早地上床，花了半宿想着一个章节的表达，本来有了眉目，后来竟记不起来了。原因是接了张松阳的一个电话。张松阳在电话里说，换届人事安排，下午市里宣布了，因为脱贫攻坚的需要，我和铁军续任，其他人事变动不小，你调任政府副县长。席火根哦了一声，再不言语。停了片刻，张松阳说，其他人事安排你不想问问？席火根轻言道，明天不都知道了嘛。张松阳听了，立马挂了电话。子夜，万籁俱寂，席火根在黑暗中继续寻着自己的语境，仔细回忆刚刚想好的表达。是怎么说的呢？怎么一点都连贯不起来了。似乎是年纪大了。席火根在政协副主席的岗位待了一届，接着又在人大副主任的岗位待满一届，他已经习惯了这种轻闲的岗位，写作让他的清闲时光变得充实而丰满，床是他腹稿的思想地，所以张松阳告诉他去政府的消息，他没有表现出一丁点儿的兴奋。这让张松阳多少感到有些意外，甚至还有一种热脸贴冷屁股的无趣。

上午领导干部会议之后，县长王铁军接着主持政府班子见面会，直接宣布了各位副县长的分管工作，显然他是跟张松阳碰过头的。席火根分管城市建设，事先并未征求他本人的意见，这让席火根感到非常不快。谁都知道城建这活难干，在渔梁尤其难干。席火根原本也没想去政府干，都50多岁的人了，年轻时在清闲的岗位荒废，年纪大了还去冲冲杀杀，谁能愿意呢？况且席火根已经在创作上找到了存在感，还有很多创作计划等他去完成嘞。他清楚，一旦到了政府，恐怕再无暇顾及创作了，心里竟有些不舍。

席火根到了九楼会议室，人还没到齐，几个局长、书记主动跟他套近乎，祝贺他从冷地方到了热地方，他像是一件埋入地下很久的文物刚被发掘，任人欣赏，自己则是无言。

县委副书记秦小伟像是掐准了时间，风一样就进了会场，在主席位落座，眼睛在会场瞄了一圈，城管、公安、自然资源、住建以及相关乡镇主要领导全部到齐。

秦小伟说，不好意思，临时通知大家来开会。按照书记的指示，我来主持这个会，会议议程只有一项，就是高速沿线及县城环境整治，重中之重的问题就是可视范围拆违。

秦小伟故作轻松地笑笑，继续说，可能大家都猜到了，近期有大领导来。这位领导到中江工作不久，也是第一次来渔梁，希望大家认真对待，以良好形象迎接领导视察。

秦小伟还算利索，开场白之后直接部署工作。高速沿线乡镇领了任务回去，新城镇和部门领导留下来继续开会，讨论拆除行政大楼前那个庞大的蓝色铁皮屋。

乡镇换届早县级换届几个月，新城镇党委书记郭守义换届才到任，对蓝色铁皮屋是怎么违规建起来的并不清楚，对它的主人外号野猪的家伙也不熟悉，所以汇报起来明显底气不足。郭守义坦率地说，2014年野猪在自家田土上搭建了铁皮屋经营建材，这个违建超大，足有600多平方米，怎么建起来的我不清楚，前一段镇里按照县里的要求上门做工作，野猪态度强硬，不同意拆。

秦小伟冷不丁插了一句，镇里是怎么做的工作？

郭守义回道，野猪违建以经营瓷砖为主，我们给他找了一家停产的厂房转移瓷砖，然后按政府拆铁皮棚每平方米60元的标准给他补偿，他嫌钱少，谩骂工作人员，态度恶劣。末了，郭守义又轻声补了一句，现在门都怕进不去了。

秦小伟问城管局长方建设，野猪如此大的违建是怎么建起来的？城管是怎么履职的？

城管局过去是城管大队，隶属建设局，城管大队改为城管局后从建设局独立开来，方建设是首任局长。城管是一个得罪祖宗的活，组织上之所以选方建设担任城管局长，就是因为方建设敢得罪人，渔梁人说他这种人有一句俗语，一卵操死亲家母。但在野猪违建的问题上，方建设明显没有把好关，此刻他挪了挪魁梧的身体，小心谨慎地答道，据我所知，李家屋整体搬迁时拆了野猪家几间杂房，城投新建写字楼需要征他家一亩多地，他当时提了许多要求，镇里没敢答应，他就强行在路边自家田土上搭建了这个铁皮屋，镇里睁只眼闭只眼，城管几次下了违建拆除通知书，考虑到镇里的难处，城管也没下最后决心。

秦小伟换届前是常务副县长，平常处事谦和，颇有君子之风，在渔梁口碑很好。这会儿面对这个硬碴，神情严肃，听了几位的汇报心里更加着急。厉声说，如此大的违建堂而皇之暴露在行政大楼的视野，每天装运货物的车辆来来往往，时间长达数年，大家都可以视而不见，暴露了乡镇部门没担当，新城镇负有重大责任，城管的监管严重缺位，住建、自然资源履职不到位。秦小伟一口气把建口部门批了个遍。停了片刻，扫了一眼刚被点名的几位，见这几位低着头，没事人一样，更来气，嗓音高了八度，硬生生地说，书记指示，两天内必须全部拆除，大家都说说，怎么来拆吧。

时间到了晚上七点多，早过了吃晚饭的点，大家蔫不唧坐着，私底下窃窃私语。自然资源局吴安泰局长说，乌狗吃屎，黄狗遭灾。他这种阴阳怪气的做派大家都不陌生。方建设接过他的话，干脆把话说开，有责任的提拔走了，没责任的恶人当定了。郭守义压低嗓音回了俩字，命苦。

野猪大名李红军，这人身体壮实，皮肤黑，性子烈，从小就得了野猪的诨号。冲着爷爷是烈士，向来是一副天不怕地不怕的熊样。县城延伸到河西后，李家屋土地越来越少，失去自然形态的村庄如剥了皮的青蛙，蜷缩在街道的高楼后面，到了晚上高楼闪烁的轮廓灯淹没了村庄。多年控建导致村庄破败，文明城市和卫生城市创建，为了掩饰村庄的丑陋，街道行道树后面多出来一段段挡墙，喷绘各种图案和文字，美其名曰"文化墙"。李家屋整体搬迁时，野猪瞄准机会搭建了这个蓝色铁皮商场，叫女儿女婿做起了建材批发，自己开农用车只管送货。由于品种丰富，生意很跑火，收入十分可观，几万元想把他打发了，门儿都没有。

省长也不知什么时候来，书记给的时间就两天，时间紧迫，怎么拆秦小伟心里其实也犯难。住建局长李幼敏打破僵局，说，据了解这个店设施齐全，外结构是钢架的，里面的装修都很到位，按照县里拆铁皮棚的标准估计谈不下来，能否按砖混结构的标准给他补偿，然后镇里帮助他找地方把货物挪走。

砖混的标准超过铁皮棚十倍。秦小伟把目光转向席火根，似乎是征求他的意见。席火根坐着一直不吭声，烟抽个没停。会议室烟雾缭绕，吴安泰不抽烟，起身把窗户推开，这个细小的动作被席火根看在眼里，他抬头看着吴安泰，还是没说话。

秦小伟多少有些无奈，看看窗外，天已断黑。空着肚子耗下去不是办法，他环顾四座，支支吾吾地说，是不是按幼敏同志的意见，先由守义去跟野猪谈，大家到食堂吃点，九点接着在这里开会？

大家同声说好。

郭守义与野猪并不熟悉，他本想叫人大主席曾亮一起去谈，看看时间，估计曾亮早已回家，便独自去了野猪家。

野猪家是李家屋整村搬迁时自建的安置房，三层楼，一个小院，外墙四个面用灰色真石漆装饰，素雅大方，跟他家之前的土墙瓦屋已是天壤之别，跟别的人家的安置房也是伯仲分明。别的人家外墙真石漆大多只做了正立面，另外三个面水泥抹的，黑不溜秋。野猪家条件明显要好。

这个时点，野猪两夫妻陪着小外甥正在餐厅吃饭，见了郭守义进门，心里知道书记驾到必是拆铁皮屋的事。前一段曾亮带着工作组来过好几次，城管跟着又下了违建拆除通知书，原本野猪还心虚，见城管没行动，胆气又大了，似乎还站在理上，要价自然越来越高，几乎谈不下去了。这回书记亲自上门，野猪并不买账，只顾着自己吃饭，也不起身，随口说道，书记随便坐。郭守义受了冷落，又不好生气，照直说，我这次来是受了县委秦书记委托，和你最后谈一次。野猪受了刺激，没好气地回应道，管你最后还是最初，吃了饭再谈。

郭守义从餐厅退出来，到客厅沙发上坐下。抬头四下看看，这房的装饰与条件好的城里人倒是无异，但这小子骨子里还是农民。

肚子不骗人，咕咕叫了，郭守义觉得饿。客厅有空调，没开，郭守义感觉闷热，头皮都沁出汗了。但他还得有些耐心，掏出手机随便翻翻，十几分钟后野猪才过来，在沙发上坐下，说，谈吧。

郭守义说，县里研究，考虑到历史问题，同意按砖混标准给你补偿。

野猪问，砖混是什么标准？

郭守义说，每平方米689元。

野猪略一思忖，说，我搭建时花了60万元，搬迁还要30万元，如果政府坚持要拆，没90万元免谈。

郭守义一听，火气噌地上来，说，我提醒你，你那铁皮屋就是一违建。

野猪霍地站起身，指着郭守义说，是不是违建也不是你说了算。接着把那些陈芝麻烂谷子一样样抖搂出来，说当年李家屋整村搬迁，我支持政府带头签了协议，至今安置房店面还没交付，土地没了，生意又没法做，政府不要负责吗？城投建写字楼，县里逼镇里征拆到位，肖书记多次找我谈，好话说了一大堆，我支持镇里把自家的杂房拆了，地也给征了，当时我跟肖书记有言在先，安置房店面不能交付，我就自己找地方做生意。

郭守义听着这些陈芝麻烂谷子的事很不耐烦，说，肖书记高升走了，我也不想去问了，就算你说的是真的，也丝毫不影响违建定性。

野猪老婆蹿出来，气急败坏，说，当官的嘴就是妇娘子的屁，求人时好话说绝，事过了翻脸不认人。

郭守义没太理会她，继续跟野猪说，不管你有多少理由，没有批准就是违建，现在有钱补，毕竟是好事，如果政府启动强拆，钱就没了，你得想清楚。

野猪像是受到攻击，手再次指着郭守义，说，什么事都是当官的说了算，官逼民反，你们不讲理，我就上高速。说完独自上楼去了。

郭守义败下阵来，赶到会场时，大家见他耷拉着脑袋，估摸着还没来得及吃饭。大家看着他，等他说谈的结果。

郭守义坐下来，蔫蔫地说，野猪胃口很大，坚持要90万元。

大家在食堂简单吃过，精神明显好了，会场气氛热烈。有人算数，每平方米 689 元，差不多补他 40 万元，还需要租赁仓库，帮他挪走货物，代价也不小。有人嘀咕，这小子还不满足，不是狮子大开口吗？

席火根一直听着大家说话，自己却一声不吭。谁都知道他是直肠子，今天这是怎么啦？是不是政协、人大待久了，学会卖关子了？其实，他脑子不停在动，只是把不准怎么说，说什么，或许他真的需要时间汇总信息作出研判。

席火根清楚，渔梁县城西移是 21 世纪初的决策。中江绕渔梁县城而过，水运时代凭借独特区位，渔梁曾经是上通京畿、下达南岭的喉控之地，既是北人南迁的中转站，同时又是南北经济对冲的繁华之地，在千年历史上留下积淀深厚的文化记忆。水运时代的终结，渔梁沦为偏僻之地。那时中江上除了省会有两座跨江大桥，地级市有一座跨江大桥，沿江各县都没有跨江大桥。渔梁不临国道，在区位上恰似中江省的阑尾。被中江一分为二的渔梁，出门必要过江，分散在中江上的人轮两渡码头就有五六处。出县境更麻烦，轮渡码头人车混杂，有时候等渡要耗费很长时间。20 世纪 90 年代初渔梁举全县之力建造了第一座跨江大桥，这座桥连接东西两岸，某种程度改变了渔梁的发展窘况。21 世纪初高速穿境而过，县委、县政府的决策者们感觉到县城西移大势所趋，但是这个决策也在争论中难以定论。人大、政协的老同志多为本地人，他们认为渔梁人口规模小，难以形成一江两岸的城市格局，加上财力匮乏，行政部门搬迁将会旷日持久，纵使搬过去，将大大增加城市管理成本。事实上，决策下来之后证明了人大、政协同志们的担心。河西土地几乎没人要，在这种情况下，只有通过行政力量让一些有实力的行政机关把办公楼建起来，而政府的行政大楼则遥遥无期。农业税改革时期将几个乡镇拆分组建的新城镇更是举步维艰，新组建的新区办公室抽调了 20 多名干部做征地拆迁工作，差不多耗费了十年时间，新区才有了一个雏形。这个雏形是以路网为基础，以办公系统为主导，缺乏烟火气息的死城。有人戏谑，晚上退着走路，500米内碰不到人，纵然碰到或许是牛。历史地看，县城西移并没有错。因为高速过境，渔梁工业布局自然向着高速方向展开，县城西移能有效地实现产城融合。而在实现这个目标的过程中，渔梁的决策者们在争议中丧失了太多的机会，同时也不可避免地耽搁了老城区的发展，使得这座原本拥有一江两岸优势的县城，骨架始终发育不全。

经营城市原本是一门生意，没有失去就一定不会有收获。当年还在乡镇党委书记任上的席火根，曾经向那时的班子建言，新城建设不可放弃原住民，改造城中村最有效的办法就是按照规划拆旧建新，让原住民在自家的土地上依街而建，开店经营，让他们尽早洗脚上岸，转变身份，实现农民市民化，通过这种政策，把他们的土地拿到政府手中。当时渔梁县长思想开明，很认同席火根的思路，可惜这位县长很快高升离开了渔梁。

会场上大家七嘴八舌，仍然没有一个主导意见。席火根听了几个小时，似乎适应了环境，并把自己的角色调整了过来，这时用力把烟撚灭，目光转向主位坐着的秦小伟，小声问，书记，我发个言？

秦小伟早盼着这位仁兄开口，这会儿听他要讲话，心里高兴，鼓动说，下面请席县长讲话，大家欢迎。

大家把巴掌拍得贼响。

秦小伟这么做是基于对席火根的了解。他俩曾经是市委党校乡镇班的同学，虽然没有共过事，但彼此了解。席火根瘦削、精干，表面上文质彬彬，话也不多，真要干起事来天王老子也不怕。他做过十多年乡镇党委书记，阅历和经验都很丰富，当年收农业税搞计划生育，县委选拔干部似乎要论斤两，膘肥体胖的才有资格去大乡镇，好像只有这种块头的人才能镇得住，如席火根这类瘦弱的只能去小乡镇，后来县委发现这小子还真有两把刷子，他把前任承包出去的水库收回来，重新设置条件竞拍出去，然后把拍卖水库经营权的钱用来维修病险水库，创造了轰动中江的水库改制经验，连新华社都发了通稿。虽然在政协、人大坐了十年冷板凳，但秦小伟相信这位老同学魄力一定不减当年。

席火根知道，秦小伟这一番动作主要是活跃气氛，因此并不在意，而同志们的掌声却让他浑身不自在，心情反倒沉重起来。

席火根说，我在政协、人大转了一圈，从后方又到了前方。

席火根一开口，会场鸦雀无声。他继续说，我知道，渔梁的房难拆，地难征，为什么难啦？那是因为我们没按政策办事，没有做到公平公正。量个地你用皮尺，松紧度由你掌握，你想松就松，这一松，一亩变一亩半了，多出来半亩就是1万多元。拆个房到现在都还没有拆迁补偿的统一标准，安置的办法也没有达成共识，谈成怎样就怎样办。没个尺度怎么服人啊，老百姓要的是公平，不公平这房这地以后还要不要征收？

吴安泰冷不丁冒出来一句，话是这么说，做起来难啊。

席火根瞅了他一眼，全然不顾他的反应，继续按照自己的思路讲。说实话，现在一条街不是这里缺一块就是那里缺一块，为什么缺啊？就是地拿不到手嘛。影响市容怎么办啊，砌墙挡啊。这些墙画着各式美图和公益广告，雅称文化墙，我看却像是城市心脏里的钢架搭桥。作为城市的建设者和管理者，我知道文化墙遮挡的是破败的城中村，是那些城市中农民早已废弃的牛栏、厕所、矮房烂屋以及一畦畦菜地。说到底，文化墙就是城市的遮羞布。我年逾半百，各位局长是拉着我躲几年，还是推着我上战场厮杀一番？

席火根没有想到进入政府班子，第一次发言竟是这样一种方式，说的又是这么沉重的一堆话。说到这里，他明显有些激动，突然站起身来，大家惊愕地看着他，心里想，这老小子在政协、人大坐了这么多年冷板凳，原来还是那副德行。

席火根的嗓音明显高了，还伴着手势。什么叫博弈？征房征地就是利益博弈，我们没有退路，公平是我们要守的底线。野猪案就是新的起点，既然违建事实清楚，依法拆除是我们今天必须痛下的决心。这个决心不下，我们不可能有新的作为，城市肯定没有新的前途，那么五年之后在座诸位何以向渔梁人民交账，又何以向历史交代？

话戛然而止。席火根重新坐下，点燃了一支烟。

这回没人给他鼓掌。席火根讲了这么多，其实最后落在大家心里的只有沉甸甸的两个字，强拆。

大家正襟危坐，没人说话。

席火根见大家沉默不语，语气变得柔和，说，估计大家不习惯这种高难度的行动，也不常做这种动作。但是吃了这门饭，我们还有别的选择吗？这个头自然由我来领，我的意见说干就干，明天行动。他把头转向秦小伟，轻言道，书记，你看这样行不行？

秦小伟在大家心里是个很好的人，这个好，自然是好说话，好沟通，好相处，在上下级关系里边，这个好备受人称道。其实秦小伟也不希望有强拆这种行动，但事已至此，他同样别无选择，扭头看着丁健，说，丁县长有什么意见吗？丁健说，我刚来，情况还不熟悉，会议定了，我坚决执行。有了丁健的态度，秦小伟拍板说，我同意火根同志的意见。

席火根看着丁健，笑笑，说，书记拍板了，现在我们讨论一下明天的行动方案。

会议围绕行动组织、人员编组、现场处置、后勤保障、舆情管控等问题展开讨论。会议开到十点，秘书们已经把行动方案印发到各位领导手上。县委副书记秦小伟担任行动总指挥，副县长席火根担任现场总指挥，副县长、公安局长丁健担任现场副总指挥，新城镇、城管局全体干部职工参与，公安局由一名副局长带队，抽调干警、巡警30人，住建、自然资源两部门各派出10人，参战同志共计200多人。盘子定了，秦小伟又作了一番强调，要求部门和新城镇确保人员分组到位，任务布置到位，行动时间为明早七时，所有人员必须确保到位，部门和乡镇要加强协调，现场组织要有力有序，公安部门要强化保障，务求首战必胜。

秦小伟话音刚落，郭守义提起包一闪身出了门，镇里的干部还等着他布置工作嘞。

席火根回到家，没想打扰妻子，蹑手蹑脚径直去了书房，妻子听到响动，穿着睡衣出来，叫住他问，第一天上班就这么晚回？

席火根轻言道，明天还得早起嘞。

妻子疑惑地看着他，问，吃饭没？

席火根应承道，食堂吃过。

席火根的书房不大，看上去却很大气，三面书墙顶了楼板，临窗的一面是书桌，桌子上很干净，除了一台笔记本电脑，别的什么也没有。席火根在桌前坐下，打开电脑做了一个文档"政府工作手记"，写下了第一篇文字。

　　县城像个怪物，拔节生长的声音嘎嘣响，不断有村庄被高楼圈进城来。

　　渔梁人不会忘记，20世纪90年代城南还是饱满的，饱满是一种形态上的拥挤和热闹，百货店、日杂店、饮食店、理发店、照相馆、电影院、五金厂、篾业社……这些老县城的建筑依然是人进人出，红红火火，濒临中江的沿江路依旧是古城人们的好去处。夏夜灯光幽暗，渔梁人像是很喜欢这种灯影朦胧的场景，江边吃饭喝茶纳凉的人子夜不归。进入2000年后，眨眼之间人们发现城南空了瘪了，人都北去，百业萧条。城里人和乡下人在城北胶着，城里人的优越感越来越少，农村人的存在感越来越强，利益博弈中形成的平衡只是表象，私底下买卖土地暗流涌动。

　　农村人没了耕地便不是村庄的主人，城里人没了房子便不是城市的主人。县城成长的道路布满荆棘，始终伴随农民、农田、农房角色转变的阵痛，似乎有一个陷阱把城市和村庄双双拖入旋涡。你的城市，我的村庄；你要种城，我要种稻；你要拆屋，我要建房，楚河汉界的利益博弈，地换房票的政策游戏，以及无法割舍的圈养魔力，把县城引入歧途，走过一段漫长的扑朔迷离的路。

现在应该回归理性，到了抚慰的时候。

抚慰是温柔的，但有时候或许也伴随割肉的疼痛。

因为抚慰即是一种治疗。

深夜，席火根难以入眠，脑子里浮现明天现场可能出现的各种情况。他想给新城镇人大主席曾亮打电话，叮嘱他一些事情。曾亮是席火根的老部下，武警出身，身手很好，最重要的是人很忠诚，一直以来很得席火根器重。席火根看看手机，时间已是凌晨一点二十分，有些不忍。但他记得郭守义说过，野猪放言逼急了上高速，隐隐感到明天的事不会简单，有些隐患需要一个可靠的人去处理。

电话拨了三次终于通了。

曾亮说，老领导有事请吩咐。

席火根说，野猪不是有辆农用车吗？我担心有人给他透露明天的行动，你辛苦一下，明早六点半带两个人赶到高速入口，如果野猪上高速闹事，务必在高速路口把他堵下。必要时及时向我报告。

曾亮说，我明白，老领导放心。

这一夜，席火根失眠。他似乎预感到明天将面对入职以来最难处理的局面。席火根安慰自己，那又能怎样呢？乡镇十年什么风浪没经历过，想当年水库改制承包人拿刀拿棍在乡里闹事不也挺过来了，没什么好担心的。控制局面必须控制人，野猪性子烈，又仗着是烈士后代，弄出点事是肯定的，首先必须控制他。

六点刚过，席火根正要起床，曾亮打来电话，说，野猪开着农用车到了高速入口，扬言上高速拦车。席火根一惊，担心的事终于要发生了。体制内出叛徒是很麻烦的事，好在老部下忠诚，这么早就抢先赶到了高速路口，有他在，谅野猪上不了高速。干脆将计就计，把他控制在高速，现场就清净多了。席火根拨通丁健电话，告诉他这些情况，请他派交警赶到高速路口，查查这辆农用车，设法把人滞留在交警大队。

不到六点半，天已大亮，气温已是很高。席火根冲了凉，找出一套在乡镇扑火时才用的草绿色军服穿上，打电话叫办公室对口秘书林力速来接他。

席火根到现场时还不到七点。城管和新城镇的人似乎都到齐了，镇里的人着装跟他一样，城管着装是工作服，公安干警换了便装，在人群中认不出来，住建和自然资源的人好像没到齐。席火根四下瞄了瞄，没发现丁健。李家屋场前站了不少人，有几个人陆陆续续走过来凑热闹。

方建设和郭守义凑过来汇报说，铁皮屋里只有野猪的女儿和女婿一家子，都在建材展厅，仓库那边没人。

席火根立即吩咐方建设把警戒线拉起来，召集拆屋组上屋开拆，叫守义召集装卸组开始搬运货物。

郭守义小声说，车还没到。

席火根瞪着他，像是要吃人，斥责道，如此儿戏这仗还怎么打？给你十分钟把车叫过来，大货车来不了，小四轮先上。

这时候丁健到了，席火根也不客气，吩咐他把公安召集起来，控制道路两头，然后大声叫李幼敏和吴安泰，这两人不紧不慢从人群中走过来，席火根右手一挥，说，你们两个带着政策解释组劝离店主，劝离不了也必须拖住，不能妨碍拆屋。

曾亮骑着摩托车飞一样奔来。席火根迎上去问，野猪的情况怎么样？

曾亮抹了一把汗，说，交警把人车都带到交警大队问询了，应该没有问题。

席火根松了一口气，突然想到要分人去野猪家看看，便叫曾亮带着镇里的人赶紧过去，把人看紧。等曾亮带人到野猪家，发现野猪老婆开着电动车送孙子去学校读书了，家里空无一人。情况报给席火根，他认为这是一个隐患，立即叫曾亮去学校找人。

正是上班高峰，中江大桥车辆川流不息，骑车上班的人都朝着这边看哩。镇里的后勤把早点运过来，一人一杯奶两个包子两个鸡蛋。大家开始吃饭，三五成群，或蹲或站，说的都是一些无关的琐事。谁也没有料到，这时候野猪开着小四轮冲过来，把守路口的干警以为是镇里叫来装运货物的车，没太在意，里层的刑警大队长眼尖，发现这车是野猪的，他看着车辆冲着人群驶去，惊出一身冷汗，大声喊叫，大家赶紧散开，小心车辆。蹲着吃饭的人群惊恐地站起来，跟着人群四散开去。车碰着田埂猛地一倒退，刑警大队长追上去，趁机拉开驾驶室车门，把车钥匙拔出来，一把将野猪拉下车。

这惊心动魄的一幕，城管执法仪记录得清清楚楚。几名干警赶过去立即将野猪锁了。

野猪挣扎着，大声咆哮，我操你妈，政府不讲信用，还让不让老子活了。

刑警大队长刚参加完一场国际维和行动回来，对付这点小事不在话下。他懒得跟野猪废话，一把将野猪推进警车，呼啸着驶离现场。

城管请来的拆屋师傅很专业，半个小时不到仓库的顶就被掀了下来。镇里请来的货车也到了，工作人员开始从仓库搬货上车，这些人平日里动嘴，可动手干体力活挺费劲，搬运速度很慢。

这时候，秦小伟给席火根打来电话，询问现场情况。

席火根轻描淡写地说，现场没什么大事，请领导放心。

秦小伟追问，听说野猪开车撞人还没大事？

席火根嘿嘿一笑，说，有惊无险，已经处理了。有人打我电话，等我处理了，再向你汇报。

电话是曾亮打过来的，他告诉席火根，野猪老婆正在过桥向现场方向来了。她开得飞快，请领导小心。

现场的人正干着活，野猪老婆开着一辆接送小孩的三轮电动车疯一样冲向现场，前头的干警没拦住，一个干警被甩到了路边的田里，派出所所长谢文东一个箭步冲上去，人随车倒，摩托车的轮子还在空中飞快旋转。谢文东一把扭住妇人，这女人虽然年过五十，劲还真大，似乎比野猪还烈，对谢文东拳打脚踢，谢文东用尽力气才将她锁住。困在建材展厅里的女儿见母亲倒在地上，抱着不满周岁的孩子冲出来，倒在地上号啕，扬言不活了。

屋场上站着的叔伯们这会儿也陆续到了现场。席火根知道这些人不会闹事，只是过来做一种姿态。这些年野猪违建开店赚了不少钱，村里人眼红死了。大家早想跟着干，只是没野猪胆气。

席火根迎上去，说，我是总指挥，有话跟我说。

野猪堂叔说，屋拆就拆了，人就别抓了。

席火根带着这些人到屋场去说话，李幼敏和吴安泰跟着，野猪女儿还在地上撒泼，一帮女同志围着劝，好不容易才把她带到自家屋里。

师傅们刚还像打仗，只顾着干活，没一句话，只听到干活的声响，这会儿现场没了干扰，俏皮话说着，活干得也利索。

太阳落山的时候，货物都已搬走，铁皮屋全部拆倒，师傅们忙着归集材料，能回收的金属整整齐齐堆放一块，城管指挥车辆开始清运建筑垃圾。

这个看似不可拆除的规模庞大的违建，竟然只用了一天就拿下了，连县委书记张松阳也没有想到。

坊间议论，野猪这回亏吃大了，本来政府愿意补偿40万元，他狮子大张口要90万元。这下好了，人关了，店也拆了。

席火根意识到，此后这样的行动不会只有一次。对他而言，这一次赢了，就算是把局面打开了。

夕阳像个火球，带着一天的酷热和疲惫西沉。

第二章

　　早晨，席火根和林力到达行政大楼的时候，市民广场上已经站满了人。一眼望去，广场上五颜六色，人头攒动，鼎沸之声不绝于耳。行政大楼紧急加派了十几个保安，连特警都来了。

　　这阵仗并不常见。席火根纳闷，站在大门口瞅了几眼，自言自语道，所为何求？

　　林力接茬说，不知道。

　　换届是多事之秋，这似乎是一个规律。许多隐蔽多年的事情趁着人事变动频发，在老百姓看来，过去揭不开的盖子，如果不趁着官员调整闹一闹就别想得到解决。这种现象或许可称作中国特色的"换届效应"。

　　席火根没多想，径直去了办公室。刚到政府，准确地说，到政府上班才第三天，太多的事情需要处理。野猪案是他向渔梁发出的强烈信号，同时也表明政府对违建零容忍的态度。在席火根看来，建口的工作无非就是在地上搞建设，然后把建设好了的地管妥当。如此简单，却又是如此复杂。

　　屁股还没坐热，县委常委、政法委书记的电话就打过来了，说，底下上访的是你口子上的事，不会少于300人，希望你高度重视，亲自去处理，书记指示，县委换届和两会正在紧张筹备，不能出事情。

席火根不喜欢他这种居高临下的腔调，更不喜欢他这种只传话不干活的作风，心里想着是我的事哪里不是你的事。嘴上不争答应着，然后把电话打给住建局长李幼敏。

李幼敏接了电话，抢先说，我已经派房管局的人去了现场，正准备向你汇报。

席火根说，你到住建的时间不长，情况未必清楚，我们碰个头，定个调，有的放矢做疏散工作。

林力一会儿就过来告诉席火根，人都到齐了，在4号会议室开。

席火根走进会场，跟大家开玩笑说，刚拆了野猪的违建，今天几百人又追着来了，看来建口的问题真不少，大家要有足够的思想准备，下面有房管局和信访局的人顶着，我们认真开会，把脉摸准了再开处方。

李幼敏说，上访的人都是阳光小区的业主，阳光小区土地2006年出让给开发商陈友善，到今年刚好十年。因为土地没有征收到位，多个地段存在纠纷，这么多年经过芙蓉镇反复做工作，问题解决了不少，还有一个地段没拿下来，导致三栋楼盖不起来。因为小区配套设施没有到位，所以没法办理综合验收，自然业主的房产证也办不下来，今天上访就是这个事。

席火根说，既然要解决的问题清楚了，症结在哪也清楚了，下面大家根据各自的职责都说说该怎么办吧。我对部门和乡镇的要求很简单，就是把欠百姓的还给他们。

吴安泰息事宁人，说，非净地出让害死人，政府卖的地不干净，有的地没征，画一条线就卖了，开发商拿到这样的地岂不害人？我看住建、城管先把综合验收办了，我们这边也从快把证办下来，其他的事慢慢再说。

方建设不同意。说，办事得有规矩，老留尾巴不是办法。如果闹一下就把原则丢了，以后怎么办？

李幼敏说，阳光小区业主十年没把证办下来，政府是有责任的，部门和乡镇应该把责任担起来，首先我是验收的牵头单位，我来承担责任，其次芙蓉镇必须把地强攻下来交给开发商。

芙蓉镇党委书记陈林是个80后的年轻人，换届才到芙蓉镇，情况还没摸清楚。他心里清楚，证办不下来，主要是地没拿下来。要说责任，他责任最大，任务最重。陈林面有难色，看着席火根，神色木讷，嘴也艰涩，半天才吐出话来。说，这块地是老狗皮的，这个浑蛋大家都知道，是县里有名的头号上访户，几任县委书记、镇委书记对他都没有办法，短时间内我没把握拿下他。

席火根是个急性子，说话也直，看大家都说了，自己应该拿一个主导性意见了。说，现在情况明了，解决问题的方法也明了，差的就是决心和勇气。我的意见就两条，一、地必须拿下来。历史问题不宜过度纠缠，芙蓉镇必须采取一切可能的手段，一个月内完成任务。二、证也必须办下来。但规矩也不能轻易破，地拿下来之后，验收可以容缺嘛。当然开发商也必须作出相应的承诺。

吴安泰说，一个月短了些，给自己留点余地好。

席火根说，十年了，我们还有余地吗？我不想给自己留余地，请大家按照这个口径下去做工作吧。

陈林硬着头皮说，我没有信心。

席火根有些生气，话说得有些重：你拿不下老狗皮，芙蓉镇这个书记最好别当。我也一样，揭不掉这张狗皮膏药，我这个副县长最好还是回人大休息。

看着陈林尴尬的样子，席火根的语气柔和了一些。说，事情才开始，不要怕字当头，干工作没点血性肯定不行。

席火根带着林力直奔芙蓉镇，镇长刘文海叫了镇里相关人员候着，一起向席火根汇报老狗皮的情况。

老狗皮所在的塔前村是城北最大的村，清一色王姓，正宗"三槐王"的后裔。王氏祠堂有块门额，上书"三槐第"，槐字上面少一撇，下面少一钩，据说少的这一撇是官帽，少的这一钩是钩心斗角。相传王姓始祖在山西太原割地为王，生有二子，其中一子不愿做官，栽了三棵槐树，立誓永不做官，其后代谨遵祖训，以三槐第为堂号明心志。这些久远的事，子孙怕也说不清了。

渔梁县城最初的发展是沿着两条南北向的街道延伸，这两条大道之间只有300多米，由几条东西向的街道连接，像纽扣一样把县城这件外衣绷得贼紧，看不到诸如天际线这样一些城市的元素。如此小体量的县城似乎像一个羸弱的高个很不耐看。不知道什么原因，过去县里的领导似乎压根儿没用脑子，或者说没有条件用脑子，居然一茬一茬毫无悬念地接着干，把这两条街越做越长，长到似乎不像城街，更像是两条看不到尽头的马路。

城是方的，纵横交错才是城的形态，更是城的魅力。毋庸置疑，这两条街中的土地也是渔梁开发最早的地。20世纪90年代，国土局、房管局都搞土地开发，甚至村委会都可以搞土地开发，这种低水平的土地开发，由于没有实体资本参与不可能做得规范。某种意义上讲，掌握土地经营权的农民实际上也参与其中，他们用低地价赎买到了另一种权益——建房指标。这些指标卖给城市居民，获得的利益比地价高出很多倍。更加离奇的是，建房安置的地点也是利益的焦点，安置在街面上的店面房无疑是高利益，这种与权力纠合在一起的利益博弈哪里会有公平可言？

老狗皮家人多地多，获得的建房指标就多，但他家街面上的地被征用后，不知是通过什么样的渠道居然周转到了镇里一位领导手上。老狗皮家不服，镇领导建房的地是他家的，要安置也应安置给他啊。那时老狗皮父亲健在，镇领导的房子建起来后，他存心找碴，隔三岔五旁若无人在房子里泼屎尿，说是给自家地里浇粪。镇领导的老婆眼见自己辛苦建起的房子被弄得臭气熏天，拼命的心都有了，几番厮打，妇人披头散发败下阵来，哭求镇村调解。如此大利岂是能调解了的？镇村介入非但没把问题解决，还使问题复杂化了。争斗旷日持久，老家伙使出损招，竟然在镇领导的房子里摆道场做法事烧纸钱。按照渔梁的风俗，这房子再住人不吉利，镇领导偃旗息鼓，没再去招惹这家人。房子摆在那，再没人去动了。当然房子最终也没落到老狗皮家。上访之路由此延伸，而且上访的层级越来越高，省里和北京的路他已经熟透了。刘文海说，这么多年来镇里接他的费用不会少于50万元。

这真是人为财死，鸟为食亡。老狗皮的绰号因此落下，其认知度之高空前。到了2006年，渔梁土地交易开始逐渐规范，阳光小区这宗地也是渔梁县政府出让的最大的一宗地，可惜它并非净地，红线范围至少三分之一存在纠纷，征地款打到村小组账上就趴了窝，一直发不到个人账上，其原因还是各种诉求得不到满足而被拒收。芙蓉镇党委书记都换了好几茬，这个项目就是收不了官。最后的三栋楼涉及的土地有七八亩，其中老狗皮家不过一亩多，其他的土地经过芙蓉镇多年艰苦的工作全部拿下。但老狗皮家这一亩多地处在中间，最后几栋楼还是开不了工。

席火根过去在政协、人大任职，关于这个马拉松项目略知一二。镇里负责这个项目的是人大副主席李劲涛，他是镇里的老人，从副镇长干到党委委员，最后转任人大副主席，人熬老了，职务却熬小了，而心切切实实熬累了。李劲涛面有难色，说，对付老狗皮确实没办法，县里也曾经以闹访缠访非法访对他进行拘留，出来后闹得更凶，诉求也更多。换届前县政府同意在街面再给他安置一栋，老狗皮还是不同意，说他姐姐的户口还在村里，按照一户一宅还要给他姐姐安排一栋。他姐嫁出去十多年，不符合安置条件，所以协议没签下来。

刘文海换届前是芙蓉镇党委副书记，对芙蓉镇的情况很熟悉，他蛮有信心地说，要揭下这张狗皮膏药不来硬的怕是不行了，建议组织一次大的行动，给这段历史画上句号。

席火根仔细听着，若有所思地点了点头。

这时候已经到了午饭的点，李幼敏的电话打过来，说，目前工作有一定进展，很多业主对政府的态度表示认可，只是不少人对政府一个月内把证办下来存有疑虑。业主间组了一个群，群主仍然在挑唆，他们叫了盒饭送到广场上吃，至今不肯离去。

席火根说，我马上通知公安密切关注这个群，你们几个领导再做做工作，实在不行把挑头的几个召集一下，我直接跟他们谈。

李幼敏说，我建议你暂时还是不要出面，现在局面已经得到控制，不少人也在陆续离开，我们再做做工作，争取尽快清场。

刘文海叫食堂炒了几个菜，几个人吃了，席火根和林力一起离开芙蓉镇。

市民广场已是一片狼藉，白色垃圾满地都是，但是人明显少了很多。此时席火根的心情非但没有轻松，相反他感到了一种从未有过的压力。百姓不可欺，从政无戏言。一个月解决问题是他定的调，但面对如此复杂棘手的问题，他心里也是没底。

席火根似乎有些无奈，甚至还有些茫然。过去在政协、人大工作，轻轻松松，没想到年纪大了反而转岗到政府。这个年龄对他这个级别的干部，仕途应该是可以看到天花板了。

窗外，太阳照在水泥地上，似乎冒着烟。女同志打伞，男同志裸炙。暑天酷热，将心比心，广场上聚集的人其实也不容易。

席火根给自己定的规矩是早上七点半到办公室。刚刚坐下，阳光小区法律顾问章强闯了进来，告诉席火根，业主们马上又要来上访了。

席火根问，昨天不是回了吗？今天怎么又要来？

章强像是个报信的主儿，说，业主不信任政府呗。

章强轻松的口气惹怒了席火根，他莫名地一拍桌子站起来，指着章强骂道，你他妈的像局外人似的，看政府笑话吗？难道你们就不能有点作为？

章强不熟悉席火根，冷不丁被他一通责骂，蒙了，呆坐着没敢应声。

席火根清楚，阳光小区做做停停，虽然历时十年，但房子还是年年在卖，房价由当年的每平方米 600 元，飙升到现在的 3000 多元，而土地却是以当时不到 200 元的楼面地价拿到手的。所以阳光小区董事长陈友善并不着急，他没活可干时只派一个所谓的法律顾问团维持，兼着给他售房。政府做通了农民的工作，清出来一块场地，他就派队伍来施工。似乎十年前交易的房子办不下来证，责任不在他，而在政府，他也是受害者。

奸商的逻辑本来就是捞了便宜还卖乖。席火根阴着脸说，你是搞法律的，政府把地卖给了你，地就是你的，别人来闹事，你们就一点办法没有？至于政府卖给你的是什么地，他们可以来找政府说理嘛。业主是无辜的，你收了业主的钱，交不了房，办不了证，就是你的责任。告诉你们董事长，采取一切合法手段，尽快结束这个项目，否则政府将依照有关法律收回土地。

章强是个有法律工作经验的律师，席火根的话虽然吓不着他，但似乎也燃起了他的血性。他站起身，赔着笑对席火根说，县长的话我可不可以理解为由开发商强行施工？

席火根看话说到这个地步，已经没什么必要藏着掖着了。实际上，昨天晚上他就在想，如果开发商围挡施工，芙蓉镇组织力量清理外围，也出不了什么事。因此他对章强说，你转告陈董事长，一周内组织强有力的施工队伍，半个月内完成三栋楼的基础。具体事情跟芙蓉镇刘文海镇长商量。

章强一走，席火根已经听到了政府大楼外的喧哗声。走近窗前，市民广场又是人山人海，心里犯起嘀咕，这活真能拿下吗？席火根想打电话责备公安，拿起电话又放下了。事已至此多说无益。拨通李幼敏的电话，那头李幼敏还是先说话，我正在跟他们谈，他们就是不相信政府。

席火根觉得自己应该出面了。昨天他要跟业主谈，李幼敏拦着，他知道，李幼敏是给自己留余地。此时席火根已没了耐心，对李幼敏说，你看是哪几个人牵头，请他们到 4 号会议室，我来跟他们谈。说完直接挂了。告诉林力准备开会，通知建口几个部门主要负责人和芙蓉镇刘文海镇长到会。刚交代完，马上意识到怎么把陈林撂一边了？

席火根不是渔梁人，认识的人不多，但别人认识他。其他领导都是本地人，很多人他们都熟悉，坐下来谈事氛围还算融洽。挑头的那个人是个屠夫，在菜市场卖猪肉，长得粗壮黝黑，嗓门也大。他说，我们建了一个群，群主是张老师，大家回去后觉得政府没能力处理老狗皮，所以又来了。其实大家是想听席县长说。张老师毕竟是公职，被杀猪佬出卖难堪极了。说，我也是给大家服务，我在群里不说话。

席火根说，没事的，我可以理解。这么热的天站在太阳下，将心比心，大家都不容易，需要说对不起的是我。大家的诉求就是尽快把房本办下来，这是合理的。昨天几位局长跟大家说了，一个月内把房本办下来，大家还有什么顾虑可以说说。

杀猪佬说，谁都知道老狗皮是个烂人，几任政府都没把他收拾了，你席县长有把握一个月收拾他？

几个女人跟着叽叽喳喳，说，政府哄一天是一天，等到哄不下去了，又有别的弯弯绕。

张老师说，席县长过去在埠前镇工作，我在埠前中心小学教书，埠前人都知道席县长有魄力，说话算数。

席火根说，张老师过奖了。说心里话，一个月内给大家把房本办下来，我也感到有困难。但事再难总得有人去做，我相信正义的力量，恳请大家给我一个月时间。

没有人再说话。会场很安静。

刘文海表态说，大家放心，席县长有决心，我们就有信心。

李幼敏补充说，请大家相信政府，相信席县长，都请回吧。

杀猪佬说，既然席县长说话了，我们就信席县长，大家都回吧。

刘文海组织的小分队在塔前开展了三天的走访，按照席火根的要求，主要的任务是清欠保稳，孤立老狗皮。所谓清欠就是把欠农民的征地款发下去，以此保持稳定，确保行动当日无关人员不靠近施工现场。支部书记王庆生是塔前人，家里兄弟姐妹多，过去穷没读几年书，说话直，得罪人自然少不了，好在他有一副热心肠，哪家有什么难念的经他都晓得，平日里愿意帮助乡亲们，所以在村里威信挺高。这样的农村干部很得力。席火根在农村摸爬滚打十多年，知道什么样的农村干部才能干活。

其实老狗皮没多大年纪，长相并非人们想象的猥琐，席火根第一次见他就觉得奇怪，这人个子挺高，相貌堂堂，怎么也跟老狗皮搭不上趟。据说他家媳妇也长得俊俏，而且十分娴静，在村里名声很好。

老狗皮上访完全是拜他父亲所赐。第一次跟父亲上访三十才出头。老狗皮的父亲王广福算得上塔前的名人，王广福年轻时做过国民党伪乡长，在老县城还有商号，新中国成立后财产被没收，人也被镇压，因为没有血债，命算是保住了。历次运动作为地富反坏右一类被批斗，他的孩子们读书受到限制，大都只有小学文化。党的十一届三中全会摘帽后，王广福虽然年岁已高，但身板硬朗，尤其是他有一颗好使的脑袋，20 世纪 80 年代初分田到户，王广福属于边缘户长期被歧视，好田自然没他家的份，但差田可以多分量，王广福不吵不闹坦然接受，农业税、三提五统从不少交，似乎从那时起他就知道，他家的地不是用来种作物，而是用来种城。

王广福不是凭空瞎猜，80 年代渔梁电站建设如火如荼，大马路修到了村子边，大型运输车日日呼啸而过，施工单位老早把修配厂、钢筋配料厂建到了村庄周边。事实证明，王广福的精明举村独有。渔梁县城后来的芙蓉大道正是在当年电站的施工道路上修建的。县城不断北延让他家过去没人要的边角地成了宝贝。求他的人多，他的精神头越足，也让他尝到了数十年来从未有过的甜头，当年他经营绸布庄银子来得还没那么快。一旦利益受到挑衅，他怎么可能放任不管？更拿手的是，王广福能说会道，还写得一手好字，因为年岁大每次上访都能受到接访人员的同情。县里对他毫无办法。也许是过于计较和劳累，有一天突发脑出血不治身亡。

人们没有想到的是，老子没了，儿子前仆后继。而且势头更猛。李劲涛长期与他打交道，尤其是每年的全国两会几乎都要去北京接他。每一次都是如临大敌，他说坐飞机就不能坐火车，他说吃海鲜就不能吃湘菜。顺着他，好歹把人弄回来交差。说心里话，李劲涛怵他。这回真能把他搞定？李劲涛不信。但刘文海信。刘文海对李劲涛说，打起精神来，按照席县长的部署把工作做扎实了。

王庆生在村里清欠也没闹出什么动静，但老狗皮还是嗅到了味道，他向老婆小梅打听，小梅说，不知道。老狗皮乜斜了她一眼，又把自己关房间了。

父亲死后，老狗皮很少出门，天天蹲在房间，守着电脑，没见他干正经活，也没见他有几个正经朋友，怕是日日思谋上访。老婆小梅倒没闲着，几个门面租给别人经营，自己每日种菜卖菜，没丢了妇人本色。二十年前小两口结婚时日子有滋有味，甜甜蜜蜜，我爱你这样的词从他们嘴里说出来也是自然流露。自从丈夫痴迷上访，夫妻间的亲昵就没了。对小梅而言，她只想跟丈夫过平常日子，丈夫得了老狗皮的名号，平常日子便没了，只觉得这男人真是老狗皮，被这张皮碰着恶心，走到外头，只觉得别人看自己的眼神特别，便有一种异人的感觉，更是怀念年轻的岁月。小梅和丈夫从发蒙同学，一直到读完初中一起辍学，这时候两个人两双眼睛对着便有了火花。小梅父亲很正统，对王父的历史耿耿于怀，坚决不答应，但女儿铁了心，父亲也没办法，直到小梅结婚，父亲也没进过王家门。

一切都按席火根与刘文海、章强事先商量的意见走。外围清理到位之后，刘文海请示席火根何时行动，是否要召集城管、公安开会，请他们配合行动。席火根告诉他，会就不开了。凭席火根的经验，炸碉堡拔钉子这种活，人多反而容易出鬼。而且他也不想跟书记、县长汇报，这种事谁也不愿意听，听了也没什么意见给你。

席火根交代刘文海，组织镇村十来个靠得住的干部做外围，确保无关人等不去施工现场，同时通知派出所谢文东所长带几个干警去现场，并要求陈友善，施工人员要精干，施工方法要规范，机械设施要多，施工速度要快，施工安全要保证，确保把事办完，不许出事。

陈友善这回不敢懈怠，组织十分严密，施工队伍统一着装，机械设备充足。凌晨六点三十分，施工队伍准军事化开进现场。老狗皮有赖床的习惯，等他发现已经是上午九点多。他一个人闯进工地，躺在铲车斗子里要起无赖，任凭司机怎么呵斥都不离开。司机是个年轻小伙子，脑子灵机一动，干脆把装斗升到一层楼高，老狗皮这回傻眼了，骂骂咧咧要司机放他下来。司机哪里肯听，这个高度跳下去也死不了。这回倒好，闹不成了。施工队死劲开挖，一上午的工夫这一片地基本收拾完毕。

到了中午饭点，小梅到工地叫丈夫吃饭，看到歪倒在装斗车上的丈夫悬在半空，心里五味杂陈。这些年丈夫不停上访，虽然好处没少得，但人也被搞得没皮没脸。她从不掺和丈夫的事，也没少规劝丈夫，丈夫却我行我素，好像不上访就活不了。但她看到眼前这一幕，心里突然像有块石头堵着，眼泪止不住哗哗流淌。

小梅哭道，我上辈子造了什么孽，嫁给你丢人现眼。小梅要闯工地，镇村干部拦着，便一个劲往里冲，施工队是外地人，听不懂渔梁话，以为是骂他们，扇了她一耳光。小梅好委屈，她不是来闹事的，只想着把丈夫领回家，没想到被人打了。

王庆生没想到会有这一出，忙把小梅拉到一旁，说，弟妹别哭了，这是误会。

小梅伤心，掏出手机把事情告诉了她自己的父亲。小梅的父亲廖和平是廖家组长，在村子上威信很高。接到女儿的电话，他心里一阵隐痛，这个女儿是他的掌上明珠，当年不知中了什么邪就答应了这门婚事，为这事他肠子都悔青了。放下饭碗，他瞄着墙上挂着的口哨，这口哨跟着他有年头了，生产队时期口哨一响就是廖家的号令，分田到户后口哨不常用，都生锈了。他起身摘了口哨，用手擦擦上面的锈，出门直接去了晒场上，死劲地吹响口哨，没一会儿廖家百十号人到了晒场。廖和平说，小梅在阳光小区工地被外地人打了。一群年轻人立马回应，找他们干架去。各自回家骑摩托，一溜烟赶到了施工现场。

刘文海看这架势，估摸着要出事。立即拨打席火根的电话。席火根正在挂点村贫困户家中吃饭，看到刘文海的电话估计出事了。刘文海说，事情本来好好的，没想到出了一些意外。刘文海向席火根讲了事情的经过。席火根说，事已至此，着急也没用，好好跟廖和平解释，争取他理解。

廖和平带来的人把工地围得水泄不通，许多年轻人在那里瞎叫，把气氛搞得很紧张。太阳悬在头顶，工作组的人内心焦灼，各自找熟人解释，刘镇长跟廖和平很熟，这会儿详细给他解释，施工方在一旁不停道歉，廖和平气消了一半。他大声喊女婿，你真是一张老狗皮，非得开水烫才能煺了你几根杂毛。说完，告诉跟他来的乡亲，这里没事了，你们先回家。

老狗皮在装斗上答应去镇里签合同，司机把他放下来时已经被晒蔫巴了。

席火根没有出现在施工现场，一方面他相信刘文海有能力处理老狗皮，另一方面他确定这种事冷处理效果会更好，因此一早就去了扶贫点。

席火根扶贫挂点韶乐乡。传说皇帝曾巡游至此，在西冈山奏乐，故称韶乐。这个乡在渔梁西北，隔着中江交通不便，过去从县城到韶乐必须从埠前渡江。隔河千里，等渡船是祖祖辈辈不变的姿态。高速通行后结束了轮渡的历史，人们一般选择高速绕行韶乐。

席火根在人大副主任任上开始挂点韶乐乡，梅岭村有他帮扶的五家贫困户。渔梁脱贫攻坚探索大村长制受到省委肯定，所谓大村长制就是县级领导对这个村的扶贫绩效负责。县里规定大村长驻村时间每周不得少于四天，当然这是原则规定。2016年已经到了脱贫攻坚的关键时期，这是中国共产党到2020年必须完成的政治任务，席火根自然不敢懈怠。他的帮扶对象有因病致贫的，有缺劳动技能致贫的，也有因家庭破裂心理病态致贫的，情况都很复杂。按照托尔斯泰的说法，可称为富裕的家庭都有钱，贫穷的家庭各有各的穷法。

张长生家在路边的高坎上。院子很大，旧房和新楼并列其间，旧房是危房，早不住人，只放谷物和其他杂物，新楼是没盖几年的三层建筑。院子的北面有一口大塘，后面的山场是他家自留山，空着一排牛棚和猪圈。从外相上看，长生家曾经是红火过的。长生很能吃苦，多年前俩儿子还未成家，跟着他种地、养牛、养猪、养鱼，家里收入很不错。后来猪不许养，养鱼不准投料，这次农业生产方式的调整让太多农民无所适从，大儿子再度南下深广找工作。这个儿子是长生一生的痛，小时候一次感冒，在赤脚医生那里打针，这一针打下去瘸了一条腿。但他热爱读书，最后上了一所民办大学，毕业后拖着一条瘸腿南下找工作，谁也不用他，只得伤心地回到家跟着父亲搞农业。如今弟弟都讨了老婆，他三十大几还是光棍一条。弟弟也很不幸，头胎生下来就得了一种怪病，孩子不哭不闹气息奄奄，送到上海治疗不到半年就花去30多万元，家里一贫如洗。长生四处告借，终于把孩子救了回来。长生个不高，人精瘦，留短发，虽然年过六十，精气神很足，手脚极麻利，每个犄角旮旯都收拾得干净整齐。长生是个乐观人，孙子在上海治疗，席火根上他家门，长生乐呵呵跟他说话。席火根问，孙子好些了吗？长生说，一时半会儿好不了，尽力治吧。现在孙子回来了，会哭会笑，长生更是乐和，成天在地里田里忙活。席火根看到院子里都是乐观的人，还有那些成群找食的鸡，塘里成群嘎嘎叫的鸭，相信这个家庭的生机还在。

与长生同路的胡花源家，房子刚建不久，新的，内墙还是水泥抹面，家里乱极了，楼梯扶手上全挂着脏衣服。夫妻房间什么家具都没有，床上的被子也像是大半年没洗过，小孩子的房间一个通铺，被子也是油渍渍的。其实他家除了教育费用大，其他没什么特别，两夫妻养三个孩子，大女儿已在大学读书，小女儿上初中，儿子读小学。胡花源有打井的手艺，过去生意好，赚钱比较容易，现在几乎没生意，种几亩稻子也赚不来几个钱，好在几亩鱼塘每年能收入四五千元，不然这日子还真过不下去。刚开始席火根上他家，胡花源总是叫苦，他老婆也跟着叫苦，席火根听着来气，仗着年纪比他们大，说的话也难听，你们夫妻正值壮年，怎么会搞得这么苦？就是懒嘛。天上不会掉馅饼，好日子靠的是吃苦。花源老婆说，吃苦也没门路啊。席火根说，门路我同你们一起找，眼下你先把床上的被子洗干净了，把家收拾整齐了，下次见了还这样，我会骂人的。

盛丰收家在另一条坑，丘陵地方怎么看都差不多。老盛家是地道的北方人，抗日那会儿，为保卫武汉争取时间，蒋介石下令轰炸花园口黄河大堤，这一炸虽然迟滞了日军的推进速度，但同时制造了一起千古惨案，河南、皖北、苏北40多个县大片土地淹没，80多万人溺亡，千百万人流离失所。当年从北方逃难落户韶乐的有五六个省的人，新中国成立后人们发现小小韶乐居然有着九省籍贯，因此有"一乡九省"之称。韶乐属于丘陵，土地富余，水产丰盈，盛丰收的爷爷落户韶乐，白手起家，开荒种地，繁衍生息。新中国成立后翻身做了主人，谁承想血吸虫病肆虐，全家十几口，好几人得病，好在政府重视，几年的时间灭了血吸虫。"春风杨柳万千条，六亿神州尽舜尧"写的就是这段历史。盛丰收没什么家底，两夫妻勤快极了，种田养鱼还打小工。他家穷在养了一对双胞胎兔唇孩子，多少年来，两夫妻东奔西跑为儿子寻医，本来这种病很容易治，可他们真够倒霉，两个孩子治来治去说话总是漏风，吐字不清，入学以来一直自卑，学习成绩很差，勉强读完职中，找工作又成了他们的心病。席火根曾托县医院联系省人民医院，找到渔梁籍一名外科医生，盛丰收带着两个孩子去看了，回来说，要住院手术，孩子不肯住院。席火根说，孩子一辈子的事，砸锅卖铁也得做。盛丰收半天吐出一句，再说吧。席火根要了外科医生的电话，问了情况，医生说，可以手术，但效果不会太理想。席火根猜想，这两个孩子应该是怕了，这事暂时搁下了。

黄庆丰家与盛丰收家隔着两丘田，他常不着家，席火根见他都难，给他带的东西放在盛丰收家，请盛丰收转交。黄庆丰模样不差，缺的是精气神，四十刚出头，成天闷头闷脑，每次见了面并不言语，答话有气无力，让席火根看着郁闷。黄庆丰带着一个上初中的孩子生活，妻子一直在外省娘家，从不回村。二十多年前黄庆丰初中毕业去东莞打工，认识了一个外省姑娘，两个互不了解的年轻人，很快在寂寞无助中相恋，并托付终身。那时小黄年轻能吃苦，每天常干十二小时活，所以收入还高。回到村里结婚，生了儿子，盖了一栋两层小楼，还没来得及粉刷内墙，妻子的娘家人就上门来了，叫他们两夫妻带着孩子去女方家经商。小黄跟着老婆去了岳父家，在岳父家的摩托车修理店打长工。可气的是一年累到头一分钱不给，投进去的 3 万元也成了彩礼。黄庆丰一气之下带着孩子回了家，从此夫妻隔山隔水十几年，如今儿子都读初中了，他也成了建档立卡贫困户。没有女人的男人过的都是死日子，种几亩田赚不来几个钱，炒个黄瓜是一餐，煎几个辣椒也是一餐。让黄庆丰伤心的是，儿子不知中什么邪，在学校跟着一帮差生瞎混，回到家一句话也没有。

席火根一共帮扶五户，还有一户退出建档立卡贫困户，意味着这户人家已经脱贫。席火根长期在农村工作，又是农家子弟，对农民怀有一种与生俱来的悲悯情怀。他利用自己的一些资源搞订单农业，胡花源、盛丰收搞传统养猪，每户养两头，全是青饲料加米糠饲养，养一年不论大小，一头 5000 元。张长生养牛，他家后山种植油茶树，弄出来一大片草地，把三头牛养得很肥。只有黄庆丰找不到法子，席火根说，庆丰还年轻，不如去工业园打工，说不定还能找上个媳妇。黄庆丰听了，心里有些活泛，过去打工遇上了妻子，尽管结果不好，但毕竟成就了一段姻缘。黄庆丰听了席火根的安排，去了工业园打工，月收入有 3500 元，家里的几亩田流转给盛丰收耕种。

这天席火根带着安居办小杨去村里解决三户贫困户危房改造的事，按政策盛丰收、黄庆丰两户可获得 8000 元补贴，张长生拆危建新可获得 28000 元补贴，这个资金对盛、黄两家来说房屋修缮应该是够了，但张家要把新房建起来却很困难。不过，张长生还是那么乐观，说，感谢党和政府，我是泥水匠，我多做点，应该没问题。长生很高兴，那张总是充满笑容的脸，给席火根留下了深刻的印象。席火根知道，长生考虑的是让长子有个安家立命的房子，这比什么都强。

去的时候，席火根在韶乐街上买了几斤猪肉，准备在老盛家吃饭。老盛在塘里捞上来一条鲩鱼。席火根说，鱼我来做。席火根炒鱼的功夫似乎与生俱来，他生长在中江边，小时候物质贫乏，他就想着在池塘和中江谋取食物，因此从小练就了一手摸鱼的绝活，有了鱼他就不断变着花样做，以至于做鱼成为他不变的嗜好。

正吃着，接到刘文海的电话告急，刚吃完又接到刘文海的电话，说事情办好了。这个过程惊心，而结果却出人意料。席火根的情绪跟着刘文海由阴转晴，说心里话，他人虽然在韶乐，可心里一直惦记着芙蓉镇的这次行动，现在所有的担心终于可以放下了。他满心欢喜，告诉刘文海，晚上给同志们庆功。

晚饭安排在老谷塘村支部书记黄仲强家。事先芙蓉镇党委书记陈林请示过席火根，这种安排无疑是有目的的。与芙蓉大道、渔梁大道并行的规划大道是上两届政府定下的事，写入了政府工作报告，但一直得不到实施，原因是老谷塘村征不下地。把这顿饭安排在黄仲强家，一来照顾影响，最重要的是，以这场胜利提振黄仲强的斗争精神。

席火根叫了李幼敏一同前往，林力开的私车。大家见席县长来了，情绪都很高。中午在工地吃的盒饭，天气太热，身心都很疲惫，这会儿领导来了，一群人呼啦啦在下首一桌坐下来。席火根叫李劲涛坐过来，他灰头土脸，有些不好意思，因为行动前他反复强调信心不足。

大家吃着喝着，黄仲强搞服务，王庆生不好意思，叫塔前村两个女干部帮着黄仲强老婆打下手。

陈林说，之前我信心不足，过去我在偏僻乡镇工作，没经过这么复杂的场面，来芙蓉镇时间不长，情况不熟，没想到困扰县里十几年的老大难问题居然悄然破解了。我提议大家敬席县长一杯。

席火根站起来说，我今天在韶乐乡扶贫，不在现场，功劳是你们的，尤其是刘文海镇长沉着冷静，指挥有方，来，我敬大家一杯。

这杯酒喝下去，大家情绪更高，互相谈着体会，说，廖和平是个不错的共产党员，如果不是他顾全大局，今天的事可能弄大。廖和平是老谷塘村党支部的党员，黄仲强最了解，说，这个老党员的确不错，当了一辈子生产队长，在村上威信很高。

李劲涛端着一杯酒走到席火根旁边，说，今天的行动胜了，现在可以说了，县长是幕后总指挥，如果今天的行动废了，打死我也不说。县长能文能武，佩服，我敬你。

席火根轻松地笑笑，说，大家打了胜仗，理当我敬大家，你先坐下。

李劲涛不肯，情绪开始激动，说，我陪这个王八蛋二十年，他纠缠了我二十年，我这一辈子被他害苦了啊。说着说着竟号啕大哭，把所有人都惊住了。

席火根在组织部工作时就认识李劲涛，那时这个与自己年龄相仿的小伙子帅气热情，嫌政协机关事太少，要求去乡镇锻炼，没想到一到芙蓉镇便接手老狗皮上访案。因为情况熟悉，每次调整干部都把他留下。看着先前的帅小伙子如今跟自己一样年过半百，席火根动了恻隐之心，鼻子酸酸的，眼泪差点流下来。

其实在基层工作，运气比机会重要，奉献和牺牲有时候跟提拔重用没有关系。

刘文海拍着李劲涛的肩，安慰他，叫人在自己边上加了一个位，请他坐下来。

席火根拿起酒杯跟他碰了一下，半句话没说，一杯酒仰头就下了肚。

陈林是个上进心很强的年轻人，灵活机敏，悟性也高，这场胜利让他开了眼界。他平时不喝酒，这回叫人倒了一杯，说，这次行动给我启示，敢于斗争善于斗争是胜利之本。敢于是勇气，善于是智慧，两者不可或缺。从业主上访到收拾老狗皮还不到一个月，这个过程我知道，李局长知道，我今天说一句掏心掏肺的话，跟着席县长干，不管困难有多大，我有信心。我平时不喝酒，这杯酒算是拜师酒。

没等席火根答应，陈林把酒喝了。

这顿饭把大家心里的苦释放出来，所有人都感到轻松了许多。

仲秋的月光清澈，田里的水稻已经抽穗，青青地在月光下闪着绿色的光，似乎预示着一种新的未来。

第三章

省长是下午到的渔梁，住建厅长和扶贫办主任随同，市长陪同，可谓轻车简从。县委书记张松阳和县长王铁军在高速路口等候，下了高速直接去了村里看脱贫攻坚，然后去工业园看企业，最后到城南看旧城改造。

按照接待安排，分管领导在指定现场接待。席火根带着住建局总工江慧早早地候在坛上巷。江慧是老住建，从技术员干到副股长、股长，一步步升到总工的位子。江慧个子小，人很漂亮，说话慢条斯理，浑身透着技术干部的气质。坛上巷是她做总工后抓的第一个大项目，规划理念和建设过程了然于心。席火根在那一片附近住过，熟悉坛上巷的过去，坛上巷改造后又去看过，感觉不错。乱七八糟的杂房能拆的都拆了，没人住的房屋不论好坏都按照民国风格统一维修着装，同时增加了绿植和休闲区间，整个片区更适合居住。

席火根最作兴的是这个片区植入了文化元素，把片区传说和渔梁民俗完美结合，打造儿郎灯展示馆。坛上巷素有传闻，有一孤苦贫民刘氏，住在简陋的茅棚内，靠种菜为生。有一年暴雨成灾，江水猛涨，水上漂来一只木箱，恰逢刘氏在河边拾柴，见之甚喜，以为财宝。捞上来打开看，见是八副儿郎面具，甚骇，立即弃之，木箱复拢岸，如是再三。刘氏惊异，祷告神明保佑娶妻生子，发家致富，定当终生供奉之。木箱抬回家，取出八副儿郎面具，供于神台之上，初一、十五烧香点烛，敬之虔诚。过了几年，刘氏果然娶妻生子，人财两旺。《渔梁县志》记载，刘氏"鸠工庀材，构筑庙宇，安置八位儿郎神"，渔梁从此便有了儿郎庙。刘氏子孙在坛上巷繁衍生息，逐渐发展到数百人，士人官宦辈出。刘氏因果在渔梁产生了强烈效应，祈神保佑的善男信女越来越多，据称，只要素食斋戒，装扮儿郎神，一准灵验。每年旧历正月十五，渔梁城里有一场迎神赛会，一片神鸦社鼓，热闹非凡。

席火根和江慧在坛上巷待了很长时间，老不见省长来，又不能离开，进到儿郎馆闲聊起来。

江慧说，松阳书记很认同微改造，一直强调要总结坛上巷微改造的经验。我认为微改造还是存在一些问题，比如截污问题，由于房屋密集，管道开挖是个难题。

席火根说，这只是一个方面，更重要的是承载力不够，我问了一个情况，改造前坛上巷有住房48户，120人，改造后回迁的人不少，人口达到280户，800多人。重要的是车辆大大增加，过去住的都是老人，年轻人回来了，车辆也带来了。还有环境好了，业态多了，游客也来了，承载力情何以堪？

江慧说，能拆当然好，但成本高，难度大，局里和芙蓉镇都赞同微改。

席火根说，微改是偷懒的办法。一两个有保留价值的片区微改，留住些记忆是必要的，但全部微改造经不起历史检验，今后还得重来。

江慧说，看来席县长准备动大手术了，建口要吃苦了。

席火根笑笑，说，怎么改都需要好好规划，你只需把这小脑袋瓜子里面的好东西贡献出来。

江慧说，席县长才华横溢，是大手笔，我干点细活。

席火根说，听说今年城市年终看的项目是城南三期改造，对吗？

江慧说，城南三期改造作为年终参加全市现场评比项目，换届前就定了，这几天可能要评审方案，明天我先向你汇报。

席火根说，搞完这期微改造不能再搞了。

江慧沉默了一会儿，说，我一直搞不清这八个儿郎神，这些神好像很杂。

席火根说，传说嘛，但这八个神都是厉害角色。

席火根指着八个儿郎神一个个念过去，善财童子红孩儿、三坛海会大神哪吒、降妖除魔大元帅李靖、大太子金吒、二太子木吒、二郎神杨戬、护法天神韦陀、大力士雷震子，说，你百度一下看看都是些什么人，这些人都来帮助你，什么事做不成，什么梦不能圆？

省长到的时候，太阳落山，夕阳中的坛上巷披了一层红霞，更显古色斑斓的意象。

省长一下车，环视四周，对张松阳说，这个片区好像改得不错。张松阳得到鼓励，脸上笑容灿烂，对省长说，我们边走，住建局总工小江边给我们讲解。江慧拿着话筒在前面讲，后面跟着一个提音箱的小伙子，领导们一边看一边听着江慧的讲解，陪同的住建厅长啧啧赞许。

离开坛上巷，席火根听省长说，渔梁旧改不搞大拆大建，保留了古民居建筑风貌，留住了乡愁，这种微改造在某种意义上可以复制。省长说话时始终带着微笑，让人备感亲切，话又说到了张松阳的心坎上，让他听了心里美滋滋的。省长英明，拆是一个花钱不讨好的活，微改造避免了大拆，至少可以少拆。

省长在渔梁食宿，第二天一大早独自沿着古城墙散步，他看得很细致，墙上的铭文砖引起了他的兴趣。近前看，老砖上有明朝知县的铭文，也有清朝知县的铭文，这些铭文都是知县的姓名和年号，意思很明白，这墙在我手上修过嘞。吃早餐时，省长对张松阳说，渔梁古城墙是国家级文物保护单位，我看城墙外挨近城墙的很多房子品相很差，乱糟糟的，这些房子建设年代并不久远，多数好像是20世纪八九十年代的建筑，与国保很不匹配。渔梁要充分用好国家棚户区改造的政策，做好城市更新这篇大文章。市长明白省长的意思，立马回应道，省长的指示松阳和铁军要高度重视，城墙片区争取尽快列入棚户区改造，全部拆除，让古城墙呈现国宝风采。张松阳和王铁军态度坚决，应着省长、市长。才过去一晚上，省长对旧城改造的态度截然不同，让张松阳备感压力。

其实省长的意思很明白，旧城改造有保留价值的微改造，无保留价值的当拆则拆。省长吃过早点离开渔梁。据后来参与接待的工作人员说，省长不像是传说中的酷吏，说话挺和气，很有亲和力，话也不太多，并非走到哪骂到哪。奇怪的是，渔梁视察全过程，只字未提拆蓝色铁皮棚、广告牌、防盗网、挖豪华坟。席火根想，这些话省长过去应该是说了的，下面的人讲政治，把这些事做到了极致甚至极端，好像不这样做就不讲政治。从县委、县政府两办整理的省长指示看，省长说的话针对性和指导性都很强。

渔梁地处中江中游，准确地说，中江中游始于渔梁。渔梁是个很有地理文化的地方，渔梁人说渔梁具体而生动。说地理，东有十八弯，南有十八滩，西有十八面，北有十八塘。说风物，东门米谷实料，西门水桶吊吊，南门出马出轿，北门出屎出尿。东门各乡为县里粮仓；西门外靠中江，居民用吊桶从江中取水；南门外为中江省水陆交通要道，权贵、商贾南来北往，多取道于此；而城内粪便都由北门外农夫运走。说县城，三斗半田，三口半塘，三口半井。大概是说县城小，人口少。说自然，三嶂四洞九州十八寨，寓意山多水多。

渔梁县城所在地古代叫什么似乎没有记载，新中国成立后叫城厢镇，1984 年易名芙蓉镇。易名的理由是镇对面中江南岸山如芙蓉，自古有芙蓉叠巘的美名。人们知道芙蓉是荷花的别称，俗有出水芙蓉的美誉。但芙蓉也是一种灌木，木芙蓉艳若荷花，大概是花蕊夫人忠贞爱情的缘故。芙蓉镇有千年造城史，东西南三面有城墙，北面有护城河。县志记载北宋熙宁年间开始筑城，迄今为止 900 多年，但那时候是土城墙，明以后改成砖城墙，并且经过多次修缮，至今900多米城墙保存完好。年代久远，古城墙内外被民房包裹，不少人家的灶台借着城墙，形成房墙一体，尤其是芙蓉门以西段，几乎见不着城墙。

省长和市长的指示压得张松阳和王铁军心里十分沉重。其实他们清楚，渔梁城市建设面临双重压力，一方面城市框架没有拉开，法定16平方公里的规划，建成区不到10平方公里，路网架构残缺，城市形象很差。另一方面旧城改造的任务繁重，拆迁安置是个非常麻烦的事情，如果土地征不下来，拆迁安置也是一句空话。县委没有理由回避。对席火根而言，只有义无反顾向前冲。

省长的到来没有惊动太多人，甚至很多人不知道省长到了渔梁。在县里，一般大领导来都是内紧外松，知道的人越少越好，目的当然是维稳的需要。多年前，省委书记视察渔梁，在视察现场突然跑出一个人向书记下跪，让当时的县委书记、县长十分被动，几乎下不来台。前车之鉴，后事之师，这一次省长视察看似轻松，其实整个过程部署安排严谨周密。但百密一疏，谁也没有想到省长起得早，又独自去了古城墙，事后张松阳把接待办主任狠狠批了一通。小姑娘委屈死了，我也不能一直盯着省长啊。省长走后，张松阳和王铁军分别召开了几个会，一一研究部署落实省长的指示。一个个会开过之后，分管的领导像猎狗一样，到处找问题，想办法堵漏洞。

这天席火根从扶贫点回到县城，天已断黑，晚饭还没来得及吃，张松阳的电话打过来，说是陪他去城南走走。席火根知道书记要对城南动手了。他爽快回应书记，叫林力和司机先回家去吃饭，自己站在老县委大门口候着。

席火根过去长时间在这里办公，熟悉这个院子里的一草一木。县委、县政府西迁后，这座曾经的最高府院清冷如民宅，后院的住宿楼当年房改到了干部手上，如今几度易手不知住着何许人了，而前院的办公楼早已人去楼空，偶尔会有几个路人借着过宿。

暮秋晚来，路灯昏暗，似乎还有几分凉。

席火根想，张松阳怎么还不到？正要打他电话，眼前一个瘦高个晃晃悠悠朝他挥手，席火根赶紧迎上去。

张松阳说，你带路，走通透些。

席火根虽不是渔梁人，但对渔梁历史以及县城街巷了如指掌。从糯米巷穿过，巷子里已经没有几户人家，过去这地方手工作坊多，尤以产糯米酒著名。他记得过去老文联主席住在那，他常去，那时候一个院子住了好几户人家，好不热闹，如今人都搬别处去了，老院子破败不堪。偶有几家灯火亦如秉烛。张松阳不熟，几次差点绊倒。走出糯米巷进入朱家巷，这是朱家的聚集之地，明朝老朱家出了一个尚书，致仕后举家迁入县城，因此这条巷也叫尚书巷。后来人口繁衍多了，地盘也扩大了几倍，成为县城中一个名气很大的街巷。现在这儿的住户大都搬走了，留在这里的大概都是老人。

从巷道出来转道前进路，这一带过去是古城民居的聚集地，县城三口半井，这里占了一口，据说考科举的考棚也设在这一带，所以有上下循良坊之称，下循良坊解放后是粮站所在地，粮多仓多加工车间多。粮改后这里租给木材加工厂加工木材。前不久县委决定对这个片区进行棚改，如前面两期一样微改造，也就是通常说的针灸疗法。政府出资帮百姓修房，点亮万家灯火。所不同的是这个片区的公房多，粮仓多，张松阳颇具匠心，提出建设美食园，规划部门作出的规划几番修改，真有些化腐朽为神奇的味道。现在这个项目正紧张施工。两人常去，所以只是注目扫过。

顺道转人民路、解放路，张松阳问，这一块应该是过去最繁华的地段吧？

席火根说，这一带北面叫马号背，是古代武举马场。中间一带是衙署所在地，过去的孔庙在老县委院内，老渔梁中学是在孔庙基础上翻建扩大的，解放后改作行政机关，这个片区是机关学校最集中的地方。南面是商业最繁荣的地方，手工作坊、篾业、五金、铁匠铺子大致也在这一带，电影院、剧团、自来水公司都在这一带。因此这一带房屋最密集，土地极珍贵。

从这儿走过古城墙芙蓉门，就是中江省的母亲河中江。两个人走近江岸，甚是感慨，过去繁华地，如今何以衰败至此？江边凉风习习，摆夜宵摊的都出来了，吃夜宵的人也都来了，很是热闹。如今古城也只有这一道风景裹着，两个颇有文化情结的人摸着老城砖，思考着何以渔梁。

突然，张松阳问，知道为什么晚上请你来吗？

席火根说，我想书记大概是细数人间灯火吧？

张松阳问，你数过有多少灯吗？

席火根说，我给你介绍，没顾上数，大概 100 盏吧。

张松阳说，我数过，107 盏灯。偌大片区，千年古城就留下这么点东西，让人难以置信哪。似乎不给历史留下些什么说不过去吧？

席火根说，给历史留下什么呢？我想留下乡愁，留下未来。这或许是旧城改造的基本道路。

张松阳说，说得好哇，不愧为文化人。我在想，能不能像一二三期一样微改呢？可是省长、市长的指示是拆，说心里话我很矛盾，拆了就没历史了。

席火根说，拆了没有历史，但有未来啊！

张松阳似乎没完全明白席火根的意思，凭栏相问，你可不可以说透彻些？

席火根说，城南一二三期改造后，人口呈倍数增加，过去没人住的房子政府修好了，人家回来住了。政府营造的业态吸引了不少客商，现在是人多车多，而地下管网老旧，负荷大增，其承载力有限。书记，我可以坦率讲，微改止于三期，四期规模大，原则上全部拆除，重新规划建设，必须满足居民生活需要。

张松阳说，抛开拆迁补偿费不说，如此大的体量怎么拆？如果做成半拉子，我们怎么向上向下交代？

席火根说，书记的担心不无道理。从城市承载力的角度考虑，一部分值得保留的建筑微改无疑是精品，如果继续微改下去或许全部都要成废品了，因为承载力不足啊。所以我们只能痛下决心，别无选择。

书记惊讶地看着席火根，沉默了。

他没回应席火根，或许站在当家人的角度，他考虑的问题还有很多，他担心的事情同样十分具体，他需要时间去推敲。

江面上清光潋滟，不远处渔梁电站灯火如炬。

第四章

王铁军在市里开去库存的会回来，立即召集建口部门，以及财政、税务等部门负责人开会研究落实去库存的具体措施。

王铁军说，去库存是党中央、国务院推进房地产健康发展的重大举措，市委、市政府高度重视，下发了文件，今天还把县长们叫去部署，省里将在近期派出督察组到各县督察。今天把大家请来就是听听大家的意见，尽快拿一个方案出来。

王铁军已经在渔梁做了一任县长，五年下来基本情况他应该很清楚。如果不是脱贫攻坚需要，中央有贫困县主要领导不调整的政策，那么他接任县委书记应该是水到渠成的事。

王铁军叫了一个威猛的名字，其实他人很温和，也很善良，如果一定要说他的缺点就是耳朵根子软，今天听了张三的意见觉得不错，明天听了李四的话也觉得有道理，所以许多事总是议而不决。但王铁军政治上绝对可靠，而且廉洁，市委对他的评价是忠厚老实。席火根在组织部门干过，这个词虽然古朴，但用在县里主官身上风险不小。

房管局长严福生说，我县房源不多，去库存任务很轻，去化周期不过 6 个月。至于具体措施房管局按照市里要求拿出了一个初步意见，已经发到各位领导手上，请大家审议。

吴安泰说，上一届土地出让收入才 6 个亿，平均每年 1 个多亿，所以去库存很轻松。我看渔梁的问题不是去库存，而是发展不充分。十年前政府报告中提出的打通规划路、中江路，实现四纵五横城市格局，这些宏伟蓝图都因为征地拆迁难而落空。

方建设说，要下死决心堵住私人建房，这个不堵，地难征的问题很难解决。

李幼敏说，渔梁城市发展空间大，城市建成区面积不到规划面积的 60%，这在兄弟县很少见。现在到处要用钱，不下决心做足土地财政这篇文章肯定不行。从城市本身发展而言，几纵几横的框架都拿不出来，东西向的路没几条怎么组织交通？城市生活谈何方便快捷？同时棚改的任务越来越重，在脱贫攻坚的大背景下，怎么组织力量完成城市建设任务，真的需要县委、县政府好好研究。

王铁军也感慨，幼敏说得好，土地卖不出钱，脱贫攻坚又是个花钱的无底洞，不好好研究真是难以为继。他看着席火根说，换届之后，我立即向县委建议，由火根副县长分管城建，我个人寄希望于火根同志能撬动这盘棋。从前一段打的几仗来看，火根当不负众望。

席火根接过县长的话说，接手城建，我也是诚惶诚恐，生怕辜负了县长的厚望。我有一个基本的考虑，搞城建其实就是利益博弈，考验的是县委、县政府的决心，以及我们这些操盘手的智慧，根本的出发点是维护公平正义。建议立即成立城建指挥部，抽调精干力量，组织几次空前规模的拔钉子行动。

王铁军一直在市里机关工作，不熟悉基层工作，如今当了 5 年县长，对基层之难深有体会。他看着席火根说，我完全赞成火根同志的意见，建口立即拿一个意见报县委研究。考虑到脱贫攻坚大局，计划可分阶段，摘帽之后动作要大，力争本届政府有所作为，向全县人民交一份满意的答卷。

席火根说，前几天书记找我谈城南旧改，也有这方面考虑。既然两位主官都有这种愿望，我来细化落实。目前我想把阳光小区隔壁那块地清理清理组织出让。现在是限房价、竞地价,这个政策出来,房价拉升是必然的。所谓限房价就是一个预期,我们现在的房价才3000多元,市里给我们的限价是6300元,这个预期很快就会到来。请吴安泰说说这块地的情况,有些事还得县长拍板。

吴安泰说,这块地共120亩左右,几年前征下100亩左右,还有7户20亩左右没有征。现在这块地仍在种水稻。要全部拿下可能会涉及征地补差问题。几年前征地价每亩28000元,现在征这20亩地,每亩39000多元。过去征的一定会提出补差。

财政局长高信开说,过去征的执行过去的补偿标准,现在征的执行现在的补偿标准,补差不合理。

吴安泰说,按政策规定,征地两年不用应该还给农民,充其量这叫预征,补差是必需的。

席火根说,100多万元补差款不是小数目,但我们必须按政策来,不要在这些小问题上与民争利。县长你看这样行吗?

王铁军说,先不说补差,到时再说。

席火根坚持说,这可不行,不仅要定,而且政府还得下抄告,不然芙蓉镇不好执行。他瞄了一眼高信开,调侃道,你不信开嘛,诚信开路,大方点补这100万元,我还你2个亿。

席火根绵里藏针咄咄逼人的架势很多人难以接受,这大概是他仕途走不远的原因吧。在官场,没有能力肯定不行,太有能力也不一定行。

王铁军有态度在前,但他想,席火根坚持自己的主张,肯定有他的道理。虽然他到渔梁做县长,席火根在人大,但席火根的脾气秉性他早就从不同渠道听说过。

王铁军稍事迟疑,说,就按老席的意见办吧。现在脱贫攻坚无疑是压倒一切的政治任务,但城市棚户区改造、城市功能品质提升也是省市考核的重要工作,完不成任务省里要约谈,尤其是我们这样基础较差的县,还面临着畅通大循环、改造微循环的艰巨任务,建口要按照县里的安排，统筹抓好农村脱贫攻坚和城市功能品质提升，今年剩下的时间不多了，要突出解决好城中菜市场棚改项目相关问题，确保明年上半年项目开工。目前这个项目进展情况请相关同志汇报一下。

棚改办设在房管局，但菜市场是城管下属市场中心管理。严福生先说，等搭建好临时菜市场后，立马转移经营户，但涉及人数太多，卖肉的有固定摊位，固定缴费，卖禽鱼的一般固定在一个区间没有固定摊位，卖果蔬的外面进货的和卖干货的也有固定摊位，这些人只要分配得当搬迁没问题，但是自产自销的人太多，如果不能提供足够多的地方，他们可能沿街设摊。市场经营户上千，要实现成功搬迁，估计没有一个大的行动解决不了问题。拆迁户和租户的工作在做，按照席县长的想法，拟向政府提出店房分离安置，店面就地就近等面积安置，住房上楼安置，由于新菜市场综合体规划没有出来，合同还没法签。

方建设说，正如福生说的，经营户情况复杂，临时菜市场的建设要满足各方面需要，为了节约资金，席县长提出，店面过渡安置也是等面积安置，不搞补差，我们设计了不少板房，施工花了不少时间，这几天可以组织搬迁。

席火根说，规划基本出来了，下周可以上城规委会。基本思路是地下两层停车场，三层菜市场，实行干湿分离，封闭管理，顶层有两栋 17 层裙楼和一栋写字楼，总占地面积 5000 平方米。这个综合体建成后将成为渔梁的地标性建筑。现在的问题是动迁难度大，我建议集中力量搞一次规模较大的行动，迅速处理这个问题，以确保市场繁荣。

王铁军说，既然席县长有考虑，就由你全权处置。公安、城管等部门通力合作，尽快落实到位。

散会后，席火根拿起桌上的本子和杯子径直回办公室。他没有提包的习惯，去哪里都撒脱。林力过来问，菜市场动迁是不是马上启动？席火根回道，不动迁，房屋征收工作也做不了，你赶紧作方案，国庆前了了这事。

城中菜市场始建于 90 年代初，过去的菜市场在北门河边，是一个混凝土浇筑的棚构市场，由于体量小，拥挤不堪，北门河上小半里都堵了。1992 年菜市场搬迁到芙蓉大道中段，还是混凝土浇筑的棚构市场，为了解决资金问题，政府在菜市场周边做了很多店面房，与市场纠结在一起，杀鸡卖肉的杂碎和下水乱扔，整个片区逼仄拥挤，恶臭难闻。当年政府共建三层商品店面房 130 多栋，居民买走大约有 60 栋，卖不出去的 70 多栋作为房管局房产出租。之所以选择此地棚改，除了上述原因，还有市场周边停车泊位少，芙蓉大道中段常常被堵塞，安全隐患多，群众意见大。

菜市场棚改体量虽然不大，但实施难度不小。市场内有固定经营户，也有自产自销户，还有不少流动摊贩，而经营的门类几乎包括了居民生活需要的方方面面，涉及上千户经营户。拆封公告张贴出去，武兴思和李雪梅带人每天都在市场转悠，挨个做工作。武兴思的重点是固定摊位，下午罢市后，武兴思领着商户们去临时菜市场看，说，这个棚高，空气好，各家位置照旧。商户们很满意，说，政府说哪天搬就搬，不过要保证旧市场关闭才好。武兴思说，放心嘞。李雪梅的重点是临时摊位，这些人少数是居民，多数是郊区农民，李雪梅是城中社区书记，跟这些人并不熟，但她知道怎样跟这些人打交道，说的话让大家听得舒服。见了老太婆，说，大娘，这个市场老旧了，成危棚了，到临时菜市场去，那里安全宽敞。大娘说，我跟伴，大家去我也去。见了小媳妇，说，这地方马上棚改了，我们先到临时菜市场过渡一下，等这儿建成了，卖菜都吹空调。工作做得差不多了，两人向席火根汇报，说，固定摊位和临时摊位没问题了，不知道拆迁户的板房有没有安置妥当？席火根说，明天开个会，大家凑凑情况。

拆迁户板房安置由吕立忠负责，他是征收办临时指定的负责人。

渔梁过去没有征收办这个机构，席火根提议设立这个机构，隶属住建局。吕立忠几个从乡镇计生办选调上来，虽然对征收工作不熟悉，但工作做得仔细。板房分配同样按照老市场的次序，但从哪里开头落户商户们意见不统一，有人说由西而东，也有人说由东而西，一时分不下去。孙小虎是做早酒的，是菜市场的老商户，对棚改有意见，说，好好的搬什么搬？吕立忠说，老市场属于危旧场所，需要棚改，关闭没得商量。现在需要确定老市场入门第一店方位，这个店定了其他的次序跟着也就定了。卖鱼的那户说，这个市场大，开放的，四面进人，谁知道哪里好？吕立忠说，四面发财，哪里都好。孙小虎虽不情愿，但大家都来了，老市场不关也得关了。说，按肉摊的方位吧。吕立忠要大家举手表决，绝大多数赞成孙小虎的建议，这事总算定了下来。做了几天，板房差不多都分下去了。吕立忠想，多余的先放着，等市场旺了再拍租。

席火根看关闭的条件基本成熟，对林力说，下午开个会作个安排，今晚把旧市场关闭掉，明天一早把人员分到各个口子上，引导商户进入临时菜市场。建口部门和芙蓉镇的头头都到了，公安和交警的头头也来了，会议还没开，武兴思有顾虑，贴在席火根耳边说，临时菜市场刚开张，市场估计会很混乱，市场中心人员少，估计顾不过来。席火根说，方建设统筹一下，外围主要是街道巡查，安排两个中队足够，市场内是重点，安排两个中队配合市场中心。会就这么开起来，席火根说，今晚的行动很重要，城管围挡，棚构部分全部围死，公安参与一下，以防不测，其他部门主要是参与明早的行动，要求同志们五点半准时到达各自岗位。工作做得很顺，但肉摊不够，杀猪佬一直在争吵，差点动起手来。武兴思临时找了几个案板铺在空处，事情暂时了了。

市场中心提出拍租，席火根说，僧多粥少，怕也只能这样了。其实他心里压根儿没想打摊位的主意，挣杀猪佬的钱，可不拍摊位又怎么分得下去？市场中心除了武兴思还有一位能人，叫刘金生，这人脑子活络，外号服死人（土话，说好话哄人高兴）。他跟屠夫们说拍租的事，屠夫们苦于争执，没有心思卖肉，觉得刘金生的办法好。刘金生屁颠屁颠跑去筹备拍租的事，屠夫们收了摊，几个人凑一起扯淡，张屠夫说，我琢磨拍租不好，矛盾是解决了，但摊位拍过之后价钱也上去了，这肉还怎么卖？张屠夫这么一说，像是点醒了梦中人，大家觉得政府在坑他们。

竞拍如期进行，拍卖场设在市场中心二楼会议室，刘金生组织竞拍。拍卖师是外地请来的，底价是旧市场的价。刘金生在市场中心工作了七八年，跟屠夫们都很熟，大概是人面熟的缘故，20多个屠夫如期而至。刘金生宣布拍租开始，拍卖师上台。下面的屠夫们开始躁动，张屠夫带头起哄，说僧多粥少，这一拍，一个摊位比旧市场多出来几倍的租金，这肉还怎么卖？他这一说，屠夫们不干了，大家都跟着起哄，拍租当即流产。

凌晨四点，商务局长杨芳华给席火根打电话说，屠夫罢市了，今天市场可能无肉可卖。席火根一惊，还是出事了。他告诉林力通知商务局、市场中心、几家超市、公安、电视台等部门和单位五点半在市场中心开会。

五点半这个时点还没亮透，朦朦胧胧。林力接了席火根直接去了市场中心二楼会议室。大家准时到了，公安局副政委邱日红还没等席火根开口，就说这种行为必须重拳打击。似乎他给这次行动定了调。邱日红与席火根关系一直很好，席火根早年在组织部分管发展党员工作，邱日红就是席火根发展的党员。邱日红能这么说，席火根自然高兴。他请大家坐下，说打击是必需的，但市场供给必须保证。现在时间还早，请几位超市老总说说怎么组织今天的猪肉。

佳佳好老总说，我马上跟邻县联系组织20头猪，确保九点前运达。国光老总说，我也组织20头，确保九点前运达。

席火根说，先把今天的事办好，40头虽然少了一点，但不至于市场无肉供应，电视台要把握好舆论导向，就说市场搬迁给市民造成不便，这种情况明天就能得到解决。

席火根对杨芳华说，立即组织100头生猪明天宰杀，如果明天屠夫继续罢市，市场直接由政府接管。事后由我向书记、县长汇报。

杨芳华说，屠夫怎么解决？

席火根说，我来解决。我在两个乡镇当过书记，我不信请不来几个卖肉的。另外也请你告诉县里的屠夫们，如果我请来了屠夫，今后县里的市场就没他们的份了。继而转向邱日红说，政委啊，今天下午请你组织足够警力，我来跟屠夫们谈，市场中心配合，商务局通知屠宰场经营人到会，不得缺席，否则政府将取缔这家屠宰场。

散会后席火根想向书记、县长报告，看看表还不到六点，席火根想还是等到七点再说。到了点，席火根首先拨通了张松阳的电话，张松阳是外地交流干部，昨天周五，晚上很晚才回到家，此时大概还在床上。

席火根汇报说，菜市场搬迁出了一些状况。临时菜市场摊位昨天开始拍租，前四场拍租进展顺利，下午卖猪肉的摊位流拍，屠宰户以摊位不够、摊位租金过高为由拒绝参与竞拍，今天罢市。我五点半召集相关部门研究对策，目前已经安排就绪，先从异地调运猪肉进入超市以解市场供应之急，今天下午我准备与屠夫对话，争取顺利搬迁。

张松阳说，猪肉是老百姓生活必需品，不能造成负面舆情，不能导致事态恶化。如果你调度有困难，我请王县长亲自到现场去。

席火根说，书记的要求我明白，我会全力以赴妥善处置。请书记相信我有能力处理这个事情。

九点，席火根到几大超市看，猪肉到了，电视台的新闻也说明了情况，市民传言由于市场搬迁，今天买肉去超市。也有不少人知道屠夫罢市，但总算稳住了人心。

这时候王铁军回到县里，他是本市人，一小时的路程。

席火根接到他的电话，说，县长不来也行，我有能力处理此事。

王铁军说，书记请我到场，我不能不来。既然来了，你把大家召集一下，我听听情况。

王铁军基本确认了席火根定的事宜，这让席火根更有底气。下午三时，公安的警车拉响警笛直奔市场中心，等在那里的屠夫有些紧张，说是公安来抓人了。

席火根说，乡里乡亲，我们好好谈，没人抓你。

现场只有派出所谢文东几个公安，商务、市场中心工作人员给屠夫们沏茶。

席火根招呼大家落座。说，今天我们谈点实在的。我不想提高大家的经营成本，只想让大家搬过去好好卖肉。现在有一些问题，就是摊位不够，这一点需要大家克服。怎么克服，我想请屠宰场吴经理谈谈。

吴经理说，我们只负责屠宰，不负责卖肉，我们也没办法啊。

吴经理的话让席火根生气。说，各位屠夫好像都没带屠刀来，说老实话跟大伙谈还真得有点勇气，退回几十年，在座不少人都可以做将军。但是今天和平年代大家做不了将军。所以我希望大家好好听我说，不必激动，有理不在声高嘛。继而转向屠宰场吴经理等人，说，我现在才知道渔梁县屠宰场不是一个经营单位，而是几个肉头控制的杀猪的场所。我不分管商务，里面的事我不想管，但是今天我把话撂在这，听政府的咱们相安无事，不听后果自负。我想，取缔你这个定点屠宰场政府还是可以做到的。我不想多说，接下来，请商务局的同志和屠宰场的经理们跟屠夫们好好商量，我希望明日开市，不然，我说到做到。说完，席火根扬长而去，谢文东等人紧随其后，楼下的警笛仍然尖叫着。

第二天清晨，席火根接到杨芳华的电话，杨芳华汇报说，屠宰场在杀猪，今早复市。尽管这个消息在席火根的意料之中，但是席火根还是很高兴。这年月大家都想多分一杯羹，削尖脑袋钻营，不如意就闹，由着他，公道就没了。

席火根洗漱之后，想着是否要向张松阳报告这个消息，看看时间似乎还早了些。林力在家门口等着他，两个人径直去了办公室。

过了秋分，晴天连着晴天，正是干活的好时候。

第五章

休完国庆假期，一上班，席火根就接到方建设的电话，方建设汇报说，老谷塘在国庆假期发生了一起抢建，一次性建了 12 栋房屋基脚。

老谷塘与塔前相邻，塔前在城里，老谷塘在乡下，塔前的地用来种城的时候，老谷塘其实也没闲着，土地一直在城市居民中交易，因此老谷塘一直是违建的重灾区。

席火根问，谁有这么大胆？

方建设说，不知道。

席火根本想责备方建设，想想算了。说，不知道好，你也不必去查，咱们就事论事，我要求你今天准备，明天全部干净彻底拆除。

席火根的话掷地有声。

方建设说，芙蓉镇应该参与统一行动。

席火根说，可以。我跟陈林说，请他安排 20 名干部，由刘文海带队配合你行动。另外，我提醒你，挖机全部到邻县去请，确保行动成功。

方建设当城管局长有几年了，这两下子他应该是知道的，但席火根还是作了提醒。事实证明这样的提醒并非多余。第二天清早联合行动队伍浩浩荡荡开进老谷塘村，但大家总等不到机械到场。城管中队曾队长报告说，4 台机械昨晚到了渔梁，我们安排司机住下了，不知何时不见了人影，肯定是受到威胁才离开的。

方建设把情况汇报给席火根，说，今天可能行动不了。

席火根听了火冒三丈，高声说，你把手机免提打开，声音调到最大，我要对你们所有人讲话。

方建设说，免提开了，领导请讲。

席火根扯开嗓子，几乎是喊，我告诉你们，今天就是用锹铲用锤砸，你们也得给我把这些基脚拆除，否则将严肃处理。声音在廊道里回荡。刚才他正参加政府常务会，接完电话，重又走进会场，气还未消，像斗鸡一样昂扬。

席火根的话林力听得清楚，他知道领导这回绝对下了狠心。这会儿他打电话给刘文海，请他想办法再请机械。

席火根坐下来，脑子里突然填满了黄先甲的影子。黄先甲是县医院的职工，他向上级和媒体反映渔梁违建问题已长达八年。他这种锲而不舍、越挫越奋的努力引起席火根的注意。如果黄先甲没有私心，那么他的这种行为的确令人敬佩。黄先甲不断找县里的领导，分管副县长、县长，纪委书记、县委书记都找过，而且都是一种姿态，瘦削的身体坐下，马上拨弄手机录音，然后情绪激动地质问领导，很多领导都烦了，交代下面不许他进门。最近他已经两次找到席火根。席火根很耐心地跟他说，你反映的历史问题我会请相关部门去调查，我向你保证，我分管城建之后，决不容许存在违建的事实和空间，请你监督。席火根注意到，黄先甲一直在录音，提醒说，放桌子上录吧，声音更清楚。

席火根这么说，黄先甲干脆不录了。像是秘密被人揭穿，恼羞成怒，大声说，我相信你会做好今后，但你不能不理旧事。

席火根说，我到政府才几个月，情况还不熟悉，你反映的人和事我会认真调查。

黄先甲很激动，他霍地站起来，捶着桌子大声叫喊，我需要你明确答复。

席火根算是领教了，这浑蛋已经歇斯底里了。到底是什么样的心结，才能导致一个人如此偏执狂躁？

席火根始终很平静，但寻思，不能任由他情绪失控，这回必须警告他了。说，我已经答应你调查，你还想怎么样？是不是把你反映的人都抓起来你才解气？就算你反映的问题属实，我有这个能力满足你的诉求吗？你来反映问题可以，但你蛮横无理就要注意了。

黄先甲拎起包头也不回就往外走。

刘文海曾经告诉过席火根，黄先甲信访的根源是 2006 年省道拓宽征地。当年修路县政府没钱，没按征地标准执行补偿。县政府确定的每亩 1600 元征收标准，还不到省政府规定的十分之一。黄先甲和其父亲是公职，母亲和一个傻妹是农村户口，家里有责任田。他家虽不在县城规划区内，但在县城近郊，这个价村里人坚决不接受，芙蓉镇采取变通的办法，征半亩地给一栋建房指标，不足半亩不给。如果这个政策执行公平，或许也没什么事。但有人钻了空子，芙蓉镇和国土局的干部联手，把不足半亩的数字凑一块，获得了四五栋建房指标。黄先甲家里征了 3 分地，他父亲知道被人利用后不断上访，但始终没有得到处理。疾病加上奔走的疲惫让老人倒下了，而且这一病就起不来，很快去世了。让黄先甲悲彻心底的是，因为他父亲上访，纪委已介入调查，村里人怕受损失，恨老东西不地道，把出村的路都封了，父亲无法安葬，尸体在家里都腐烂了。黄先甲求乡亲们，没人理他，直到一村子人都闻到尸体的恶臭才把村道放开。

黄先甲过去很阳光，这件事让他感到了世界的丑恶。也许从这时起，他心里就被一块石头堵着，发誓要跟这些王八蛋斗争到底。在他的信访书中，细数党员领导干部包庇纵容违建，有名有姓，后来的名单越来越多，小到村长，大到市纪委书记，只要他见过的领导都被指认为包庇纵容者。其实县纪委已经处理了当年舞弊谋私者，撤职开除党籍。黄先甲认为处理不到位，违建并未拆除。到了 2013 年渔梁县对历史上违建作一了结，下发了一个处理意见，视不同情况分别给予处罚。黄先甲认为渔梁的做法不合法，不能以罚代法，他要求县里纠正。从这年起，他信访的等级越来越高，信访的手段越来越先进，涉及的人员也越来越多。

人在做，天在看。黄先甲无疑也是一把利剑，席火根想，没准这时候他正盯着这12栋基脚嘞。快到中午时，刘文海又给席火根汇报说，机械在城外被人拦了进不来。席火根很震惊，他清楚一夜之间抢建12栋房屋基脚必是团伙作案，他更清楚一日之内机械两次被拦截，这是什么样的团伙。但是他无法后退，此刻他能下的决心就是毫不手软铲除这12栋房屋基脚。席火根告诉刘文海，你亲自带人去城外，看看到底是谁拦了机械，我马上通知谢文东赶过去。

谢文东向来很配合席火根的工作，拆野猪违建，关键时候如果不是谢文东挺身而出，没准要出人命。接到席火根电话，谢文东亲自出警，赶到城外时，机械已经向城中开进，拦机人早没影了。

林力没请示席火根，通知电视台派两名记者到现场。林力特别叮嘱，拍完怎么播待请示领导后再通知。

4台机械同时作业，虽是仲秋，晌午的太阳依然炽烈，工地上尘土飞扬。谢文东坐在警车上，警灯一直闪烁，他想既已出警干脆看着挖完。一个多小时作业，违建被拆毁干净，钢梁全部打断。

当晚，这条新闻在渔梁电视台播出，林力不知道渔梁人的反应，但他坚信席火根的铁腕将宣告渔梁违建时代的终结。

老谷塘违建被拆除，自始至终没有人冒出头来，席火根觉得奇怪。林力说，这12栋房屋基脚挖掉了当事人100多万元，我还纳闷嘞，怎么没人冒泡？席火根说，这无疑是个团伙，大概人家是考验我的勇气和胆气，并不吝惜这100多万元。如果我退缩了，他们将获利千万。林力说，我估计老谷塘拆违能形成一个震慑效应。席火根说，震慑肯定是有的，但效应还不好说，应该还会有一个艰苦的过程。很多人还在看，不少人还要考验我的毅力。那就来吧。注定我是要把人得罪光的。

林力不再言语，席火根的心里开始盘算塔前土地围挡的事。基层政府马列主义管不了现实，事情做得再多，归根到底还是银子最重要，或许在领导心里卖地才是硬道理。

席火根指定吴安泰牵头，陈林和方建设配合，率队进入塔前围挡，方建设的城管全部到达，为了加快围挡速度，方建设还请了两支专业队伍施工。但是这一次席火根还是估计得过于乐观，队伍进入塔前围挡不久，林力告诉席火根，塔前土地围挡清表并不顺利，围挡的人全都被围在了田里。

这却出乎席火根意料，先前县长已经答应补差，怎么可能引发一村的人去围攻现场？席火根想，可能是征地新政出了问题。之前县政府已经明确四条，一是征地协议与村民小组长签，不再与经营户签，以体现农村土地集体所有性质。二是丈量土地不再用皮尺，改用GPS，以体现公平。三是所有征地包括预征必须围挡清表，不再产生新的成本。四是发展预留地按政策顶格 8% 给予，政府初步制定了预留地使用办法，选择土地的可以做租赁性住房，选择货币化补偿的可按同地块出让收入政府留存部分给予。预留地政策 2008 年就有了，但政府只下抄告，不落实地块，相当于给农民画了一个饼。现在通过席火根的努力把这个饼还给了农民，难道他们还不满意？

席火根想着，吴安泰的电话打进来了。说，席县长，你的 GPS 老百姓不接受。什么叫我的 GPS，对吴安泰的不恭，席火根一向不以为然，此刻他还是十分疑惑，问，怎么回事？吴安泰说，GPS 从现在开始用，7 户未征地户不同意，按照你的意见，补差的前提是用 GPS 重新丈量，过去征地的农户也不同意，所以全村人都出来了。现场老的小的，坐轮椅的，打吊瓶的都有，围挡无法继续。陈林拿过吴安泰的电话求救，说，席县长，现场局面我们维持不了了，你是不是来现场？

席火根放下电话，骂陈林，年纪轻轻，没点血性。骂完叫林力一起去现场。

吴安泰没有骗人，现场的局面混乱极了，塔前男女老少都来了，几乎每块田都站着人，对面靠近芙蓉大道原有一家汽修厂是7户未征地户之一，他一家人守在那里，像几个泥雕一动不动。

王庆生跑过来说，县长，我没做好工作，之前跟村民讲补差可以，但要重新丈量，这公平啊，等于用现在的征地价征现在的地，很多村民都答应。后来有人说，过去皮尺丈量，尺度松，一亩等于一亩二，甚至一亩半，这补差冤枉补了，有的量得松的可能还要倒贴，所以全村人都出来了。

席火根对陈林说，你一点办法没有？

陈林三十才出头，没经历多少事，缺历练，想不出办法，表情木讷，不知说什么好。

吴安泰说，城管围挡围不下去了，调公安吧。

席火根斜了他一眼，说，没公安，你就不干活了？

大家围着席火根，这种情况对他而言，算不上什么大事情。席火根说，历史问题不宜太细，粗一点好。庆生啊，我看这样，对于过去量了地的，愿意用GPS重新丈量的补差，不愿意的不补差。地是他们经营的，他们心里清楚。无理取闹阻工的可以请公安介入。对于7户未征地户，你去把他们请到村委会来，我和陈林跟他们谈。

陈林跟着席火根到了村委会，7户人家的男人都来了，席火根给他们散烟，然后落座开始对话。

村民说，过去征地都要我们签字，现在我们没签字，协议无效。

席火根答，地是集体的，你只有经营权，没有所有权，不需要你签字。

村民说，我们要生活，不种稻子怎么活，地都给政府征了，我们吃什么？

席火根答，种稻的地叫基本农田，种城的地叫国有土地，你种的地是县城建设用地，不是用来种稻子的。至于地没了，怎么活，这是政府必须关心的另一个问题。有失地农民保障做基础，再说发展预留地落实了，你建了房子可以租赁获得收入。城市做大了，人口聚集了，活路就多了。

先前站在汽修厂前的泥雕说话了，你是县长，说话要负责任，我录了音，可以发出去叫大家评评理。席火根语气平和，你可以实事求是反映问题，我说过的话我负责任。但是我告诉你，你的汽修厂就是违建，之所以没拆你，是因为马上要征收你的地。泥雕咆哮了，谁拆跟谁拼命。

席火根说，不是谁要拆你，是法律要拆你。野猪比你烈，几个月前不是拆了吗？气话说说就好了，日子还要过下去。

磨了半天，到了晌午，田地里的人明显少了。城管围挡施工继续，这时候泥雕跑过去，用铁锤打倒了一片。城管报案，谢文东出警，到了现场泥雕不知跑哪里去了。芙蓉镇送来盒饭，大家吃着，王庆生带着村小组长王五生过来，王五生说，县长，你就原谅他，我来做工作让大伙回家。

会哭的孩子有奶吃，凡事闹一闹，在渔梁似乎成了习惯，能不能得到好处，就看谁在现场处置。这回碰上席火根，一场闹剧就此收场。

陈林跟着席火根上车，嬉皮笑脸地说，县长厉害，再带我几次，我一准能出师。席火根拍了他一下，笑着说，我信。

季节好像转不过来，仲秋时节，不见秋风扫落叶的场景，天气早晚凉，白天热，穿长衫、短衫都不合适。席火根穿了短衫，外面套了夹克才出门。

这几日，塔前宗地出让让他和他下面的人颇费思量。其实政府卖地卖的就是容积率，张松阳主张城南做减法，城北做加法，王铁军作为县长考虑更多的还是钱，一个县就是一台大机器，没钱运转不起来。席火根在务实中明显带着理想主义色彩，他认为县城也是城，如果都是小高层，既无土地来保障，同时县城的品相也做不出来，毕竟城市的轮廓之美是靠天际线来塑造的。规划局长石言具体操盘，他把领导们的理念变成数据，楼层一般控制在 18—21 层，容积率控制在 2.5 以下。这几个指标县委、政府都能接受，因此塔前宗地规划方案很容易被政府通过。难把握的是出让方案，按规定起拍价不得低于评估价，通常的做法是略高于评估价，但这一次情况特殊，市里给渔梁定的限价是每平方米 6300 元，为全市最低，王铁军找席火根、吴安泰谈过，土地是稀缺资源，渔梁的房价一直处在全市最低水平，房地产对县域经济的拉动不明显，希望本届政府能改变这种格局。一旦县长的意图实现，塔前宗地将翻开渔梁房地产新篇。

吴安泰知道，起拍价的确定十分关键，他召集自然资源局班子开会，多数同志仍然认为，评估价每亩为 144 万元，按照略高于评估价的原则，确定 150 万元左右比较好，定高了可能流拍。吴安泰不同意，说，这几天我一直在比较兄弟县的房价，渔梁目前的征地价与周边县不相上下，楼面地价大约比周边县低了 1000 元，而房价比周边县低了 3000 元到 5000 元，如果继续维持这个水平，渔梁的各项经济指标排位将始终跟在全市屁股后面。铁军县长、松阳书记不会答应。塔前这宗地作为新的起点，我提议确定为每亩 174 万元，以这个价报政府可能获得通过。班子的同志反复算，反复议，最后同意吴安泰的提议。交易中心主任严军提出，押金是保证土地摘牌后项目顺利实施的一道屏障，过去摘了牌付不出钱的案例不少，按规定付不清出让款，押金即没收，这的确有点残酷，但为防止竞拍冲动，按照市里的要求出让文件中写明限房价、竞地价是必需的，同时要提高押金的比例。建议这个比例按出让地价总额 30% 执行。不少人议论押金高了，报名的就必然少，吴安泰说，提高押金比例表面上是提高门槛，实际上提高的是房地产商的整体实力，今后这个比例还可以更高一些。

席火根最先看到出让方案，说心里话，他对这个出让方案是满意的。他笑着问吴安泰，渔梁房价在你我手上大幅度拉升，你不怕老百姓骂你吗？吴安泰笑而不语。席火根说，你不考虑这些？吴安泰说，我不考虑，政府行为与个人无关，说到底，一个产品市场接受了，社会就认可了，说点闲话不必在意。我现在担心的是市场。席火根说，我倒不担心市场，我担心的是最高限价很可能是一个风向标，它会把地价直接拉升，而房价则跟着接近限价。

塔前宗地出让挂网牵动太多人的神经，渔梁人议论每亩起拍价174万元，这个价太高，一准流拍。但不少大大小小的老板却十分看好，这宗土地的竞拍或许将开启渔梁房地产的新阶段，只是竞拍设置的门槛不低，竞拍押金5000万元，让不少人望而生畏。

渔梁最有实力的建筑老板郭生辉动了心。过去渔梁房地产都是小块土地出让，多数地都是一些小老板摘牌，这些小老板以2分的月息向民间集资，因为投资不大，大老板不感兴趣，小老板屡屡得手。这一次塔前宗地首次突破100亩，投资巨大，够刺激的了。郭生辉想联合几个有实力的老板一起干，把这个项目做成渔梁品牌。商品混凝土老板何超洋也在邀请之列。何总这人特精明，只要赚钱并不在乎大小，因为做着混凝土生意，所以过去的小房地产项目也做了不少，但这一次地价太高，房价飙升，他还是有些担心渔梁的购买力。正犹豫着，郭生辉走上门来，两个人喝着茶，聊着房地产限价。

郭生辉说，出让方案特别提出限房价、竞地价，市里给县里的限价是6300元，我估计渔梁的房价将直接拉升到6000元。

何超洋说，对于房价我不担心，我担心的是渔梁的购买力。毕竟这一次投资巨大。

郭生辉说，既然老兄有担心，多叫几个人一起做。

何超洋说，那倒不必，人多心不齐，不好做事，最多三个股东。

郭生辉说，那就再邀请刘细细参与如何？

刘细细也是渔梁知名的建筑老板，这人精打细算，钱多，毛病却少，钱只进不出，实力到底多强谁也不摸底。何超洋说，细细可以，你做董事长，我管销售，细细管工程。郭生辉说，可以，就这么定，明天把细细叫来再议议。

其实渔梁还有不少人蠢蠢欲动，几家银行行长忙得不可开交，客户们在接待室排着队，送走一批，又来了一批，办公室像赶集一样热闹。

竞拍当天网上异常火爆，加价幅度5万元一次，竞价从上午九点持续到下午两点，郭生辉志在必得，每一次加价几乎毫不迟疑，加到224万元时，郭生辉盯着电脑，没人跟了才舒了一口气。

交易中心严军第一时间向席火根报告，塔前宗地最后以每亩224万元成交，土地出让总价超过2.6亿元，刷新了渔梁历史上单宗土地出让收入过亿的历史。这个事实愈加证实席火根的判断。在房地产控价的问题上，诸如最高限价这样的简单操作不仅没能让房价下跌，而且在县一级城市它所起的作用恰恰相反。因为最高限价无疑就是最低售价，它起了一个风向标的作用，所以开发商才敢朝着这个风向标拼命举牌，其结果无疑是把本来很低的地价直接拉升。

如席火根所料，这宗地的出让让渔梁房价直接飙升到6000元。不知道这是好事还是坏事。但是渔梁人知道这是渔梁迄今为止唯一一个像样的小区，无疑它是最好的，这座名为云锦花园的小区开盘购房者云集。这似乎就是个魔咒，买涨不买跌。

这个冬天渔梁火热，官方喜笑颜开，市场排队买房，而在席火根心里，总也抹不去房价翻番带来的压力。这种压力似有形又无形。

第六章

冬夜，梅岭寂静。村委会门口间或有摩托驶过，油门踩得很凶，喑哑粗厉的声音像是要撕破乡村的夜。丘陵上、盆地里稀疏的灯光在寒风中飘忽。大办公室的灯光亮着，驻村工作队仍在加班，似乎他们的忙没有尽头。自 2014 年以来，渔梁所有公职人员，甚至包括教师、医师都参与到脱贫攻坚中来，太多人牺牲节假日，太多人耽误亲情友情，把国家的担当扛在肩上。许多人在第一书记、驻村工作队的岗位上跟着痕迹管理的导向，默默地重复做着连他们也不知道有没有价值的工作，报工作日志，报贫困户收入，报进档出档，没完没了的报表让他们厌倦了。

尹小青是第一批派出的驻村第一书记，整整三年她经历了太多的事情。原先她想脱贫攻坚应该是个单纯的活，就是两不愁三保障呗，不愁吃不愁穿，核心就是持续增加贫困户的收入，住房、教育、医疗三保障主要是通过政府购买服务来实现，第一书记的职责就是把政策落实到位。但是渔梁的工作远不止这些，开始的时候，大家似乎不知道怎么扶，在村庄整治上下了不少功夫，花了太多冤枉钱。没完没了地粉墙，甚至贴了瓷砖的墙也粉，坡屋顶一律盖了红瓦，红通通的。后来上面说涂脂抹粉不对，又开始拆土坯屋，很多挺好的土坯屋都被拆了。村庄是干净了整洁了，但农民的气不顺了。农村家庭都是生产单位，农具、鸡鸭棚，家伙什多，没了那些土坯屋，又得重新搭建铁皮棚。尹小青记得那时席火根说过，这事过头了。甘塘村留下一座被火烧过的高姓祠堂，堂号翕乐堂烧制在砖上，祠堂本体的砌功很精细，砖的规制似明朝，可惜祠堂烧去大半，不能准确辨明年代，但该堂始建年代推至明末清初应该不会错。堂内外荒芜，野草灌木比人高，进入都难，这种建筑已经很少。祠堂前的古柏年轮400，远处还有一座家庙，古柏前的砂手延伸至尽头。这样的布局一定是村庄初创的原始风情。查阅族谱一定可以剥开这个家族隐藏在荒芜废墟中的繁衍密码。村里人说，按上面要求这种破败的建筑要拆干净，席火根不允，说把残垣断壁收拾干净就好了。作为大村长，席火根总是强调贫困户有吃有穿，有安全房住，有安全饮用水喝，就医就学有保障，除了政策给他们的，让贫困户增加收入才是硬道理呀。尹小青懂得席火根是农民的儿子，知道土地能够给农民的其实不多，希望在他帮扶的村多搞订单，让村里有机的食物提供给富人，让富人的钞票流入村庄。但尹小青真的很忙，有时为了拆掉一个土坯房，不知要上多少次门，还有没完没了的报数字，似乎她没时间和精力为贫困户谋划产业。

刚躺下，尹小青在手机上看到总书记上了井冈山，在神山村和老百姓亲切交谈，那喜庆欢快热烈的气氛，让尹小青隐约感到井冈山摘帽的日子近了。临近春节，尹小青想着走访贫困户的事。省妇联置办了一批年货，包括腊肉香肠之类，明天席县长来，她跟林力说好顺便带些过来。

清晨，山上的鸟儿亮开嗓门欢快地叫，在枝头扑打跳跃。尹小青起床拉开窗帘，她已经习惯第一眼朝远处望，像是用眼神拥抱这山峦裹着的田畴和村庄。

梅岭第一书记的一天开始了。她赶忙洗漱，作为大姐，她一直兼顾着为工作组的同志做早餐。尹小青是县妇联副主席，任梅岭村第一书记已经两年，单位上还有一位小姑娘跟她一起驻村。工作组还有市教体局下派的一名年轻干部，因为脸黑，大家叫他小黑哥。三个人同住村委会，像是一家人为这个贫困村守夜。

尹小青是那种见一面给人留不下印象的女人，可能是在村里的时间长，她的面容被太阳晒得有些黑，她生活简单，头发在脑后挽成发髻，穿戴也很朴素，手上颈上不戴饰品，脸上不涂脂抹粉，跟农村人很合群。她做事麻利，工作忘我，女儿高考她没回家，上大学也没时间送。她说，没时间呀，太多人要关注，太多表册要过目。很多次，席火根在贫困户家的饭桌上问她，你认为做的这一切有意思吗？尹小青很认真地答道，我也不知道。自从当了第一书记，我觉得有责任把政策应当给贫困户的必须给齐，遗漏了，给晚了，我会心不安。支部书记范友明说，我们这些人能力小，只能做些婆婆妈妈的事。

尹小青和小黑哥陪着席火根走访贫困户，席火根带了牛奶和食用油，尹小青带了妇联系统配给的礼物，一家一家走，礼物一家一家送，像是走亲戚。胡花源老婆收了礼物，说是要给席火根一条鱼，席火根不肯收，过了一会儿胡花源把鱼捞上来，说，干塘时特意留给你的。是一条很好的乌青鱼，这种鱼专吃田螺，口味极佳，鱼装在蛇皮袋里，活蹦乱跳，看那身段足有七八斤。席火根坚持不收，胡花源老婆说，县长老给我们东西，却不要我们的东西，看不起我们哩。席火根说，我还有很多事，鱼带不走，会死的。胡花源不管那么多，就往车里塞。

几个人上了车，席火根说，去丰收家。到了丰收家，把鱼放下，没见盛丰收，席火根大声叫，我们中午在你家吃饭。市里驻村帮扶的小黑哥突然问，席县长为什么喜欢在贫困户家吃饭？一不留神，话被盛丰收听到，盛丰收从房里出来，接茬说，席县长哪里是来吃饭？东西都是他自己买来的，饭也是他做的，席县长不嫌贫，我们巴不得席县长来吃饭。盛丰收说的是心里话，脸上的笑容像花一样盛开。

连着几日，席火根都在扶贫点上。这一天，直接去了韶牧肉牛养殖基地。曾广群正在洗栏，席火根悄悄过去，并不声张，看栏里的牛，像是欣赏一幅画。东北种，个头大，站着像一堵墙。曾广群拿着低压龙头低头冲水，没看见席火根。林力说去叫他，席火根没让。

两个人到处走走看看。基地建在一个小山包上，已经是有模有样，三排牛栏，梯次排列，排污、沼气一样不缺，年底了，两个栏空了，只剩下一栏的牛。管理房按照居家、办公、培训等功能设计建设，挺像那么回事，厨房和餐厅建在房屋的侧面，与牛舍形成一个围合，四周都是草场，满地都是找食的鸡，几头看门的狼狗一声不吭，摇着尾巴和席火根、林力亲昵。

曾广群过去养本地黄牛，数量不多，从几头到十几头，最多时没超过20头。曾广群养牛有年头了，他读到初中没再读，跟了师傅学兽医。他很聪明，人也高大，操作的功夫一学就会，后来又学会了人工授精。出师后，畜牧业正在萎缩，家家户户都不养猪，去养猪场给人打工，他不情愿，索性自己养牛。买了几头母牛，他给母牛人工授精，母牛帮他产崽，生多少养多少，人放天养，肉质好，成本低，价钱高。不管肉牛市场怎么变化，曾广群养的牛，在本地市场不倒腰，牛肉可卖到七八十元一斤，一年收入10万元出头。

脱贫攻坚战一打响，县里整合出一大笔钱扶持贫困户发展产业，户均5000元，贫困户种什么养什么自己定，只要养了种了，5000元扶持资产就可以到手。席火根担心这5000元下去打了水漂，或打了酒喝，跟谢自发、尹小青、范友明商量，说，两保障通过购买服务去实现，这个路子是对的，搞产业试图通过购买服务是实现不了的，我们要想办法把钱交给有本事的人，成立跨村的专业合作社，把贫困户吸收进来，这样贫困户可获得稳定的收入。尹小青说，梅岭91户贫困户，有能力自己发展产业的不超过30户。范友明补充说，小青说的有能力的也只能养鱼种果，有没有这个扶助资金都一样。党委书记谢自发说，县长是师傅，了解农村，担心有道理，我估计这种可能性十之七八，这些天我一直思考着怎么用好这笔钱，按照县长的思路，难的是找领头人。席火根说，这是个实际问题，我想先找几个人应该没问题。小青这边做做曾广群的工作，这个人我熟，有技术，人本分，缺的是胆量，我们一起帮帮他，把肉牛产业搞起来，争取吸收100户贫困户进来。

韶牧肉牛养殖基地当年就办起来了。合作社注册时，曾广群问用什么名，席火根不假思索，脱口而出韶牧二字。韶是美好，牧是产业，韶牧是个美好的事业。合作社比预期红火，吸收了周边3个村120户贫困户，资金60万元，席火根还帮助曾广群在就业局办了30万元贴息贷款，加上他自己的底子，这规模算是不小了。合作社规定按股分红，每年给每户分红1000元保底，收入好时还增加，每户贫困户可以给合作社提供2吨草料，获得现金收入1000元，这样的结果席火根很满意。

曾广群冲了栏回来，见了席火根，憨憨地笑，说，我在冲洗牛栏，不知道姐夫来了。席火根说，我见你在冲栏，没打扰你，说说情况。曾广群说，前几天卖了140头，还有60头这几天出栏。今年行情不太好，每斤少了三四元。席火根说，看来贫困户分红要受影响了。曾广群说，亏我自己的，保证他们的，不然这事做不下去了。席火根说，你有这样的境界我还能说什么！有茶吗？我们泡杯茶慢慢聊。等人的时候席火根打电话叫了谢自发赶过来，这会儿也到了。几个人依次在八仙桌前坐下，曾广群给每人沏了杯茶。席火根问谢自发，这里的情况你清楚吗？谢自发说，我知道，今年市场不太好。曾广群说，书记放心，我还应付得来，自己少赚点，明年来过。谢自发说，曾老板有气度，县里正在推选脱贫攻坚好人，我看这人就你了。曾广群忙说，不要不要。这都没什么，最苦是操心，毕竟200头，规模不小，过去养十几头，人舒服，一年搞十几万元没风险。谢自发说，过去你一个人搞，现在你帮了120户穷人，你是积德嘞。曾广群说，我也是这么想，不然懒得去做。席火根说，人一辈子能够有能力帮助别人，也是一种成就和幸福。老弟，你说对吗？曾家是通天谱，席火根老婆姓曾，也是广字辈，年龄比曾广群大，见面一般叫老弟，而曾广群则叫席火根姐夫。

几个人聊了个把钟，到了十一点，曾广群叫老婆准备饭，席火根说，弟妹只管煮饭，菜我们自己弄。叫了曾广群提着捕鱼的家伙什，几个人跟去，在小溪里捉了几斤杂鱼，回家倒进脚盆，泥鳅、黄鳝、小参子、乌鱼、鲫鱼什么都有，几个人动手收拾，席火根亲自炒了，大大一钵头，加了一个青菜，一荤一素。林力说，这菜好吃，席火根说，我们家乡有句俗语，鱼仔打个屁，辣椒都有味，拌点汤更下饭，可是这季节没有本地辣椒，不然更好吃。这顿极简单的饭，大家吃得很舒服。对席火根而言，这不仅是他在农村养成的一贯作风，而且是调整工作节奏的最好方式。专注一件事，人很辛苦，有时候转移一下注意力，也是一种放松。

春节刚过，井冈山在全国率先脱贫，成为全国贫困县退出机制建立后首个"摘帽"的贫困县。不知为什么中江省被国务院扶贫办约谈，中央派出的督察组来到中江，省里指定到渔梁。行前国务院扶贫办对督察人员进行了培训，一个县检查两个村，可由当地政府指定一个村，渔梁指定到梅岭。

梅岭无梅，靠近中江到处是浓密的香樟，这个时节田野上油菜花开了，一沟沟红艳艳，给这大地披上浓妆。

中央派出的督察组组长是国家金融机构的一名处长，人很年轻，面容白皙，一副书生模样。他向张松阳透露，此番中江督查实际上是给中江一个解释的机会，县里检查的成果自然代表中江。县委书记、县长，分管扶贫工作的领导高度重视，亲临现场，席火根作为大村长也不敢懈怠，早早地候在村里。

处长见了这么大阵仗，说，你们都不必跟随，有第一书记陪同就行。

尹小青带着处长到张长生家，处长到处看看，在板凳上坐下，问长生收入情况，长生说，托党的福，去年风调雨顺，孩子们努力，总收入有 8 万元吧。

处长大惊，有这么多吗？

长生爽朗大笑，一笔笔报出来，儿子、儿媳务工收入，种田收入，养殖收入，处长一笔笔叠加，超过 8 万元了。

长生说，好在有这么多收入，不然我们家还真有些麻烦。

处长问，你家什么情况？

长生把孙子得病治疗的事一五一十说了，处长问，还有什么困难吗？

长生说，没什么困难，困难是暂时的，孩子的病基本好了，不用花很多钱了，国家政策好，日子会好的。

处长问，你们家一个月能吃上几次肉？

长生笑答，不知道，我养了几十只鸡，100 多只鸭，吃鸡吃鸭算吃肉吗？

长生的风趣让处长动容。

长生接着说，我比你自由，想吃什么吃什么。

处长被长生的话所感染，跟地方的同志说，他走访的几户贫困户精神面貌都很好。话虽简单，却是对渔梁脱贫攻坚成果最好的肯定。

小黑哥粗粗壮壮，职业是体育竞技裁判，他总结说，席县长对精神扶贫比物质扶贫似乎更重视。

席火根没觉得小伙子拍马屁，心想，一个人只要心不死就有希望，孩子在国家帮扶下成长，终会有跑起来的一天。

这天晚上，席火根按捺不住，在《政府工作手记》中写下了一首长诗《万家倾诉》，其中有几节是这样写的：

小康路上不许一个人掉队

国家行动温暖乾坤
暖冬不是厄尔尼诺
而是公平和正义的气象

站位唤醒责任和担当
宛如春风吹拂
宛如春雨润物
村村户户，边边角角
每一个细节贯穿春的气息
历史在这个节点浓墨重彩

灶台，生锈的锅走过油而光亮
床铺，油渍的被换洗过而洁净
衣服，有了季节的标识
改变了人的气质
保障，羁押疾病的肆虐
孩子的眼睛如桃花盛开
梦和向往悄然种进心田

村庄的交响在瓦砾中唱响
拆旧粉墙改瓦
村庄瘦身
结束千年黛瓦
红顶映红了天

第七章

　　韩美华到了北京天安门，前门公安发现她时，她跟民警说她是中江渔梁人，无业，房子被政府强拆了，现在没地方住，一家人住在两节废弃的集装箱里。说完就哭，哭声很大，像是要惊动天安门。

　　3月北方的天气依然冷，民警把她直接带到所里。李劲涛蹲守在前门派出所，一眼就认出了韩美华，马上跟过去给民警递烟，说，这人我马上带走。民警不肯，说，这人到了天安门，按例得做了笔录才能走。李劲涛知道，做了笔录就麻烦了，北京公安要通报中江，渔梁就会多一件赴京访，如要销号，就得走门子。李劲涛马上打邱日红的电话，说，韩美华在天安门被北京公安逮住了，现在前门派出所。邱日红带了在北京做生意的渔梁老乡肖总赶过来，肖总找到民警，说了什么谁也不知道，过了十几分钟人被带出来，说，没做笔录，把人带回去吧。邱日红知道，肖总是个爱面子的人，这方面早做足了功课。

　　全国两会是一年一度的上访季，每年县里都要派邱日红到北京处理赴京访，跟他一起来的还有七八个人。最有可能赴京访的有老狗皮、韩美华等五六个人，大部分是芙蓉镇管辖，所以李劲涛几乎年年要来。对这些人镇村是第一道防线，布置人盯人，轻易脱不了身，但这些人有经验摆脱盯梢，一般都会在异地上车赴京，邱日红率领的团队在北京就是最后的防线，如果邱日红没防住，渔梁就要受到省里的批评，相关人员甚至会被问责。

韩美华是渔梁仅次于老狗皮的上访户，她是埠前人，丈夫在渔梁啤酒厂工作，农业税时期种田不划算，她把田交回村里，村里不要，刚好碰到接收深山区移民，她的两亩多田分给了移民，洗脚上岸，在县城租了房管局的房住下，到啤酒厂做销售员，走街串巷卖啤酒，按销售额计报酬。丈夫下岗后，啤酒厂到了私人手上，她接着做销售员。房管局的房子接着租，租金虽然便宜，但月月交着，心疼。那时候渔梁民间买卖土地成风，她把乡下的房子卖了，凑了七八万块钱，在县城买了一块地，本来准备建房，可她的钱买了地，房就没钱建了，地一直放着。过去那地偏，后来修了路成了街道，她的地就在街道边，再没可能批了，她不断在县里上访，别人能批，为什么我不能批？坛上巷改造，韩美华租的房管局那房要拆了建儿郎灯展示馆，韩美华搬出来就没地住了。本来房管局给她找了另外的房，她嫌地方不好死活不去，不知在哪里弄了两节废弃的集装箱，放在她那买的地里，一家人住下来。城管要拆，韩美华以死相拼，这事暂时就撂下了。

县里实行包案制，韩美华上访的事由是建房，案子自然落在席火根头上。第一次见韩美华好像是国庆节后，天气还很热，韩美华直接找到席火根办公室，席火根见她穿着随便，单衣薄薄的，像是睡衣，感觉这女人脸皮没了。坐下来说话，她却没完没了，像是受了天大的冤屈，席火根想给她讲政策都插不上话，碰上这么个主，席火根也毫无办法。想脱身，她用身体挡，无奈又坐下来听她说。仔细观察，这女人还不到五十吧，过去应该还很秀气，五官端正，身材也不错，怎么变成这样？日子也不是过不下去，没房住，房管局可以保障，为什么一定要建私房，购买商品户也行啊。心大，偏执，把她的美丽给淹没了。

建房的事没指望，她重新提起来十几年前承包地被村里收回的事，说她人到了县里务工，家里的田地被村里分给了移民户，要求村里退回田地，如果田地要不回，起码种田补助要给她。村里说，你多年不交农业税三提五统，田是你主动上交的。她说，你凭什么说我主动交的？村里有口难辩，当年她只是口头表达，并没留字据，这案子神仙也判不了。韩美华找到了上访的突破口，上访的层级越来越高，土地承包关系永久不变，村干部滥用权力剥夺农民土地承包权，走遍天下都有理。在席火根之前，还有几个领导包她的案，为了息访，答应给她种田补偿。她不要，说，我要我的田。领导说，要不回了。她说，要不回可以，批准我在县城建房，我做城市居民。转来转去又到了建房上。

韩美华的集装箱安放在田里，这地方川流不息，集装箱开了几个窗通风，做厨房的那一节还安了烟囱，炊烟袅袅，的确有碍观瞻，席火根要求方建设必须拆除。方建设像踩着一堆狗屎，脚又抽不回来，带着几十个城管强行把集装箱拆卸。房管局小康把公租房钥匙给韩美华送去，她没得办法收了。

两会还没结束，渔梁派出北京的工作组还不能撤，送韩美华回家的事交给了一名干警，同时请了两个老乡一起陪着回渔梁。邱日红说，韩美华定性缠访、闹访、越级访没有问题，回去后要考虑关了。李劲涛说，这种人不关肯定不行，越来越没名堂。邱日红说，今年还好，老狗皮没来凑热闹。李劲涛说，阳光小区息访后，老狗皮淡出了人们的视野，这个人算是给席火根收拾到位了。

李劲涛给邱日红讲了当日的情形，邱日红听了哈哈大笑。两会结束这天，李劲涛去了王府井给老婆买了一件礼物，结婚三十年，他要送老婆一枚漂亮的钻戒。

韩美华治安拘留在丁健那里卡了壳，他不签字，不是理由还不充分，而是别的让丁健把握不了的问题。邱日红说，不敲打她一下不行了。丁健说，十几年前渔梁买地建房的不是一个两个，是一个很大的群体，只是她当时没钱建，她现在没房，住在集装箱里，这个事实很容易让舆论同情。还有她的承包地被村干部分给移民，虽然她是无理取闹，但村里没留下字据不是，这个舆情你能面对？韩美华的问题芙蓉镇和埠前乡还得做过细的工作，今后纵使拘留也必须把方方面面的证据做完善，形成站得住驳不倒的铁证。一把手的担心不无道理，邱日红很无奈，说，这个女人我接触过多次，工作实在难做，不关她，息访没有可能。丁健说，看看席火根有没有办法在建房上满足她。

韩美华要求建房的区间在东湖路，她买的是农民的一块菜地，挨近路边，有200多平方米。东湖路过去是县城东门去周田各乡的乡道，东门有一个大沙洲，雨季水漫沙洲，形成浩渺的水域，被人们称作湖，因在城东，自然是东湖。按照当时的城市规划，东湖洲是一公园，21世纪初东湖却被开发，先是城投把办公楼建了过去，没过几年城投又建了一家宾馆，用于政府接待，当然也对外，因为档次高，聚集了一些人气，剩余的土地一宗一宗陆续卖出去搞房地产，等这些房地产做完，东边是漂亮的城市小区，西边是邋遢的农村房舍，很扎眼。市委书记偶尔去东湖宾馆，提示张松阳，这个片区城不城，乡不乡。张松阳好赖话听得出，换届前把这一片区改造作为年度重点项目，主要目标是把乡道改成街道，给村庄的房屋统一着装，空着的菜地，以及拆不下来的矮房烂屋砌墙挡。文化墙这玩意儿也是张松阳、王铁军上届的发明，也暴露了那一届政府的无奈。江慧主抓这个项目，芙蓉镇负责调处纠纷，到年底沥青路修出来了，两边人行道栽了行道树，但西边的农房没办法统一着装，很多地方砌了挡墙，一些碍眼的东西遮挡了不少。

张松阳自然不满意，骂过底下的人还不解气，批评秦小伟说，不就是粉个墙吗？这点事也做不了？秦小伟说得比较耿直，方法不对，什么事做不了。张松阳盯着他半天说不出话来。秦小伟解释说，农民想按规划拆旧建新，政府不同意，他们也不许政府动墙。换届之后，这事自然落在席火根头上。席火根清楚，方法不对路，再使劲也枉然，达不成共识，他也懒得去。问了江慧，老百姓的要求不过分，政府为什么不同意呢？江慧说，局里的方案是按规划拆旧建新，后来芙蓉镇党委书记悄悄跟张书记打小报告，说这样做，好处都给了老百姓，政府累了半天，半分钱拿不到手，以后都效仿东湖路，政府还搞不搞房地产？张松阳原本是个精明人，但他对城市调查不多，缺乏系统思维，轻易就被这小子忽悠了。换届时，由于张松阳的极力举荐，这小子被交流到外县做了副县长，拍拍屁股走了。

席火根在这个片区调研，这天他去了老温家，老温过去在老城区有间店铺，底下是个五金修理铺子，二楼住人，做步行街时拆迁，他被安置在了东湖片区，这儿当时就是乡下，路是砂石路，前面是石桥上村。老温说，我们这一排都是当年县城人民路的拆迁户，当年补偿标准太低，就三四万元，外加这块建房的地，大家都没钱，建的房都是两层，跟农村的房子一样。席火根说，县里给你们粉墙，你们不乐意是吗？老温有气，话说得粗糙，墙是水泥粉的，很结实，再刷涂料，刷给谁看？都是政府的面子，省着吧。席火根问，你们到底怎么想？老温说，当初我们的房也是店面房，迁到这地方也是政府祸害的，现在这地方是城市了，大家想改建，多做两层，一楼做店面。席火根说，多做也得按规定来，你们是要出钱的哦。老温说，该出就出，大家没二话。

席火根带着李幼敏、吴安泰、江慧沿着东湖路走，吴安泰说，事情坏在芙蓉镇，那小子本事不大，打小报告一绝。本来让他们按规划自行改造，缴出让金也是合法的，规定临街建房每栋100平方米，政府每栋可收20多万元出让金，多出的地政府收储组织出让，还可以得一笔出让金，这么好的事，张书记为什么就被这小子忽悠了？江慧说，吴局长说得是，本来可以赚钱，硬是花钱给老百姓刷墙，结果老百姓还埋怨政府，这生意做的。席火根说，书记不解民情，所以我们要跟书记好好说说，算算政治账和经济账。

几个人说着，到了石桥上，老刘正在房前堆柴，席火根仔细观察他这房，两层，北侧连着一厨房，厨房边上还有一厕所，占的地不小，厨房顶上堆满杂物，用油毡盖着，大概是烂凳子烂风扇烂沙发。席火根走过去问他，老叔，你那屋顶上的破烂留着有用？老刘说，管它有用没，留着不碍事。李幼敏说，柴火放屋后不好吗？老刘抬眼向着李幼敏，说，我厨房在前面，放屋后用起来麻烦。李幼敏说，藏屋后不影响观瞻。老刘说，你是住建局长吧，你还知道观瞻？你若知道观瞻，为什么不让我们改建？席火根听出老刘的怨恨，说，能不能改建，我们再研究，但东西放好些，对你也是个面子吧。老刘说，农村人哪还有面子？你们当官的征了我们的地，还要管我们堆柴，你们管天管地，总管不了我们放屁吧？对方怨恨深，天没得聊。

席火根径直往前走，跟这几人说，城市中的农民得了一种病。江慧天真地问，得了什么病？席火根停下脚，转过身，很认真地对后头几个人说，这种病叫弱势综合征，病的表现是以弱势、以最不好的一面恶心政府，这种病很危险。几个人听了，觉得是这么回事。

韩美华买的那块地用文化墙挡着，中间留了一扇门，江慧说，砌墙时韩美华来闹过，说地是她家的，你们围了，我怎么进？没办法才留了个门。席火根对吴安泰说，韩案是你我包的，五一前务必息访，怎么息？吴安泰说，这房建不成，息访的事也不可能。席火根说，能不能把这宗地100平方米挂网出让？大家知道这女人难缠，谁去跟她争？吴安泰说，办法不错，但韩美华不肯出钱怎么办？李幼敏说，工作或许有得做，临街店面有收入，上面还有三层，出租一层也有收入。如果这工作做成了，这女人也没闲工夫闹了。席火根说，幼敏说得对，安泰用心做做，把你那套哄女人的功夫拿出来，没准能成。另外幼敏牵头做个事，把今天议的临街改造的意见写成报告，我来找机会跟铁军同志沟通，达成共识后以政府名义报县委，争取松阳书记支持。今后这种事还会遇到。李幼敏说，这个报告我自己来写。

过了清明，正是江南雨季，天突然就阴了，云翻了几个身，雨就唰唰唰地下起来了。

天不热，啤酒生意没得做，韩美华还是东跑西跑，不停上访。这日找到吴安泰办公室，吴安泰正要找她，见她来了，心里盘算着席火根交代的事。叫了交易中心严军过来，一起跟她谈建房的事情。韩美华一听，心里活泛开了，平日找他说不上三句话，这龟孙就说开会，撒边走，这回主动跟她说建房，葫芦里卖的什么药？

吴安泰并不急着跟她说建房，慢慢跟她聊家常，韩美华着急谈正事，有一句没一句答应着。过去是韩美华叨个没完，吴安泰有一句没一句回应，整个的颠了个儿。

说起韩美华一家子也很有意思。韩美华带着儿女进城的时候，丈夫在啤酒厂上班，啤酒厂改制后，丈夫下岗，得了一点安置费不知干什么好，索性回老家养鸭子。韩美华进城不久，心里的想头都还没来得及去做，死活不跟丈夫回。好歹儿子陈方进了一小，女儿陈圆上了幼儿园，自己仍然走街串巷卖啤酒。偶尔回村见了丈夫那个衰样，一口一口鸭毛叫着。丈夫听着心酸，鸭毛就鸭毛吧，懒得理她，扛起一包饲料往塘边去喂鸭。都十好几年了，丈夫还在乡下养鸭，儿子陈方读了职中在广东打工，女儿陈圆已经大三，城里就韩美华一个人。

吴安泰知道跟这女人说话不容易，说急了，她就吵就闹，最后是叫人把她轰出去。这回他是真想说服她，所以耐着性子跟她聊，看她是真的急了，说，房还是有办法建，但要按程序走。韩美华问，走什么程序？吴安泰说，集体土地没办法批，先将你那块地转国有，然后挂网出让。韩美华说，要多少钱？吴安泰说，集体土地没产权，国有出让就是商品房，价值就大了。韩美华不耐烦，大声说，我知道，你别忽悠我，就说多少钱吧。严军说，土地要评估，具体多少，评估公司确定。韩美华紧追不放，又问，大概多少？吴安泰看兜不住了，索性说开，你的地临街，按规划做的是四层店面房，如果200多平方米一起挂，钱很多，也没必要，就挂你建房的100平方米，要不了多少钱，大概30万元吧。韩美华一听30万元急了，说，30万元，我去抢银行。我不要国有，集体就好。吴安泰脾气又上来了，但想着席火根的交代，还是耐着性子，说，你买集体土地是非法的，房是批不了的，我给你批了，我就违纪了。小妹，我真的是在帮你。或许是这声小妹起了作用，韩美华没反驳，低声说，我没钱。吴安泰说，看远一些，跟儿子商量一下好吗？韩美华知道吵闹没用，这回还好，不吵不闹走出了吴安泰办公室。

自然这也是一种博弈。所谓博弈就是说话，轻言细语说，慢慢说，从远处说到近处，从无关痛痒说到利益关键，说急了当然免不了吵架。政府强大，个人弱小，强大和弱小的博弈比的不是硬实力，而是别的来自体制的东西。对政府而言，或许可以说是忽悠，这是一种很难驾驭的智慧，经过一次两次，甚至十次百次之后，勇气和耐力就慢慢消耗掉了。对个人而言，再坚持也没用，因为有政策的条条框框摆在那，但体制的软肋同样摆在那，有些人看到了，政府不办，我就上访，层级越高，政府越怕。这就需要找到一个相互妥协的平衡点。

以吴安泰的个性绝对没有耐心，但他没有办法，席火根说的，吃了这门饭别无选择。吴安泰吩咐严军，想办法跟她儿子聊聊，外出打工收入也不高，房子真能建起来，不仅解决了住房，而且把工作也解决了。

严军说，那一片没超市，开个超市收入也不错，我来跟她儿子谈。

吴安泰说，干脆去东莞和他面谈。

严军跟韩美华都是埠前人，到了东莞跟陈方还挺说得来，陈方对老妈的行为并不认同，说，我妈年轻时也是村里一朵花，没想到这朵花就在上访中凋谢了，人生苦短，也不知她怎么想。

严军说，只有你可以救你妈。

陈方说，我妈太强势，我爸下岗后，他们就是名义上的夫妻，一年难见一两回，我爸救不了她，我怎么救？

严军说，把那块地买下来，回家开店。

陈方说，我哪里找钱去？

严军说，找你爸凑凑，二十几万元估计没问题。

严军请了陈方去吃饭，酒桌上把细节都说了，陈方似乎动了心。吃完饭分手的时候，陈方说，我五一回渔梁，跟我爸商量一下。

韩美华租的房子很小，两室一厅，五一儿女都回来了，安排住成了问题。陈圆有些娇气，不想跟妈睡，占了一间房。陈方心里有事，不想在客厅，找了个理由回村去了。儿女都大了，韩美华在外头死皮赖脸，在家里还是一个有尊严的好母亲，对儿女的要求几乎百依百顺。

陈方回到村里，这地方是他的出生地，于他并不陌生，小时候塘里洗澡，树上掏蛋，什么事都干过。这会儿看到父亲养的一塘鸭子，雪白雪白的，叫的声音虽然嘈杂，但内心的欢喜已是无法掩饰。

父子俩又是半年没见，父亲见了儿子，更是满心高兴，杀了鸭子，炒了血鸭，煮了鸭汤，买了啤酒，父子俩吃得开心，聊得更开心。陈方说了自己的想法，父亲很支持，说，你也不小了，该立门户了，由着你妈瞎闹，这个家迟早要毁掉。这些年我赚了30多万元全给你，剩下的你妈能给最好，不能给自己想办法。

陈方说，有30万元可以了，剩下的事情我想办法。

这一夜父子同床，聊了很多事情。夏虫唧唧，田野上不时还有蛙声传来。父亲说，睡吧，明天跟严军说好，早些挂网，记住先不要跟你妈说，等生米煮成熟饭再说。陈方说，我知道，我跟陈圆商量过，不能让老娘再闹了。等房子做起来，我们开个超市，你也别养鸭了，我们一家人在一起，好好经营，好好过日子。陈圆大学毕业争取考公务员。老陈听着儿子的计划，心里舒坦极了，一会儿就睡着了。

儿子躺着却睡不着，眼睛直直地望着窗外的星空。父亲鼾声均匀，儿子听着，似乎也是一种很美的享受。

第八章

渔梁在中央脱贫攻坚例行督察中获得省委肯定，这个肯定不是哪个领导嘴巴上说的，而是在省委文件中表述出来的，这让张松阳心里无比欣慰，清癯的面容不时绽放一丝笑意。

张松阳清楚，作为县委书记脱贫攻坚绝对不能出状况，但就工作全局而言，他心里还是发虚。省长的指示还悬着嘞，土地问题得不到解决，拆迁安置就无法推进，道理很简单，有了地，拆迁才能做到有钱补偿，有地安置，才能实现城市扩容与旧城改造的良性互动。李家屋整村搬迁失败在他心里种上了一个结，这个结虽然没有让他谈城色变，但的确让他在征地拆迁问题上表现出信心不足。换届以来，席火根领导的团队在城市建设中的作为给了他信心，让他感到在打好脱贫攻坚战的同时，还应该在城市这个战场上有较大作为。一把手有了这样的认识，对席火根无疑是一个机会，席火根提出来搞一次百日攻坚，零敲碎打解决不了大问题。张松阳觉得是时候下决心了。而王铁军认为早应该这么干了。

渔梁城市建设终于迎来了一次百日攻坚行动，这次行动是在长时间徘徊中作出的重大决策。端午刚过，南方的雨季基本结束，正是城市建设的黄金季。动员大会规模空前，主席台上按惯例坐着县委常委们以及人大主任和政协主席。因为席火根要做工作部署，台上也放着一块牌牌，席火根走进会场时，看到台下同时放着一块牌牌，这样的会议规制，席火根甚是不解，不假思索选择了台下坐。县长王铁军主持会，请席火根做工作部署时，席火根才应声走上台去。

席火根没带稿子，不打算讲太多话，只想把要做的事情说清楚。席火根说，建口的同志们等这一天已经很久了。既然县委、县政府下了决心，抽调了几十名干部强攻征地拆迁，我们就得好好干，不辜负县委、县政府的信任，不辜负这宝贵的一百天。席火根的讲话与众不同，开场不是一通套话，而是一个表态，角色不像是领导，更像是一个操盘手，他的这种态度得到与会者的认可。也许是同志们对这次会议充满期待，会场上十分安静。席火根声音渐大，继续说，这次攻坚的任务是城南旧改和规划路、德政路征地拆迁。按照县委的安排，城南旧改由人大班子先期抓起来，指挥部将配备 20 名干部，规划路、德政路征地拆迁由我带队，指挥部将配备 30 名干部，必要时组织城管、公安参与集中行动。目标任务文件作了明确，怎么干我就不多说了。说到这，席火根话锋一转，直击渔梁征地拆迁的痛点，他总结性的语言发人深省。大家知道，征地拆迁是天下第一难事。难在哪？难在我们需要面对一个个利益集团和一个个利益自然人，难在我们在利益的博弈中失去规矩，难在我们面对来自方方面面的压力做不到一身正气，难在我们用习惯了的思维和方法处理问题，难在我们缺乏解决问题的智慧和勇气。席火根一口气说了五个难，抬起头，与台下 100 多双眼光相遇，他知道这些话触动了大家。稍作停顿，接着说，渔梁是渔梁人的渔梁。我坚信，只要把人民的利益放在首位，坚持人民城市人民建的理念，振奋精神，树立正气，转变作风和工作思路，在县委、县政府的坚强领导下，在全县干部的支持帮助下，渔梁城市建设一定会走出困境，迎来新的艳阳。

席火根讲了不到五分钟就走下台来，继续坐在他台下的位子上。会场掌声如潮，席火根听着这掌声似乎有些激动，他不是觉得自己讲得好，但他相信话讲到了大家的心坎上，渔梁人等这一天其实也很久了。渔梁县城到这时候还只有两三个稍大点的广场，散个步都找不到地方，谁不想把自己工作生活的城市建好呢。在中国，县城是一县人的面子。

张松阳在讲话之前对席火根的讲话作了一个简单的点评。他说，火根同志真是个干脆人，这个工作部署是我听过的最短的讲话。他虽然讲得简单，但分量不轻，值得大家仔细品味，善加思量，深刻思考。讲得好啊，渔梁是渔梁人的渔梁，大家是不是都有一份责任？征地拆迁搞到自己头上了，是不是也要讲一点大局？在这个问题上，我不想大家做贡献做牺牲，按政策办事，该得的你拿去，不该得的你莫争，这就是讲大局。按照火根同志的逻辑，我们这个会大概可以结束了。但是不讲大局怎么办，甚至使绊子撂挑子又怎么办，所以我不能学火根同志，我还得代表县委讲清楚原则，讲明白利害，画个老虎挂在墙上总比没有的好。

这个会开过之后，很多人不明白，城南拆迁是硬任务，为什么叫人大班子抓，规划路、德政路毕竟不是硬任务，却让席火根抓，在县委常委会上，人大主任也提出了这个问题。其实，城南棚改与打通规划路、德政路同等重要，张松阳之所以把席火根放到城北去，无疑是解决用地问题。财政难以为继，房地产市场看好，再不搞定会错过时机。张松阳是个爱面子的人，他清楚，这两条路，他的前任，还有自己的上届年年写入工作报告，却动弹不得，失信于民啊。因为民间土地交易由来已久，历史积弊太深，问题复杂，席火根分管城建，责无旁贷。

席火根在人大工作期间悉心研究历史文化，出版文化散文多部。他知道，渔梁这座小县城之所以与村庄犬牙交错，其中涵盖的历史并没有几个人清楚。《渔梁县志》记载：1958年为满足渔梁水电站建设需要，省委决定老县城的机关、学校全部给水电站，规划建设水电管理机构和服务设施，水电站另拨资金由渔梁县自行选址就近造城。

1959年城址选在老谷塘、程家、严家一带，至1960年上半年，县委、县人民委员会、武装部、公安局、供销、邮政、广播等单位办公用房和宿舍全部竣工，建筑物大都是两层砖木结构的楼房和平房。县农机厂同时在中江边建成。1960年由于苏联专家撤走，水电站下马，县城停止北迁，新址未增加新的建设项目，已经完成的党政机关办公用房和职工宿舍拨给渔梁中学做校舍，1960年新学年开始时渔梁中学正式迁入新址。公安局的房子用于办党校，邮电、广播大楼拨给教师进修学校使用。过去一平二调，但以粮为纲的弦绷得紧紧的，所以机关周边的土地都没有被政府调拨，改革开放后，农民手上有了钱，新建的房屋充斥在这一区间，过去起名德政的道路几近阻塞。被村庄包裹着的机关、学校道路不畅，而且还有不断被村庄吞噬的可能。

这一次攻坚包括一纵一横大约5公里路程，涉及征地面积2400多亩，拆迁房屋150多栋。最要命的是，这几个村的土地，民间交易十分猖獗，尽管房子被控制建不起来，但交易的事实存在，买方市场大部分都是机关干部职工，牵涉面之大难以估量。

这的确是个硬碴。席火根一贯的做法是先放几炮空的，虽然炸不着人，但是把藏着的人轰出来。这样的火力侦察教会了一大批征拆干部。十多天的走村入户轰出一大批牛鬼蛇神。郭世招像是个老实人，他沉不住气，找到席火根说，我的地十几年前卖给县政府一名干部，三分地卖了8万元，全给儿子讨了媳妇，现在分家了，我都六十多了，你征地，我没意见，可这三分地给政府才1万多元，差的几万元我没能力还人家了。郭世招是老谷塘人，他告诉席火根，这种情况村里还有很多，大家的想法跟他差不多。陈林召集工作组汇总，不下50起。非法买卖集体土地涉及买卖双方，买方却不露面。毕竟是非法，涉及机关干部够不上刑事，违纪是跑不掉的，没人敢冒出头来。

德政路这边从渔梁中学到渔梁大道一段是通的，党校和进修学校被民房阻塞，小车单向通行都难。夜晚灯光幽暗，晚自习之后接孩子的人多，路面上小车、摩托车停了三排，只留了中间一个缝隙让车辆缓慢通行。

晚上席火根叫林力开车，领了李幼敏和陈林到现场感受。李幼敏说，这个局面不能改变，我这个局长应该引咎辞职。席火根说，幼敏警醒，对我而言又何尝不是？拆的难度再大，我们也必须迎难而上。陈林经过近一年的磨砺，有了一些底气，说，过去镇里在这个片区搞了几次都没拿下，这一次我必须得把它拿下。林力有心，他记着时间，说，所有车辆疏散完，耗时三十分钟。席火根很是感慨，说，学生十点下课，半小时滞留在这，回家差不多十一点，孩子们辛苦啊。

席火根被这事缠绕，连续多日失眠。他告诉陈林，坚持征地四原则，把情况摸准；先易后难；分阶段实施；前一个月只谈修路征地，规划路分三个标段，先攻两头。叫李幼敏把道路红线放出来，水泥桩固定，铁丝红飘带挂上，像战旗一样插在阵地上。同时他再三叮嘱吴安泰把法律文书作规范，听证环节可能少不了。

指挥部就近设在进修学校，抽调的人员统一用餐。指挥部的几个后勤人员除了接访，主要是汇总情况、通报信息、起草行动方案，负责沟通协调。负责指挥部办公室的是个女同志，是林力推荐的，叫苏莺莺。席火根并不了解，在政府开会，老见这个个子小巧的女同志跑上跑下，沏茶续水，笑的样子总是甜甜的。她把行动方案递给席火根，说，按您的意思，行动方案作出来了，您是总指挥，丁副县长是副总指挥，方案是否呈报县委批准？

席火根说，不必呈报了，这种事县委、县政府都不可能下红头文件。至于领导分工先前的攻坚方案中都已明确，通知就行。两支队伍调整一下，陈林跟我，叫李幼敏、吴安泰随丁健行动，建口所有人员全部到位，公安方面你跟邱日红商量一下，两组力量搭配妥当，邱日红随我行动。由城管负责请邻县的施工机械。行动方案修改后发各局长及芙蓉镇党委书记，何时行动听我号令。

老谷塘村党支部书记黄仲强把几个组的组长叫到村委会，只谈修路征地，请组长签字。磨了一个下午，程家、严家、庄家三个组长签了字，老谷塘两个村小组长不签。快吃晚饭时，席火根和陈林赶过去，直接去了饭堂。见菜没上，陈林说，我去看看。席火根小声说，跟师傅说可以上菜了。

黄仲强听到车喇叭响，知道领导来了，带着几个组长下楼。黄仲强说，我先汇报一下？

席火根说，先喝酒。

酒菜陆续上桌。林力和苏莺莺陪着邱日红也到了。

席火根像是不知道他们要来，说，你们过来干吗？

陈林忙起身让坐，打着哈哈，说，既然来了，一起一起，热闹。

老谷塘一组组长郭守敬外号泥鳅，不动他，静静的，一动他，溜得比谁都快，说，我没签字，酒就不喝了。席火根说，先喝酒，我不管签字。耗了十几天，席火根总是失眠，睡不着，喝点酒回去好睡觉。

大家挨个敬席火根，席火根也不推辞，来者不拒，七八杯下肚，脏话粗话开始从他嘴里吐出来。一会儿指着郭守敬，一会儿指着郭守辉，说，妈的巴子，你们这些人够牛啊，政府修条路，十年都拿不下，这还是共产党的天下吗？你们都小心点，总有一天会撞到枪口上。

邱日红拿出一份清单放桌上，说，这是初步掌握的买卖集体土地的情况，接下来准备立案调查。

郭守敬斜了一眼，心里一惊，打头的就是他的名字，像是看到一堆粪，嗡嗡地说，我的地卖给了公安局一名领导。

邱日红接茬说，卖给天王老子也得查。

郭守敬说，这个字我签了，保不住村民还得闹。

席火根已经喝了不少，脸通红，借着酒劲发飙，签不签是你的事，闹不闹是他们的事，我就不信收拾不了你。

老谷塘二组组长郭守辉见状，说，修路是好事，席县长想做成这个事，我没话说，马上签字。

陈林喝不了酒，说，我是书记，酒我来喝。

席火根推开陈林，说，喝酒没你什么事，吃完饭，你把几位组长直接送回家。说完，随手把邱日红放桌上的那张纸揉成一团，扔到墙角。嗔怪道，喝酒拿这东西干什么？

邱日红倒满一杯，说，我就是心疼领导，你们不知道，县长是我的入党介绍人，我替领导敬几位组长。

林力和苏莺莺忙着招呼，酒喝完了，字也都签了。陈林送几位组长回家。林力和苏莺莺搀扶着席火根上车。席火根撇开他俩，低声说，别扶我，我没事。

清晨，红日映染东方，光明落在渔梁的地界成了一道别样的风景线，挂在两条长长的铁丝上的红飘带在晨风中飞舞，宛如藏域风情中祈福的经幡。

此时，在参加攻坚行动的同志们心中，它并非祈福的经幡，而是一道不可逾越的警戒线，同志们三三两两排列在红丝带的东西两面，严阵以待，守护这道线。

早稻刚收割，田里的泥还是湿漉漉的，铲车和推土机下去作业，水就不断冒出来。席火根交代吴安泰指挥清沟作业，顺着灌溉的方向让水倒出，以免耽误施工。席火根在组织部任组员办主任时，吴安泰在乡镇任组织员，算是上下级关系。如今又转到一条战壕，上下级关系依然没变，对席火根的支使吴安泰还是乐意服从。

丁健在南段，席火根在北段，两头的情况只可遥望。席火根估计丁健那边今天施工应该会顺利，因为开始这一段实际上是老河道，很多年前北门河改道，这一段河道便成了老谷塘的田，分田到户时分到每家每户，但又无法耕作，因为河泥太深，人下去都困难，别说耕牛，所以大多荒芜，只有少数人家种了莲。现在政府按耕地征用何乐而不为？明天上岸就难说。

席火根的北段情况要复杂一些，但庄家组长很支持工作，席火根想应该不会有大事。他拿出手机准备跟方建设通话，突然冒出一条信息，一看是一个没姓名的手机号发来的一首打油诗：

天茫茫，地茫茫，
风吹稻田见人狼。
三村五姓无能者，
任凭火根搞死出。

席火根抬头四处张望，并无闲杂人等。他把手机递给旁边的邱日红看了，交代他查查这个号，注意现场。然后带上陈林直接去了庄家组长家。老庄在污水处理场做保安，席火根去过几次，每次都给老庄散烟，虽无深交，但双方一见如故，似乎是好朋友。见县长大人到，老庄说，村子里应该不会有事，但我们这一段大概上午就可以搞完，下午去了程家估计会有情况。

陈林说，会有什么情况？

老庄说，无非是各种诉求。建房诉求会很多，我这里也有，被我压住了。老庄是老党员，不想说假话。他对席火根说出了自己的担心。修路是好事，我可以动员大家支持，但我最怕政府言而无信，画个饼给我们。如果政府能够做到公平，实现每户一宅，把预留地给我们，我可以保证庄家的地随时去征，反正现在种地也没几个钱收入。

席火根说，我这次来，就是一次性解决问题，地征到哪，预留地解决到哪，失地农民的政策落实到哪，一户一宅的政策满足到户。

老庄说，你过去在几个乡里当书记，名声很好，那是因为你说话管用，现在你是副的说话难保管用。

席火根说，我说话管不管用不重要，文件说话必须管用。过去政府失信，是因为没出台文件。

出了庄家，席火根与陈林在路上商量。席火根说，你赶紧跟吴安泰把征地组召集起来，进驻庄家，按照我在庄家说的原则全面征收庄家组土地，造成一种遍地开花的态势。

怕陈林听不懂，接着解释说，老庄说得有理，必须搞出一点事来，还是老一套，声东击西，先放几声空炮。

陈林问，怎么放空炮？

席火根说，我来安排，你只管去安排你的事。说完，叫林力通知方建设去指挥部。想了想，又说请丁县长和邱政委一起来。

几个人差不多同时到了指挥部。席火根说，北段上午估计没事，但到了程家一定有事，程家的地跟老谷塘、严家的地都在中段，这一段很复杂，会有一个艰难的过程，但我想首先取得南北两段的胜利。怎么保证？我考虑，方建设马上去组织 10 台机械，南北两段各增加 3 台，剩下的 4 台开到中段去，我要把所有人吸引到中段，少数人在南北两段作怪，估计也能控制。

邱日红说，我赞成这个方案。并告诉席火根，发打油诗的号码查到了，是老谷塘的火板子（土话，短命鬼）。

方建设有些疑惑，说，饭要一口一口吃，这样安排有没有操之过急？

席火根脸一黑，嚷道，一百天已经过去多少天了？还有多少事没办好？不急能行吗？我怕的是咱们不努力，百日攻坚无功而返，到时怎么交差？更重要的是这灶火熄了，再要烧起来会更难。至于为什么要这样安排，自己想去，你执行就是。

丁健看老席又上火了，心里郁闷。自己也是副县长，看他大自己一轮的分儿上，不想与他争论，勉强同意。实际上他心里的小九九就是不想发生冲突，征地拆迁的活，公安插手，一旦冲突，处理起来很为难。

大家散了，林力和苏莺莺开着玩笑，说，拿枪的性情温和，不拿枪的性格刚烈。这俩人对换一下岗位结果如何？

太阳到头顶时，中段突然开进了2台推土机，2台铲车。这个点正好是午饭时间，消息风传，几个村子的人蜂拥而出，呼啦啦围在田埂上。机械正在桐生家的田里清表作业，桐生娘不知受了谁的指使，猛地冲下田去，奋不顾身扑倒在挖机前。这个老妇人寡居多年，平日少言寡语，这会儿像是受了他人指使，面目狰狞恐怖，嘴里乱喊，紧接着又有一群人冲下田，把铲车围得水泄不通，几台机械动弹不得。城管中队全体下去，试图把人拉上来，很多村民围在田埂上，城管中队也是动弹不得。一块田里你中有我，我中有你，围成了铁桶似的。

苏莺莺在群里发布席县长指令，南段由李幼敏带10人看守，北段由吴安泰带15人看守，加快清表速度，其他人全部到中段待命。

席火根和丁健会合，邱日红和谢文东指挥干警劝散人群。村书记黄仲强举目张望，在人群中寻找几个组长，这时候那几个家伙已经跑得无影无踪，他也毫无办法，不知所措。席火根大声说，城市布局描绘着这个区间的前景，政府出台的政策满足了村民的要求，你们没有理由阻工。没人听他的，村民守护的是一个二十年来这个区间的秘密，如果这个盖子被姓席的揭开，那么他们的损失就大了。

此时刘文海在外围做着一件他以为可以改变格局的事。各村都有几个说话管用的人，这些年镇里的工程他们做了不少，这些人带着乡亲们也赚了一些钱，说话应该有一些分量。他挨个打电话，逐个下命令，对方答应做工作。

南北两段清表正常，人都集中到了中段，这两头倒成了清静之地。北段进入程家地段遇到一个小插曲，一个妇女跑下田坐到了挖机上。

吴安泰走下田去，问她有什么要求。

她说，我要批房子。

妇人丈夫过世了，两个儿子在外打工都没成家，只有一栋老房子。

吴安泰耐心地说，只要符合一户一宅，没有买卖土地行为，自然资源局一定给批。我是局长，你来找我。

妇人不听，赖着不走。吴安泰动气了。他曾长期在乡镇工作，干的都是副职，收三提五统、搞计划生育都是工作队长，早年率领的摩托车队下村必备三件套，大铁锤、锯子和小四轮，多年干下来便有了"猎狗"的称谓。这会儿，他那种拆屋、抓人结扎的劲头又回来了，一把拖下妇人，径直拖上田岸。妇人可能没想到这局面，吓得不行，坐在田土上哭喊，机械又开始作业。

中段的僵局没能打破，席火根也没想要打破，拖着就是掩护南北段尽快完成清表。

席火根和丁健被人围在田里，什么也干不了。丁健小声对席火根说，这么僵着不是办法，撤吧。

陈林附和说，今天恐怕做不了，让镇里的人再磨磨刀，上门做做工作。

席火根呵斥道，刀磨了十几年还是一把钝刀，别磨了！今天就这么耗，没有本指挥命令，任何人不得离开。

话甩给陈林，丁健听了心里酸酸的。天气太热，邱日红想疏散人群，让领导们出去喝口水，这时一个小伙子冲过来，直接向席火根靠近，邱日红料定这愣头青怕就是编打油诗的火板子。一把拉开他，没想到这家伙蛮劲大，一头撞过来，邱日红打了个趔趄摔倒在地。谢文东见了，政委被打这还了得，指挥着警车鸣笛开道，不由分说把这袭警的家伙扔进了警车。

人群开始躁动。苏莺莺个小，没有人注意她，钻过来对席火根说，北段清理完了，南段也快了。席火根放心了，高声说，大家请回，我的机械也撤，下午三点每个村小组派 3 个人到指挥部，我来跟你们谈，我尽量满足你们的要求。然后跟丁健等人交代，大家再辛苦一下，下午丁县长跟方建设两方面的力量仍然盯在这，以保证南北两段清表完成，其他人全部出去征地，吴安泰、陈林陪我与他们对话。人群悉数散了，席火根感到喉咙开始冒烟。

暑热难当，太阳像是要吃人，知了在树上狂叫，叫声虽不婉转，似乎只在乎分贝的强度，却是暑天的一种慰藉。据说知了叫不停是为了显示自己的雄壮，这种酷暑中给人慰藉的精灵，难道不值得去歌颂吗？

苏莺莺早早地把会议室准备好，然后下楼候着村民代表。三点还没到，村民代表都到齐了，苏莺莺招呼他们到会议室坐，席火根走进来，四下扫了一眼，有五六个人熟悉，其中一个女人让他的目光定住。

这女人他从未见过，长相端庄，身材轻盈，说不上很秀美，却是席火根愿意看的那一类女人。他心里奇怪，这女人倒也不俗，她来凑什么热闹？还没等席火根开口，这女人就说话了。她的声音若在平常或许好听，可现在因为嗓门太高似乎变了调。她说，90年代我们这里不是县城规划区，城市居民在村庄上租赁土地算什么非法交易？人家也没建房，租地种菜犯什么法？现在这里是规划区，政府征地我不反对，但价格太低，我们要求听证。此话一出，惊了席火根一身冷汗，这女人果真不凡。

吴安泰说，听证可以。我们现在只征规划路、德政路的地，征地公告发布后你们并未提出听证诉求，无理阻挠就是非法。吴安泰话一出口就砸了锅，有骂村小组长的，有指责政府办事不公开的，还有互相指责谩骂的。会场人数不多，却闹哄哄的。

苏莺莺挨个沏茶，她轻言细语说，慢慢说，边喝茶。这小女子的一张笑脸让这些人的情绪稍有平复。

席火根给各位散烟，抽的都接，不抽的说不要。他看气氛稍有缓和，站起身说，我请大家来，一是听大家说，二是请大家听我说。现在大家安静一下，先听我说。席火根现场把控能力真的很强，会场顿时安静了许多。锅是那女人砸的，话自然是接着那女人说，可席火根并不认识那女人，于是问，不知道刚才这位女同志是哪个村小组的，叫什么名字？

支部书记黄仲强说，老谷塘刘玲玲。

席火根接着说，刚才刘玲玲说的也有一定道理，我今天不是来追究大家责任的，我是来帮大家解结的。

席火根这句话像是定海神针，会场死静，大家尖起耳朵听席火根往下说。我知道，你们现在想得最多的是，征地的钱不够还你们当年卖地的钱。当年三分地卖10万元，现在一亩地不到4万元，这差价谁来补？这个结怎么解，我建议今天先放下，请相信我不会让乡亲们为难。至于听证，我坦率讲，这也就是一个程序，地价是经过法律程序报省政府批的，你能找到政府不合法的依据吗？我是农民的儿子，如果我是你，我不会相信这些吃公家饭的人连这点水平都没有。今天我清表的是路，不是路外的开发用地，关于路之外的地的征收，等我为大家考虑妥当了，再跟大家商量好不好？

跟席火根熟悉的那几个人带头说好，然后大家开始问预留地安置问题。席火根说，这个问题请自然资源局吴安泰局长给大家说。

吴安泰清清嗓子，说，按照省政府的文件，村庄发展预留地按征地总面积最低不少于5%，最高不超过8%安排，县里规定按最高给你们。预留地有两种办法处置，可以得钱，也可以建楼出租。吴安泰又细细说了得钱和建楼的方法。

天气太热，教室空间大，空调马力小，室内温度还是很高。席火根坐下喝了一大口茶。等他再环顾四周时，发现刘玲玲不知何时跑了。这女人是来放炮的，见炸不死人跑了。席火根隐隐感到这女人不是善茬，这次攻坚或许她会是很大的障碍。

会议室人都走了。席火根拉开窗帘，太阳西下直射进屋，透过窗户席火根看到公安和城管的同志仍然盯在那里，而几个村的人也围在那里，场面好像还是吵吵闹闹。

苏莺莺问，要不要通知丁县回来，他晒一天了。

席火根没答复，对苏莺莺说，你分别给南北两段打电话，问问是否清表到位，如果没有到位继续作业，直到完成，中段才能撤。

林力进来报告，丁健在处理袭警事件，谢文东在派出所留置愣头青，有关笔录都全了，就等做出治安拘留了。

席火根告诉林力，请邱政委和黄仲强到指挥部来。

一会儿，邱日红就到了。席火根问，伤着了吗？

邱日红说，我没设防，这小子劲大，头撞在我胸部，肋骨有些疼。

席火根说，要不要去检查一下？

邱日红说，不要，应该没事，地是软的。

席火根说，这事怎么处理好呢？

邱日红说，把它当作一张牌打，一切为了征地，听话、向我道歉，可以不关。

邱日红这个态度让席火根甚为欣慰，这正是他想要的，只是委屈邱政委了。三个人又商量了一些细节，叫黄仲强在中间做做好人，放人的前提是确保明天中段清表。

黄仲强军人出身，人高马大，只是年纪大点，心脏做了搭桥，跑上跑下有些气喘。席火根留下黄仲强，问了一些刘玲玲的事。黄仲强说，刘玲玲家住在德政路中段，是拆迁对象。丈夫原本有三兄弟，由于穷，老三生下来不久就送给本村姓杨的做崽，也在德政路上。刘玲玲家两兄弟共有德政路这栋房子，村子里面还有一栋老房子。刘玲玲在芙蓉路租了店卖化妆品，生意做得不错。

说起刘玲玲，黄仲强好像带着明显的倾向性。这个女人狡诈不好对付，拆她家房子必须碰硬动真。这个女人嫁过来后发现丈夫不能生育，丈夫初中毕业去学电焊，下面那玩意儿估计是被高温烤坏了，刘玲玲要面子不好对外人说，悄悄跟了小叔子，而且生了两个孩子。这些事丈夫知道，弟媳也知道。但这个弟媳很老实。

席火根听着，起身朝窗外望去，太阳快要下山，中江西岸火红一片，甚是耀目。他拿起电话下达收工令。

晚饭时，苏莺莺准备了一些酒，说是给同志们解解乏。指挥部埋锅造饭以来第一次喝酒。平常指挥部吃得简单，同志们戏称"三菜一汤，饭就紧装"。烧饭的是老谷塘的老组长，他对村庄发生的一切不管不顾，中午回家时听老婆说了一些大概，只觉得席县长不容易，特意给同志们加了几个菜。席火根把几个领导约到一桌，边吃边商量明天的事。丁健难得有了兴致，脸上多了一些笑容，对明天的行动似乎蛮有把握。气氛上来了，大家觉得揪心的紧张和烈日下暴晒的劳累烟消云散。

　　正吃着，张松阳的电话打过来，他在电话里第一句话就是火根果真是条汉子，然后说了几句场面上的话，今天的事我都知道了，同志们辛苦了，我代表县委感谢你们。席火根客套地应了几句，没耽误和大家喝酒。

第九章

要说城建这活真苦，利益纠葛盘根错节，哪里下手都会扎手，怪不得领导班子中没人揽这活。

这才开始，席火根已经感到一种难，一种痛，一种苦。静下来的时候，席火根怀念起在政协、人大的时光，在历史的时空中穿行，跨越千年亦在瞬间，而现实中的每个坎跨过去，都要在绞痛中煎熬。

席火根是个有苦不愿意往外倒的人，昨天张松阳说他是条汉子的时候，他听了好像并无感觉，这种夸人的话他听得多了。晚上躺在床上，他品着那难那痛那苦，思来想去，冒昧给市委书记发了一条信息，说自己是一位作家，现在年事已高，很难胜任征地拆迁工作，请求调市文联工作。信息发出后，原本没指望有回音，也就是发泄一下而已，没想到市委书记很快回了三个字，"辛苦了"。席火根记得这些年每有新书出版都给市委书记送过，他想市委书记应该是知道自己的，看着市委书记回过来的三个字，他明白市委书记并没把他的请求当回事，便后悔发了那条信息，更为这次打退堂鼓的行为感到羞愧。

席火根暗下决心，接着干吧，既然渔梁城市的不解难题历史地落到自己肩上，那就扛起来。

不知为什么，席火根脑海里老浮现刘玲玲的样子，这女子像一根魔针扎在他心里。说实话，这女子的话充满智慧，从某种意义上讲，席火根甚至很敬重她的逻辑思维能力和法律意识，如果这女子不可征服，那么下一步的征地征房都会面临非常大的阻碍。席火根脑海里突然浮现那女子说话的口吻，嘴角微微翘起，眼睛骨碌骨碌转动，平静中带着一种自信的坚毅，这女子的确不简单。

席火根感到需要时间好好考虑，似乎还需要找个人好好商量。可是能找谁呢？本来县委、县政府双线管，但席火根资格老，嘴又不饶人，没人愿意跟他搭档。他曾向张松阳请求县委派领导管城建，张松阳回他的话就是这么说的。席火根当然清楚这是借口，真实的原因就是城建这活谁也不想干。对面坐着的张松阳面容有些冷酷，席火根看着他，身心似乎有些困顿，靠着椅子打了个哈欠，这个细节张松阳看到了，他知道席火根也是无奈，安慰说，秦小伟高升了，等市里配了副书记再跟你搭档，现在只能辛苦你一个人顶着。

规划路用地的问题解决了，德政路拆迁又是一个难题。德政路东起芙蓉路，西至中江东岸。西延穿过沈家、黄家，规划尚需斟酌，以节约拆迁成本。东路的拆迁量其实不大，头一栋是严五香家的，这栋房子朝西，并不临街，呈长方形摆布，人们说像棺材一样横在路上。中间一堆房屋，主要是刘玲玲家的正房和附房，还有村里其他人的杂房，有不少杂房混在渔梁中学的围墙内，后头是数栋村庄的旧房，多为七八十年代的土坯房。过去镇里曾进入德政路拆迁，所有拆迁户工作组都熟悉，安置方案是在德政路南面征出一块地，让拆迁户就地临街安置，县政府批准了这个方案。但是镇里长时间征不下南面的土地，因为土地拥有者强烈要求临街建房。这似乎也可以理解，自己的地别人来建，心里的坎过不去。找到利益的平衡点是解决问题的钥匙，席火根相信这把钥匙应该就在黄仲强手上。

攻坚时间已经过去了一个多月，有些问题需要果断决策。席火根召集刘文海的征拆工作组开会，下达了十五天解决问题的指令，同时授权他们临机处置。

席火根依然保持上班很早的习惯，七点林力准时接他，七点半准时到办公室，文件处理完直接去指挥部。

苏莺莺说，有个姓杨的找你几次了，他说跟你熟。他家在西段也要拆迁，他说有办法处置那一段几栋房屋。

席火根说，通知姓杨的过来谈谈。

这个姓杨的果真很熟，叫杨怀昌。多年前席火根在埠前书记任上，有个年轻人雄心勃勃，说要种1000亩地，请席火根帮忙流转土地。土地流转下来，杨怀昌却没种好，搞了几年灰溜溜跑了。多年不见，这小子还是意气风发，一股子见人熟的热乎劲。他说，打通德政路是好事，我家老屋也在拆迁之列，我全力支持。其实这一片五栋房屋属于三户人家，郭医生是医院退休职工，他家有两栋，我家有一栋，还有一户人家有两栋，其他都是杂房，我算了一下全部拆除后倒腾出来的地足够临街安置，方法是我们三户人家商量，按各自的土地面积分摊临街建房的长度，算是拆旧建新，按德政路规划自行建设，不需要政府补偿。我和郭医生说好了，还有一户村里做做工作应该没问题。

德政路东段临街面 2003 年已经建成，一律的五层店面房，现在做的准确地说是打通断头路，畅通大循环。席火根估摸着如果小杨说的能够做成，政府成本低，拆迁速度快。但他没爽快答应，说，你们几户说好，写个申请到指挥部交给小苏，我一定想办法帮你们。杨怀昌很高兴，喝了一口茶，并没有离开的意思。他爆料自己本姓郭，小时候家里孩子多，父母把他送给村子上一户姓杨的人家，现在要拆的这栋房子就是杨家的。养父母都过世了，房子自然由他继承。

杨怀昌起身给席火根递烟，又帮着点。继续爆料说，刘玲玲是我大嫂，我是郭家老三。杨怀昌提到刘玲玲，让席火根有了耐心。说，你告诉我这些，是想帮助我做工作？杨怀昌说，我这个嫂子刀子嘴豆腐心，其实人很好，就是好强，死要面子。她读了高中没考上大学，心气很高，她最怕别人看不起她。席县长如果有时间不妨找她谈谈，给她一个面子，或许能谈下。

席火根问，这栋房子是谁的产权？

杨怀昌说，房子是我老头子建的，产权应该是老头子的，但早分给他们兄弟俩了，这房子不大，两个门进出，现在老头子也搬老屋住去了。

杨怀昌说的这些情况，征收组早知道。这几日，刘玲玲家房屋周边的杂房都被拆了，剩下刘玲玲家的房子和两处杂房，清爽了许多。

黄仲强搞定了德政路南面土地，至于怎么搞定的，席火根还没细问，也不想问，原则他们都应该清楚，就是说得过去，这个底线不能破，他不想过多干预。办法真是比困难多，好消息不断，杨怀昌那一片说好过一两天就可以拆了，他们几家写了协议，席火根也在申请上签了字，由镇里按拆旧建新批建，指挥部也有纪要。最麻烦的还是刘玲玲和严五香。

刘玲玲的弟媳嫌房小，现在有机会跟嫂子分开住，心里高兴，跟丈夫说快签，丈夫听嫂子的，没嫂子的话不敢签。嫂子比小叔子大1岁，嫁过来的时候，小叔子还没结婚。那时候小叔子看见嫂子，眼睛就转不动了，觉得哥哥有福气，娶了这么漂亮的妻子。夏天很热，家里人都在屋外纳凉，嫂子在屋里洗澡，小叔子从外面刚回来，进屋去解手，鬼使神差跑到嫂子那片屋，推开门见到裸着的嫂子，惊得魂魄都丢了，腿脚似乎不听使唤，木木地站着，眼睛像贼似的盯着嫂子的身体。嫂子向小叔子走过来时，小叔子喘着粗气，紧紧地抱着嫂子乱啃。后来小叔子知道哥哥不行，嫂子心里苦。嫂子爱面子，也顾及哥哥的面子，没有跟哥哥离婚。这些事等小叔子结婚后妻子慢慢都知道，其实在郭家早已不是秘密。妻子虽然心里难过，但家丑不可外扬，她也只好忍了。这回政府征房正好是分开的大好机会，她高兴的劲儿天天写在脸上。

丈夫不肯，妻子心里知道为什么。这老实女子这回是真恼了，把老底揭了，丈夫打她，她一气之下跑娘家去了。娘家就在庄家，娘家人看闺女哭得伤心，老爷子发话，几兄弟打上门来，小郭立马蔫了。答应听老婆的，马上签字。

刘玲玲只恨自己命苦，嫁了个废物。但她不是一般人，马上想到这房子虽然分了，但房本还是老头子的，你签也白签。事情又复杂了。刘文海跟法律顾问团商量对策。席火根提醒他们，兄弟分家，舅舅主持，文书有据。想办法让老二拿出文书，这一纸文书有用。刘律师觉得有道理。刘文海叫人去取，老二媳妇很配合，立马拿出了这纸文书。

刘律师是拆迁方面的专家，他直面刘玲玲，刘玲玲急得流泪，这世间聪明人太多，她知道真正的对手是谁，暗暗恨起了席火根。

刘律师说，你小房换大房很合算，为什么不签呢？你如果还有什么诉求，只要合理我可以帮你转达。

刘玲玲说，我没有诉求，但我不会签，你们看着办吧。

刘律师把情况带到指挥部，刘文海说先拆老二那片，逼她就范。其他人都同意，只有刘律师不语。

席火根说，刘律师为何不说话？

刘律师说，还是有一定风险。

席火根说，不能等了，百日攻坚时间过半，很多事都没定局。百日之后，大家都得去扶贫了，明年渔梁也将争取脱贫摘帽，我们没时间等了。规划路、德政路建设项目住建局已经挂网，过几天就开标了。施工在即，不能等了。

席火根说后面这句话潜意识里加重了语气，像是说给自己听的，又像是下了最后的决心。

席火根开始部署，说，仲强动动脑子，把工作倒过来做，刘玲玲老公不是说安置了也做不起来嘛，你叫上他先把安置地块定下来，然后你组织把屋基先帮他弄起来，再搞个格式合同让他签。这个事两三天内完成。时机成熟后开拆，城管配合，公安做外围，组织工作文海镇长落实。

指挥部的同志觉得这样做很好。刘律师还是不言，席火根也不想要他言。拆迁那天，老二的家什都搬空了，刘玲玲家的家什都在，但值钱的家什不知什么时候都搬走了。芙蓉镇副镇长叶绵绵到指挥部汇报说，刘玲玲在她的化妆店里哭，哭得好像很伤心。席火根听了，叫苏莺莺通知刘文海开拆，把刘玲玲家的家什搬到她家老屋，造册登记，律师公证，抓紧拆完。

席火根望着一墙之外的小楼，内心的感受也是难以名状。他想，多年后人们走在宽阔的德政路上，谁能想到曾经有一群人为此伤透脑筋，与拆迁户斗智斗勇？那时一定不会有人在乎了。他坐下来，想着刘玲玲为什么不去现场，躲在店里哭呢？她是一个要面子的人，知道纵然她在现场也无济于事。想起杨怀昌曾经给他的建议，或许她伤心是自己没把她这个乡下女人放在眼里？席火根内心也很后悔，的确应该找她谈谈，为什么不去谈呢？

离开指挥部的时候，席火根仔细看了严五香那栋横在街口的房子，还真像一口棺材。

这几天规划路、德政路陆续开工，因为天气好，工程进展速度很快。严五香的丈夫老李开始着急，主动找席火根，说他的房子临街面只有7米，是个长方形，房后是供销社的仓库，东面已经没空间了，西面他有一间厨房，中间还有一条路去进修学校，在厨房的位置上安置又占着别人的地，我安不下去怎么拆？还有我那房子重置评估价才9万元，加上奖励的钱也不过11万元，我们老两口怎么做起来？

席火根说，我答应你在西边安置，你跟政府签了协议，政府就有责任帮你落实安置地。至于评估价，这是第三方的事，我没权干涉。

老李阴沉着脸走了。

席火根决定去他家看看，苏莺莺买了些水果食品，叫了叶绵绵同往。

严五香这个家庭很特别。严家无子，叫女儿严五香招婿，这个女婿与住建局长李幼敏同宗同族，按辈分应是李幼敏的大哥。严五香的父亲曾做过县里几个工厂的领导，改制前属组织部管理的干部，席火根在组织部与这些老总们很熟。老严快八十了，身体还好，脑子也好，见了席火根马上能叫出名。说，我有几个女，最后悔的是叫这个女招婿。

席火根跟他寒暄，他不管不顾，继续说，这么好的政策，一栋棺材房死活不肯拆。说着说着老泪纵横。

席火根不明就里，安慰他。没想到老严居然哭出声来，说，这棺材房主凶，把我大孙子克死了。苏莺莺一个劲安慰他，叶绵绵把席火根拉到一旁说，他孙子在外面搞了一个情人，两个人爱得死去活来，前不久两人抱在一起投江了。

席火根记起来税务局有个干部和一个女人投江的事，当时坊间传得神乎其神，说这两人都有家庭，一次偶遇居然一见钟情，好上了就死活分不开了。双方家庭都知道，女的被丈夫打，男的被母亲骂，最后两个人都绝望了。这天夜里，俩人坐在中江边上，不管不顾地抱着，任凭路人注目。月亮升起来的时候，他们看到江中清冷的倒影，两个人心有灵犀紧抱着投那月亮去了。

殉情这种事自古有之，是什么样的力量，才能让人有这种不管不顾抛家舍口的勇气啊？难道性这种东西真有如此大的魔力，让人命都不要？席火根在埠前书记任上，埠前也发生过一起男女殉情的事，他们都是农民，可他们的死法惊世骇俗，公安在查验现场时，发现他们裸着抱在一起。那时席火根就想，为什么要选择裸死呢？

老严抹着泪，说，席县长，这棺材房子你非得给我拆了。

席火根说，您放心，我们一定会拆了它。

席火根感觉这个房能拆，但需要跟严五香两公婆再磨几次。

回的路上，席火根问叶绵绵，你爸告诉过你名字的来由吗？

叶绵绵说，没有。

席火根说，《诗经》里有句诗，绵绵葛藟，在河之浒。你爸爸一定读过《诗经》。

叶绵绵说，我爸是农民，初中没毕业，他可能是觉得我软绵绵的，才给我起了这名。

苏莺莺笑出声来，说，乡下人起名字哪来那么多讲究，县长的名字就很土。

说得大家都笑了。

吴安泰带着征地组每天都在烈日下，地量了不少，还有不少隔花地，村民躲着，量也白量。席火根想，是时候痛下决心了。

其实席火根早有一个计划，只是之前没有勇气下决心。这个计划的核心就是没收买者的土地还给农民。但这样做的结果必然触犯体制内太多人的利益，让他成为众矢之的。席火根一直思考着怎么避免这种危机，公事公办，他找张书记汇报，希望组织出面，由纪委下发一个严厉打击公职人员买卖集体土地的通知，明确申报时间，打击对象，处罚规定，同时明确不申报不追究，给买地者开一个免予处理的口子。

张松阳疑惑，问，何为不申报不追究？

席火根解释说，机关干部若是买了地主动申报可以宽大处理，若是不报，组织就当没有这个事嘛，他也没理由去找当年卖地的人吧。

张松阳略一思忖，说，这或许是个办法，对于这样一些历史问题简单处理是对的。对于违法购地者，付出代价也很自然。

这个代价就是违法购地者白丢了当年买地的钱。

文件下发后，征地组的同志给农民解释，不管你们的地是否买卖，一律不再追究，你先前卖了多少钱也不必去还，如果你觉得面子上过不去，实在要还，那么现在征地得了多少钱便还他多少，如果买者为难你们就向指挥部报告，组织将严惩不贷。农民吃下这颗定心丸不再狂躁，征地组的工作进展顺利。

这就像是一个跷跷板，踩下这头，翘起另一头。跟席火根很好的一个朋友在电话里说，你这么干，我的钱就打了水漂，你要清楚，你得罪的不是我一个人，当年买卖集体土地是公开的，买者岂止是一两个？

席火根说，这也是无奈之举，得罪了。

朋友说，我们是多年的朋友，我损失八九万元就算了，我想提醒你，做什么事都不能不管不顾。

席火根说，你提醒得对，我正后悔哩。

挂了电话，席火根自语道，怪鬼去吧。

席火根气壮，把这一次的行动叫"武装放线，全面没收"，目的是给农民壮胆。清晨六点半建口和芙蓉镇一两百人，公安四五十人到了现场，七八台机械开始清表，村民在自家地里收拾东西，没有吵闹，清表工作到八点半顺利结束。大家都说，席县长厉害，席火根回道，组织厉害，任何个人没有组织撑腰都将一事无成。

城北过去是郊区，属于中江冲击盆地，村庄里的人去世，就葬在自家地里，所以这个片区的土地上到处都是零散的坟墓。现在城市发展过去，惊动这些逝者也是没有办法的事。席火根深知，中华优秀传统文化说到底就是怎么对待生死，人应该怎么活，又应该怎么对待死，因此平生最不愿做的就是挖人祖坟。但现在没有办法。一个月前，他把选公墓山的事定了，这时候已经完成了200穴。征地组又分出部分人专做迁坟的工作。难度虽然不及拆房，但有些人的工作还是很难做。

刘玲玲家有三座坟在规划路上，之前拆迁闹得不愉快，席火根想，现在迁坟自然不会容易。他在电话里嘱咐杨怀昌做好工作，迁坟的事女人向来是不太管的。杨怀昌满口答应。安置给他的地已经建起了一层，他心里痛快着嘞。

迁坟在渔梁有一个复杂的程序，颇为讲究。第一，要请风水师傅到实地勘查，按照消砂纳水的格局，选择"阴安阴顺"的地方安放尸骨。第二，要选择吉日良辰，结合逝者和其后裔的生肖，选择大吉大利的年月日时开挖动土。第三，吉日良辰动土时家属准备好蜡烛、香、纸钱、冥币、敬香饭、三牲（猪肉、头牲、鱼）、鞭炮，在地址中间敬香、烧纸、放鞭炮，然后风水师说赞语，长子及后裔跪挖动土三锄头，挖后锄头往后扔。第四，拾尸骨时要准备好蜡烛、香、草钱、三牲，在原址敬香、烧纸，请泥工师傅祝赞语后开挖原址捡尸骨。捡尸骨时，泥工师傅做好棕树皮衣，按照由足身到头的顺序把阴人尸骨捡干净，摆放在棕树皮衣内。离开时，用黑伞撑挡尸骨，沿路撒纸钱到新址安放。第五，安放尸骨时，先由泥工师傅在新坟圹内烧纸热圹，再杀一只雄鸡在坟圹内铺笼象征出煞，然后由泥工师傅在坟圹内按顺序摆放尸骨，再封坟圹。第六，由风水师宣读迁坟告文，后裔敬香、烧纸、祈祷、燃放鞭炮。

这天夜里，席火根接到杨怀昌电话。杨怀昌在电话里说，县长，按照你的指示，我在挖我家祖坟。这小子如此口吻让席火根很不舒服。

席火根说，你把祖宗的老房子拆了建新房，也应该给你祖宗换个新房子住了。

挂了机，席火根揉揉眼睛看手机，还不到凌晨五点。

这个坏东西，做好事都不让你安生。

第十章

市里棚改任务调整后王铁军着实一惊。从表格上看，各县市区任务普遍增加，但渔梁的任务增加最大。渔梁是小县，县城规模小，但棚改任务却位列全市第二。

年初，市里下达过年度棚改任务，现在都已经是 8 月了，再下棚改任务本身就有蹊跷。6 月市党政代表团到外省市考察，有感于人家棚改炸碉堡拔钉子的精神，市委书记亲自著文，对外省市做法大加赞赏，以此搅动全市干部的思想。对比自己步子迈得太小，市委开会分析原因，房管局作为全市棚改的总协调单位，统筹指导不力，传导压力不够，贻误了棚改的大好时机。会议决定对市房管局长、市棚改指挥部办公室主任迟志华同志通报批评，同时决定抓住国家三年棚改的重大机遇，加大力度，举全市之力攻坚，打好棚改攻坚战，书写城市更新华美篇章。

王铁军打电话问严福生，棚户区改造市里怎么下这么重的任务，这是怎么回事？

严福生说，数字是我们据实上报的。

王铁军问，席火根副县长知道吗？

严福生回道，建口开会研究过，席县长签字上报的。

王铁军挂了严福生的电话，接着打席火根。王铁军说，棚改任务上报这么大数字，完不成任务，省政府要约谈，市委要问责，你不知道吗？

席火根平静地回道，我知道，但任务真有这么重。

王铁军说，做工作要懂得留余地，你少报点多做点不是更稳吗？

席火根听出了王铁军的责怪，并不计较，说，少报点我压力也小，但规模小政策性贷款就做不大，没钱又怎么去多做点？

席火根说的是实情，王铁军不便指责。但他心里真像被人捅了一下，很难过。放下电话，他告诉秘书马上通知相关领导召开县长办公会研究。

县长办公会是一种议事形式，并非决策程序，不需要政府正副县长全部参加。秘书通知席火根副县长、住建局李幼敏局长、房管局严福生局长、城控集团邓峰董事长、农发行留芳行长参加会议。

王铁军表情十分严肃，说，渔梁的棚改任务报这么大规模，能不能完成，怎么完成，今天把大家请来，就说说这个事。

严福生从乡镇党委书记调整到房管局做局长，为了保留公务员身份，在住建局安排了党委委员的职位，这样的安排史无前例，心里一直郁闷。但工作还是很认真，他汇报说，按照市里的部署，我们对城南旧改、菜市场、老厂区等这几个区间，以及墙根下、大桥下等几个大循环和小循环红线范围需要拆迁的城中村做了细致的调查摸底，这些片区加起来规模确实很大，5000户这个数字不小，但真正实施起来肯定还要超过这个数。

李幼敏接着说，城市功能品质提升是个浩大的工程，省里安排了三年行动计划，提出了上百项工作任务。这项工作与棚户区改造结合起来做，科学合理高效。渔梁城市规划滞后，很长一段时间私房过度建设，导致不少片区开发强度大、建设密度高，承载力严重不足，这些问题都必须通过棚户区改造彻底解决。我个人认为，5000户这个数字不是大了，而是小了。当然要完成这个任务，肯定不会简单，操作不当可能还会遇到很大的阻力。

席火根没等王铁军点名，接着李幼敏的话说，党代会提出要充分用好国家棚户区改造的政策，下最大决心改造旧城和城中村，畅通大循环，打通断头路，实现微循环，要坚持一个片区连着一个片区改的思路，持续用力，力求用三到五年完成棚户区改造任务。根据这个目标，建口组织人员进行了详细调查，得出了较为准确的数据。5000户这个数字很吓人，而实际改到位任务比这个数还要大。我想没必要过多考虑数字大小，应该考虑实际需要和怎么样完成。首先从安置和重建的角度考虑，没有规模，融资是个大问题，没有资金来源，安置和建设都会非常困难。我初步考虑攻坚三年通过融资解决10个亿，每年通过房地产土地出让收入解决8个亿到10个亿，这两个目标能实现，资金的问题就解决了。从拆迁的角度考虑，过去城南一、二期搞的都是微改造，实际上微改造并不能解决棚户区的根本问题，这是偷懒的做法，因为征收难嘛。渔梁没有积累拆迁方面的经验，群众对拆迁认识模糊，存在抵触心理。在这种情况下，县长要问我有没有信心，我只能实事求是讲，信心来自经验，信心可以在实践中树立，也可以在共识中生成。目前脱贫攻坚是压倒一切的政治任务，县委不可能安排较多的干部力量做棚改，只能慢慢来，力争在二三个项目中形成经验，培养征收干部，我相信只要县委、县政府有决心，我就有完成任务的信心，那么这5000户的目标也可以实现。

王铁军说，火根同志讲得很好，也给了我信心和勇气。我在渔梁已经干了一届，城市面貌没有多大变化，我希望这一届在我们的手中打一个漂亮的翻身仗。王铁军的脸色比刚开会时好了很多，他笑着说，我特意请了城控和农发行的同志来，请你们说说融资问题。

邓峰是名复员军人，文化程度虽然不高，但他却是一个拿得起放得下的干将，讲话干净利落。他说，棚改是国家行动，这是一个重要的机遇期，城控责无旁贷。目前城控通过3P做了8个亿的融资，这个项目已经成功入库，很快可以批复下来。有了这8个亿，棚户区改造就可以放手做。

留芳是外地交流干部，过去也是复员军人，据说他是首长的警卫员，1997年抗洪抢险救了首长，后来转为干部，转业后分配在农业发展银行，讲话办事还是军人风格。他说，作为政策性银行，农发行服务渔梁经济社会发展责无旁贷。现在国家棚户区改造方向明，政策好，这个机遇没抓住，渔梁可能就真的失去了凤凰涅槃的时间窗口。我个人认为，县委、县政府要达成高度共识，义无反顾抓住不放。目前农发行与房管局密切合作，3.6亿元发贷融资的申请资料已经上报省行，这个项目我会落实到位，请县长放心。

王铁军说，大家谈得很好，也非常感谢同志们有这样的担当。从目前情况看，拆迁是最大问题。这方面火根同志富有经验，你出主意，我全力支持。我同意火根同志的意见，脱贫摘帽前先集中有限的力量搞几个项目，比如菜市场、老厂区，为摘帽以后组织大规模攻坚行动提供经验。我想强调的是，棚户区改造是党中央、国务院部署的重大民生行动，我们一定要抓住这个千载难逢的机遇，克服困难，以最精良的力量全面完成棚户区改造任务。住建要抓紧规划，按照城市功能和品质提升的实际需要，合理布局，加快建设，精美呈现。

这个会开过之后，席火根似乎有了一种更为明确的压力。他跟林力开玩笑说，别人听了拆迁绕着走，我却自己把自己绕进去了。

林力说，大概这便是担当吧。

席火根说，城北这边大问题都解决了，城南还不知道什么情况呢，去城南看看吧。

城南是渔梁老县城的全部。老县城很小，县志记载老县城的规模，4条街12条巷，呈丁字形布局，东风路街1000米，正大街400米，东大街350米，横街200米。这座城池很小，却种了900年。同治年间编修的《渔梁县志》清晰地记载了渔梁900年的筑城史：1078年始筑城池，至1083年知县离任城墙仍未竣工，1083年新知县接任，干了几年才把城墙筑完。1155年增筑城垣置城门，1359年重筑城垣，延周3里，高1丈，宽8尺，并置四个城门，1363年再筑城垣，加高三分之一，加宽一倍，并给四个城门取名，东门叫朝阳门，西门叫高明门，南门叫自南门，北门叫拱辰门。1511年城墙修筑的规模已经十分壮观，城墙周围长714丈，高2丈2尺，垛口950个，连垛口墙上宽1丈，墙下宽1丈5尺，同时置六城门，东威远，西五云，南表忠，北通都，西南增置观澜门，面对芙蓉山增置芙蓉门。

席火根自称是种城人，以他的视角看到的是种城人的心。古时候城墙是一座城池的标识，抑或是一座城池的精神归依，所以古代官员才会锲而不舍一代一代善加维护。很可惜，新中国成立后城墙被毁，小小的县城与村庄连成了一片。而城池北面护城河的变迁同样让人唏嘘。渔梁电站建设期间，大量施工配套建在县城周边山涧、滩涂、荒地上，由于无规划主导，渔梁县城畸形发育，北门河水源被重重阻隔。改革开放以后，城中居民不断向北门河以北迁徙，城内逐渐荒芜，很多区间破败不堪。2004年招商引资在北门造城，小城人依稀记得当年开发商抽沙填塘的情景，卖地卖房好不热闹。其结果是北门河收拢变窄，变成了一条名副其实的臭水沟。

准确地说，城南旧改始于2003年，开发商把人民路两边公房拆除，建设商业步行街，建成后的步行街冷冷清清，北迁的人没打算回来，因此改造后的步行街始终没有繁荣起来。而留在这条街的历史记忆便在这次改造中破坏殆尽。2014年启动的一期旧改是针灸式的，帮老百姓修房子，整院子，拆围子，刷墙粉壁，统一风格，环境改观很大，但水电路气这些功能由于拆迁没有到位很难补充。2015年接续二期旧改如出一辙，2016年三期旧改把粮仓改成餐馆，因为空间大改造后名为美食园，较前两期有较大进步，但人流、车流加大，增加了旧城负荷。

四期旧改是城南的收官之作，席火根说什么也不能接受微改，主张只留下非保留不可的建筑，其他全拆，拆完之后，除了满足安置小区建设需要，尽可能补充和完善这一区间的功能。如果没有省长和市长的指示在先，张松阳不可能同意席火根的意见。四期旧改范围大，占了老县城三分之一版图，面积 600 多亩，是一特大棚改项目。红线范围公房需拆除 20000 多平方米，涉及 300 多户，私房需征收套房 300 多套，栋房 280 多栋，杂房附房 300 多间。这么大一个项目，如果做成半拉子怎么办？干完这届，张松阳也到龄了，他的担心，席火根其实也能理解，但是席火根这人认死理，如果工作经不起历史的检验，那又何必去做呢？

这个项目说是人大一套班子抓，但做来做去，最后只有游庆辉副主任在抓。游庆辉面有难色，向主任汇报说，我一个人势单力孤，希望各位主任一起上，人多胆壮嘛。主任跟他打哈哈，说，大家在二线，我也不好用一线的标准要求他们，大家信心不足，一个怕字，只能辛苦你了。游庆辉过去一直在松阳身边工作，后来出去当局长，群众工作经验不足，接手城南拆迁的确勉为其难。但他工作做得勤恳，多次请席火根去指导，席火根一直顾不过来，只是在一些问题上给他出出主意，现场一直没去。毕竟是自己分管的工作，人家是来帮忙的，没理由不去看看。

游庆辉把几个组长召集到指挥部等候席火根。席火根进门，看到大家整整齐齐坐着，主席位却空着。游庆辉起身迎他，请席火根上坐。席火根不肯，说，你主持，我听听就好。游庆辉也不肯坐，最后拆迁组长坐一面，游庆辉和席火根坐一面。

游庆辉先把大致情况说了。这两个多月套房征收 191 户，正房征收 67 栋，杂房附房征收 85 间。主要问题还是安置地没确定，过渡安置房缺乏，拆迁户对政府没信心。各组组长分别汇报，大致与游庆辉说的一致。套房征收进展不错，县委宿舍楼基本征收到位，剩余 3 户困难较大，这些套房过去是干部的福利房，后来几经转手都到了居民手中。剧团、广电宿舍楼征收基本到位，建筑公司、芙蓉镇东风楼以及商业局下属的几个公司的集资房仍然存在不少纠纷，拆除还需时间。最困难的还是栋房征收。

游庆辉说，现在的重点是城墙外栋房，这些房屋都应该是店面房，安置是个麻烦事，我们都期待席县长亲临指导。

席火根说，拆迁难，是真难。难就难在利益上。人家划得来肯定干，除非有特殊情结的人。我们现在的政策总的来说对拆迁户有利。老县委拆迁后立马启动建没，这个小区的设计非常好，大家要宣传好。至于栋房安置可选择上楼，也可选择有土安置，土地的问题我向大家保证，马上可以落实到位，就在规划路西侧。百日攻坚时间不多了，重点是把老县委大院及其周边拆完，确保城投下个月进场施工，其次主攻栋房，重中之重是城墙内外，是商业店面房的，确保沿街安置，非商业店面房按一般住宅安置。一百天做不完城南旧改，但我们尽心做了就问心无愧，谢谢同志们。

县委片区组何方清说，我建议成熟一部分拆除一部分，以造成一种声势。

席火根立即回应说，我认为这个建议好，这应该成为我们拆迁工作的基本方法。把这一片区变成工地，这是必要的，也是必需的。

游庆辉说，明天起组织拆，我来组织队伍，马上落实。

何方清说，县委片区只剩 3 户，我建议采取停电停水等措施。倒逼一下，可能还有 2 户可签，剩下彭翠英估计很难解决。

席火根不认识何方清，听了他的建议觉得这个小伙子很务实，随即问，你是乡镇抽过来的？

何方清回道，我是周田乡副乡长，组织上抽调我参加这次攻坚行动，我感到很荣幸。

席火根说，你很善于动脑子，拆迁这个活就是个动脑子的活。你刚才说必要时采取停电停水的措施，我看这是一个方法，另外工程手段也是一个方法，这些方法要敢用、会用，并用好。你说的彭翠英是个什么情况？

何方清说，彭翠英年轻时给一位县领导做保姆，后来领导给她安排了工作，结婚后又离婚，带着女儿独自生活。退休多年，女儿在外地工作，已经成家。她的房子60多平方米，要求换90平方米，还不补差。理由是她的房子位置好，离医院近。

席火根说，政府拆迁应该说都考虑到了拆迁户的利益，大部分人都乐于接受，少部分人想谋求最大利益，极少数人或许是心理扭曲，横竖不行，对付这种人还得多动动脑筋想办法。

游庆辉说，彭翠英这个人我接触过几次，这种人不可理喻，没有一些手段是拿不下来的。

何方清说，一个片区多几个彭翠英，精神都会被摧垮。

席火根说，干我们这种工作没担当不行，没勇气也不行。大家注意了，我们为政府拆迁，政府为生活在这个城市的人们拆迁，目的是让大家生活得更好。因此，我们的事业是正义的、光明的，也是充满希望的。总有一天，这座城市的人们会感谢我们。

席火根一般不说官话，但这些话的确是官话，他说给大家听，自己也想听。由此看，官话还得说，因为它的确是鼓劲的话。

机械开到东风楼，拆的时候碰到麻烦，其中一户莫名其妙多出一个权利人。他是一位老师，姓王，说是当年卖房时只卖了毛坯，没卖装修。何方清听得云里雾里，这么离奇的事都有。

位于马号背东风路的住宅楼是东方饭店改制后兴建的，时间在20世纪90年代末。东方饭店是芙蓉镇镇办企业，改制没钱，只好把资产处理了，给职工能分一点是一点，那一代人其实背负的是国家发展之痛。放到今天东方饭店住宅楼无论如何建不起来，因为采光、间距等各项规划指标都严重不达标，原本这区间就密匝，加了这一栋四层楼周边房屋的光线更差。但在那个时代，人们管不了这些，房价便宜，新楼售卖还是很顺利。

王老师买了一套，但买晚了，临着公厕的那一面，装修住了进去，发现不能开窗，一开窗屎尿味就进来了。恶心了好几年。小姨子两夫妻进城打工了，正愁着没地落脚，王老师说，我那套房卖给你吧，很便宜的。

小姨子说，我哪里有钱？

王老师说，我买的时候 300 元每平方米，房子面积不到 100 平方米，毛坯大约 3 万元吧，装修花了不到 2 万元，装修的钱以后再说。

这时候渔梁还没有严格意义上的小区房地产，县里招商引资在中江边北门河北段抽沙填河，建了很多屋基出售，还有少量小高层，每平方米大约 800 元。王老师想卖了东风楼那一套，到江边换一套大的。小姨子觉得姐夫这套房便宜，跟老公商量买下了。

小姨子进城做早点，忙的是后半夜到上午九点，其他时间都在家闲着。妹夫是泥水匠，天天上工地，着家的时间少。王老师妻子也是老师，这一年派去省城进修，王老师没地吃饭了，小姨子感恩姐夫，老打电话叫姐夫吃饭。

要说王老师这小姨子长得真不赖，人虽然不高，但玲珑身段卓有风姿，结婚都五年了，还不见一男半女。也许是没生孩子的原因，小姨子少了些小女子的羞报，却多了一些成熟女性的大方和热情。

王老师常去吃饭，多数时候吃饱就走。也奇怪，过去他自己住这里总觉得屎尿味扑鼻，现在每次到小姨子家总感觉这地方没那么糟糕，甚至他还能闻到一阵阵女性的馨香。

周末那天，小姨子知道姐姐没回，姐夫又该泡面，所以多准备了些菜，还买了一瓶白酒。丈夫上工地中午不回，姐夫一个人喝着，不知怎的盯着小姨子的眼光就不动了，那目光像剑一样直插小姨子的心。

小姨子说，姐夫喝多了，我去给你倒杯水。

姐夫说，你别动，我没喝多，我觉得小妹特好看。

小姨子说，有什么好看的，都快成盐菜了。

姐夫说，你若是盐菜肯定是天底下最好吃的盐菜。

姐夫从包里拿出一件礼物，是一身衣裤，叫小姨子试试。

小姨子说，先吃饭，等下试。

姐夫说，试试吧，很贵的，不合身可以换。

小姨子拿去房间试，过一会儿姐夫跟着进来，小姨子正试上装，两个乳房在乳罩的挤压下露出很深的乳沟。王老师忍不住上去抱她，小姨子不肯，说，姐夫不要这样。

王老师不肯罢休，继续去搂抱她，这女子身体很灵活，像泥鳅一样蹲下身溜了。

王老师丢了面子，蔫蔫地出来，准备出门。

小姨子像是什么事都没发生，叫着姐夫，说，你还没吃饭嘞。

王老师像是没听到，拉开门走了。打这以后，王老师不敢对这女子有非分之想。都说小姨子的大腿有姐夫的一份，他却什么也没沾到。王老师想着，这女子这么多年不生养，是老公没用还是自己没用？

小姨子仍然会叫姐夫吃饭，姐夫说，我泡面嘞。

妻子回来后，妹子请他们夫妻吃饭，王老师说，东风楼那味恶心，我就不去了。

妻子不知道丈夫想什么，恶心倒是先前他常说的话。

一晃十几年，东风楼要拆迁，小姨子高兴死了，她估摸着可以换一套好房子了，优惠价再买 30 平方米就有一套大房子了。

机械停在东风楼，何方清把王老师请到指挥部，叫人通知相关人也来。王老师说，当初她买房，买的是毛坯，没买装修，你们可以调查，装修补偿应该归我，钱到了我账上，房随时可以去拆。

小姨子两夫妻到指挥部的时候，王老师眨眼不见人影。小姨子说，姐夫说的是实情。当初我们刚进城没地方住，他收了我们毛坯房 3 万元，说装修花了 1.8 万元，这个钱以后再说。现在他既然提出来了，就把装修补偿 5 万元给他吧。

何方清说，房本上产权是你的，钱自然打到你账上。给你姐夫多少，你们自己处理好，楼今天必须拆。

王老师的妻子也接到通知来了，她对丈夫的行为感到莫名其妙。对妹妹说，当初你姐夫送你了，现在又要收回，这不见钱眼开吗？

妹妹说，不怪姐夫，当初是这样说的。他说的以后就是现在吧。

姐姐说，他要这么说，就给他 1.8 万元，多的你拿。

妹妹说，都是亲戚，吵得没意思。姐你别说了，都给他。

妹妹知道姐夫为什么闹这出。那时候她还想着都是家人，姐夫不能吧，现在她懂了，姐夫是外人。人这一辈子没有付出就不会有回报，她真的没怪姐夫。

这女子的通情达理，让何方清拆得顺利。

李幼敏是个很低调的人，他没什么爱好，平时不抽烟，也不打牌，闲下来就在家里陪老婆。这天晚上，肖玉花带着小孙女居然直接找到他家来了。肖玉花说，建筑公司是我丈夫的，现在要拆，住建局应该给我补偿。李局长是好人，你就帮帮我们吧。

李幼敏一听这事，一时跟她说不清楚，而且现在也不能说，被她缠住就别想休息了。说，我在家不谈公事，明天上午来我办公室说吧。

李幼敏的爱人是老师，立马拿了一袋水果过来，递给女孩，女孩不接，说，家里有，谢谢阿姨。李幼敏说，爷爷给你的，叫奶奶提。一边塞给肖玉花，一边推着她出门。

城南征拆原本与肖玉花没有关系，但她觉得这是一个机会，因为住建局要拆建筑公司，而她丈夫是建筑公司的末代皇帝。很多年来，她一直为丈夫与建筑公司的承包关系不断找住建局解决问题，这次赶上了建筑公司拆迁，她岂能放过？

肖玉花的丈夫郭平生是渔梁最早的建筑老板。20 世纪 90 年代在大街上拿那种很大的家伙什打电话的矮胖子准是郭平生。

渔梁人都知道，郭平生没什么了不起的发家史，他最早就是建筑公司一个学徒，但这小子聪明，墙砌得最好，用钢筋建房子时，他下料最准，后来他拿了最早的一本建造师证，属于高级技师。建筑公司改制时，建设局用部分资产转让作为补偿清退了一部分人，剩下的人郭平生都领了。建筑公司经营体制是承包制，郭平生是法定代表人，交足建设局的，发了工人工资，剩下的都是他自己的。不到一年公司起死回生，过去破烂的建筑公司被他里里外外修整了一遍，挂门边的渔梁建筑公司招牌被他烧了，屋顶上做了一个圆形招牌，上书渔梁建筑四个字，很有气势。他的办公室搬进了老板桌、大茶几、大沙发，建设局大大小小的人都愿意去他办公室坐坐喝茶聊天。

郭平生在那个年代应该算是渔梁的一个人物。人物大概就是那种说话就能办事手眼通天的人。对于公司而言，有活干就有利润，虽然公司他承包了，但仍然打着渔梁字号，这种准官方性质让他如鱼得水，几乎所有政府性房建项目都被他拿下，然后分包，他按点收管理费。

渔梁人说郭平生很有钱，巴结他的人自然不少，女人更是不缺，偏偏肖玉花是个醋坛子，于是吵吵吵，吵到儿子从初中进高中，然后没地去了，只能被父亲收回到建筑公司。郭平生先先后后叫儿子做了几个项目，可都是亏亏亏。郭平生找下面的人一了解，这小子也是花天酒地，找了个女子婚还没结便生了个女娃。到后来越不像话，竟然吸毒，那女子气不过，把女娃留下自己跑了。

这样的家庭离没落已是不远。

21世纪建筑行业门槛放低，建筑公司如春笋一般冒出来，郭平生的准官方优势丧失，竞标屡屡失败，他麾下的那些工人丢了饭碗，工人们闹到建设局要求按政策补偿走人拉倒。其实这些人都有手艺，饿不死的。但不闹白不闹，按照老规矩卖资产补工人呗，这回建设局没这么干，因为郭平生欠了建设局几年的承包费，把这几年的承包费交了，打发工人走人足够。郭平生说没钱可交，建设局没办法，只好卖了郭平生的集资房。

郭平生带着儿子一走了之，到外地发展去了，把妻子肖玉花和孙女留在了渔梁。从此渔梁人再没见过那个曾经的矮胖子人物。

肖玉花原来在街道小厂，下岗后没了经济来源，丈夫又远走他乡，杳无音信，她走投无路，开始去建设局闹，不停地闹。建设局换了若干茬局长，肖玉花拿着丈夫留下的一大堆票据和合同，编排了一大堆乱七八糟的事，局长听不懂，股长也听不懂，肖玉花却有理有据，头头是道，要求建设局赔偿，今天说是50万元，明天说是80万元，俨然是个受了冤屈的窦娥。

建设局长没办法，每年一万二万没少给。建设局没了，改成了住建局，肖玉花还是闹，闹得局长们自己都糊涂了，到底是她家欠住建局的，还是住建局欠她家的。

城南四期旧改建筑公司在拆迁红线范围，这房子原本就是公家的，与肖玉花何干？但她正好又找到一个由头，怎肯罢手。她闹到社区、住建局、征拆办、指挥部、信访办，说建筑公司是她家的，要求按政策补偿。

李幼敏刚到局里时也给过她钱。后来他慢慢知道了一些事，不给了。肖玉花每次来，他做好了心理准备，一上午也行，一整天也罢，静静地听她倾诉，就是不给钱。现在又扯上了拆迁更不能没了原则。

李幼敏说，你丈夫承包了建筑公司不假，他顶着县里的这块牌子，用着县里给他的房子，给县里交承包费，怎么建筑公司就变成你家的了？你丈夫穿开裆裤时，建筑公司就有了，就是那几栋房子。

肖玉花说，我丈夫接手建筑公司时，很多房都烂了倒了，我丈夫装修了，难道不要赔偿？

李幼敏说，合同上写得很清楚，公司房屋归你丈夫使用，使用期间可以装修，但无权转让、出售，承包期满后无偿交还局里。

肖玉花说，当年承包时，建筑公司没那么多房，我丈夫新建了一些。

李幼敏说，你说的这个情况，我负责调查核实，纵使是你丈夫建的，他也只有房屋产权，土地是政府的。

李幼敏一上午或一下午甚至一整天陪她不是一次两次，他在住建局班子会上自嘲，耽误一上午少赔一两万元，这买卖很合算嘛。其实在他内心已经全部接受了席火根的主张，该给群众的一分不能少，一日不能拖；不该给的，再少不能给，因为这是正义的底线。

李幼敏这回有些可怜她了，曾几何时，丈夫的兴盛满足了妇人的虚荣，也是丈夫的兴盛挫伤了妇人的自尊，还是丈夫的兴盛毁灭了妇人的归属。

李幼敏说，老嫂子，你不能这么闹了，好日子你也过了，那又怎么样？家都毁了。也许苦一点是好事，现在儿子毁了，孙女不能再毁了。

说到孙女，肖玉花竟嘤嘤哭泣。

这一次哭过之后，李幼敏再没有见过肖玉花。有时候，李幼敏甚至还会想起她，这妇人和她孙女可好？

第十一章

严五香房子拆的那天，席火根接到游庆辉的电话，游庆辉说，老哥，我无能为力了，你来接手吧。

百日攻坚离鸣金收兵还有几天，游庆辉好像耐不住了，言语之间难以掩饰几分无奈，几分烦忧。游庆辉长期在领导身边工作，控制力修炼得炉火纯青，他毫不掩饰，说明耐力到了极限。游庆辉在城南几个月尽了心，也尽了力，成效也不错，尤其是栋房征收因为落实了安置地有了新的进展，签订征收合同达到90多栋，挨近古城墙的房屋，征收也开始破冰。

席火根说，这一段老弟辛苦了，接手城南是必需的，我这里没问题，是否需要跟松阳书记报告一下？

张松阳开始不同意，说，渔梁已进入脱贫摘帽倒计时，国庆节过后渔梁将邀请中江大学对脱贫成效进行评估，全部人马都必须转到脱贫摘帽上来。

席火根知道脱贫攻坚是压倒一切的政治任务，县委书记是第一责任人，谁在这上面犯糊涂无疑是跟乌纱帽过不去。但他更知道城市各项工作刚有起色，一松手极有可能回到解放前。他想说服书记，可是书记已经发话，岂容更改？在官场，县委书记这个角色具有绝对权威，一般没人敢争，更不敢否。此时席火根觉得有话还必须说。他看了书记一眼，坦诚地说，城建各项工作刚打开局面，成果来之不易，拆迁工作要的是韧劲，一停再要启动就会难上加难。眼下没有条件搞会战，但工作不能停，队伍可以收缩，城南城北两个指挥部合并，留下30个人，其他同志返回原工作单位，这样应该不会影响脱贫攻坚大局。

王铁军附和说，棚改任务完不成省政府要约谈，市委要问责。火根同志有大局观念，这样安排也是担当作为的表现，我完全同意。

县长同样是脱贫攻坚第一责任人，加之王铁军话说得策略，虽然张松阳有些勉强，但也不好反对，事情就这样定下来了。

席火根趁热打铁，说，我一个人搞城建顶了一年多了，县委这边是不是应该派一名领导来领衔了？

张松阳说，这一年多你很辛苦，现在副书记也到位了，他可以分管城建，但主要力量还必须放在脱贫攻坚上。

席火根表示服从组织安排，但心里还是有一种说不出的滋味，他还担着韶乐乡脱贫的责任嘞。

新来的县委副书记彭铭远，比席火根年轻许多，中等个子，身体结实有力，说话干脆利落，在建口的第一次见面会上，他告诫同志们，不必双向汇报，重大问题火根同志会跟我商量，所以大家按照原有的工作机制，兼顾好脱贫和城建的双重责任。

席火根向彭铭远介绍渔梁城建的情况，说现在土地瓶颈被突破，土地收入大大增加，不仅房地产项目多，品质提升项目也多，所以规划的档次也要提高。我打算接管城南后，立即启动城南旧改建设规划，以工程手段倒逼拆迁，力争明年精彩亮相。彭铭远很高兴，说，我还需要一个熟悉工作的过程，我早知道你，经验丰富，能力很强。我完全相信你，你的意见就是我的意见。

从彭铭远办公室出来，席火根告诉林力通知城南马上开会，叫同志们全部到现场去。

游庆辉最后的临门一脚用了功夫，城墙片区原属自来水公司的房子以及剧团、电影院所属公房全部拆完，老县委片区清出了一大片，城投已经进场围挡施工。拆迁后建筑垃圾堆成了一个个土包，绿网覆盖着，像一座座山包，城墙内剩下的房屋零零星星散状分布其中。尽管城墙外的房屋依旧巍然屹立，但这个成效还是非常了不起。

席火根领着大家一路走，边走边听汇报，边布置工作。现场作了一个决定，全面围挡，要求指挥部组织施工单位尽快实施。为了让大家明白，席火根说，既然是棚改就得像个工地，围挡后拆迁户就会意识到非拆不可，早做安排。

席火根说着话，骆平岩提着一桶水摇摇晃晃过来，广电楼拆了，骆平岩那栋小平房窝在建筑垃圾后面，进出踩成了一条路，走到顶，下坡时走神，滑了下去，桶里的水倒了一地。大家都惊了，跟着席火根跑过去，问骆平岩，没事吧。骆平岩滑下去，并未伤着，气呼呼地说，都是你们干的好事，拆了屋也不搬，这不成心吗？你们越这样，我越不签。席火根吩咐苏莺莺带老骆去医院看看。老骆从地上爬起来，说，不关你们的事。说完进屋去了。叶绵绵心细，提了桶到工地帮他取水，把水送到老骆家。

这突如其来的情况并未影响席火根的决心，他带着大家继续走，在县委宿舍楼前停下来，说，两个指挥部合并后留下的都是精兵强将，虽然人不多，但战斗力很强，我考虑在方法上做些调整，3个人一组，每个组包5户，指挥部办公室除负责日常工作，也包2户，力争用四十天左右的时间把城墙内外搞干净。叶绵绵和苏莺莺兼顾彭翠英，想方设法拿下来，以确保1号、2号、3号安置房开工建设。

李幼敏说，城墙片区收官可期，四期建设规划要抓起来了。

席火根说，是要马上办。我跟书记商量过，路网、管网要科学布局，步行街北段要改造成通行车道，城墙至安置房广大区间按照体育公园布局规划，同时满足渔梁一小体育教学需要。

席火根出手不凡，什么工作只要他在定会风生水起，这种狠准的作风一直受人称道。吴安泰阴阳怪气，说，席火根是个文人，也不是文人，有时候比谁都狠。

每周 4 天下乡扶贫是死规定，席火根有些顾不上了，只好把休息日全用上。席火根务实，不许林力在群里发布工作信息，扶贫办又要求每周 4 次必发，林力两难。每一次下乡，林力都把贫困户家养的猪拍了发到群里，猪抬起头看着人，似乎告诉痕迹管理者们，席火根还兼顾着扶贫。

席火根默认林力的做法。每次去下乡都要看看贫困户家养的那几头猪。猪很好，见他来了，起身跳跃，发出强烈的叫声，似乎是要吃了。席火根告诉盛丰收他们，一日喂两餐，不能长太肥，反正无论大小，过年出栏都是 5000 元。盛丰收他们很乐意照做。

席火根说，猪在栏里茁壮成长，才是贫困户最现实的收入来源。

林力说，每周 4 次下乡扶贫就是个形式，没有效果下多少次乡都没用。

席火根当然知道，养猪还只是权宜之计，持续增加贫困户的收入，没有好的农业大环境不行。农民收入没法增加，干部下乡有什么用？

席火根是大村长，管的是一个村，需要不断去检查、督察其他干部的帮扶情况，帮助解决一些实际问题。很难想象傍江而居的梅岭村居然饮水还有问题。中江大学的评估表明，梅岭甚至韶乐的很多地方水质不达标，原因是沿江一带岩层矿物质超标。安全饮水是脱贫的重要指标，县里紧急实施安全饮水行动，自来水管道从乡政府所在地一直挖到梅岭，这几天几个有问题的村都铺上了管道，等总管一到便可供水。

梅岭一带过去地广人稀，抗日时黄河决堤，数省百姓逃难至此，他们生活了八十多年，繁衍了几代，也没听说水有什么问题，现在共产党对他们的生活管得如此仔细，这些外省移民内心很感动。通水的那一天，席火根在一户姓董的人家那里吃饭，发现蒸饭的钢锅里没有了白色的泡泡。

盛丰收和黄庆丰的房子搞好了，打电话请席火根去看，席火根去看了几户人家的危改。盛丰收的房子主要是二楼楼面没处理好，水渗漏到里层的楼板上，黑黑的一块块，鉴定为 B 级危房。席火根说，楼板没问题，加个坡屋顶。屋面加了坡屋顶，盖上瓦不漏水，还保温。盛丰收高兴，他不善言辞，感激的话重复说了几遍。黄庆丰的房子小，也算不上危房，只是过于破旧，看上去像是危楼。席火根征求技术人员意见，技术人员说，檐口作些处理，也加个坡屋顶。做完后，房子漂亮多了。黄庆丰说，我省了点钱，屋里粉了。席火根进屋看，墙上粉过白灰，亮堂多了。长生家的旧改已经做了两层，年前竣工入住没有问题。长生说，大儿子学的是会计，终于找到工作，而且收入还不低，寄了几万元来。他还是那么乐观，总是乐呵呵的。

第一书记尹小青带着驻村工作队天天在各村小组转，忙着给贫困户算经济账。有些贫困户不理解，闲话自然没少说。一年就这几个钱，老算会生出钱来吗？尹小青不知怎么答话，敷衍道，账要入档，错了会追责嘞。尹小青是个实在人，她按照县里的要求一丝不苟蹲在村里，总是没时间回家，老公想她了就来村里看她。这一辈子，这几年过得简单而充实。

席火根惦记城里的工作，跟尹小青打过招呼，同林力驱车返县，两个人在车上商量老县委宿舍楼彭翠英的事。这女人魔怔了，谁上门都只有一句话，给我 90 平方米的房子我立马搬走。她的房子才 60 多平方米，怎么算也换不来 90 平方米。2 号楼占着这幢楼的大半，好在施工需要的这头清了，彭翠英那个单元是规划中的绿地。停电停水以后，这妇人天天在工地取水，一桶桶提上楼，她女儿来过几次劝她走，她死活不肯。林力说，拆南头应该没安全隐患。席火根说，拆是没问题，我担心的是地下车库施工可能会给剩下的残楼造成隐患，你通知石言带人到指挥部商量一下。

石言也在村里扶贫。石言扶贫的村属于山区，田少山多，这个画了大半辈子图纸的建造师不懂农村，他学习席火根的做法搞订单养鸡，这种鸡是渔梁地方名种，羽毛为麻色，光滑鲜亮，酷似山中野鸡，故为麻鸡。相传渔梁麻鸡起源于唐末，为家鸡与野鸡交配所产，饲养历史至今逾千年。石言自学养鸡知识，指导贫困户在林下养鸡，自费请了机械在林子里打条带，冬天把翻起来的灌木埋下去，开春后鸡苗放入林中，条带一层层翻开，虫和蚯蚓在腐败的灌木上到处爬行，成为麻鸡生长的饲料。这种养鸡方法不仅节约了养殖成本，而且养出来的鸡品质好。石言似乎很得意，瞧着满地找食的鸡，像是瞧着刚完成了的一张施工图，心里有一种特别的成就感。接到林力通知，石言驾车赶回县城。

石言说，安全隐患无疑存在，施工还是有办法克服，但会增加一定的施工成本。

席火根说，你叫质检站和施工单位商量，共同拿出一个施工方案，指挥部办公室与城南社区尽快组织拆。

林力陪着席火根在江边行走，这两人虽为领导和被领导，在私下场合已是无话不说的兄弟。林力小他一轮，像个小老弟跟着他鞍前马后。

中江水瘦，最是渔歌唱晚时，江面的渔筏上几只鸬鹚不时钻入水中把一条条鱼抓上来献给主人。由于戴着脖套，鸬鹚捕到鱼却无法吞咽下去，它们只好叼着鱼返回船边。世界上怕只有鸬鹚不太计较得失，它辛苦劳作而获得的却很少。

夕阳照在古老的城墙上，似是揉碎这千年沧桑。这古老城墙的美在这一刻被席火根升华。过去席火根写过城墙和城墙文化，却从未像现在这样钻进这古城墙的心里。这些不愿意离开城墙的人们，是否在内心已经长成靠近千年的深沉？

站在古城墙上看，过去密匝匝的一坨坨的房子现在已拆去大半。林力说，这些天工作组还是很有成效，城墙外已经拆除了上十栋，露出来的地空旷了。席火根说，我们去指挥部跟大家吃个饭再鼓鼓劲，项目规划这几天可以出来，马上报书记主持评审，争取明年3月开工建设。

林力给苏莺莺打电话，说领导要在指挥部和同志们吃饭，给大家打气。

苏莺莺说，大家都在上户，这人还不知啥时能集中。你陪领导再看看，我马上安排。

人陆续回到指挥部，个个神色黯然，像战败的士兵。席火根问，什么情况？大家七嘴八舌，说的大概都是一个意思，拆迁真是个难事，有的人家上门何止百次，还是油盐不进，人都要崩溃了。

雷金虎说，我这个组包了5户，已经完成3户，还有2户油盐不进，怎么谈都不行。

张军说，我已经弄下4户，还有1户看起来也谈不下来。

席火根叫林力通知陈林过来，这小子这一段主要精力也在脱贫攻坚补短板，镇里的力量没放在城南。

苏莺莺叫美食园一家餐馆把饭菜送来，拼了几张桌子，大家一起坐下，却都没了喝酒的兴致。

苏莺莺笑着说，大家辛苦，成绩够辉煌的了，四十天的任务，三十天完成了90%，超过时序进度了。

这会儿陈林来了。这小子从不会做到会做，从不敢做到敢做，这才一年多，像个老师傅了。陈林说，对拆迁户而言，拆的是旧的，迁的是新的，权衡新旧利益是需要时间的，因此拆迁工作需要足够的耐心和说服力。你们心累，我相信拆迁户也心累，他们考虑的是利益最大化，我们也要给予他们最大的理解。斗智斗勇，会熬过来的。

席火根说，还是多花点工夫在诗外，每家都有一本难念的经，把这个经弄清楚了，下手就会准。另外，陈林抽时间跟法律服务团谈，准备下发征收决定书，公职人员交县委。大家别急，我说四十天完成，完不成就六十天，我们有时间。现在大家提起精神喝点酒回家睡觉。此话一出，大家的精神头上来了，似乎闻到了饭菜的香味。

席火根知道，带队伍把队伍整垮了，还怎么去打仗？在苏莺莺看来，席火根有着坚不可摧的意志品质。

回家的路上，三个人在车上。林力说，这么好的条件还是这么难，不知道这些人想什么嘞，如有可能，我家能拆迁就好了。

苏莺莺说，机会难得，利益纠结呗。

席火根说，难的还是少数。我们可以换个角度看问题，这些钉子户谁家没有一段不为人知的苦难经历？如果把这些人合起来，或许就是一部大书。

第十二章

规委会不定期召开。土地瓶颈一旦突破，城市项目立马多起来，规委会开的频率高了很多。参加规委会的自然是城市规划委员会的成员，这些人来自住建、自然资源、城管、房管、交警、消防、水利、人防、文旅等部门，一般都是一把手，席火根是规委会副主任，王铁军是规委会主任。这些人大多没有专业素养，但这个组织有规划法支撑，在规划上具有独一无二的权威，某种意义上，这些部门的头头碰到一起，决定了一座城市的品相，甚至前途。

其实，规划在县里就是个样子货。渔梁城市最早的规划始于1982年，规划面积不到3平方公里，这个规划1984年经省政府批准公布。1997年修订的城市规划不到5平方公里，但2014年重修的城市规划达到16平方公里，规划区划定的面积达160平方公里。这个过程，正好说明中国城市化在初期没有很好的政策设计。2014年席火根在人大，审查规划时，他同意前面那个规划值，但反对后面这个规划值，理由是政府划定的城市规划区面积过大，剥夺了太多农民的发展权。但县级人大这个所谓的权力机关决策能力实在有限，最后还是批准了这个规划，给乡村发展造成了太多的负面问题。由于规划区内农民的建房权被限制，造成了基数太大难以消化的违建。

下午研究的议题除了几个房地产项目，一个至关重要的议题是城市片区设计方案。会前席火根多次审过，基本成熟后，觉得可以提交规委会审查。看看表，离开会时间还早呢，席火根走近窗前瞭望河东，他似乎可以看到即将崛起的北入城口天际线，到处升起的红色吊机像一个个巨人伸出手臂把未来揽进怀抱，一幢幢高楼簇拥着迫不及待伸向天际。去年还清冷的土地今年已勃发出前所未有的热力。这样的变化让席火根有了更强的征服欲。他确信可以撬动这块古老的土地。

林力进来，说县长到了，会议马上开始。

住建局管规划的副局长石言是渔梁资格最老的老建设，他建校毕业后一直在住建局工作，现在的职务是副局长兼建筑设计院长，具有建造师和规划师双重身份。

石言汇报说，按照会议安排，首先讨论中江花园规划调整，这个规划已经调整了几次，主要是容积率问题。

王铁军说，中江花园开发商已经起诉政府了，而墙根下村农民又频频上访，解决这个问题迫在眉睫，请石局长把这些情况都说说，让大家都清楚。

石言说，中江花园这宗地原是县啤酒厂，占地面积不到40亩，规划时政府要求把周边村庄建设用地，以及北门河滩涂地共计20多亩一并划入红线，2014年挂网时的面积为61亩，开发商拍得土地后，县里要整治北门河，把原先的10多亩河滩地收回，说是征北面墙根下的菜地用于弥补。规划调整后，容积率第一次跟着调整，后来北面这块地征不到位，因此又想到把先前农机厂的一部分宿舍楼与村民兑换，但农机厂宿舍楼房改时又分到了个人，一时又征不下来，到现在开发商费尽周折终于搞定，但还是比先前少了12亩。因此开发商已经起诉政府。

任性用权必将导致市场混乱，这是千古不变的规律。席火根对政府的这种行为十分痛恨，尽管他知道根源在决策者。但这个决策过程不过数月，如此大的调整岂是儿戏？少了地，政府又没钱可赔，怎么办呢?

石言说,现在只有两个办法处理,一是由法院裁决,该赔则赔。二是增加容积率。后一个方法的后果是靠东面一幢楼将达到21层,在这一区间这幢楼将鹤立鸡群,突兀其中。应该说,这是规划上的最大败笔。

石言说完,部门开始逐一发表意见,绝大多数同意后一种意见。轮到席火根发言,他似乎很无奈,会前王铁军找过他,官司不能打,要么你去补征土地。他曾做过努力,无奈百日攻坚他已首尾难顾。而且北门河整治也只整治了一部分,大量的问题还没有解决,墙根下村民的上访持续不断。席火根迟疑了一会儿,说,这种情况不能指责住建,卖地必须先有规划,片区应有城市设计,这个原则必须确立,同时建立规划专家评审制度。作为一个历史遗留问题,这个规划的调整算是我们交的一笔学费,今后这样的学费在我分管的任内绝不可再交。发改委的同志在场,现在扶贫移民的任务很重,扶贫移民要跟住建、自然资源对接好,没有三家共同意见绝对不可立项,扶贫事大,土地亦是国策,不可轻率而为。现在已经出现的问题必须妥善解决。

王铁军肯定席火根的意见。还有几个房地产项目都在城北,石言建议先过城北片区城市设计,然后对照这个总方向来说具体项目规划。王铁军觉得有道理。

城北新片区作为县城北入口必须高起点规划,这是县委定的原则。根据这个原则由省设计总院拿出了一个初步设计规划。石言按照规划的原则,对照规划效果图,将绿地率、建设密度、开发强度、容积率等各项指标一一作了说明。大家看到这张图都很兴奋,渔梁按照这个规划建成后还真有城市的样子了。这个方案很快讨论通过。另外两个房地产项目与城市设计彼此关照,大家也没意见。

王铁军最后说了一通话,大概是表扬席火根带领的团队,在一年多的时间里完成了想象不到的工作量,作为县长他感到欣慰。王铁军的确是个厚道人,过去跟市委领导做秘书养成了谨慎的作风。而席火根长期在基层，群众工作经验丰富，又深怀悲悯情怀，所以王铁军感到有这样的助手也是他的福气。

会议之后，席火根看到石言发给他的信息。

> 县长，您是一个很懂政策，也很懂法的领导，为什么我原来总是提出这些非法用地、非法建设的问题，就没一个人能听进去呢？政府、发改、移民办都不同程度地发出一些指令，都是一些不合法的建设用地指令，要求住建局发出许可，我一个小小的副局长，当了十几年，也不知道什么时候会进班房。还好，明年就可以离开这个鬼岗位了。

席火根想，这大概是一个管规划的局长的呐喊，也或许是中国县级层面规划的无奈。

中江花园调规后施工仍然受阻。上届政府做的这个房地产项目前后经历四年，交房率不到 80%，不少业主已装修入住，由于不具备综合验收的条件，得了房的业主也办不了房产证，没有得到房的业主更是焦急，所以这个项目几乎是全体业主上访。开发商更是着急，抛开资金成本不说，应付业主就让老总们头大，按照购房合同没得房的要求赔偿，开发商自知理亏，赔付每月进行一次。政府做事情朝令夕改，伤害的不仅是业主的利益，而且还有墙根下村民的利益，当然这些村民中也有不少趁机浑水摸鱼。

几乎所有的矛盾都指向政府，自然所有的希望也指望政府。解决问题的关键就是尽快平息村民阻工。席火根找到陈林狠批了一通，陈林心里委屈，当着师傅的面不敢辩解。上届政府答应给村民的没有兑现，根本原因是镇里没能把相关利益人的利益分配好，这个事责任在镇里。陈林似乎已尽力，席火根也是没办法，烦躁中拿了陈林出气。但问题还得解决，席火根叫陈林坐下，说，明天来一次大的行动，我会通知开发商组织机械施工，你组织镇里的力量维持秩序，我叫城管配合你，我和公安在你后面，该出手时就会出现在现场。陈林说，我按2比1配备干部力量，先稳住他们，不影响施工。席火根说，可以，你要清楚，开发商施工的这块地已经征收到位，阻工是无理的，你要理直气壮。叫王庆生特别关注背后的人。明天的事能了，下步集中力量解决墙根下内部的问题，这一次务求彻底，我没有耐心了。陈林知道但凡席火根说没耐心了，就意味着再无退路，回话自然果决，说，我会认真对待，坚决把它拿下。席火根挥挥手示意陈林走，自己点了烟走近窗前，凝望这座城市，它是那么简单，又是那么深邃，还有多少问题等着他去破解呢？

第二天陈林亲自到了现场，开发商组织了强有力的施工队伍进场施工，城管去了三个中队，在红线外放了警戒线。墙根下来的人并不多，被镇里的干部三三两两围着。施工很顺利，装运土方的车辆川流不息。没过多久，墙根下又来了一拨人，在路口堵了装运的车。陈林带人赶过去，现场的人趁机跳进基坑，分散开来，机械不敢动作。纠缠了一个多小时，林力向席火根报告，席火根说，叫邱日红、谢文东准备出警，我马上过去。

席火根到了现场，看到基坑里大多是六七十岁的妇人，对开发商说，把人都给我请上来。城管和镇干部都下去，二三个人招呼一个妇人，开发商把他们带到了项目部，茶点早准备好，邱日红等在那里给他们上课。谢文东带着警察都去了路口，席火根走过去，没见一个有影响的人，叫陈林把他们都带到镇里去。谢文东说，不去镇里就去派出所。僵持不到十分钟，有几个人直接开溜进村去了，剩下的没了信心，一个个溜了。席火根站在一边看着，目送着这伙人离开。装运土方的车辆轰隆隆开过去。

彭铭远把席火根请到办公室，商量解决墙根下的问题。彭铭远说，墙根下老百姓给市委书记写信，政府答应给他们建的安置房迟迟办不下来手续，导致很多人仍住在危房里。书记作了批示，民生大事，用情解决。要求渔梁县委加紧督办并报处理结果。

席火根说，墙根下村原本不存在什么安置房问题，更不存在住危房的问题，既然上届政府批准了，不执行肯定不行，现在的问题是统一村民的思想，把群众的问题解决掉，同时也把北门河公园的问题解决掉。

墙根下村在县城西城墙根下，四百年前卢氏先民迁居于此，因为村在墙根下就此命名村庄。四百年来，城市与村庄和平共处，相互包容，至今墙根下人口繁衍超过了500人。村庄大了，什么人都有，唯有墙根下那一处古老的卢氏宗祠可以说明这一村人血脉相同。

新中国成立以后，政府在墙根下的土地上先后兴建日杂公司、造船厂、船运公司、啤酒厂等国营企业。县志记载：1953年兴建县酒厂（1985年在酒厂原址扩建县啤酒厂），1955年国家开始对猪禽蛋等二类物资实行派购和奖售政策，同年成立县食品公司，1956年3月组建县办大集体专业运输企业渔梁县航运公司，1958年11月成立渔梁县拖拉机站，1973年9月更名渔梁县农业机械修造二厂，1959年成立渔梁县造船厂，1979年10月成立渔梁县日用杂品茶叶果品公司，经营日用杂品、陶瓷、竹木制品、炊具制品、干鲜果茶等。墙根下村的土地不断地被一平二调，到分田到户的时候，墙根下村人均占有土地不足三分。改革开放近四十年来，不断兴起的城市化征用了墙根下全部土地，2014年政府整治北门河时，墙根下村沿河开垦的菜地死也不肯征收，导致北门河公园同时也是菜园，污水截流不了，北门河仍是一河死水。

有时候席火根疑惑，县城是城吗？村庄以族居为特征，从历史延续的韧性看，农耕文明是中华文明得以延续的重要原因，城市则是群居的生活方式，从族居到群居社会进了一大步。从社会学意义上讲，城市文明无疑是较之农耕文明发达的人类文明。但是现阶段县城仍然是两种文明共存，冲突无处不在。

席火根提议彻底解决墙根下问题。彭铭远说，春节后脱贫摘帽就进入倒计时，再给你派人估计很困难。

席火根说，我跟陈林说说，以村干部为主，镇里派两个干部领衔，我再从自然资源局派两个人过去，让李幼敏局长带两个干部去，由城管配合他主抓。另外公安局抽出三个人以扫黑除恶的名义进驻墙根下，这样的局部行动无伤大局。你看是否妥当？

彭铭远曾是市委书记的秘书，书记指示必须快办。说，脱贫攻坚我来统筹，城市建设你去统筹。

席火根对墙根下并不陌生，过去在人大，他对这个村庄做过一次较长时间的社会学调查。席火根知道，如果城市化不能给城市中村庄消亡的理由和动力，那么城市中的村庄必将与城市化如影随形，让城市化喘着粗气慢慢爬行。这天他记下的政府工作手记如是写道：

> 当城中村把所有土地奉送给政府以后，城中村的农民就剩下房屋，而现行政策和法律并没有赋予农村集体土地上的房屋真正意义上的产权，这时候，城中村农民实际上已经是破产农民。
>
> 如何让城中村房屋产权城市化？墙根下村一直在突围。近30年来，墙根下先后有170多人农转非，有人洗脚上岸吃了皇粮，也有人拿着当年梦寐以求的"商品粮"非工非农，游离在城市与乡村的边缘。
>
> 中国城市化从一开始就没有很好的政策设计，城中村土地城市化之后，人口却不能城市化，这些城市的边缘人最后成了城市化的障碍。

芙蓉镇派出的北门河工作队队长仍然是李劲涛，他是镇里的老人，也是一头老牛，至今他仍不能忘怀几年前整治北门河的情形。

污水处理项目是中江省委书记主抓的一号工程，自然也是县委书记主抓的一号工程，完不成任务问责是轻的。李劲涛的任务是为工程提供用地保障。

北门河截污困难重重，剩下的10多米污水管道无法接通，污水无法进入污水处理厂。面对这样的困局，施工单位束手无策。管道经过的地方是墙根下族长公卢承远的地，施工单位拿了2万元叫卢承远的儿子卢先进带他父母去旅游，卢先进是卢承远的小儿子，有一定的组织能力，他平常干的就是向施工单位分包工程，有机会也会组织几个小兄弟给政府出点难题。卢先进拿了钱给母亲曾桃英，说，施工单位给的，叫你和爸去旅游。曾桃英说，我们走了，他们倒是清静了。曾桃英不去，施工单位也没辙。本想把人打发走，不管三七二十一把管子埋下去再说，如意算盘没打成，最后的10米管道也接不上去。

很多人不理解，怎么可能有这种事？坊间的猜测主要是针对施工单位，说这是施工单位有意编排，目的是拿下北门河公园项目，而有关部门则做睁眼瞎。试想最后10多米管道都接不上，阻工如此严重，哪家施工单位敢去竞标？没有人竞标，施工单位就减少了招标成本。

人们不知道墙根下到底怎么啦，对局外人而言，墙根下人的行为无法理解，所以各种猜测也难以避免。但李劲涛心里明镜似的，墙根下并没有怎么样，就是几个王八蛋为了自己的私利兴风作浪，把一个村子的人心搞乱了。

那段时间，每前进1米就有一次阻工，阻工的理由五花八门，处理一个问题向前推进1米。有一户农户没有诉求也出了一个难题，说是家门口一根电杆要移走。这电杆三层楼高，移走也是一个不小的工程，要做安保，要停电，要有机械。李劲涛和王庆生干不了，王庆生找来了供电部门的朋友帮忙，人家不收费，王庆生觉得过意不去，请他们吃顿饭，几百块钱自己掏了腰包。这一年王庆生的头发白了。

污水管道工程进展缓慢，县里问责镇里，镇里批评村里，在大会上镇党委书记发了狠话，过了元旦还不能施工，村支部书记就地免职。作为工作组长的李劲涛感到了莫大的压力和委屈，他心力交瘁，回家常为一点点小事对老婆发脾气，老婆奇怪，与她相濡以沫的丈夫这是怎么了？老婆小心翼翼让着他，有一次回了他几句，却挨了他一记耳光。这是他一生中唯一一次打老婆，那时他整个人都崩溃了。

第二天李劲涛去找鸡婆。鸡婆是卢照明的外号，因为一头卷发得了这个外号。涉及他家需征用土地30多平方米，鸡婆提出除了正常征用补偿外，还需另外给他1万元。李劲涛央求鸡婆说，镇里说了，元旦一过不能开工，我就要被免职，你高抬贵手，让我过一下。李劲涛流下了眼泪。鸡婆心软了，说，你们看着给吧。李劲涛和王庆生每人给了他1000元。

污水管网施工需要北门河放水，北门河所有权属于墙根下，这是历史形成的，墙根下通过竞标北门河经营承包权，每年可获得1万元收入。承包人卢志华提出补偿损失，说里面放了多少鱼苗，施工单位听着，知道这王八羔子讹人，谈了几次，谈不拢。奇怪的是到最后事又做成了，传闻的离奇补偿让人不可思议。有人说是10万元，也有人说是30万元，把墙根下人眼睛都说红了。

李劲涛在这种利益纠葛中心灰意冷，感觉自己曾经的理想实在过于天真。

其实墙根下也不容易，洗了脚却上不了岸。城市包围着墙根下。田没了，勤快的女人东挖西垦，倒腾出一点土地种菜卖，不少人在县城建筑工地装模板，扎钢筋，做小工。

卢文华自称武大郎，壮实却不矮，是一个开朗的人。两夫妻搞了一个流动摊，起名武大郎烧饼摊，下午四点准时出摊，晚上九点收摊。生意好时一天收入过百，不好时只有八九十元。夫妻俩有两个孩子，女孩在福建打工，男孩在广东打工，都二十好几，尚未婚配，只剩下三分菜地，死不肯征。

卢文华说，征了这点地，我什么也没有了。

李劲涛说，城市规模大了之后，就业机会就多了，城市中农村的出路不是最后的三分地，应该是城市带来的就业。

卢文华听着生气，气鼓鼓地说，我都这么大年纪了，你给我就业？

李劲涛无言以答。

罗国莲是墙根下很苦的一户，她家是在墙根下不多几户没盖新房的，一家人挤在一栋70年代建的两层小楼里，房屋很旧，屋内陈设简陋，一眼望尽寒酸。

罗国莲的丈夫从农药厂下岗后一直没有找到赚钱的活，好不容易到了六十岁，每月能在社保拿1300元退休金，但只拿了三年就过世了。两个儿子都不太会赚钱，大儿子在韶乐乡推销猪饲料，妻子是外县人，生育了两个孩子，结婚几年，她的工作就是生孩子带孩子，一直没有收入。小儿子在县城工业园打工，三十多岁还没有结婚。罗国莲体谅儿子，自己辛苦种菜卖菜维持家用。

这一年墙根下上门女婿老罗突然失联，人们猜测，他会去哪里呢？为何突然失联？很多日子过去之后，人们确定，老罗是寻找极乐世界去了。

老罗原是酒厂的工人，娶了墙根下的女人，在墙根下盖了房子，孩子小的时候，日子还过得去，现在孩子们都大了，既没田种，又没工作，一个个待在家，自己又下岗了，这日子还怎么过？

没有盼头的日子，让人丧失活下去的勇气。

墙根下村民小组组长卢朝阳是一位想做点事的年轻人，他父亲曾做过村书记，墙根下的土地大部分是从他手上被一平二调的，后来因为工作优秀录入国家干部系列。卢朝阳当了村民小组长，似乎是替父还债。卢朝阳感到办什么事都难，村务难公开，有钱发不出，宅地难掌控，面对这一个个具体而棘手的问题，他选择了退让。而退让的结果又使墙根下的秩序更乱。

卢承远一家其实都吃商品粮，作为村民的只有卢承远老婆曾桃英。卢承远从物资局退休，原来是行政编制，物资局改制后，卢承远变成了事业编制，最后他以这个身份退休。后来行政编与事业编的工资差距出来了，他就暗暗恨上了政府。不知哪年，他家在北门河上临街建了鱼馆，河中石块起脚，砖木结构，卢承远说，这个鱼馆他经营了六七年，生意好得很。

卢承远、曾桃英夫妻阻工缘于一棵树。这棵树不是名贵树，是江南十分常见的柳树。当年隋炀帝登基后，下令开凿通济渠，有人建议在堤岸种柳，隋炀帝认为这个建议很好，下令在新开的大运河两岸种柳，并亲自栽植，御书赐柳树姓杨，享受与帝王同姓之殊荣，从此柳树便有了"杨柳"之美称。卢承远家这棵柳树在拆了的鱼馆地面上斜斜地长出来，挡住了污水管网的去路。卢承远软硬不吃，说这棵树是他家的风水树。

卢承远、曾桃英到底要什么？卢承远都八十了，曾桃英也七十多岁，据说曾桃英年轻时还是人民公社突击队员，现在到底怎么啦？人们发现这棵树光荣倒下的时候，树的南面卢承远家老屋前，卢承远又在建房。

卢承远家的这棵柳树算是得到了至高无上的荣耀。

北门河殇，而李劲涛内心的痛更是难以抚平。

中江花园征地涉及 30 多户，最多的不过五分地，等面积置换在靠近村庄的原农机厂土地上，按照政府批复，置换地按规划可以建 6 层，平均二分地可以分到一套房，这样的暴利在墙根下无疑是地震。墙根下 100 多户，这 30 多户土地寸土寸金，其他户的土地也等着这样的暴利嘞。

解决截污和公园菜园化问题并非易事。过去芙蓉镇怎么可能这么做呢？这里面会不会有更深的水呢？而县里又是怎么把关的呢？席火根冥思苦想，似乎也理不出一个头绪。但有一点可以得出结论，头痛医头，脚痛医脚，这是基层工作的通病。这个毛病的根源除了水平低，就是不负责任。

其实，得到政府批复建楼的 30 多户思想也不统一，利有大小，出力也应有区别。几个利大的急着办成事，有人就是打横炮拖后腿，一个理事会凑 5 个人都困难，这个说有事，那个说干不了。规划、分房、筹资以及确定建设单位等问题一个都没解决，这楼怎么盖？天天拿着政府抄告也解决不了问题。这也是许多人向市委信访的主要原因，目的是通过上面施压，让政府指导村民把楼建起来。

工作组人员来自部门和镇村，李幼敏向席火根建议，开个会，分分工，明确各自的职责，这样工作起来会顺一些。席火根说，这个会我来开，事情你去统筹。会上席火根说，建楼的问题好解决，芙蓉镇指导成立理事会，由理事会按照章程处理建楼分房事宜，住建局负责规划，费用由村民自负，自然资源局负责用地审批，这块地是国有的，按规定只能划拨给村，这个问题请吴安泰局长按规定处理好，并做好解释工作。这次之所以派出一个工作组，事由就是书记批的这个信访案，但我们要解决的问题是河滩开荒地征收，解决公园菜园化问题以及截污问题。请大家都说说。

陈林说，历史上累积的这些问题导致村庄分配不公，现在翻案也没条件，更没必要，最好的办法还是向公平方向靠。老百姓舍不得这点菜地也是事实，但心气不顺是主要原因。镇里研究多次，群众的诉求是建房，能否考虑按一户一宅解决农户建房，剔除农转非因素，只要人不是党政机关、企事业单位的就行，这样做的目的是抚平大多数人的心。

席火根听着，感觉这小子成熟起来了。席火根说，陈林说的有道理，历史是个陷阱，我们不能在这个陷阱里出不来，我们这些人干的是种城的活，应遵循的原则就是农民市民化、农房城市化、服务均等化，城中村的问题不处理好，县城就会是一个怪物。

席火根每一次讲城市问题都有高度，他身边的人不一定懂，石言曾跟他说过，席火根回道，正因为你们不懂，我才要说，而且有机会就要说，这叫灌输。因为种城需要一种境界，没有境界跟过去收农业税搞结扎有何区别？

李劲涛忧心忡忡地说，我了解墙根下，这个地方被利益毒害了，短时间想要解决所有问题还是很困难。

吴安泰说，劲涛是吓怕了，墙根下还能有多少问题？说穿了这个村子地无几亩，与政府对着来也是需要资本的，把眼前的事处理好，其他事慢慢来，相信群众会想清楚的。后面他又不阴不阳补了一句，没多少油水了。

方建设说，农转非是个敏感问题，墙根下农转非可以建房，其他地方怎么办？

李幼敏说，这个量不会小，还有异地迁入的农转非，加上非转农，这个量更大，方局长的担心值得重视。

渔梁的政策一直把农转非视为不具备建房资格，这个规矩能不能破？席火根说，历史地看，农转非就是一个坑，农民失地，政府给人家农转非，好处没得到，建房的权利还被剥夺，这就解决问题了？共产党讲实事求是，是到我们埋单的时候了。我考虑，范围还得控制，非村庄原住民不予考虑，什么是原住民？起码父辈、祖辈是人民公社社员吧。

席火根把这个会的情况向彭铭远作了汇报，说，这样做，虽不能解决全部问题，但人心普遍得到抚慰，剩下的问题就由公安、城管来解决了。彭铭远虽然从机关下来，但已经在两个县做过副职，转了一圈基层问题大致清楚。他说，这些问题的确很难解决，如果继续头痛医头，脚痛医脚，问题和矛盾会变得更尖锐更持久，从这个意义上讲，我完全同意你的意见，没什么了不起，我同你一块担当。

席火根心里明白，渔梁的城市如同一个少年，拔节生长的声音都能听到，这个时机不能错过啊。

工作组的工作一如预期，虽然颇费口舌，但进展还是很顺利。罗国莲听说儿子农转非也能建房，眼泪都出来了，王庆生说，你那公园里的几分地要征了，罗国莲说，征就征呗，只要政府不骗人。李劲涛神神秘秘跟武大郎卢文华讲儿子建房的事，他死活不信，说，你们用建房骗我征地，我没蠢。李劲涛说，我没骗你，明天到镇里拿表去填，三天办结。令李劲涛意外的是，卢承远一家这回很配合，他不闹了，是因为吃饱了，还是怕公安让他过去得到的吐出来？王庆生同样不解，过去费了九牛二虎之力拿不下的事，这回轻而易举解决了。他俩唯一的解释是席火根厉害。

也许李劲涛、王庆生是被墙根下折磨怕了，其实，他们最应该相信，共产党的政府只要认真办事，多为老百姓做主，就一定可以办成事。

第十三章

菜市场8月招标落实了施工单位，10月还进不了场。席火根很着急，市里原本8月督察棚改开工，都10月了，估计督察最迟在党的十九大闭幕之后。这么个巴掌大的地方，弄了七八个月仍然还是困难重重，这是席火根没有想到的。

横街是渔梁大道与芙蓉大道相连的街道，与菜市场同属一个片区，11栋店面房业主反反复复，摇摆不定，武兴思和杨雪雪向席火根反映，横街业主抱团，同意店房分离安置，但店面要求按财富广场店面价格货币化安置。

渔梁人置业喜好购置店面，财富广场店面每平方米卖到3.8万元还供不应求。横街店面第三方评估价为每平方米2.8万元，这个价与他们的预期相差很大。

席火根说，店房分离安置是我们的政策设计，目的是解决店面房安置问题，其核心要义是店面产权调换，不可以住房产权调换，店面货币化补偿。

武兴思说，开始10户业主同意产权置换，因为菜市场新综合体一层店面是量身定做的，就地就近安置，但有一户不同意，提出住房产权调换，店面货币化安置，在他怂恿下，业主抱团，死犟了。

席火根问，这人是谁？

武兴思说，这个人叫陈敏华，过去做过法院副院长，已退休多年。

席火根想，这人是谁呢？慢慢回忆终于记起来了，他刚到组织部时，陈敏华还是法院办公室主任，经常有工作往来，因为年龄相差太大仅限于工作交往，怪不得印象不深。记忆中这人个不高，精瘦精瘦，别的也说不上来。后来陈敏华做了副院长，与他更无交道了。这人退休怕有十多年了吧。

席火根问，他家店面在什么位置？

武兴思说，陈敏华的房面位置好，在菜市场北出口，这地方两面开敞，靠出口一面租户搭了一个棚，租给卖鱼卖肉的，租金很高。

席火根说，这个位置我知道，店外搭建的棚属违建，如果不是棚改我早拆了。陈敏华现在哪里？

武兴思说，陈敏华有一女一子，女儿在上海，儿子在省城，他在子女那住，一会儿在上海，一会儿在省城，很少在渔梁。

席火根说，你告诉杨雪雪关注陈敏华踪迹，必要时你们俩先去会会他，如果他能回渔梁，我来会会他。

席火根想，菜市场的改造可能要有一个预案，不能让陈敏华牵着鼻子走。记得项目红线确定时，李幼敏提出剔除横街这一路店面房，之所以把横街划入红线范围，主要是出于改造的需要，这样安排有利于片区规划布局。现在新建的综合体规划已经通过评审，正在深化设计，如果横街11户坚持抱团怎么办？棚改的时间是三十六个月交房，时间上不允许无限期拖延。

席火根打通李幼敏电话，告诉他横街房屋征收的困难，要求他做两手准备，必要时放弃横街，尽快与设计单位联系作第二套改造方案。

李幼敏说，现在渔梁房地产跑火，店面价奇高，陈敏华的子女不在渔梁，他这时候得钱走人谋的是最大利益，估计工作难做，趁早放弃好。我马上与设计单位对接作第二套方案。

陈敏华这栋商住楼 3 层半，一层店铺 113 平方米，二层、三层住宅 333 平方米，如果按他的预期到手那是一笔巨大的财富。李幼敏的分析是对的，但席火根还想做最后的努力，在他心里始终追求至善至美。现在其他 10 户被陈敏华挟持，这些人情况与陈敏华不同，他们各家的经济状况远不如陈敏华，而且他们大都没工作，靠着店面做生意谋生，店面货币化之后，他们怎么就业？

武兴思跑到上海找陈敏华，之前席火根通过法院找到了他的行踪。

武兴思说，陈老想货币化也容易，店面就地就近安置后，你可以自己去卖啊。

陈敏华说，我年纪大了，经不起折腾了，儿女也不在渔梁，一次性处理了撇脱。

陈敏华精明老到，而且熟悉法律，清楚体制内办事的套路，不管武兴思说什么，陈敏华应对自如，底线不松。武兴思费了不少口舌，看陈敏华像是吃了秤砣，干脆把话说开。

武兴思说，开始征收时，其他 10 户都同意产权置换，因为你的煽动，大家都跟你走了。你也是党员领导干部，你的情况比他们谁家都好，你一卖了之，但其他人则要靠店面就业，如果其他人不能棚改，则失去了一个旧店换新店的机会。你能不能多考虑考虑他们？

陈敏华说，我没煽动他们，我只说我的想法。

武兴思来时做足了功课，知道他们 11 户有个群，群主把群里的动态给武兴思看，武兴思把陈敏华的话都截了屏。武兴思说，煽没煽动天知地知你知我知，要看截屏吗？我都带来了。陈敏华自知理亏，说，我马上退群。说着直接就操作了。然后说，你回去做他们的工作，我不发表任何意见，反正我的想法你知道，也不耽误你的时间。

工作没得做了。武兴思给他留了一句话，席县长想亲自跟你谈，希望你最近几天能回渔梁。

武兴思赴上海，杨雪雪也没闲着，其他 10 户她一户户上门，跟他们说，陈敏华的情况与你们不同，他子女有出息又有退休工资，你们靠店吃饭，综合体建成后将是渔梁地标性建筑，这地方又好，生意肯定比现在好，希望你们配合。有一点要告诉你们，财富广场综合体店面价高，是因为经商环境好，你们这地方破破烂烂，评估不到那个价，如果你们不想做生意了，拿了新店面再卖也可以啊。杨雪雪的工作很到位，但没人响应，她很沮丧。

陈敏华终究没有回来。

席火根也很沮丧。人为什么总吃不饱呢？如果竹篮打水一场空时，他们又会是怎样的情况呢？席火根仍然想做最后的努力，他告诉杨雪雪通知业主，我亲自跟他们谈一次再做打算。

席火根叫上幼敏、福生，在城中社区跟业主集体谈。席火根说，把横街划入红线是我的主张，我原本想着给大家创造一个好的经商环境，没想到大家不领情，我现在很被动。没办法，我只能出第二套方案了。李幼敏把第二套方案效果图挂在了会议室的墙上。大家看着，开始议论开了。说什么的都有。有人说，政府不给我们改，吃亏的是我们，不能与政府讨价还价了。有人说，改不改无所谓。有人沉默。

席火根说，政府真心为大家，可大家不支持，我尊重大家。但这个项目不能再拖了，我再给你们半个月时间考虑，如果你们不愿意，我就按第二方案挂网招标了，到那时你们想改也没办法了。

横街终究没有破冰，看来陈敏华给他们描绘的蓝图太诱人。席火根很无奈，不得不放弃原来的计划，改用第二方案挂网招标。

当初所有商户在极短的时间内动迁到了临时菜市场，这一步走得很顺，顺到连席火根自己都不敢相信。那时候，他知道市场中心有个武兴思，城中社区有个杨雪雪，这两个人在那一片很得人心，大家信他们，所以工作做得很顺。

席火根想，这一步成功了，后面的征收协议应该不是问题，然而这个由席火根主导的第一个棚改项目却落到了后面。都快两年了，征收还没有到位，城控招标都一个多月了，仍然不能入场开工。想想让人唏嘘。

过去的破市场脏乱差，建成后将是一个设施完善、环境优雅、管理先进的高品质市场，设计这个城市综合体的单位是中江最有影响的国有企业，因为挂点渔梁扶贫，他们把这个规划设计当作一个扶贫产品奉献给渔梁，可谓用心之至。在制定征收方案时，房屋征收办主任吕立忠遵照席火根的要求，设身处地为拆迁户着想，凡是拆迁户担心的问题几乎都考虑进去了。比如拆迁担心店面的分配，拆迁方案明确就地或就近等面积安置，店面内立柱不计面积，如果安置面积大于征收面积可按市场价60%购买，同时赋予拆迁户优先选择的权利，剩下的店面归房管局。如此好的条件怎么会征得如此艰难？或许还是因为脱贫攻坚的大局，征收工作组几乎没有安排力量加入，在一线的都是市场中心和社区的同志。

武兴思是市场中心主任，他不是本地人，转业后分到城管局。杨雪雪是社区党委书记，这个女同志虽然不是体制内的人，但很有亲和力，对她管辖的社区了如指掌。他们两位分别带了市场中心和社区的一位工作人员，总负责人是拆迁办主任吕立忠。也许是力量单薄了，至今还有5户没有征收到位。

席火根觉得不能再拖下去了，必须用一个月时间全部征收到位，棚改督察前必须进场施工。到把火烧旺的时候了。席火根告诉林力和苏莺莺通知这几位，晚上去新建成的美食园咖啡屋坐坐。新建成的美食园作为旧城改造的第三期，连接第一、二期，进一步彰显这一片区改造的效果，吸引了很多人前来观赏和消费。

华灯初上，过去死寂的粮仓闪烁着动人的活力，粮仓立面、瓦面经过改造呈现一种沧桑的美，空间布局尊重历史存在，见缝插针布置景观，每一个节点的连接，渲染出民以食为天的厚重文化。挨近城墙的咖啡屋经过运营商的内部打造风情万种。目前还是试运行，小城人不习惯喝咖啡，来的人很少。苏莺莺安排在二楼雅间，透过婆娑的竹影，可以看到古朴清幽的城墙。

林力说，这样的环境谈拆迁太浪费了。

苏莺莺说，换个心情换种姿态做拆迁有时候也是需要的，师哥以为不是吗？

林力被她这么一说，倒引出一些文人的感慨。过去没跟席火根之前他还时不时写篇散文拿去发表，可领导工作频率太高，强度太大，哪装得下他那点爱好。

苏莺莺说，领导还是大作家呢，他还写作吗？

外面站着的席火根走进来，说，我怎么不写作了？这个美食园难道不是我的作品？

正说着，吕立忠领着拆迁的几个人进来，苏莺莺忙着领他们落座。吕立忠说，很久没来这里，没想到这地方改造一下这么好，在这里吃饭是一种享受。杨雪雪说，社区的人都说席县长抓城建，小城每天都在变。席火根说，等着吧，我很快会给这座城市更多惊喜。

咖啡上来后，大家都说，苦。席火根说，咖啡是个好东西，可以提神，也可以定神，我很喜欢。过去清闲时自己磨自己煮，现在这种状态没时间讲究了。今天请大家来就是放松一下，换换脑子。林力看着杨雪雪，突然想到什么，说，谁承想，我们这支征拆队伍里的女人们的名字倒是有情调，莺莺，雪雪，绵绵。

苏莺莺说，还有一个拆迁户也有情调，刘玲玲。苏莺莺突然提到刘玲玲，席火根心里咯噔一下，莫名地生出一种歉疚。他抿了一口咖啡，说，刚才你们没来，小苏说了一句话，我觉得蛮有道理，征拆像是个粗活，有时候还得来点蛮的，但我们可不可以换种姿态呢？既从利益上关顾他们，又能照顾到他们的内心感受，所以方法还是有得讲究。你们想过吗？何谓钉子户？他们是怎么变成钉子的？有没有能被熔化的钉子呢？

席火根看大家都不习惯喝咖啡，叫苏莺莺给每人换了一杯奶茶，说，还需要什么点心自己点，今晚我请客。

武兴思说，我给领导汇报一下。

席火根打断他，说，今晚不汇报，说些轻松的话。

林力知道武兴思要说什么，帮他说了。菜市场搬迁到临时菜市场转眼就快一年了，还围在那好好的，马上要启动拆了，拆毁了，才会让更多的人看到春天很近了。

席火根先说不谈工作，听到关键事，他还是接了茬，说，这个事这几天是要做下来的。对了，那个杀猪的老魏还没签吧，这一户我来负责，听说他一直在找我，好像是他岳父的房子超面积，城管不给验收，证办不下来，我来给他办。

杀猪佬魏太军几次到政府找席火根都见不着人，他不知道席火根在工地办公。这回他早早地候在政府门口，与席火根碰个正着。

席火根说，我已经开过会了，证可以办，但超出的面积也必须罚。

魏太军说，怎么罚？

席火根说，按规定罚。你去找方建设，他会给你办。

魏太军瘦高挑，不像是杀猪佬，贼精。他给席火根递烟，说，我支持政府工作，政府也应该关照我。

席火根说，桥归桥，路归路，不可讨价还价。

魏太军早听人说，席火根人好，但很铁，说了就没得变通。只好去找方建设。

杨雪雪在临时菜市场的板房里找到孙小虎的时候，孙小虎一直背对着她，心底里升腾着一股无名的恶气。这女人平日里见，总是微微地笑，柔柔地说话，感觉挺好的，这会儿怎么觉得特可恶。

孙小虎应该算是一个能人。1992年能花10万元买房的不是家底厚就是脑子活。孙小虎买房时才四十出头，眨眼快古稀了。他身板结实，像只老虎。多年在菜市场摸爬滚打，对这片地太熟悉太难忘太放不下。所以当他听说菜市场要拆迁时，本能地意识到，他的生意可能做到头了。这么多年了，他习惯了菜市场的嘈杂、喧哗，甚至喜欢上菜市场的脏和乱。在这样的环境中，他随心所欲，得心应手，有时候，他能从鼎沸的人声和穿梭的各色人中感到生活的惬意。如果换个环境他不知道还能不能活。

早年老孙跟固定摊位一个卖菜的女子相好，这女子年纪比老孙小十好几岁，脸蛋儿虽不咋地，但丰乳肥臀，手脚极麻利，动作起来如风飘动，席卷风尘。老孙喜欢上女子那摊位搭讪，日子久了两个人熟了，打情骂俏的话张口就来，女子渴了内急了去的地方自然是老孙那店。

这女子也不容易。从乡下嫁到县城来，也没工作，丈夫是电工，常在工地干活，她托市场中心一个亲戚弄了这个摊位。早晨从菜头手上贩菜，卖的大部分都是山东菜，南方菜荒时生意也不错。跟老孙的早酒店比，工作时间长不说，赚头也不及他的零头。女子挺羡慕老孙，心想着，自己有个店开着多好。

菜市场是个鱼龙混杂的地方，卖肉的有肉头，卖鸭的有鸭头，卖菜的也有菜头。跟菜头关系没处好，到手的货少不说，成色还差。菜头晚上三点到火车站卸货，拿到菜市场大约五点半，把菜分发出去必定上老孙早酒店喝早酒。他喜欢老孙炒的牛尾巴，余的三鲜汤，一斤黄酒下肚，痛痛快快回家睡觉。有老孙帮衬，菜头自然很是照顾这女子。有这女子在，老孙感觉日子似乎天天都是新的。早酒的生意做到中午就差不多了，老孙的妻子喜欢搓麻，下午必定有一场麻局。菜摊的生意下午也淡，俩人眉来眼去，心有灵犀，逮着这机会云雨一番。但快乐之后麻烦跟着就来了。

女子告诉老孙，她怀上了他的孩子。

老孙说，生吧，生个虎崽子我来养。

女人稀里糊涂听了，生的是个儿子。老孙的基因强大，孩子长到四岁，长相越来越像他。女人的丈夫平日有些察觉，怀疑妻子跟老孙有一腿。这回铁定了，他拿起斧子冲进老孙屋头，但自己个儿小打不过老孙，推搡几下，还没怎么的就认栽了，悻悻回家找妻子算账。老孙怕女子受委屈，花了一大笔钱了了这事，把孩子接回自己家。老孙的妻子哪里咽得下这口气，她为老孙养育了一对儿女，没想到这个狼心狗肺的东西又带回一个野种，还花去自己辛苦赚来的一大笔血汗钱，这妇人性子烈，气不过，喝了一瓶农药结果了自己。

对老孙而言，这脏乱的市场裹挟着他的一切，还有灵魂。市场关张围挡，分给他的临时菜市场的过渡板房干脆送给了那女子经营，他常去那儿坐坐，又不时跑到老市场来张望。

杨雪雪很耐心，她跟老孙讲征收政策，算经济账，讲左邻右舍征收案例。老孙完全听不进去，杨雪雪只得带着工作组离开。后来的情况越来越坏，老孙居然躲着不见，连电话都不接了。

杨雪雪找他女儿，小孙说，老爸有高血压，说到房屋征收的事血压就上升，你们最好不要打扰他，出了事你们要负责。

杨雪雪说，现在大部分人都签了，拆是早晚的事，这个问题你们总得面对啊。

小孙说，我们家的事你也知道，老爸不点头，谁说也没用。

杨雪雪说，你听听也无妨。跟你家一模一样的房子选择不同的征收方法获得的利益也不同，各家有各家的考虑，对你也是个参考。

小孙已经出嫁，因为大弟弟在东莞开公司，小弟弟还在读大学，她常回家来给老爸打理。听杨雪雪说得诚恳，她坐下来听杨雪雪说。可能是听懂了，她说拆迁也是好事。但她说，不想跟老爸说，懒得被他臭骂。不过这小孙给杨雪雪出了一个主意，叫杨雪雪去找他老爸的好友老郭。小孙说，我爸跟老郭是发小，两个人无话不说。郭大伯人很好，你们找他说说清楚，再请他跟我爸说可能管用。

老郭年轻时跟着师傅练得一手阉鸡阉牛的绝活。鸡在他两腿间像是吃了迷魂药，乖乖的，等他把活忙完，那鸡拍打着翅膀飞跑，像是上了大当。牛体大肥厚，他猛一靠近，牛就躺平，任他宰割，等他干了，牛踉跄站起，悲怆长嚎。农业局扩编时，老郭被吸收进乡镇兽医站工作，现在退休在家。

杨雪雪找他的时候，他已知道找他干吗。说，杨书记找我是为孙小虎拆迁吧？

杨雪雪说，老孙不知为什么连听也不听，只好找您出面开导他。

老郭说，菜市场脏乱差，都什么年代了，必须得改。只要拆迁户不亏，没理由不拆啊。你们给我说说政策，先让我听懂了。

杨雪雪好久没听到这么暖心窝子的话，突然有些兴奋，说，好嘞。

跟杨雪雪一起上门的小黄把已经签过的案例拿出来，边说案例边讲政策。老郭很快就懂了。愤愤地说，这烂地还真让他恋上了。我跟他说说看，再告诉你们，好吗？

杨雪雪谢过老郭，回去等消息。第二天老郭在电话里告诉杨雪雪，孙小虎答应去社区跟你们谈。

好不容易有一个坐下来好好聊聊的机会，杨雪雪格外重视，她吩咐人买了水果以示郑重。见到孙小虎时，杨雪雪想，看他这神情可能听了老郭的话。孙小虎到会议室坐下，见杨雪雪如此重视他，还给他散烟，心里也很舒服。

杨雪雪说，老郭给你说了？

孙小虎说，老郭给我说了，我也听懂了，随便选择哪一种安置办法我都没意见。

孙小虎说得如此轻松肯定，杨雪雪高兴坏了。他叫小黄把协议拿出来递给孙小虎。

杨雪雪注意到，协议拿在孙小虎手上，他的眼睛呆滞，始终没有移动，眉毛越拧越紧，像是触了电，从沙发上弹起来。大吼道，离开这烂市场我就活不了了，我不签。

望着孙小虎像恶虎一般蹿出去，杨雪雪彻底泄气了。自从加入菜市场征收，她没少经历曲折，大部分都是讨价还价，说自家的特殊性，要关照些什么。像孙小虎这种，杨雪雪还真是少见。她好像是被孙小虎捉弄了，委屈的泪水夺眶而出。

老郭是个好人，他主动找到杨雪雪，安慰说，孙小虎就是个烂人，他的魂魄丢在烂市场了。你们不能太急，等那地方拆得差不多了，他的魂魄就附体了。拆迁拆的是房，迁的是魂。

老郭的话让杨雪雪很是震惊，拆迁还有这么大的学问？

席火根听取汇报时，第一次听到温为奴这个名字，很是惊愕。席火根问吕立忠，这人多大年龄？吕立忠答道：也就四十多吧。席火根说，这名定是他父亲起的，他父亲干什么的？吕立忠答道：好像是做生意的，已经过世了，菜市场那房是他生前为儿子买下的。这就对了。席火根若有所思。

吕立忠不相信温为奴会成为菜市场最后碉堡。其实温为奴并不是难说话的主，只是他不相信天上掉馅饼。自从父亲给他在城里买了房，他就把农村的砖厂卖了，带着老婆孩子进了城做起了买卖，可这女人做了不到两年就大呼吃不消。他干脆把店房租出去，又带着老婆孩子回了乡下。给人开挖机，按时计酬，只要有事做，收入还不错。武兴思每次去，他都没空搭理，急了就一句话，别耽误我赚钱，拆迁的事你们看着办。便把武兴思给打发了。

温为奴清楚，当初他父亲从别人手上盘下这栋店房也就20多万元吧，如今店面都涨到2万元多了，仅店面一项市场价就120多万元，还有两套小户型套房，少说也值100万元，这不是天上掉馅饼的事吗？他故意摆出这阵仗就是叫人多求他几次，过去办砖厂，今天这个来收费，明天那个来罚款，钱是赚了，但他骨子里特受不了这气。武兴思是北方人，他不知道这些弯弯绕，总以为他在拒绝。但他相信真诚能够打动人。

这一点武兴思深有体会。不久前征收黄春来的店房让他深有感触。黄春来生前在菜市场买了一栋店房，他膝下有三子一女，大儿子、二女儿读了大学，大儿子留学美国，在美国定居，二女儿分配在渔梁工作，因为老两口过早去世，老三没读大学，在渔梁做点小生意，老四意外失踪，很多年都不知去向。武兴思找了老二找老三，可他们反复踢球，谁都不做主，说是老大说了算。跟老大通电话，老大又说，跟弟妹说，我没意见。反正总是踢球，武兴思后来加了老大的微信，跟他视频，把政策说清楚，把账算清楚。他说，这么好的政策我做主了，我会写一纸文书给你。

没两天武兴思收到老大的文书，只不过是英文，大概是律师写的。叫他妹看也认不全，便叫渔梁中学老师翻译出来，大意是父亲这份遗产由你俩继承，我放弃，你们要配合武先生把合同签了。大哥发了话，又表明放弃继承权，姐弟俩立马把合同给签了。

这一次武兴思骑着摩托车去乡下找温为奴，工地老板见他又来了，在工棚里头跟他聊了很久，这老板贼精，听懂了征收政策，愤愤地说，这小子脑子进水了，这么好的事都不配合，想干吗？然后告诉武兴思，你喝茶，我去找他。

武兴思在屋里听着老板大声叫唤，停下，停下，你给我过来。挖机停了。一会儿又听到老板说，你去跟人谈，耽误的时间算我的。

温为奴说，我懒得搭理他。

老板说，天上掉馅饼你不知道捡，你脑子进水啦？

温为奴说，我就不信他们。

老板说，现在政策好，你小子走狗屎运，还在云里过日子。听我的，好好谈去。

温为奴不好得罪老板，进了工棚坐下来同武兴思谈。聊了不到一小时，这回似乎是听进去了。说，店房分开安置，生活不方便了。武思兴见他语气没那么冲，表情也轻松。就说，店房分开不是正好吗？店租出去，人上楼住，按你的面积可分得两套小户型房，正好给你儿子一套。温为奴说，房拆了，猴年马月可以分到房？还有很多人不肯签呢？武兴思说，如果大家配合不需要两年就可以住新房了。温为奴说，我跟家人商量一下，你明天再来一回。

第二天武兴思骑摩托去了工地，秋老虎猖獗，太阳底下没什么人。武兴思戴着头盔几乎汗湿。因为预先电话有约，这回温为奴等着他，爽快地签下了征房协议。拿着这份滚烫的协议，武兴思像是得到了一份至高的奖赏，回的路上，他似乎感到山路更直，迎面吹来的风扫尽酷暑。

吕立忠组织对菜市场公房及已征收的房屋进行破拆。见证了这一片区一栋栋房屋灰飞烟灭。剩下的两栋像是两座碉堡临风鹤立。施工单位已经进场，废墟上的建筑垃圾正在清运，标准化围挡也在重做。过往的人回首翘望，这个留在人们记忆中的市场没有了，它的未来是什么模样呢？一块巨幅规划效果图立起来，引得不少人驻足观赏。

杨雪雪这几日工作也有进展，发动群众教育群众，人家都签了，你不签不是耽误人吗？这个舆论造起来后，很多人找杨雪雪说，政府也太软弱，对付这种人就该强拆。杨雪雪知道，她不去上门，这几户也会来找她的。人要脸，树要皮，谁架得住群起而攻之。过去杨雪雪不认识席火根，只听说这人好烈，这回她算是真正认识席火根了，他是用心用情在做事。

菜市场成为工地之后，张松阳经过那地，很惊讶，这么多房说没就没了？心里甚是高兴。打席火根电话，说菜市场拆得干干净净了，城南四期什么时候也能做到啊？席火根回答道，书记放心，四期改造明年建成应该没有问题。

令席火根没想到的是，项目开工当日，横街业主都拥到他办公室。十几个人鱼贯而入，群龙见首不见尾，打头的那个说，陈敏华是个坏人，我们不该听他教唆，现在大家统一了思想，同意店房分离安置。席火根看着这群人，心里有些恨，人心不足蛇吞象，这句古语很适合他们这种人。但他还是很平静地说，我给了你们时间考虑，现在项目都开工了，没有余地了。

第十四章

市棚改办迟主任到渔梁督察棚改开工，严福生接了迟主任向席火根报告，席火根立马赶过去和他们会合。

第一站去城南，迟主任见了围挡范围，说，这个项目大。

席火根说，这一片过去是渔梁最密集的地方，走进去看看。

过去密密的房屋基本拆空，所剩已经不多。严福生报了数，迟主任很惊讶，说，拆了这么多，了不起。拿起手机不断拍。

席火根说，渔梁是贫困县，脱贫攻坚任务重，去年以来，我们整合了一小部分力量在这里攻坚，目前已完成95%的工作量，这个数是市里下达年度棚改任务的两倍。考虑到棚改成本，我们采取就地建安置房的办法，以空间换空间，这种方法省钱，问题是开工条件难以满足，一栋房没拆都会影响开工。目前这个片区1号、2号、3号楼400多套安置房已开工建设。

迟主任说，住建厅只考核开工，10月开工率达不到70%将被省政府约谈。

席火根说，省里没名堂，建房子有什么用，棚户区改造，拆房子才是硬道理，没有拆，建了房子给谁住？

迟主任说，理是这个理，住建部门大概是做给省委看的吧。

席火根说，玩虚的，我不管这些，拆才是我的目标，当然拆的同时我会建好安置房，妥善安置好拆迁户。总的原则是拆多少建多少，不搞浪费。

迟主任说，席县长务实，市里许多人都知道，我们这次督察的任务主要是看开工，没得办法，省里还会抽查，作不了假。

席火根说，理解，不管它，我带你再去几个棚改片区看看。

太阳很毒，严福生叫人买了几顶草帽过来，驱车去城中菜市场。这个片区刚刚拆完，但还没开工。围挡内完全是一个废墟，建筑垃圾堆成了山，用绿网遮盖着。席火根介绍，这个片区拆迁任务不大，不到 200 户，但难度很大，先要建临时菜市场安置商户，然后才能把商户挪移出去，这才好做征收工作。前几天终于签完拆完。这个项目城投已招标，马上可以开工。

又去了老厂区，这个厂是 60 年代从省城搬迁过来的，本地职工不多，住宅楼大多建于那个年代，房屋陈旧破烂不说，建筑标准很低，一层楼只有一个公共卫生间。工厂改制后，厂区范围政府已出让做了房地产，这次棚改主要是临街的住宿片区。严福生说，这个片区 80 多户，只剩两户没拿下，已完成工程招标，一直开不了工。

没过几天，王铁军接到省住建厅的通知，请县长到省政府约谈。王铁军很生气，打电话给席火根，说，我说了先建一个安置小区，你就是不执行，好了，省政府要约谈了。

席火根在工地，晒得大汗淋漓，听了县长责备，很不舒服，本想发作，忍了。知道县长的心思，平静地说，这几天，省委巡视渔梁脱贫攻坚，你走不开，约谈的事我代表你去。席火根了解县长的心结，王铁军不好说什么，只说你解释清楚。席火根回道，放心。手机在耳朵边汗湿了，刚放下，张松阳的电话又来了，席火根猜又是约谈的事，接通了电话，只听。张松阳说，棚改只考核开工，现在有地，建房不是很容易的事吗？为什么不呢，钱又不是你家的。席火根听了，本想破口大骂，这是什么话，共产党能这么干事吗？借钱做事利息总该还吧？想想算了，懒得理论。只说，渔梁是你和铁军的，我不坚持，你们决定吧，我无条件执行。

约谈不是一对一，分管住建的副省长和住建厅长参加约谈，被约谈的不止渔梁，还有十几个县。厅长通报，副省长讲话。席火根在本子上写了很多乱七八糟的数字，并没记录。突然他听到副省长说，在被约谈的县市中，渔梁的工作很实，棚改拆迁量是年任务的两倍，了不起啊，但方法上有些问题，你可以选择异地安置嘛，这样完成任务不是快了吗？席火根想告诉副省长，拆迁户对老地方有感情，不同意异地安置，这么点要求不过分吧？副省长讲完，也没叫县市区表态就散会了。席火根坐着没动，他看着副省长离去的背影，心想这人官僚。

回到县里，席火根直接去了九楼，列席县委常委会，其中安置房建设的议题需要席火根参加。回县的路上，严福生在电话里告诉席火根，王铁军的意思，在城北拿出100亩地建1000套安置房。席火根回道，渔梁是他们的，由他们折腾。到了这个议题，张松阳说，棚改的同志们吃了不少苦，成绩有目共睹，但是方法不对，还被省里约谈，为尽快扭转这种局面，初步研究在城北建1000套安置房，全面完成欠账。下面请棚改办提出实施方案。严福生说，方案在各位领导手上，请审议。张松阳说，先请相关部门发言。大家都说没意见，县级层面自然是席火根先说。席火根向来讲真话，真话还讲得很直，不绕弯。这一回席火根有些压力，轻易不敢放炮。顺着领导的意思说，先建1000套安置房也未尝不可，今年不用明年用，反正棚改还得搞下去。在这里，我只想说一个道理，棚改就是拆房子，拆了就得补偿，得安置，原则应该是拆多少建多少，以不浪费为准则，现在考核的导向有问题，盲从势必导致安置房过剩，我们现在靠贷款做事，劳民伤财的事少做，最好不做。席火根说着说着又回到自己的逻辑上，真是江山易改，秉性难移，让人听着刺耳。末了结论，不管今天的会作何决定，我保留意见，执行会议决定。

会场肃静，没人接着发言。张松阳说，王县长说说。

王铁军说，火根同志刚被约谈回来，还是过去的主张，也是初心不改。但工作可以灵活些，太死板不好，给市里拖后腿，在省里留下不好的印象。我的意见，先建1000套安置房，把任务完成再说。当然，安置房建设的量必须控制，导致过剩的确劳民伤财。

张松阳拍板，在城北拿出100亩地建1000套安置房。

散会后，席火根把严福生叫到办公室狠狠地剋了一顿。老厂区这两户花了半年多，有这种搞法吗？我不管你怎么搞，一个月内清场。

严福生像窦娥，冤得不行。跟席火根解释说，这两户都很特殊，一户是艾滋病患者，人都见不到，合同怎么签？另一户老人家也在外地，一个女儿在县里，又不做主，怎么搞？唯一的办法就是强拆。席火根有些烦了，说，老厂区棚改当初只有一户没有签字，这是有档可查的，看看这两户有没有签字，总之你想办法，一个月扫了尾。严福生沉默，席火根说，没时间等了。严福生说，我想办法。

严福生带着房管局几个人到老厂区收尾。其中一户艾滋病患者，单身住一套房，房是他爸的，他爸原是厂里的工人，他得了这种病，老爸也不想挨他，回老家去了。他这房90多平方米，评估价55万元，因为治病开销大，他的诉求很离谱，要求货币补偿65万元，另外解决临时性过渡房一套。意思很明确，房子货币化了用来治病，自己租政府的公房住。从人道的角度讲，这个要求不过分，但货币补偿的依据是第三方评估，谁也不能做人情。这个坎迈不过去。

开始找他的是公房管理中心小管，那时小管不知道他有这病，跟他交谈也不设防，谈得也顺利。他说，我选货币化补偿。小管说，可以。然后告诉他货币化补偿的程序。第三方评估报告出来后，他直接加了10万元，然后就死磕不松口。

小管找了很多人了解他的情况，有一天有人告诉他，这人是艾滋病患者，吓了小管一跳。正好疾控中心小管有个朋友，核实这人确实得了这个病。再进这家门，小管明显设防，时刻警惕着，他给小管倒水，小管不喝，始终保持 2 米的距离。对方看出来了，这种歧视让他无比痛苦。他大声嚷嚷，我是艾滋病，你们不要来找我。谈话从此僵住了。

小管把情况报告给严福生。严福生批评小管说，艾滋病通过血液传播，没有那么恐怖，你歧视他，这房还怎么征？

小管再约他，说，严局长跟你谈，什么时候方便？这小子开始抵触，丢下一句话，你不怕我咬你？告诉你，我什么时候都不方便。然后竟然把手机关了。一直就这么僵着。严福生不断给他发信息，说，你得这个病，我们不能歧视你，对不起。我亲自跟你谈，你有困难跟我说，我尽力帮助你解决。

严福生不时看手机，很多天都没回信。严福生又发，还是不回。叫小管去敲门，门也锁着，问附近的人，都说很多天没见他了。这便成了死局。严福生把这人的照片交给方建设，请他的城管智慧平台关注，一有这人消息及时告知。

有一天，终于等到方建设的消息，说，这人回家了。严福生像是中了彩，高兴得不行，带着小管、吕立忠几个人马上去老厂区。敲了很久的门，门终于开了。里面的人说，不怕死的就进来吧。严福生先进，后面的人提了一些水果进来。严福生说，小辉，身体还好吧，我们来看看你，有困难告诉大哥，我尽力帮助你。也许是这一声大哥起的作用，小辉转过身，看着严福生他们，友好地说，你们坐吧，没事，不会传染。

大家坐下来，聊了一些别的事。小辉说，我这辈子搞过一次女人，那年在东莞打工，朋友说去放松一下，我跟着去了。我从未碰过女人，也没谈过恋爱，那女人光着身子蹭我亲我，我忍不住了，直接就进去了，她喊着戴套，我那时疯了，哪管得了这么多，射完后，那女人告诉我，她是艾滋病，我一下就蒙了。你说天底下有我这么倒霉的人吗？严福生听了，真的很同情，俗话说，走多了夜路撞见鬼，小辉一次就撞见鬼了。

从洗浴中心出来，小辉害怕极了，第二天就去了疾控中心，医生告诉他没什么办法，但也不一定就传染了。从那天起，小辉就辞了工作，回家等待死亡的厄运。

小辉没逃脱厄运，在渔梁疾控中心检查，结果是传染上了艾滋病。他彻底崩溃了，医生告诉他，这病因人而异，有些人一生携带病毒，没有生命危险。小辉希望自己是这些人中的一个，所以他积极治疗，从未绝望。

小辉的坦诚感动了严福生。

小辉说，我要治病。

严福生说，我们一起想办法。

吕立忠说，小辉产权调换可以到老谷塘小区换一套房，然后通过房屋销售中介将调换的安置房出售，将出售资金付给小辉，就是不知道能不能多卖出 10 万元。

严福生说，照这个办法走，实在卖不出我们一起凑凑。然后允诺小辉，你的住房小管负责，三天内落实。

小辉感动了。得病以后，他基本上是独来独往，很久没有听过有温度的话，这会儿听了心里暖暖的。说，有你们这份心够了，你们把合同写好，我签字。

老厂区最后一户叫胡海洋，一年前去了福建，他儿子在泉州开公司，这几年搞得很红火，接了父母享福去了。小康负责胡海洋房屋征收，启动老厂区房屋征收时，小康跟胡海洋有过联系，胡海洋说等他回来谈，后来又联系过几次，再后来胡海洋手机关了，联系不上。

胡海洋有 8 个孩子，5 个孩子读了大学，都有公务员身份，只有一个女儿在渔梁工作。其他 3 个孩子没读多少书，都在外务工，有的还开了公司。泉州这个小儿子混得最好，把父母接过去一起生活，觉得很有面子，也没觉得麻烦，家里有保姆，连做饭搞卫生这些活都不需要父母做。

五年前父母还在韶乐干农活，父亲有些基础病，经常去医院，在渔梁工作的大女儿听说老厂区有房卖，动了心思，这地方挨近人民医院，房子虽小，但很便宜，才五六万块钱。给兄弟姐妹说了，每人凑了七八千元，把房买下，简单地粉刷，把父母接到了县城住。住下之后，才发现这楼不好，每层只有一个公共卫生间，胡海洋不习惯用便器，晚上小便次数又多，有一次出门小便摔倒，住了七八天医院。老厂区住户要求棚改时，胡海洋想也没想签了字。现在他跟儿子住稳了，棚改的事自然抛在脑后。

小康找到胡海洋大女儿胡美华，胡美华中江农大毕业，一直在乡镇农技站工作，二十多年混了个副高，一直想调回县城，几任局长都不理她。这女人心眼小，做事情叽叽歪歪，跟同事处不来，乡镇给局里反映，局里就把她调其他乡镇。渔梁16个乡镇，胡美华工作了15个乡镇，到退休时估计16个乡镇都会满。小康跟这女人沟通很难，每一次要么说做不了主，要么就提许多条件，让你哭笑不得。

这回没退路了，严福生只有赤膊上阵，他在房管局精心挑了五个人，组织大家商量。小康说，胡海洋这种情况，找胡美华不管用，这房征不下，多半是她在捣蛋。小刘说，我是韶乐人，我知道的情况是，胡海洋做公务员的儿女们每年都给父母七八千元，旁的不管，大都过年回一次，打工的几个平时也不回，除了春节，平常的事都是胡美华关顾。胡海洋小儿子也读了大学，没考上公务员，先跟人家打工，后来自己开公司，这几年做得很好，这么个破房子，在他眼里算个卵事。操纵这个事的必是胡美华。严福生说，既然如此，请席县长找她谈一次，不行走强拆程序。

农业局长巫小兵是席火根的老部下，席火根找他谈，如果胡美华配合工作，可以把她调回局里。小巫说，这女人不行，老领导发话，我执行就是。席火根说，女人五十五岁退休，就几年，没关系的。小巫说，老领导放心，我马上找她谈。让席火根意外的是，胡美华不同意上县，她说，乡下挺好。这女人怎么回事？有毛病吧。严福生很气愤，说，这个逼毛，强拆吧。

席火根听了严福生的汇报，说，让小刘跑一趟泉州，回来再说。

小刘把父亲带上去了泉州。小刘的父亲是木匠，与胡海洋是同门师兄弟，年轻时两人一起干活，算是过命的兄弟。到了泉州，小胡见父亲的兄弟来，自然很是热情，有名的地方玩，好吃的地方吃，几天下来就是不谈征收的事。小刘心里有事，歇不安稳，跟父亲说，明天回吧。父亲说，我们出来花公家的钱，事没办好怎么回？小刘说，人家三缄其口，我们也没办法。回的时候，小胡来送，说，不吃亏就行，兄弟你看着办。小刘握着小胡的手，说，感谢，回了渔梁我做东。

小刘回到渔梁，把过程一五一十跟严福生说了，严福生说，明天准备，跟公证处联系一下，叫人现场公证，后天拆。小刘说，需要跟席县长报告一下吗？严福生说，这事我做主了。你和小康还需要做一些具体工作，一、告诉胡海洋就地安置。二、老厂区房子小，棚改有三个户型，70平方米，90平方米，120平方米，他家只有60多平方米，可以优惠价购买30平方米，问他需不需要？三、老厂区安置房建设一年完成，明年这个时候可以装修，请他放心。小刘说，我会告诉他，请领导放心。

老厂区临街，考虑市容，签了合同的也没拆。严福生请的拆屋公司很专业，机械到场先拆签完协议的，胡海洋这栋，组织搬运公司搬运胡海洋家物品，公证人员清点公证，其他两栋楼拆完，胡海洋家的物品都搬迁到房管局仓库。拆屋公司开始拆，半小时左右楼就倒了。无风无雨，一切静悄悄，大概小胡跟他姐有交代，胡美华没来现场。

严福生找出席火根的号码，想拨，又没拨，重新找到施工单位老总的电话拨过去，说，老厂区清场了，马上组织人员过来围挡，并组织开工。严福生很高兴，老领导说得没错，很多时候，勇气比办法更重要。

第十五章

南方湿冷，天连着阴了好几天，不时还飘着细雨，街上的行人明显少了许多。围挡中的城南已被拆得七零八落，空旷的地面上一个人也没有。

指挥部把不配合拆迁的公职人员名单报纪委监委和组织部，这些名单中一大部分是与产权人有亲属或亲戚关系，并非产权人。组织部长和纪委书记找这些人谈话，其中就有彭翠英的前夫。这憨子过去在乡镇任副职，现在退二线，五十大几一头白发，他负于妻，也怕妻，这会儿也是没办法，壮着胆子跑去找前妻，不曾想到，没等他进门说话就被彭翠英追打着跑，惊出一身冷汗。人道是一日夫妻百日恩，可如果是恨，那却是一辈子的。

彭翠英的强悍或许拜他所赐。

征收组的同志真的手眼通天，居然查到彭翠英还有一个情夫。这女人现在也不过五十多岁，但看上去怕是有六十多岁，她本是农村人，没读几年书，早早地出来给领导做保姆。以她现在的模样看，个子不高，宽脸大嘴，皮肤黝黑，年轻时的模样或许也不会好。那情夫是郊区农村的，彭翠英离婚后带着女儿生活，那时候她心里那个痛只有她自己知道。因为没文化，领导只能安排她进卫生院干杂活，自然与职称无缘，工资低，女儿上学勉强维持。而前夫结了婚生了儿子，哪里有钱给她？这时候这个农村开小四轮的中年人走进了她的生活，让她感到有了一些依靠。这样的日子过了几年，终于还是被男人的妻子发现，男人狠狠心，跟她在一起的日子越来越少。

征收组找到他，希望他去做彭翠英的工作，这男人挺不好意思，终还是敌不过征收组这帮人的嘴，居然答应做工作，或许他认为彭翠英是应该配合的吧。就她现在那房，旧不说，还不好，这政策多好，旧换新不说，面积还大了，不亏啊。但他没想到彭翠英也没给他好脸色。彭翠英独立惯了，经验告诉她，她不能依赖任何人，也不可能有任何人可依赖。

安置房一期3号楼占了这栋楼两个单元，很多人主张强拆。但席火根不允，他指示陈林，只拆两个单元，一定要注意安全。楼拆了，彭翠英那个单元茕茕孑立，让人看着心里不是滋味。但这妇人依然坚守着，女儿回来看她，跟她说，妈，我们搬吧，我们也没吃亏啊，您何必拗着呢。彭翠英说，我住得好好的，为什么要搬？我什么人都不靠，你也靠不住。我一个月退休金2000多元，自己养活自己，这房是我的养老钱，你也别指望。要征可以，拿90平方米来换，位置也必须在人民医院附近。

彭翠英是杠上了。她跟政府杠，跟女儿杠，跟工作组杠，跟谁都杠。彭翠英人长得不咋的，心气却很高，初中毕业那年，领导到老家找保姆，父母像是挖到宝了，立即让她辍学去领导家做了保姆，可她心不甘，还梦想着上大学呢。离开领导家去卫生院工作时，领导跟卫生局长说得好好的，过渡一下送她去卫校培训，没过多久领导调走了，培训的事影都没有了。她找卫生局长，局长说，你进卫生院的事都违规，还想去卫校培训，门都没有。那时她那个委屈真是无以言表。她去跟领导倾诉，领导说，我跟你们局长再说说。这事就不了了之。不知道领导跟局长说了啥，工作总算保留了，可她没有经过专业培训，在卫生院能干什么呢？只能老老实实做一辈子勤杂工。母亲在世时，常跟她说，勤杂工总比种田好。她愤愤答道，你让我读书，没准我上了大学。结婚后，她指望丈夫疼她，可还是因为自己不争气，没给男家传宗接代，终被男家踢出来。丈夫虽然老实，可还是听父母的，把她踢出家门。原本想带着小妮子相依为命，可这死女子偏偏爱做好人，老背着她见父亲，气死她。好容易碰上政府求自己，不摆摆谱不是傻吗？没想到这些狗娘养的竟然把她前老公、野老公都找来当说客，这房还能给你征吗？

法律顾问团认为，彭翠英这种情况可以走强拆程序。但席火根还是不允，说，安置房二期还不具备条件施工，先放一放，集中力量清理城墙内外，力争明年第一季度完成征拆，第二季度开始施工建设。大家都奇怪，席火根平常做事果决，这回咋啦？其实席火根何尝不想强拆，只是他觉得彭翠英已经很极端了，强拆的结果很难保证不出事。国家政策和舆论不支持强拆，强拆不出事没问题，一旦出事将影响整个城南拆迁。这也是席火根老到的地方。

席火根觉得彭翠英的工作是没得做了，功夫可能要下在她女儿身上。他找叶绵绵谈，希望她来牵头，苏莺莺配合，想法子做彭翠英女儿的工作。彭翠英跟丈夫离婚后，女儿改姓彭，大学毕业在市里一所中学当老师，叶绵绵和苏莺莺去过她们家，条件也不是很好，但彭老师人好，待人很热情，处了一段，跟叶绵绵成了姐妹，答应帮助叶绵绵。

彭老师心疼妈，看着那废楼心都碎了，老娘怎么这么犟？回去后跟丈夫说，把娘接过来住吧。丈夫姓张，和老婆在同一个学校做老师，父母也在乡下，心里老不情愿，三间房，儿子一间，两夫妻一间，还有一间客房，丈母娘要长住，自己的父母来了怎么办？看着妻子郁闷，嘴上不好多说，回道，你看着办吧。妻子说，我办不好，要你去办。丈夫说，我不会说话，没准办砸了。妻子说，我知道你不情愿，我也没办法，先把她接过来，等那边产权调换了再说。丈夫说，好吧，实在不行，我们换个大点的房。妻子很感动，偎在丈夫怀里，说，下周六我们一起去渔梁，你脸色好点就行。丈夫拍着妻子的背，说，放心吧。

在丈母娘心里，女婿内向，没多大能耐，一辈子就是个教书匠。女婿很少来，春节来拜年，她没少用话寒碜女婿。女婿不恼，静静地坐着，再无言语。唯一让她恨的是一出门就不回头，她便知道，这个女婿靠不住。这回来了，女婿脸上带着笑，嘴上叫得也顺溜，不像是装出来的。外孙牵着外婆的手，说，爸妈来接外婆去我们家。她摸着外孙的头，说，你们家外婆住不了。女儿说，妈，跟我们过吧。女婿赶紧接茬，说，妈，我们俩都是班主任，没时间照顾东东，你帮帮我们吧。丈母娘仰头看女婿，神情像是真的，说，我暂时走不开，这房还没产权调换哩。女儿说，他们会来找我们的，你不签字他们也不敢动。女婿说，他们来蛮的，我也不会放过他们。彭翠英觉得女婿这句话像是男人说的。

彭老师手机响了，掏出手机看，是叶绵绵。她知道怎么回事，没接，看到叶绵绵发来的信息，菜我和莺莺给你买了，你来指挥部取。便回了几个字，好，谢谢。跟母亲说，你带下东东，我们两个去买点菜，中午我们一家人好好吃个饭。说完两人出了门，径直去了城南棚改指挥部。

叶绵绵和苏莺莺聊着，苏莺莺说，彭翠英这回能听她女儿的？叶绵绵说，我想会的。两个人边聊边等，没一会儿这两夫妻就到了。叶绵绵招呼他们坐，苏莺莺起身泡茶。彭老师说，不泡茶，坐一会儿就走。苏莺莺利索，立马就把茶端到他们面前。彭老师说，我妈还没答应跟我们去，但我想她会答应，下午就走。我们走了，你们就拆吧，我写了个东西给你们，省得你们担心。我们选择就地产权调换。手续请绵绵帮着办。叶绵绵说，我们是姐妹了，我一定负责到底为你办好。

苏莺莺看了彭老师写的那个东西，上面是简短的一句话，我受我妈彭翠英的委托，同意按棚改政策安置补偿。署了名按了手印。苏莺莺把纸递给叶绵绵，叶绵绵看了，抱着彭老师就哭，嘴里不迭地说谢谢谢谢。彭老师受了感染也哭了，苏莺莺情绪没上来，把菜递给张老师，张老师问，多少钱？苏莺莺说，怎能收你的钱，本来我们是要请你们吃饭的。那边两个女人哭了一会儿，彭老师说，我知道你们也不容易，我们走了，吃了中午饭无论如何带我妈走，你们放心。

彭翠英的事情了了，给城南棚改最后的攻坚战开了个好头。这时候大家都已身心俱疲，虽然剩下十多栋，但每一栋征收组的同志上门何止百次，费尽口舌之苦、有力使不出之苦、无可奈何无计可施之苦浸透了每个人的心。征收做到这份儿上，每个人的精神都快要崩溃了。

雷金虎是畲族，说的是好听的客家话，语气一向慢条斯理，他做过几个乡镇的常务，调到县直单位后又被抽调到征拆队伍中来，征了一年多，似乎深沉了许多，话更少了。这会儿哭丧着脸，给席火根发信息，说，我真的快要崩溃了。

席火根收到金虎的信息，那种无奈不可名状。其实这种感受他又何曾没有过？只是他不想说，也无处说，更不能说。有几次，林力看见他疲惫地靠在座椅上，睁着眼睛盯着墙上的城市规划平面图发呆，问，领导怎么啦？席火根把目光收回，立即调整状态掩饰颓废的神情，轻言回道，没什么，我在想这张图我能实施多少。

林力知道，席火根心里总有一团火，当他眺望这座城市的时候，这团火就会燃烧，当他看到一条条道路被打通，一个个小区拔地而起的时候，这团火就会燃旺。林力似乎都能听到那燃烧的声浪。是的，席火根不会允许自己的这团火熄灭。他的坚韧就像旗帜，让跟在后面的人永远处在冲锋的状态。再难的日子只要熬过去，那光焰就会更绚丽。

这一年又快要收官了，席火根决定换个工作方式，他请苏莺莺重新编组，把作业单位缩小，每个作业单位人员增加，征收对象也相应增加，这样做可以分散大家的注意力，精神上也许会舒服一些。

江风呼啸，仿佛要吹倒这孤零零的几栋房。大概房子的主人也感到孤单了，这会儿大门紧闭，整日不见人进出。这样的拉锯战谁能不烦呢？袁天生也许是烦了，他带着家人跑乡下老家去了。他祖上一直经营竹木，在西门口码头讨生活，20世纪30年代在城墙外搭起了一栋木屋，80年代拆了木屋建了这栋三层楼。老家的祖屋一直空着，征收通告下来后，这老东西跑回老家，把祖屋从里到外都修缮过，或许他早做好了长期拉锯的准备？袁天生是张军的工作对象，他深知张军这个活络的小伙子精神头很足，无论自己躲到哪里都会黏着他，不会让他脱身。此时张军正计划着如何跟袁天生过招，年轻人不相信会败给这个老头。

袁天生不签，其实是放不下这份几代人奋斗出来的祖业。清光绪末年他曾祖父就在西门码头搬运讨生活，到了他祖父开始经营竹木，到了他父亲不仅经营竹木，而且有了篾编作坊，家境好多了，靠城墙的木板房就是在他手里建起来的。这地方太重，留下了袁家几代人的梦想，重到他一想到房倒人去，就有一种对不起祖宗的负罪感。儿子们的看法却与他不同，他们想走，就是想法多。而袁天生心里也明白，走是铁定了，只是怎么个走法，才能避免这一栋楼里儿子们反目。张军其实也知道老袁的烦恼。

袁天生到了乡下像是要长住，他是城市户口，农村没田，房是祖上留下的，房前屋后几个菜园子也是祖上留下的，这几日，他把园子整出来准备种些蔬菜。张军去看他，他正在园子里劳动，见了张军，袁天生停下手中的活，带了张军进屋坐。袁天生说，今天天冷，我去把火盆烧起来。张军说，不冷，不要去忙。袁天生老婆手里提了个火笼放在身下，她把火笼递给张军，说，你烤。张军说，我不冷，你烤。袁天生拿了木炭放进火盆，从火笼里取了炭火，用嘴吹吹，木炭就燃起来。袁天生老婆泡了茶端过来，说，喝茶，中午在家吃饭，我叫人去圩上买菜。张军说，我车上带了些菜。叫随从小吴去车上提了过来。

袁天生家老屋是民国建筑，大概是西门口赚了钱回来建的。外立面飞檐翘角，屋里头左右各有两间厢房，中堂神龛上安放祖宗遗像，是真人瓷砖画，从祖父到父亲依次排着，屋后头还有一间厨房。屋子被他修整一番，摆上家具，像个住家的样子。袁天生说，叶落归根，我年纪大了，不打算回县城了。张军说，征房的事要抓紧，如果选择有土安置更要抓紧，不然好地方都让别人选了。袁天生说，既然是早晚的事，那就征吧，房子好分才好。张军说，这些天我帮你想了很多，你三个儿子，只小儿子没房，安置在德政路可以做五层，一层店面，二层出租，三四五层每个儿子一层，不是很好吗？袁天生说，老大有些想法，他不想几兄弟共屋，房子搞产权调换，套房安置，然后优惠价购买店面，共同出租。但我想要一栋屋，这样跟祖宗有个交代。张军说，你想的是对的，房是你的，你做主。袁天生说，我不是顾虑一家人关系嘛，我知道作怪的是老大媳妇。我选择了有土安置，建房他不出力，我怎么建？张军说，重置评估价加奖励接近30万元，土建他们每人凑三五万元就足够了。袁天生说，钱倒不是问题，老三是个书呆子，做不了大事，老二又不在家，若是老大不靠边，累死我老头子。张军说，你若信任我，我帮你找施工单位，保准质优价廉。两个人说话间，袁天生老婆把午饭就准备好了。

袁天生很热情，拿了一瓶五粮液出来，说，老二孝敬的，今天一起喝了。张军说，搞点水酒，这酒留着。袁天生说，喝了，以后建房没准真要靠你。张军说，你放心，我说到做到。张军很高兴，喝了不少，袁天生酒量可以，陪着张军，也没少喝。离席时，袁天生说，张主任放心，明天我叫三个儿子回老家，当着祖宗牌位宣布我的决定，有土安置，给老袁家留下一份基业。房子我来建，不要他们出钱，也不分，想住就住，日后我死了，由他们去折腾。张军听了，原来这老头早有主意，他是个很传统的人，把家看得很重。

厅里炭火烧得很旺，屋里暖乎乎的。

这天，城投施工触碰到马背巷老房子，惊动了房主的大女儿，在工地骂骂咧咧，像个泼妇。这一片房子都拆了，北风更是肆无忌惮，把她的头巾吹到老远的地上，她像是受了欺负，骂得更凶，说，有本事把这房拆了，何必做鬼事。这房子年久失修，多年无人居住，四周长了一人高的草木，山墙有个1米见方的大洞，正门打着木撑，进不去人了。施工员解释说，是一个工人经过你那房子，肩上扛的不小心撞着了木撑，房子又没倒，你何必发这么大火，我们又不管拆迁，木撑我们马上支起来。女人这才作罢。

女人的丈夫肖德邻是法院副院长，因为拆不下来，指挥部把任务派给了法院。院长找他谈，肖德邻有苦难言，说，这房子不是我的，我做不了主啊。院长说，房子不是你的不假，但你岳父岳母不在了，几个儿子又都不在渔梁，这房子你妻子说了算。说到老婆，肖德邻更是苦不堪言，这女人年纪轻轻就下岗，脾气越来越坏，几乎无法交流。他一脸苦相地跟院长说，我家的事你不清楚，我是孙子。院长说，你岳父的房子听说都快倒了，这么好的事紧撵着不好吧。肖德邻一个劲诉苦，说，我一说这事，她就咆哮，说你当你的官，我老百姓一个，叫他们找我，这房子关你屁事。

院长相信肖德邻的话，据说他老婆还会打他，同事都看过他脖子上的指甲痕。这肯定是他老婆的杰作，因为大家都晓得肖德邻作风踏实，工作严谨，当了大半辈子法官，一是一，二是二，清清楚楚。

院长说，女人的毛病都是男人惯出来的。你这人太软弱，这可不行。

肖德邻说，过去小孩小怕影响孩子，所以就忍了，现在孩子大了，也不在身边，自己年纪也大了，懒得折腾。

院长说，按照县里的要求，院里分派你做林家房屋征收工作，什么时候签了协议再到法院上班。征收期间你的工作我兼管。我也没办法，只能多干一份活。

肖德邻想给院长再申辩几句，话到嘴边又咽了。再说自己真不是男人了。

肖德邻老婆姓林，林家不是渔梁人，70年代末，肖德邻的岳父到渔梁做生意买了这一处房子，把一家老小接到渔梁落户。岳父养了一个女儿和两个儿子，女儿高中毕业没考上大学进了一家工厂当工人，那时候肖德邻大学毕业分在法院当法官，小林年轻也漂亮，经人介绍，两个人一见钟情，结婚后两个人感情很好，妻子下岗时才三十多岁，叫肖德邻帮着找工作，可肖德邻一个普通法官能有什么办法？妻子从那时起脾气越来越坏，好在肖德邻能忍，不然这家早散了。林家两个儿子一个比一个厉害，大儿子考上北师大，小儿子考上复旦，分别在北京、上海工作。岳父岳母去世后，林家老房子就一直空着，那一片越来越萧条，去的人越来越少。有一次肖德邻经过看到那情形，叫了几个工匠，给正门打了几个撑才不至于倒塌。

政府要征房，肖德邻的妻子才记得林家还有一处老房子，开始征收办的干部找她，一次两次，很多次之后竟激发了她的存在感。她开始注意打扮自己，好像把自己从荒野中拾回来，精神矍铄。她打电话告诉俩弟弟，回话说，我们都忙着哩，姐姐看着办吧。

开始时叶绵绵去过她家几次，阿姨阿姨叫着，她听着很受用。但谈到征收时，她不急不慢，就说还没想清楚哩。这种被人求着的滋味好极了。叶绵绵看出来了，说，你家这房子都快倒了，征收对你家有利啊。无论货币化补偿还是产权调换都行，如果选择有土安置也可以啊。你总不谈征收方法，这谈不下去啊。

林阿姨回她，我家房子倒不了，我请人修。至于你说的几种方法我都知道，我就是没想清楚嘛。这种人油盐不进，叶绵绵真是无能为力，只好请求组织解决。这才有了院长跟肖德邻施加压力。

肖德邻两三天没班可上，老婆觉得奇怪，平常他七点准时出门，不到下午六点不回家。

老婆忍不住问他，休年假？

肖德邻说，你家房子不征，组织上不让上班了。

老婆说，房是我家的，关你什么事？我找你们院长去。

肖德邻这回急了，说，别丢人现眼了，如果你不签，我们只好离婚。

老婆一听这两个字，来气了，说，都说你们法官吃了原告吃被告，你想离婚门都没有，我告你去。

肖德邻太了解妻子，立马冷静下来，说，随你便。说完进了自己的房间，第一次把门关得贼响。

老婆敲门，说，你说清楚。

里边悄无声息，任她敲由她说。僵持了一天，肖德邻饿了，他打电话给自己的弟弟说，你来接我吧。

肖德邻早把东西收拾了，就等弟弟来接他。弟弟到了楼下，打电话给他，叫他下来。

弟弟说，去哪？

肖德邻说，回老家。

弟弟从不过问大哥的事，这会儿纳闷，问，提行李箱回家干吗？

肖德邻说，回家住去。

弟弟满脸狐疑，问，出什么事了？

肖德邻说，没什么事，回家跟父母住几天。

肖德邻老家在乡下，田土多，老父母七十多岁了，还种了田，种了菜。肖德邻在家也没闲着，天天帮父母锄地。

娘问他，不上班了？

肖德邻说，休息几天。

隔了几天，老婆来了。她这一来，老人家知道，肯定吵架了。也不说什么，杀了鸡弄了一桌菜。老婆吃着吃着哭了，说，你这没用的，我下岗这么多年，连个工作都解决不了，现在政府求我，我就要那么好说话吗？肖德邻给老婆夹菜，只是不作声。吃完饭，叫弟弟送去县城。

肖德邻回到单位，告诉院长，老婆答应谈了，请征收人员跟她谈吧。

院长说，你可以上班了，我没精力管你那么多事。

席火根看到房子拆了，问苏莺莺，知道这房是怎么签的协议吗？苏莺莺回道，其实林阿姨还好说话，她不想沾兄弟的光，产权调换了，三套房一人一套。林阿姨说弟弟回来有个地方住。

席火根听着有些感动。

第十六章

席火根带了北京的朋友去贫困户家杀猪。两户人家一共4头猪，支部书记范友明请了两个熟练的屠夫，每人杀2头，尽量把肉和排骨分开，以便打包携带。

戴总和蒋总都是渔梁人，早年北漂，后来进入图书发行行业，成了大老板。一行人先去了胡花源家，蒋总付了买猪钱，范友明留下来，关顾杀猪的事情，席火根带着两位老总去了盛丰收家。见了盛丰收，戴总也是先付了买猪钱。说，肚子、肝、脚带走，头和下水留给你们过年吧。席火根说，每头5000元，猪是你的，你看着办吧。戴总说，不知哪有冷冻，这么多肉要冻起来，年后我们开车带走。席火根说，冷冻的地方有，我帮你办，吃过饭，我们一起去。戴总说，这就好了。

屠夫手脚麻利，像庖丁解牛，一头猪很快就漂亮分解。因为不论斤两，分类打包也利索，屠夫切了两块猪背肌说，中午大家品尝一下，看能不能找回小时候的记忆。姓刘的屠夫不仅杀猪技艺高，炒菜也有一手，猪血很滑嫩，放上葱，味道很甜，红辣椒炒猪背肌更是香甜可口，大肠也炒得很脆，蒋总说，北京吃肥肠腻味死了，没想到乡下吃，风味独特。盛丰收还从塘里捞了一条青鱼，菜不多，大家吃得有滋有味。

席火根说，你们都脱贫了，戴总和蒋总也有功劳。

戴总说，功劳谈不上，但生意还可以做下去，如果你们愿意，明年继续养。

盛丰收老婆一脸的高兴劲。说，接着养，接着养。

吃过饭，席火根帮着联系冷冻，办完事，到了下午上班时间，两位老总回家，席火根直接去了指挥部。看到墙上多出来一面锦旗，落款写着骆平岩的名字，问苏莺莺，骆老头签了？

苏莺莺诡秘地笑，说，不仅签了，还搬了呢。

席火根很是兴奋，大声说，叶绵绵干得漂亮。

老骆的房子夹杂在老县委和广电楼狭小的空间里，是一栋低矮破烂的平房，过去没拆这两单位的楼，谁也不知道这其间还有一栋小小的平房。因为年代久远，如今破败不堪，砖墙的石灰像是从墙缝中溢尽，很多地方出现凸凹，门桥好像也有松动，给人一种危感，进出只能手拉那破旧的木门，门的下沿刮擦地面，发出异响。窗小屋黑，厅后有一房一厨，这屋是啥时候建起来的呢？骆平岩说不清楚了。但肯定是祖上留下的。其实这屋也不是他一个人的，他哥骆平远也有份。

骆平岩过去干地质勘探，常年在山里跑不着家，老婆也跟人跑了，女儿寄住单位同事家。退休后他也没地去，女儿师范毕业从教，有了自己的家庭，生了孩子，他年轻时愧对女儿，老了也不想麻烦女儿。想起小时候住过的老屋他就回来了。老屋阴冷潮湿，住了几年，突然一天中风了，高大壮实的身躯轰然倒下，好在邻居叫120抢救及时，命保住了，但留下右手前倾的后遗症。

他知道这屋住不久了，可他没地去啊，中风之后高处他也不想爬了，只想着这平房方便些。工作组叶绵绵每次推开木门，他就狂躁咆哮，我的房子我做主，谁也不可以动我的一块砖，否则就跟他拼了这条老命。

叶绵绵并不气馁，常常去，又常常被赶出来。要么门闩着不开，让她吃闭门羹，要么开门就破口大骂。

中秋节那天，叶绵绵买了一盒月饼和水果去看他。片区停水了，他吃力地提着一桶水回家，叶绵绵叫工作组一小伙赶紧上前接过水桶，帮他提回家。跟着他进了屋里，对他说，节日快乐。骆平岩第一次露出了笑脸。叶绵绵心里暖的，她以为这或许是个转机。可是她又错了。接下来谈征收讲政策，他又开始咆哮。

叶绵绵高挑的个儿似乎在他的咆哮中战栗，她不明白，面前这个老人一生到底经历过什么？她像个小学生睁开大大的眼睛，迷茫地望着这高大的老头。

叶绵绵知道他女儿在邻县教书，买了礼物去请她，说，骆老师，你知道吗？这屋你大伯也有份，他都签了字，你去做做你父亲的工作好吗？

骆老师说，我是叫他跟我们一起生活的，他不肯过来，他这一生多半在山里探矿，孤独惯了。

叶绵绵说，我们这项目年后就开工了，等不及，麻烦你去劝劝。席县长考虑到他的身体情况，专门指示拿出城南三期临街的店面来改造，有厅有房，还有卫生间和厨房，条件好着呢。

骆老师说，你们费心了，我爸他不知道吗？

叶绵绵说，我跟他说不上三句话他就咆哮，我真的没法子，这才来请你。

骆老师像是比叶绵绵要小一些，不像她爸，长得挺俊，人也好像是很温柔的那一种。她答应叶绵绵说，快过年了，正好我买些东西去看看他。你们先回，如有可能，我动员他去新家过年。

叶绵绵眼泪就出来了。这个结果她是多么期待啊。跟她一起来的小刘开车，问叶绵绵，开空调吗？叶绵绵说，我暖着哩。

腊月二十，县城已经有了过年的味道，街上的人多，车也多。骆平岩到指挥部等着叶绵绵，苏莺莺招呼他坐，还是那副似乎定型的笑脸迎着他，给他沏茶。老骆说，我去看过你们为我准备的过渡安置房，太感谢你们了。我以前受的负面影响多，所以对你们有误解。现在左思右想，看到我这烂房子阻碍了工程建设，心里不安，真的对不起同志们。等叶绵绵来了，按政策把协议签了，我马上搬家。

叶绵绵接了苏莺莺的电话，立马赶过来，骆平岩见了叶绵绵，伸出左手要跟她握手，右手僵着前倾，谢谢说了好几遍。

工作组早拟好了协议，等着骆平岩签字。这会儿听他要签了，竟有些意外。骆平岩拿起协议，扫了几眼，说，我没戴老花镜，看不太清楚。叶绵绵说，我去帮你拿。骆平岩说，不去拿了。补偿安置的事，你跟我说了很多遍，账也算过很多遍，我早记在心里了，你肯定不会在协议上让我吃亏，看不看都没关系，我签字好了。这犟老头如此撇脱，又让叶绵绵感到意外，信任真的比黄金重要。

苏莺莺和叶绵绵招呼指挥部十几个人帮老骆搬家，老骆东西不多，路也不远，几个来回，新家就安顿好了。住了新家，骆平岩高兴，拿个小板凳坐在门口，像个老街坊悠闲自在，街上有熟人经过，他就主动跟人搭讪，说，我住新房子了。

这一夜叶绵绵彻底放轻松了，梦里头似乎看到了人山人海的市民体育公园。第二天上午，叶绵绵去了指挥部，更让她意外的是，一面鲜艳的锦旗挂在墙上，旗上写着拆迁为民，热心尽职，落款写着拆迁户骆平岩。这几个字很暖心，叶绵绵一激动，眼泪都流出来了。

指挥部上下热议骆平岩这个事，除了意外，还有震撼。震撼到心里，就有了思考、羡慕和企盼。拆迁做了这么久，谁都有过意外的经验，但这么大的意外，叶绵绵真是独一份，谁不羡慕呢？

雷金虎是做苦了，那日他给席火根发信息，说人都要崩溃了，也是实话。很多人发现，这个畲族汉子更不爱说话了，心里的郁闷像藤蔓一样增长。

雷金虎早早地去了方兰梅家，老人家一直为财产分割的事犯着愁呢。她都八十二岁了，没几年活头了。她只是不愿看到聋牯老二被老大这狼崽子给欺负了。

方兰梅早年丧夫，含辛茹苦把5个儿女拉扯大，1992年把原来的土砖房改建成砖混房，住房条件改善了，但住房还是紧张。2个女儿相继出嫁，3个儿子都已结婚生子，一大家子八九口人挤住在一起，生活十分不便，兄弟三人陆续建起第二层、第三层，条件是好多了，但口角不断，兄弟之间，妯娌之间关系紧张。

老大两夫妻，强势又精明，条件最好，老二耳背听不到懒得说，但老婆不蠢，什么事都瞒不住她。老大指手画脚的时候，她看不惯，冷不丁丢一句，长兄为父，你不关心我们就算了，还老指使我们这我们那。你们嫌弃搬出去好了。老大媳妇不是省油的灯，她指着弟媳的鼻子吼，你做梦去吧，我们搬走了，你倒好过日子了。弟媳也吼，你当我不知道，第一层是老娘的钱建的，第二层、第三层都是老三出的钱，你有什么资格当老大！两妯娌都要开打了。聋牯站在中间，说，吃饱了没地消，都省点。鬼知道他是真聋还是装聋。在一个不让人清静的环境中生活，要想不短命没有比选择聋更好的办法了。

这回政府要征收这房子，正好是分开住的机会。但各家都有小九九，老大夫妻小算盘打得叮当圆，小市侩的本性暴露无遗。最要他命的是，嫁出去的两妹子也插上一杠，这家里哪里还能清静？方兰梅见了这情况，不知说什么好，心里五味杂陈，常常在先夫灵前秉烛燃香，独自流泪。

见了金虎，老人家又开始絮叨这些家事，她吃不烂老大媳妇，又怕得罪老大这狼崽子。说，金虎啊，你代表政府治治老大。这个协议签不下，都是因为他打自己的小算盘。

老大不知啥时候走进来，见了雷金虎大发牢骚，过去建房子老三出钱，我们也出了力啊，一家人就老三一个大学生，家里给他付的成本最大，老娘年岁大，她懂什么？我是老大，父亲没了，长兄为父，我说了不算，谁说了算？

老二聋牯在三楼，他没事做，坐在楼上懒得下来，可能是老大声音太大，他蔫巴巴地走下楼，一言不发，似乎只是告诉老大他的存在。母亲方兰梅不再说话了。

雷金虎知道，这家人分开是人心所向，关键是财产分割和方兰梅的赡养问题。面对这个场面，雷金虎越发觉得自己嘴拙，不知说什么好。原本老太太希望雷金虎来主持公道，把财产的事情说妥了，但雷金虎坐着，几乎无话。老太太当然也理解，清官难断家务事，自己家的事还得自己解决。

出了刘家门，雷金虎很是懊恼，恨自己嘴笨，没能给老太太解了围。路上被张军撞见，张军问，方老太太签了？雷金虎没好气答道，签了个屁。张军说，财产纠葛不闹个你死我活，收不了场，慢慢磨吧。张军是个直性子，向来大大咧咧，这会儿说的话，雷金虎听着怎么都有点幸灾乐祸的味道。雷金虎没心思搭理他，径直去了指挥部。跟苏莺莺聊了会，说起刘家老三，雷金虎眼睛一亮，或许这个老三才是解决问题的钥匙。

刘家老三叫刘宏伟，大学毕业后在台州一家私立学校教书，收入还是相当不错的，雷金虎决定立即启程前往台州，把老三请回来。现在也应该放寒假了，回来一趟应该不难。

刘宏伟对雷金虎的到来虽然有些意外，但家乡来了人他还是很高兴。台州靠海，他问雷金虎，吃海鲜可以吗？雷金虎说，随便吃点什么，别破费太多。刘宏伟说，没关系的，父母官来了，我不尽地主之谊说不过去啊。雷金虎说，我们是来谈征收你家房子的，希望得到你的理解和帮助。吃饭事小，随便吃点。刘宏伟笑笑，你是畲族人？说客家话，客家人就是客气谦让，你放心，我理解你，也会尽力帮助你的。走，先吃饭，边吃边谈。

雷金虎把政策说得很细，刘宏伟听得仔细，说，我家这种情况还是货币化的好，五兄妹平均分，我两个姐姐是嫁了，但从法律上是可以说得过去的，我支持她们，至于我大哥大嫂肯定又要吵，我们四姊妹都签字，我妈也签，这样能拆了吗？

雷金虎听着感动，敬了一大杯酒。说，本来房本就是你妈的，她老人家迫于你哥嫂太强势，不肯签，所以拖到现在。如果你们四兄妹签了，你妈应该会签。

刘宏伟说，家家都有一本难念的经，至于我妈的赡养问题，我考虑好了，分到每个子女名下大约60万元吧，我拿出一半给我二哥，今后我妈的有生之年归他照顾，估计二哥二嫂会答应的。

刘宏伟这次回家，雷金虎向席火根作了汇报。指挥部热情接待了他，席火根还同他详细介绍了旧城改造以及新城建设的一些项目，展望这座城市的未来，让刘宏伟很感动。

刘宏伟一个人回家让老大感到有些意外，他已经几年没回这个家了，除了每年给母亲寄钱，他从不跟他这个大哥打一个电话。这个没良心的狼崽子，回来想干什么？

姊妹们一起和母亲到美食园要了一个大包厢，刘宏伟做东。大家都说自己的想法。当着两妹子，老大不好说什么。但大嫂不客气，说，嫁出去的女泼出去的水，哪有到娘家分财产的？两妹子听她发威，也不客气，大嫂也不叫了，像是菜市场吵架，六亲不认。聋牯听不见不说话，一个劲喝酒吃菜。当着小叔子面，二嫂这回也识相，不言语。

刘宏伟把先前的想法在这儿一说，五兄妹平分，这回炸锅了，大嫂开始砸酒瓶，差点没掀桌子。大约是这场面让老太太伤心至极，她拼尽力气，喊了一声，别在这丢人现眼了。然后嘤嘤抽泣起来。两个女儿过去陪母亲，一个劲安慰她。说，您说一句话，我们没份，一定不吵，我们回家。

方兰梅擦干眼泪，说，我还没死，房本上写着我的名字呢，我本来不想做主，看你们闹成这样，哪有半点兄妹情分了？难不成为了这笔钱还要打死人？今天我做主了，补偿款分成六份，我留一份养老，我的生死你们不要管了，等有一天我见了你爸，我会告诉他，我对不起他，没教育好孩子们。这番话说完，老人家好像把身体掏空了，哭声很细，也不连贯，泪水挂在脸上也不擦了。

刘宏伟看着老娘，心里难过，靠过去用手给娘擦泪。娘说，不用，细崽，你给小雷打电话，就在这把合同签了。

过了小年，这一年好歹应该收官了。雷金虎才收获了一份沉甸甸的喜悦，心里正活泛，他盘算着一鼓作气拿下刘家老宅。

老刘头见雷金虎到他屋里来，心里郁闷死，心想这屋看不住了。他一个人住着老房子，也没卫生间，屋背墙角放着一个尿桶，他平常就在那地儿屙，这会儿他把尿桶提到天井，就是变着法子恶心雷金虎他们。

城南有年头的老房子不多，老刘家这栋算是保留完好的建筑。席火根去过老房子，房子里只有老刘家老大住着，过去这房子应该是渔梁最气派的建筑，天井很大，采光很好，前厅东西厢房各有三间，后厅各一间，建筑沿袭清晚期风格，梁柱雕刻细腻，前厅东西两侧留了两个小空格，这种风格民国时期的大宅很常见，过去用来喝茶，现在被刘家老大改作了灶室。很明显，这种建筑打着清末民国初年的烙印，至今有一百多年历史。

老房子的拆迁颇费周折，也是因为产权分割，这个过程对征收干部而言十分漫长。雷金虎表面上轻言细语，但内心的烦躁只有他自己知道。刘家原本是大户人家，祖上在农村有地产，在县城有商号。刘家老大父亲这一代有两兄弟，大伯只有一女，他自己父亲生了四个儿子，新中国成立后房子被没收归房管局管理，到了20世纪90年代，房管局卖了一批老房子，刘家老宅就在其中。在外工作的大伯经济条件好，他认为祖宗留下的这栋老宅是刘家的血脉，有着刘家昌盛的记忆，所以买下了这栋原本就是刘家的老宅。房产证的名字写着他一个人的名字。21世纪初，房产重新登记时，大伯的女儿因在外地，把房本寄给堂弟委托办理，让她想不到的是，原本属于她一个人的房产，加上了叔叔家四兄弟的名字。大姐也没太在意，现在房屋征收，她年事已高管不了事，但儿子怎肯把产权轻易分给几个舅舅？

雷金虎第一次去老房子，说了征收老房子的事。刘家老大已经是八十多岁，但身体尚好，说房子他要住，等他死了再说征收的事。雷金虎说，你的住房政府会解决。刘家老大就是不肯征收。雷金虎在房管局找到了这宗房产的流转记录，才知道这房子的主人其实不是刘家老大。

雷金虎跑到外地找到了大姐的儿子，说了征收的事。这人姓张，已经退休。听说房屋征收，求之不得，马上答应。雷金虎知道，老张不甘心哩。这几个堂舅太不地道，把他妈给骗了，房本上硬生生加了四个人的名字。按照他姥爷的初衷原本是要给刘家留下一些记忆的，但他无子，听母亲说，原打算从弟弟家过继一个儿子，可弟弟说，四个儿子都是你我的，这事就没搞仪式。

雷金虎说，现在房子你大舅住着，他不搬你咋办？房本上也有他们四兄弟的名字，如果你那些表兄弟都出来争，事情更复杂。

老张说，给四个舅舅一些也没关系，但表兄弟不可能有，他们要只能从他们父辈那继承。

雷金虎把房产弄清楚了，回到渔梁找到四兄弟谈，四兄弟都说，房子是爷爷留下的，爷爷两个儿子一人一半没话说。

雷金虎说，房产档案记录得很清楚，你爷爷的房产被没收了，这老房子是你们大伯买下的，从法律上讲，你们没有继承权。

老大说，我们四兄弟都过继给大伯了，大伯去世，我们四兄弟都是以儿子身份戴的孝。我们是大伯的儿子，理当与大姐一起继承。

老张接到雷金虎的电话，赶紧到了渔梁。雷金虎和苏莺莺带着刘律师请他吃饭，把他四个舅舅都请过来。刘家老大面无表情，但说话清晰，很有逻辑，方寸不乱。他说，外甥啦，当年你父亲去世，我们是不是行的儿子礼？老张说，这些形式上的事不说，房屋是我父亲买的不假吧，最早的房本就我父亲一人也不假吧？刘家老四说，大伯赎回刘家祖产原本就是给刘家的，你不姓刘，你没资格，叫你妈来说。老张生气了，尽管甥舅年龄相当，但作为晚辈老张还是尽量克制自己的愤怒，语气已是相当地坚硬。说，四舅这么说话就不讲理了，我代表我妈来谈，房产只属于我妈，她老人家送给你们都可以，但那是她的事，你有什么资格这样说话。苏莺莺一看，再这么谈非闹掰不可。

苏莺莺说，先喝酒吃菜，吃完再谈。

老四把碗一扔，说，不吃了，随你们怎么谈。说完独自出门走了。

雷金虎说，都是血亲，何必为财产闹僵？大家年纪都大了，冷静一些，别气坏身体。

苏莺莺来时看了评估报告，这栋房子市场评估价360多万元，如果老张量大，老俩兄弟平分，老张得180多万元，四兄弟每人也有40多万元。这都是天上掉馅饼的事，有什么吵呢？老张亮了底牌，说，房子托几个舅舅看管，没功劳有苦劳，我妈说愿意拿出20%给四个弟弟，这是底线。

桌子上三个舅舅不作声了，闷头吃喝。苏莺莺说，房产记录我复印了，你们几位老人家都看看，这是法律依据哩，照你们大姐的提议，你们每兄弟可得18万元。还是没人作声，吃完饭几个老人分头走了。

席间刘律师一句话没说，等四个老人走后，跟老张说，从法律上讲，房产由你妈独自继承，证据清楚，应该没有问题，你妈要赠予他人，有签字文书即可，但房屋征收你妈签了有效。老张说，我妈不希望因为钱把姊妹兄弟关系搞僵，我才顾忌，不然我懒得理他们。刘律师，你去给我几个舅舅再做些沟通好吗？刘律师说，当然没有问题。

雷金虎急着了了这事，说，你也退休了，能不能请你妈先把合同签了，钱先放征收办账上，等你妈想清楚怎么赠予再拨付。因为这项目要启动建设，我们没时间拖。你舅舅那边刘律师再去谈谈。

老张说，我明天回去跟老娘说，尽量按你们的意思办。

雷金虎说，我开车送你吧。

老张说，不必了，都快过年了，大家都有事，我打个的也方便。

雷金虎满心希望这一次搞定，把这房子征了，这年才会过得舒坦。雷金虎已经顾不得那么多了，坚持说，我送你，就这么说定了。雷金虎坚信，这回再无意外。

第十七章

难得有个艳阳天，林力跟着席火根登上城墙，一路走到断墙处。抬眼看，过去密匝匝的房屋全部拆完，并清理干净，城墙内外清爽空旷，似乎还了古人一个清白。

城墙的线形跟着中江弯曲，断墙处呈朝北收缩态势，城墙外是墙根下村的地界。古代芙蓉镇的确很小，大体就是拆出来的这块区间，这区间胡同巷道纵横，古代还是农产品交易区，这么局促的地方何以能容纳如此多的功能，真是让人难以想象。

林力说，新中国成立前县立高小应该也在城墙内。

席火根说，是这样。根据记载，"四一二"反革命政变以后，渔梁发生过几次暴动攻城，这一段城墙在那时就损毁不少，新中国成立后因为县立高小扩建，这一段城墙就被彻底摧毁。

林力说，过去实验小学门口有一个小的体育场地，后来生源多了，这块场地又建了教学楼。

席火根说，目前这所学校没有体育场所与之配套，拆出来的部分建一个市民体育公园，既解决学校体育教学需要，又为城市市民配套一座大型体育公园。这个思路是对的。所以我反对微改。我们吃点苦，老百姓会认可的。

林力说，征收组的同志们了不起，这么短的时间拆出这么一大片，真是苦了他们。

席火根说，现在社会上对拆迁颇有微词，在很多人心里，拆迁要么是政府追求政绩，要么是官员和开发商勾结，他们哪里知道我们做的是民生，干部用心之苦，用情之深。

林力有些气愤，说，某种意义上，没有拆迁就没有美丽中国，这个论断难道还有问题吗？我们这个社会常常被一些所谓有良知的知识分子绑架，曾经有几个县委书记死在了他们的刀笔之下。

席火根说，城市让生活更美好，关键是功能全品质优，大家拥挤在一起，生活能美好吗？国家花巨资棚改，这是最大的民生，可是当下的一些文学作品不是去讴歌那些拆迁干部，而是一味地抹黑他们。以后有机会我会写这一段历史。

林力说，对征收对象而言，何尝不是天大的好事，我不明白，作家为什么总关注少数中的少数呢？这样的作品或许好看，可它却不是社会的真实。

席火根说，发现中国考验作家的心智，不管这些了。现在这个片区还有两栋，安置房那片还有十多栋，循良坊还剩下十多栋，把这些征收完了，旧城改造就全面完成了。

林力说，李幼敏建议，城南旧改规划建设方案争取春节前先给你审。

席火根说，年后吧，没时间了。这两栋我来亲自过问，你照我的意思去调度。

内城墙边的那栋是民国时期的建筑，这户人家姓王，塔前村人，新中国成立前芙蓉镇著名的桂花香商号就是这栋房子，王掌柜过世前叮嘱儿子好好经营这份产业，不承想老子尸骨未寒，儿子直接关了张，到省城读大学去了。这阴错阳差的举动反倒救了他，新中国成立后不仅没被怎么的，而且还以清白之身顺利分配到渔梁中学教书。

说起来，王家算是教师之家了，老两口做了一辈子老师，四个孩子大姐留学美国，老二大学毕业分配在省城工作，老四执掌一家公司，只有老三混得差点，在老四手下干些杂活。王老师去世后，这屋里就住着他的遗孀罗老师。老太太对这屋太有感情，片区围挡以来，她知道是怎么回事，但她从心里抗拒着，因为这里留下了她一生中最难忘的记忆。如今年届八十，她不想去哪。一段时间来她几乎大门不出，征收工作组的同志无数次叫门，罗老师充耳不闻，就是不开，谁也进不了门。

还有一栋是90年代的三层建筑，这个地界过去是工商局的办公场所，工商局搬走后，就地做了职工的福利房，也不知怎么转到杨秋妹手上。杨秋妹过去在政府机关工作，属于公务员系列，提拔副科级后转到事业单位，公务员身份没了。当时组织征求她意见，她并无异议，现在收入差距显露出来，她肠子都悔青了。这次政府征她家房，她觉得是向组织提条件的时候了。纪委书记、组织部长分别找她谈话，她除了提这个条件外，推说房子是她公公的，自己做不了主。

席火根跟彭铭远汇报说，据我掌握的情况，房本是她公公的不假，但这房子的实际占有者是他们夫妻无疑，这两个人都是副科级干部，不仅不带头，还跟组织讨价还价，我已启动强拆程序。这个程序走下来估计要两个月，耽误不了工程。

彭铭远说，你辛苦了。据我所知我县已被列入今年脱贫摘帽的行列，春节后脱贫攻坚的各项任务可能还会加码，力度也会加大。你也是大村长，脱贫攻坚的责任还得扛起来。

席火根说，我能兼顾好。我担心的是抽调的干部散了，烧热的锅会冷。

彭铭远说，这个我来争取。总体上我同意你的部署。

春节悄然而至。这个节日太隆重，隆重到每个人心里装不下别的事情，不管你在哪里，干好干坏，钱多钱少，也不管家有多远，无论出身，无论贫贱，回家牵着每一个中国人的心。几乎无一例外，王家三个儿子除夕必定回家，陪老母亲过年。席火根准备正月初一上门拜会这一家人。其实席火根也不是渔梁人，往年他也是这一天回老家过年，但这个年是儿子新婚后回家过的第一个年，儿媳是渔梁人，也是独生子女，双方商议两方父母跟孩子们一起过除夕。

过去渔梁县城过年鞭炮此起彼伏，去年起禁放烟花鞭炮，县城冷清许多，传统年味少了。席火根心里装着王家的事，除夕这天，交代林力一大堆事情，小伙子似乎有些烦了，应得不爽。林力说，领导，大家辛苦一年，休息几天吧，我现在准备回乡下吃年夜饭。席火根想想，林力说得没错，怕小伙子有心结，改口说，应该跟家里人吃个年夜饭，你去吧。犹豫片刻，又拨通了苏莺莺，说，你问问陈林、刘文海、叶绵绵、吕立忠几个，他们在县里过年吗？如果在，初一上午九时陪同我去给罗老师拜年。

苏莺莺笑着答应，说，听说张军跟他家老四是同学，之前已经做了一些沟通。听她这么说，席火根觉得很好。交代苏莺莺准备一些礼物，通知张军打前站。

大过年家家户户开门纳福，席火根领着吕立忠、张军、苏莺莺、叶绵绵几个人过去，因为张军给老四打过招呼，王家老四站在门口候着，见了席火根热情迎进了屋，席火根说，我来跟你们拜年，祝你们吉祥如意，老太太寿比南山。瞄了一眼屋里，不见老太太。问，老太太呢？

王家老四说，她不愿听到征房的事，上楼了。

席火根仔细看了这屋的摆设，简单、整洁。没看到这屋里有楼梯啊，老太太从哪上楼？席火根想，王家这老房子兴盛时代是怎样的呢？王家老四看席火根四处打量，介绍说，早年这屋是桂花香商号，做糕点的。老四比画着，这儿是柜台，西面是作坊，外面有楼梯上二楼。

大家围着桌子坐下来，说着客套话，趁着王家三兄弟都在，席火根问了一些王家的情况，介绍渔梁城市发展愿景。交谈中，老四说话最多，老大偶尔说一句两句，老三基本无话，席火根知道，这个家中老四最有话语权。

老四说，席县长大年初一来我家拜年，让我们十分感动。县长放心，我们一定支持您的工作，尽快说服我妈。

张军说，具体安置方案我向县长汇报后再跟你沟通。

席火根说，大过年的不谈这个事，我倒是想跟老太太见个面，说几句祝福的话。

老四说，我妈在楼上，算了吧，我会好好开导她。

席火根说，这样也好，我们告辞。

出了王家，张军说，王家要求按商住性质安置，老太太也就是个幌子。吕立忠说，他家的房本写的就是商住性质，历史上也是商住，按商住性质安置没有问题。席火根问，之前不是这样做的工作吗？叶绵绵答道，之前我们进不了门，所以也没说上话，王家老宅不临街，邻居都是以住宅安置，大概王家老四是想强化一下他家商住的性质，所以才叫他娘顶着。

席火根觉得如果这是问题的症结那就好办多了。

张军说，安置的位置可能也是一个问题。

席火根说，你给王家老四说，具体位置叫他先选，我尽量满足他。

远处响起阵阵鞭炮声，想必是去年老了人，正月烧新香。

春节在快节奏工作的驱赶下过得飞快，停在巷子里过年的车辆一下子呼啦啦跑得精光。巷子空寂，只有门上鲜红的春联和高高挂起的红灯笼渲染辞旧迎新的气氛。上班的车流、人流拥堵在中江大桥，像蚂蚁一样爬行，这小小县城也开始堵车了。规划路、德政路年前开通，局部缓解了交通拥堵，如果打通沿江路和城北大道，整个城北大循环就形成了，到那时交通拥堵的情况就会好很多。

席火根不敢开车是因为恐惧，很多人不信。二十多年前，父亲车祸罹难，他作为长子，入殓时为父亲擦拭身体，父亲的手、脚、肋骨，似乎身体的每一寸都被压碎，他心痛极了，伤心极了，也害怕极了。很长一段时间，他都做着同一个噩梦，在梦中复原那惨不忍睹的一幕。这便成了他的心结。车改后，上下班没了公车接送，好在林力有辆破车，住家又离他家近，上下班正好拉上他。

按照张松阳的惯例，上班第一件事就是到中江放生。中江电站建成后，长江的鱼上不来产卵，鱼的种类明显减少，而库区渔民捕捞不止，鱼的数量同样减少，所以放生这件事让松阳书记觉得特别有意义。农业局的同志早早把鱼苗送到指定放生的地点，等着县里的领导们前来放生。

渔梁有上乡下乡的说法，以中江电站为界，库区为上乡，上乡山多地少，自然禀赋差，在传统农业社会，民居建筑多为干打垒，四扇六间或四扇四间，猪圈与厕所牛栏建在一起，猪牛混栏饲养。生活在这一区间的多为客家人，在历次迁徙中辗转至此，他们凭借很少的土地繁衍生息，有的人没有土地，只能靠水吃水，他们或为渔民，或为船工，过着水上漂的日子。下乡为丘陵地带，多为原住民，自然禀赋相对上乡要好许多，可供耕种的土地多，日子比上乡殷实。此时库区空库，为的是迎接即将到来的雨季。过去没有电站调峰，汛期渔梁县城十之八九被淹，下游村镇更是难逃此劫。现在渔梁人似乎忘记了洪水带来的灾难，但是他们又觉得这江中的美食似乎比从前少了，很多赖以生存的渔民不得不放弃祖传的营生洗脚上岸，在脱贫攻坚战中异地搬迁，有的渔民享受了优惠政策进城买房。

放生的场面很大，高山峡谷中，全县正科以上干部近 200 人在江岸排成长长的一列，每个人面前放着一只红塑料桶和一个瓢，红塑料桶中盛着各种鱼苗，瓢是用作放生的工具。

有个司仪昂首一呼，放生哟，大家都跟着吆喝，声音汇聚在山谷间久久回响。各种鱼在大家的吆喝中一瓢瓢放入江中，一尾尾鱼跳跃着游离人们的视野。

席火根很喜欢这项活动，在他看来，每年以放生的方式开场，似乎还赋有别的深意。他用瓢的手法极细致，瓢沉入桶中，让鱼自己游入瓢中，然后一瓢一瓢舀入江中，尽量避免伤着这小生灵。他观察每条鱼的去向，就像洞察城市中每一个工作对象。他相信，在这个世界上，只要是活着的生灵，都会有适合自己的归宿。

第十八章

年后的会一个接着一个，但会是大领导给小领导开的，与副科以下的干部关系不大。席火根告诉指挥部的同志们，领导开会，同志们正好借着拜年的机会做征收的工作。按照年前和李幼敏的约定，上班第一天他就想看到城南四期建设规划，策划方案松阳书记曾开会议过，四个板块，安置房板块已经启动建设，这一次的规划实际上包括市民体育公园板块、步行街改造板块以及循良坊业态板块。

席火根对规划的审读极仔细，或许这与他这些年的创作有关。在他心里，每一座建筑无疑是一个地方的文化符号，而这种文化的包容需要匠心，因此大到建筑的形制、色彩，小到树木和花草的搭配，他都会用心勾选，似乎这图上的元素一如他笔下的文字。

席火根审过之后告诉李幼敏，这个规划方案，品质上乘，可以提交会议了，接续的工作请你抓紧。

李幼敏说，四期房屋征收还没有完成，不会影响开工吧？

席火根说，误不了，开工即是冲锋，倒逼加快征收，你放心往下走程序，力争4月上旬落实施工单位，元旦前确保市民体育公园开园，给城市中的人们一个惊喜。

地名志记载，循良坊长约500米，坊内有口古井，汲水者多，原有坊神，故名循良坊。"文革"时改为向阳巷，今恢复原名。这个记载似乎与县志的记载不太吻合，县志上记载循良坊是古代学子应试的地方，这个地名大概是告诫学子们致良知吧。至于坊神是何方神圣就不得而知了。但循良的意思直白，让人感觉别辜负了这一好地名。

循良坊原有百货公司和烟草公司仓库，及今近乎倒塌。片区不大，除了百货公司单元房，还有七八栋清末民国初年的建筑，多数是20世纪七八十年代改建的房屋。这区间太烂，残垣断壁充斥，鸡鸭棚遍地，污水横流，一条小巷子从中穿过，腐臭的气息扑面而来。

按照区间改造的形象策划，保留该区间原有的老建筑，其他建筑全部拆除，改造后形成与古民居建筑相匹配的业态，同时运用园林建筑手法，衬托其雅致的区间风格。从运营角度考虑，区间所有房屋全部征收是必要的。前一段工作组已将仓库、单元房及大部分现代建筑征收到位，剩下的只有古建和几栋现代建筑。

老房子是祖宗留下的，传了七八代，产权人远不止一两个，财产分割问题纠缠不清，让工作组的同志煞费苦心。李功墉、罗招弟夫妻拥有的大院无论是体量还是品相都是这坊间最好的。屋里住着老两口，李功墉八十多岁，长期卧病在床，他原是中学教师，妻子罗招弟比他小十几岁，但身有残疾，走路歪斜，像是朝你扑来。老两口无亲生子女，有一养子李循良。儿子是好，但儿媳不地道，三天两吵，小孙子可怜兮兮。

这房原是李功墉父亲所有，李功墉有一妹妹，去世后留下两个儿子，他们在乡下生活，平日里与舅舅没什么来往，李功墉担心房屋一旦征收，外甥会不会提出财产继承要求？最要命的是，养子已婚有小孩，但夫妻感情不好，一旦他们离婚，一大部分财产岂不落入他人之手？现实的问题是老两口行动不便，没有一楼过渡房安置，他们也无法生活。躺在床上的李功墉还有一个心思，自己随时都会去另一个世界，过渡安置香案无处安放，死后找不到回家路。

叶绵绵心里纳闷，李功墉是中学老师，怎么会有这么多古怪的想法。她去李老师家的次数多得记不清，每次去都很难交流，李老师多说两句气就上不来，他那残疾妻子没文化，尽说些不着边的话。找李循良，他总是无言，偶尔说一句，我没有能力处理这些事，留着以后再说吧。似乎有难言的苦楚。一个男人活到这份儿上也够难的。

叶绵绵善解人意，但她彻底迷茫了，这么一家人找谁谈啊。叶绵绵想找个人倾诉，可大家都忙着呢，找谁呢？她像是丢了魂，吃不香也睡不着。儿子问她作业，她说，找爸爸问去，妈妈不舒服。民间没出元宵还走着亲戚，叶绵绵怕吵，干脆关在房里不出来。

席火根抽空到指挥部会商，见叶绵绵脸色不好，问，身体不舒服吗？

苏莺莺说，叶绵绵都愁死了。

席火根说，没什么好愁的，毛主席教导我们，从群众中来，到群众中去，群众关心什么，我们就想办法解决什么。席火根高昂着的那股神情，总像一团火照亮所有的人。

叶绵绵突然来了精神，随便编了个理由，说，这几天可能吃坏东西了，不过都快过去了。

席火根关切地问，看医生了吗？

叶绵绵搪塞道，看过了。

工作问题席火根无疑是最好的医生，叶绵绵的脸上立马恢复了红润，像刚立春的天气，阴了又阳，生机勃勃。说，李功墉两夫妻行走都困难，能否就近用城控集团的店面房作为过渡安置？

席火根立即答复她，骆平岩用过的办法，李功墉也可以用，我叫陈林马上安排人手，按一厅一房一厨一卫装修。

叶绵绵说，有这个条件做保障，李功墉这户我争取出了元宵让他搬家。

叶绵绵想着，群众需要什么，我们就解决什么，这或许就是解决李功墉家难题的钥匙，心里盘算着先解决他外甥的问题。李功墉的两个外甥在乡下，见村支书带了个漂亮妹子来，赶紧招呼他们坐。村支书介绍说，他们两家都是建档立卡贫困户，这几年利用扶贫贷款搞陆基养鱼，年收入都在 10 万元以上，早脱贫了。

叶绵绵说，我是芙蓉镇干部，你家有个舅舅叫李功塘对吗？

两个男人刚喝了酒，脸红红的，说，对。

叶绵绵问，你舅舅卧床不起，你们去看过吗？

大哥说，没去看，小时候跟我娘去过，我娘死了，他也没管我们兄弟，很多年没走动了。

叶绵绵说，他家有栋老房子，你们知道吗？

大哥说，房子是他的，关我们屁事。

叶绵绵干脆摊开来说，这房子政府要征收，你们作为旁系亲戚有什么意见吗？

弟弟说，我们能有什么意见？刚才大哥说，关我们屁事。

叶绵绵把这些对话录了音，放给李老师听，李老师说，不关他们的事就好。

这次去李老师家，叶绵绵带了法律顾问团的肖律师一同去。肖律师把律师证掏给李老师看，说，我听说你担心儿子夫妻关系不好，可能离婚争家产，我建议你立个遗嘱，将全部财产赠予你的养子，他人不得继承。这样别人就拿不走你的财产了。

李老师细语，写了有效吗？

肖律师说，我来写，你按手印，遗嘱有效。

叶绵绵说，你的过渡安置房在古井对面街上，一厅一房一厨一卫，很方便的。政府已经在帮你装修，搬过去就可以住。

李循良看了遗嘱放心了，李老师那残疾妻子看了过渡安置房也满意。按照政策，李功塘可安置两套分别为 128 平方米、143 平方米的套房，多余面积折算成货币补偿。征收协议终于签字画押。

叶绵绵想着装修好了就帮他搬家，很快又出了意外，不知道是何方高人指点，乡下两个外甥反悔，向法院起诉了李功塘侵权，法官找到李功塘，把情况说了，李功塘感到被人欺骗了，死活不肯搬家。

元宵节眨眼过去，叶绵绵觉得无法向席县长交差，在电话里说话，急得都要哭了。席火根说，你的工作非常出色，不必着急，等法院判了再说。

肖律师跟李功墉说，你好好养着，这官司我免费帮你打。李功墉很感激。

这种案子法院一般调解，两个外甥胃口不大，其实他们心里清楚，嫁出去的女泼出去的水，如果没人指点，他们也不会诉舅舅。因此调解很顺利，两个外甥共同继承约九分之一的财产，货币支付30万元。这个结果李循良不满意，李功墉的妻子也不满意，嘴里嚷嚷着。

叶绵绵跟李功墉说，看在你死去妹子的分儿上，你就答应了吧。

李功墉说，我都要入土了，要钱做什么？我气这两个畜生从来不上门。

正说着，这哥俩进来扑通跪下，说，舅舅，我们兄弟不懂事，对不起舅舅。

李功墉似乎等着这一刻，但他并不言语，躺在床上，头慢慢转过来，看了一眼两个外甥。李循良知道，养父没赶走他们就是接纳，他把两个表兄扶起来，说是要请他们吃饭，三个人商量着请风水先生挑日子搬家。

李循良告诉叶绵绵，等下个月搬不会影响你们吧？叶绵绵估计到下个月四期旧改工程才能开标，爽快地答应了。

搬家那天，李循良双手捧着李家祭祀的香火盆子，两个外甥抬着李功墉迁到了过渡安置房。对李功墉而言，了了身后事，才是他最欣慰的事，因此心里真的很感激叶绵绵。

循良坊76号也是一栋老建筑，这一栋房屋征收让苏莺莺很是为难。这户人家有个九十多岁的老人躺在床上，儿孙们出于孝道不肯挪窝，说是等老人过世后再谈。这边工程急得要命，那边的实际情况的确不能使蛮。指挥部小邓入职不久，看着躺在床上的老人形如枯槁，手上一重皮，好像跟骨头分离了，眼皮耷下来，把眼睛给遮盖了。小邓说，这老人可能也没几天了。苏莺莺说，这老人生命力特顽强，近十年已经死过两次了。小邓说，还有这事？苏莺莺说，千真万确。

老人是个裁缝，外号叫够得用，小学毕业就不想读书，奶奶说不读书眼瞎，他说够得用。从此这人有了够得用的外号。他投奔堂叔跑去参加解放军，参加过淮海战役，不过没上战场，因为年纪小，分配在部队被服厂做了裁缝。复员后，在渔梁街上开了个裁缝店，带了两三个徒弟，因为做中山装一绝，所以生意很好，也很受人尊重，不是正科以上干部他都轻易不肯出手，一般人都是徒弟们打点。改革开放以后生意淡了，他也不做了，在院子里养花种菜，生活虽然清淡，但他乐得其所。八十岁那年得了一场大病，死了。遗体放在厅堂门板上，儿孙们戴着孝，跪着给他烧纸钱，也许是被烟熏着，他咳了三声，活了。这一活，病也好了，又活了四年。第五年春节刚过，好端端一觉睡过去了，这回是真死了，人都入殓了，吹鼓手吹着哀曲，亲戚们忙着后事，来祭奠的亲朋好友络绎不绝。第二天孙子发现棺材板底下漏尿了，家人赶紧取了棺钉，打开棺材，够得用大咳一声，坐了起来，这一次复活直到现在。但这回看样子是拖不很久了。

苏莺莺向席火根汇报，席火根说，够得用是个传奇人物，他的一个徒弟跟我熟，他的故事我听说过，他现在的情况很特殊，急也没用。先把征收协议签了，剩下的事等等再说。苏莺莺说，这栋老房子位置暴露，品相也不好，年终看现场是个缺陷。席火根淡淡地丢了一句话，就这样吧。

够得用姓刘，跟坛上巷同属一支，是渔梁县城的大姓。苏莺莺上门找够得用的儿子吃不饱。说先把合同签了吧。之前苏莺莺多次上门，跟这一家人反复沟通，早已达成共识。吃不饱有两个儿子，都已成家生子，一家人挤在一栋屋里头，生活的确不便，妯娌之间口角不断。老房子征收后，每个儿子可安置一套大户型住宅，吃不饱两夫妻可安置一套小户型，还有一笔不小的货币补偿。没想到这回吃不饱反悔，说要有土安置。苏莺莺说，你两个儿子不是都反对有土安置吗？吃不饱说，小孩子不懂事，我是家长，我说了算。苏莺莺看着吃不饱很是无奈。

这个吃不饱还真是吃不饱。据说这人从小能吃，吃多少都喊没吃饱，那年月正值三年自然灾害，其实也没什么吃，但吃不饱这个外号算是坐实了。这两父子，一个够得用，一个吃不饱，苏莺莺觉得这父子俩名如其人。苏莺莺笑着对吃不饱说，有土安置好啊，不过我觉得，还是等你儿子回来再商量一下，毕竟他们的日子长。吃不饱说，也好，你坐，先喝杯茶。说着去泡茶，苏莺莺说，我不渴，我们去看看老爷爷好吗？

够得用住在后面的厢房，按照渔梁的风俗，父母住左边前面的厢房，等长子结婚，立了门户，父母就得退位，把房间让给长子。后面的厢房阴暗，潮湿，一股很大的味呛人。吃不饱开了灯，床上的老人并无反应，苏莺莺近前去，叫了声爷爷，老人眼睛眯着，并不答应。早春三月，春寒料峭，老人盖着冬被，只露出个头。苏莺莺看着这张苍白干枯的脸，心里竟一阵痛，这就是名满渔梁的刘裁缝吗？

苏莺莺年轻，没见过刘裁缝，自从接了他家房屋征收任务，坊间关于刘裁缝风流倜傥的往昔充斥于耳。刘裁缝有两手绝活，除了帮干部做中山装，还有就是帮女人做胸罩。他给女人做胸罩，不用尺量乳围，全凭手感，隔着衣服用手轻轻触摸，做出来的胸罩大小不差。苏莺莺想，眼前这个灯枯油尽的老人是否还记得当年那些事？

苏莺莺问吃不饱，老人天天躺着吗？吃不饱说，天天躺着，也不说话，也不吃饭，只吸牛奶。苏莺莺说，人老了，真可怜。吃不饱说，我不要这么长寿。苏莺莺说，大伯身体很棒。吃不饱说，我爸六十多岁时，比我壮实。苏莺莺说，这房子太潮，一家人住在一起，确实不方便。这一次是个机会，大伯你要珍惜。吃不饱说，我同意征收，但套房没天没地，一家人就散了。我不甘心嘞。

两个人说着话，苏莺莺看见床上的老人眼睛睁了一下，头向外侧动了动，嘴角也抿了抿，像是要说话。吃不饱近前去，大声问，老爸是想说什么吗？老人睁开眼，看着苏莺莺，许久才挤出一句话，别听他的。说完头一歪，闭了眼。

吃不饱抱着老爸的头，喊了几声，再无反应，用手摸摸，没了气息。低下头亲亲老爸的额头，把老爸轻轻放平，站起身，对苏莺莺说，老爸这回真去了。

苏莺莺心里一酸，眼泪流了出来。

第十九章

春天的意象或许从惊蛰开始，一声春雷，惊了土地，雨是精灵，温润万物。蛙突然醒来，叫出春的声音，一不留神，旷野已是桃红柳绿。

施工队伍开进城南，唤醒古老的土地。四期旧改施工全面拉开，苏莺莺告诉席火根，开工那天步行街鞭炮齐鸣，店主们欢迎施工单位进场，横幅都打出来了，都是对政府的赞美之词。十多年了，这条街冷冷清清，店面当作车库或仓库，让所有业主灰心丧气，他们期待着城市的这个死角焕发生机，有朝一日投资能有回报。

城墙片区土地按设计标高平整后，杨秋妹那栋楼地势高，房子孤悬在一个土堆上，进门需要用梯。其实杨秋妹房子里的物品早已搬空，窗帘都卸了，朝窗看去，屋里头空空如也。但她就是不签，这是什么意思？雷金虎连着几天上门找她，她住在新买的一个小区，儿子大学毕业在上海工作，家里就他们夫妻两个。杨秋妹说，房子不是我的，我做不了主，你找我公公。她总是这句话。她公公退休前做过乡镇副职，退休时享受正科待遇，前两年中风脑瘫，口水直流，话说不清楚了，找他管什么用？过去她丈夫说，我做主我来签，被老婆扇了一记耳光。这两口子明显妻管严。最要命的是，丈夫挨了一耳光，再不敢吱声，死心塌地跟着妻子闹，不敢乱说一句话。他是职业律师，要跟政府对着来，总能从专业的角度找出碴来。

雷金虎毫无办法。苏莺莺告诉雷金虎，席火根到了指挥部。雷金虎赶紧过去向县长汇报，席火根说，前面的工作不必汇报。我告诉你一个新情况，杨秋妹的丈夫喜欢下围棋，他的棋友是我过去的部下，这人告诉我，他心里巴不得拆，只是怕老婆，跟着老婆折腾。而杨秋妹未必不想拆，她就是在等组织一句话，帮她恢复公务员身份。

雷金虎说，这个事，你也做不了主吧？

苏莺莺说，公务员恢复不了，她可以搞事业职级，工资待遇差不多。现在她丈夫也多了一个问题，说是哪年一个什么事被公安拘留，后来调查清楚了，没他什么事，但单位少发了他几个月工资。

席火根说，铭远书记跟她谈过，只要符合职级晋升条件一定帮她解决，前提是支持拆迁。她丈夫的工资可以补发，这个事我来协调，可以答应她。

苏莺莺说，或许她们已经做好了拆迁的准备，屋里的东西全搬走了。

雷金虎说，我知道。但她丈夫早已放言，合同没签谁动了他的房子将诉讼到底。

席火根笑了。说，到底好啊，只要不走极端，不寻死觅活，我可以奉陪啊。

刘律师跟着也笑，说，我来代理，县长照顾一下我的生意。

席火根拍了他一下，打趣说，没问题，谁叫我们是一伙的呢？不过前期程序给我走实了。

刘律师说，县长放心。

席火根交代，雷金虎上最后一次门，把这些情况跟杨秋妹说，强调一下不签照拆。苏莺莺跟陈林对接，这栋房不能由施工单位拆，要由芙蓉镇请专业队伍拆。席火根之所以做这样的安排，实际上就是防止杨秋妹事后做文章。

苏莺莺说，我明白，马上办，争取明天拆。

席火根说，就是明天拆。我到现场去，雷金虎、苏莺莺跟着我，叫电视台记者全程拍摄。

杨秋妹的房是三层砖混，专业拆房队操作十分娴熟，一个人在下面指挥，挖掘机先是把二楼横墙掏空，然后转到山墙打若干个洞，接下来把二楼楼板打穿，转到另一面一推，房屋轰然倒塌。浓烟滚滚，喷雾车喷出的雨雾好一会才把粉尘压了下来。整个过程不到十分钟，市民体育公园围挡施工，里面没有闲杂人等，房子拆下来风平浪静。

雷金虎长吁一口气，他想，自己是不是太温柔了？

杨秋妹房倒了，席火根去了办公室，他猜想，杨秋妹应该是不会沉默的。也许她会催问她丈夫的工资何时补发，也许她还会催问组织何时给她解决问题。但有一点席火根心里有数，征收决定通知书下发后，她并未在规定时间提出异议，这说明她放弃了诉讼。从这个意义上说，杨秋妹算不得钉子户。那么，她是在考验我的胆识和勇气？出于对拆迁户负责的态度，席火根向彭铭远书记报告了杨秋妹房子被拆的情况。彭铭远说，她的诉求我会跟组织部门沟通。几天过去，杨秋妹并未找过席火根，这让席火根感到奇怪。

席火根想，拆迁果真是一门很深的学问。

城控邓总过来向席火根汇报安置房项目建设，说，旧城改造安置房二期即将开工，百货大楼还未拆迁，项目可能停工。

席火根说，项目不能停，你先做准备，拆迁的事我想办法。

市民体育公园项目包括了仁德路改造，席火根交代李幼敏说，仁德路拓宽抓紧实施，马上组织围挡。

李幼敏说，仁德路围挡后，百货大楼就无法经营了。

席火根说，那也是没办法的事，你们做做工作吧。

李幼敏知道这是工程倒逼的做法，说，我懂，你放心，我来落实。

刘文英店面不能经营，急得像个无头苍蝇。本来早签早改早得利，她倒好，像是鬼拖着后腿，进不是，退也不是，带着一帮股东到处学习，像是机会等着她。

跟刘文英的谈判早在游庆辉手上就开始了，但那个时候刘文英不想谈。席火根接手城南旧改，一上手就围挡，刘文英的生意不好做了，不得不坐下来谈。开始谈的是刘文英，谈得很轻松，似乎希望就在前头，后来她姐刘文丽出来了，两姐妹想法不一样，希望又好像泡汤了。再后来一个年轻男子和一个年轻女子又出来了，产权人一多，想法更多，谈的难度越来越大，叶绵绵和何方清感到谈得越来越没希望了。

刘文英的百货大楼，曾经是百货公司的招牌店，在那个时代相当于渔梁的万达广场，它的衰落是市场化的结果。改制时人和楼同时市场化，楼的市场化用于补偿人的市场化。当时挂网价是 200 万元，这个数字足以惊晕渔梁人。但一对山里走出来的姐妹居然把楼给拍下了。很多人打听，这姐妹俩何许人也？

刘文英在渔梁名不见经传，但绝对是个美人。她身材高挑，面若桃花，长着一双漂亮的丹凤眼，一口白得耀眼的牙，她的嘴像樱桃一样，唇峰夸张而生动，成熟的时候让很多男人过目不忘。

漂亮的女人要么是一幅画，供很多男人远远地欣赏，要么就是一个很有故事的人，跟她一起讲故事的男人肯定也不会少。

刘文英家贫，姐姐刘文丽没读多少书，成年后在镇上开了一家餐馆，妹妹刘文英初中毕业就过来打下手，后来姐姐嫁人了，她便接着开这家餐馆。镇里来了一名新书记，第一次去这家餐馆，见了刘文英就没忘过，这餐馆自然就火了。她那做泥水的姐夫也跟着沾光，镇里大大小小的工程都给他承包了。

那时吴安泰在镇上做副镇长，带着一帮人早出晚归搞计划生育，这餐馆也成了他家的厨房，随时来吃喝。吴安泰喜欢挑逗刘文英，但却不敢动手，过过嘴巴瘾。

几年后书记到县里当局长，刘文英跟着到了县里，但局长没什么实权帮不上她了。她还是做老本行，生意比镇上差远了。这期间她结了婚，养了一个儿子。有一天一个五十大几的男人找她，说他有一家店，想跟她一起开。这男人是县城人，根基深，店里原是他儿媳打理，这会儿待产去了，正好缺个掌柜的。刘文英去了，生意做得很旺，那男人还在村里为刘文英买了两亩地让她建房子。刘文英忙着呢，心大着呢，地先留着没建。在男人的店里经营了一年多，男人的儿媳回来了，看出端倪，天天找碴跟刘文英吵，吵急了就骂，话脏得恶心。山里的丈夫虽然远在天边，但话却跟风吹了来，丈夫不干了，跟她离了婚。

这时候百货大楼拍卖，她跟姐姐商量，到处凑凑便拍下了。刘文英的确是经营的好手，她到外面学习，回来装修好一楼，挂起了一块闪亮的招牌"英姿百味"，做起了早餐。这地面离小学近，送孩子的大人和小孩都在这儿吃早餐，生意火得不得了，厨上厨下工人就有十多个。

再后来一个比她小十好几岁的小男人走进了她的生活，小伙子嘴甜，姐叫个没停，寂寞的时候她便叫小伙子来陪。很多年了，他们像是一家子，她那儿子比小伙子也小不了多少。小伙子有个妹妹先是在店里做，后来"英姿百味"开了几家连锁，这个女人便顶了一家。不知为什么，刘文英还把百货大楼属于她的120万元股份分成了4份，小男人姐妹俩各10万元，儿子30万元。

刘文英那小男人一直没结婚，跟他的时候才二十出头，如今都三十大几了，可能是觉悟了，烦了，刘文英感到力不从心，吃不烂他了。

这一次政府征收，按照她本人的想法，何尝不是一个千载难逢的机会？就地等面积安置，给她的三层等于是一个小综合体，这小区本来就大，而且地方又好，她的百货大楼除了一楼经营，二、三楼出租给人家做仓库，一年赚不了多少钱。如果能在郊区的那两亩地上额外批建两栋房就最好了。刘文英就这么想。可姐姐不同意,她想货币化拿钱走人,最可恨的还是那个小男人兄妹,明明股份是她给的,这会儿横竖也要货币化,明摆着要离开她了。

刘文英憔悴了不少。岁月不饶人,男人五十一朵花,女人五十豆腐渣。怪谁呢?她只能咽下自己种下的恶果。

席火根之所以叫吴安泰陪着跟刘文英谈,一方面吴安泰跟她熟,善于跟女人打交道,另一方面吴安泰管土地,说话权威,由他当面讲刘文英能信。

席火根想这次谈只跟法定代表人谈,他告诉苏莺莺,约刘文英上午在征收办谈,吴安泰、严福生、吕立忠参加。另外约刘律师到场。苏莺莺看这架势,席火根是想一举拿下。她也想去学习学习,把人约齐,一起去了征收办。

席火根早到了,烟灰缸已经有两个烟头。大家坐下,席火根先开口,说,你的想法我知道,你很聪明。你是一个很有主见很能干事的女人,怎么在这个问题上摇摆不定。你签了,二期马上开工,十六个月一准交付你使用。

刘文英说,我是支持政府的,可其他股东我没法控制,天天吵,都快烦死了。

席火根说,吵就吵一次大的,吵完了就轻松了。

刘文英说,怎么吵一次大的?

席火根说,你是法定代表人,你签字算数。

刘文英说,他们不会饶了我。

席火根说,所以大吵不可避免。

刘律师说,他们想要钱不会要你的命,打官司嘛,我来帮你,免费。

刘文英脸上有光了,过去那张漂亮的脸蛋似乎还能找回些模样。她说话利索多了。

刘文英说,如果这样,我还有两个要求。一是政府把对面房管局棚改的一层店面给我过渡安置，二是多年前我在石灰桥附近买了几栋屋基土，政府帮我批建。这两个条件满足了，我现在就签，死就死一次。

严福生说，房管局棚改安置房店面可以给你过渡安置，但不是全部，那里共有 10 个店面，可以连通，也可以分割，每个店面近 60 平方米。其中有 4 个店面要安置过去的店主，这有合同，不能违约。其他 6 个全给你过渡安置，不足的面积按规定给你停产停业补偿。

刘文英说，我理解，可以。

吴安泰跟她熟，说话随便，先逗了她几句，然后说，批肯定不行，你那地是集体的，批不了。我给你想了一个办法，先把你那地报批国有，然后挂牌出让，你去揭牌，这样既合法，又可以抵押，对你好。

刘文英说，那成本太高了。

吴安泰说，渔梁地方小，谁都知道地是你的，没人跟你竞争，成本大不了。我们老相识了，信我没错。

刘文英说，你不能骗我嘞。

吴安泰说，我怎么可能骗你？席县长也在，我们说到做到。

刘文英说，吕主任把账算算，填好合同，我再核实一下，签了。

刘文英像是豁出去了，这事搁着也会折磨死人。

第二十章

席火根办公室墙上挂着一幅城市总规图，这不是一幅画，没有抽象的蕴涵，它的每一条线都是具体的，活的，有温度。林力按照席火根的意思，分别用红、黄两种颜色，把同志们在城市的作为在图上做了标注，红色是新修的道路，黄色是改造或新建的片区。席火根像是个农夫，凝望自己辛苦种下的庄稼，一点一点地成熟，最后变成一片一片的金黄。这会儿他盯着规划路南片区发呆。南延是2014年城市规划书上确定的，不可南延是席火根的个人意见，要不要南延在决策层面意见不统一。

南延的区间渔梁人称作十八口塘，处于县城中间地带，与墙根下隔着北门河，是连接城南和城北的重要节点。宋代筑城在城外取土，留下了大小十八口塘，当它还是荒野时，塘草萋萋，波澜不惊，静静地向人们诉说渔梁千年造城的梦想。清代有位官员很善于营造风水，在县城东南东华山营建文明塔，与明朝兴建在县城西北的崇文塔遥相呼应，让古老的渔梁城环抱在两塔之间，温暖在母亲河中江的臂弯。贯通十八口塘的北门河是县城的风水河，这条河流走了古老县城的千年岁月，最后把共同的精神皈依流进了人们的心里。

千年以来，数姓人口落户在十八口塘区间，到了20世纪80年代，城市居民和村民在这个区间大量建房，十八口塘多被占去，只剩下一口塘藏污纳垢。分置在东西两面的庙前、水东两个村小组，村民和居民混居，房屋蜂拥，村容破败，巷不足以并行，路不可以通车。

张松阳听了席火根的汇报，跟铁军县长的反应一样，既然总规定了南延，按图作业有什么不好吗？张松阳没有马上拍板，他十分慎重，尽管脱贫摘帽国检在即，还是利用晚上的时间召开专门会议研究。

石言按照城市规划汇报说，规划路南延至茶亭路是2014年的城市规划，全长1.2公里，经过的路段在十八口塘水域，水东和庙前两个村小组分置于东西，拆迁量小，打通较为容易。目前茶亭路仍为断头路，连接规划路有困难。茶亭路房屋密集，拆迁任务重，上两届政府都写入了工作报告，但都未能实现。

依照会议惯例，接下来是城管、自然资源、交警大队、芙蓉镇等领导发言，大部分同志不假思索，说同意按规划执行，只有交警大队罗大队长提出了不同意见。罗大说，规划路到茶亭路接口距离渔梁大道不足百米，不利于组织交通，同时两个村庄人口密集，沿途更不利于出行。目前紧要的是打通茶亭路，实现芙蓉大道、渔梁大道与中江大道的连接。渔梁东西向的道路太少，对组织交通极为不利，建议先打通茶亭路。

石言说，2014年规划评审时，我提出了与罗大相同的意见，当时各位领导可能没在意。

张松阳说，交警的意见值得重视，火根同志，请你说说具体的意见。

席火根显然是深思熟虑，他向来是要么不说，要说必是语惊四座，加之他有着非常磁性的男中音，所以他的发言格外被人关注。席火根说，十八口塘这个区间是连接城市南北的重要节点，是城市肌理的重要器官，要悉心琢磨，很好地打造。之前党代会提出，城市更新要一个片区接着一个片区改，城南旧改目前已成定局，现在到了改这个区间的时候。我非常赞成石言和罗大的意见，规划路不必南延，茶亭路迫在眉睫。

席火根眼瞧着张松阳,试探性地问道,书记,我要不要继续说说对这个区间改造的设想?

张松阳说,既然你有考虑,说给大家听听。

席火根说,十八口塘片区庙前和水东两个村小组,村民和居民混居,人口密度大,道路狭窄,连消防通道都没有,存在较大的安全隐患。我在这个区间调研,有人告诉我,嫁女娶媳妇别说车进不来,迎亲和送亲的队伍只能鱼贯进出,老百姓期盼着政府改造。怎么改?我的考虑是,迁房拆违,扩路兴业,雨污分流,治乱宜居。具体讲,把十八口塘整理出一条河道连通北门河,在城中形成一个美丽的半岛,造景色而怡民,营业态而富民,重整村庄肌理,实现片区道路畅通,人们出行方便快捷。

王铁军问,需要拆迁多少房屋?

李幼敏说,之前席县长叫我做了详细调查,打通茶亭路大约需拆迁60栋正房,120间杂房,修建十八口塘公园,实现与北门河连通,同时布置业态,配置停车泊位,整理村庄肌理大约需拆迁38栋正房,160间附房。

王铁军说,拆迁量这么大,拆迁费用很高啊。

彭铭远说,我跟火根同志到这个片区一条巷子一条巷子走过,深深感到改造这个片区的紧迫性。火根同志提出的这个设想,今天我是第二次听到,当时在现场听他描述,我心里很激动。今天再听,我仿佛看到了一个美丽的远方,我赞同火根同志的意见。

彭铭远说到远方,让席火根甚为感动。他这个搭档,年龄比他小,职务比他高,却与他心有灵犀。

远方是心灵发出的一束光,它不是闪电瞬间消失,它是冥冥中高悬的一幅画,它是睡梦里吟唱的一首诗,它是寂寥中的一声雷,它是俗的世界里攀崖行进的一把梯。席火根常常感知远方的驱使,一如心灵的召唤,一个激灵身体就出发了。

张松阳问王铁军还有没其他意见，王铁军说，民生大事，努力为之，资金的事政府想办法。张松阳也很感慨，总结说，城市更新与解决民生问题结合起来，这是我们必须坚守的原则，火根同志是文化人，有深厚的文化情结和民生情怀，同时具备较高的专业水准，我赞同火根同志的意见。会后请住建局认真组织规划，好事办好，争取办成城中村改造的经典示范案例。

交流中有一种默契，碰撞中很容易达成共识，这样的会开得很舒服，席火根似乎感到城市建设这个团队在集体成长。

走进 4 月，雨若精灵滋润大地。花开枝头，真正的生机勃勃气象万千的春天到了。

十八口塘是个大摊子，把摊子铺开，席火根感到捉襟见肘，人都扶贫去了，哪里找人干活？但他想，无论如何这个项目年内必须拿下来。有一点他没跟人说，这个项目拿下来，不仅从根上解决了北门河活水问题，而且附带着把墙根下剩下的问题解决掉，给这个片区整治画上圆满的句号。

席火根领着陈林和吕立忠沿着北门河步道在风雨中行走。陈林多少有些埋怨，说，下个月国检，镇里人手真的顾不过来了，县长你这摊子铺得太大，同志们都到极限了。

席火根笑笑，说，我知道，这不跟你商量吗？

陈林说，城南旧改施工单位已经进场施工，虽然还有少数几栋房屋未征下，但总体上不会影响工程进度，是否可以把这个项目的征收工作交给城南指挥部统筹？

席火根说，交哪里都是交你我。我来统筹，城南指挥部办公室具体协调落实，把年前墙根下的那些力量加进来，不会影响你国检吧？

陈林说，村里的力量必须撤出去，他们也要迎国检嘞，城中居委会杨雪雪的力量补充进来，这样行不？

席火根看着陈林，心想这小子成熟多了。说，很好。立忠，我们谈谈征收的问题。这里是农村，土地性质是集体的，当然也有国有的，这个问题你有什么考虑？

吕立忠说，要不去征收办谈？这雨好像越下越大了。

席火根说，雨中谈高效，让春风吹吹，思维更活络。

吕立忠说，集体性质的房屋征收，过去我们也做过，但数量少，这回量大，要不要跟国有土地有所区别？

席火根反问道，你说呢？

吕立忠过去也没干过征收，这个人年龄不小，勤奋务实，似乎一直都很理性。席火根到政府后，提议组建房屋征收办公室，李幼敏和严福生把他推荐给席火根。还不到两年，他已经很专业，席火根知道，这个高中毕业生的确用心了。

吕立忠回道，某种意义上，征收出来的地都是熟地，而且大部分都用来做公益，房都拆了，地都是一样用。对政府而言，不存在报批费用，纵使报批成本也低，所以我主张按国有标准执行，不刻意强调土地性质。但院落土地还是作个区别，这个问题过去我们研究过，政府有文件可执行。

陈林说，这样做有利于征收，对城中村农民而言，也是一种补偿。

席火根说，你们能这么考虑问题，我很欣慰。我们这个队伍越来越成熟了。我记得2016年第一个征收方案讨论了8次，那时大家都没做过，经过这两年的实践，话就好说了。

到了茶亭路接口，席火根停下来。从这往西，中江花园和墙根下安置房已经把路留出来了，从这往东，是黑压压一大坨子房子，高高低低，密密实实，站在北门河拱桥上，可以看到渔梁大道的路口。

席火根说，我告诉你们未来的设计，十八口塘和北门河上分别有一座公路桥，这就是未来的茶亭路。

陈林说，这样设计临街安置就没空间了，可能拆迁的难度会更大。

席火根说，茶亭路几届政府都打不通，问题是房子征不下来，而征不下来的原因就是这条街满足不了所有征收对象临街安置，是这样的吗？

陈林说，我问过李劲涛和王庆生，是你说的这种情况。

吕立忠说，我们的基本原则是商业用地或临街的建筑临街安置，这个规矩不能破。

席火根说，农民的想法我能理解。地没了有个店开着也是一个指望。但从城市风貌和城市运营的结果看，这是不行的。现在好了，这条路跨过半岛，没街了，大家都别指望了。

陈林说，这样也好，僧多粥少，工作更难。

吕立忠说，我马上组织起草征收安置办法，争取尽快启动这个项目。

席火根说，未来这个片区，庙前以堤为基础改造成双向通行车道，水东靠塘一线拆除部分房屋，拉开一条双向通行车道，村庄内部征一部分附房拓宽巷道与车道连通，同时在十八口塘区间尽量安排一些车位，造景观布业态，带动这个区间把一些传统业态做起来，凸显片区传统特色，让这个半岛活起来，亮起来，走出去。

席火根沉浸在他美好的策划中，他的情绪深深感染了陈林和吕立忠，他们议论着，谁说城中村是城市的毒瘤，我们的城中村，也可以是打着历史标识的商业街区和市民的休闲公园。之前席火根跟铭远书记描述这幅图景，铭远书记也为这美丽的城中村图景喝彩。

雨中的几个人沿着步道行走，伞上落满柳絮。

从春天出发，期待那个收获的季节。

脱贫摘帽逼近，张松阳陈兵乡村，城里空虚。席火根动作不敢做得太大，上九楼探探彭铭远的态度，席火根说，国检临近，工作力量一边倒，城里头不好安排了。

彭铭远说，工作还是要做的，只是摊子别铺太大。

席火根说，晚上是否开个会，有些工作做些明确。

彭铭远跟席火根共事了一段，对他的性格总体还是了解的，说，你有什么考虑？

席火根说，城南还有几个难点，总体上不影响工程，让工作组再磨磨。我跟陈林商量过，从城南分出 10 个人，与先前在墙根下的工作组合并起来，由城南指挥部统一协调，启动十八口塘项目。

彭铭远说，你这工作节奏太快，我都快跟不上了。还有两个月国检，我要全力以赴，建口这些事只能靠你操心。今晚把会开完，正式启动这个项目的房屋征收工作。

席火根说，项目一旦启动，各局按职能履职，工作往前赶，贫困县摘帽以后，再增派 20 个人加入，争取把之前安排的工作全面收官。明年集中力量解决中江大道北延和城北大道绕城段，以连接鲜花大道高铁段。大概明年 11 月高铁就通了吧。

彭铭远笑说，怪不得同志们说，跟着你干会累死。

席火根笑笑，说，我年事已高不说累，他们毛头小伙谁敢说累。

晚上的会定在七点。建口负责人及指挥部工作组负责人参加，这样的会，按照惯例，芙蓉、新城两镇书记也要参加。秘书小罗把会议室准备好了。席火根走进会议室，看到桌上都摆了牌牌。这一点跟他不同，他开会从不摆牌，按到会先后落座。他注意到，他的牌子跟铭远书记摆在上位，叫小罗赶紧拿下来放左首位。

小罗说，铭远书记有交代。

席火根说，听我的，赶紧。

彭铭远进来，说，我们一起。

席火根说，你主持你主持。

彭铭远开门见山，说，大家知道，6 月我县将迎接国家对贫困县全面检查，这是一项重大的政治任务，按照省委的统一部署渔梁县必须摘帽，所以我们都要把这项任务视为头等大事，落实好。晚上请大家来，目的是统一同志们的思想，统筹好脱贫攻坚与城市棚改的各项工作，这些都是重大民生工程。农民的贫困问题要解决好，市民的困难也不能忽视。我们开短会，议程只有一项，请席县长安排建口近期的工作。

席火根一如他一贯的风格，有事说事。席火根说，大家都很忙，但忙要忙到点子上，忙出最好的效率和效果来。脱贫攻坚大家都有任务，我也有，我们大家首先必须做好，在这个前提下来统筹建口的工作。城南旧改已经开工，十八口塘的摊子又铺开了，同志们都很辛苦，但是不努力不行啊，明年高铁就通了，摘帽后我们要集中精力打通中江大道和城北大道，以连接高铁鲜花大道，明年的任务更重。那么今年的工作我想做一个了结，菜市场片区改造已经完成地下两层，地上一层，这个工程请方建设同志好好抓，确保质量和安全。四期项目顺利开工，但还有几个难啃的骨头，城墙边王家那栋，我和吴安泰负责征收到位。现在十八口塘又启动了。这个片区的任务重，要统一思想，巧妙安排有限的力量，这几天我分别跟一些同志商量，达成了共识。城南拿出 10 个人与墙根下工作组合并，之前塔前村的干部撤出来迎接国检，城中社区杨雪雪这个团队补上，由雷金虎、李劲涛负总责，该走的程序请福生和立忠同志走完，工作组可以开展预征收。幼敏同志要督促项目规划尽快出炉，并走完立项等程序，做好工程挂网准备。方建设同志尽快组织设计单位拿出中江引水入河工程方案，确保一湖清水绕半岛。

席火根最后加重语气说，刚才说的这些事今年必须了断，明年是摘帽的第一年，咱们无牵无挂轻装上阵。

彭铭远说，任务都清楚了，大家还有什么意见？

新城镇郭守义说，新城大道北延工程基本结束，南延涉及李家屋，要不要重新启动？

席火根说，你把新城大道两边土地征下就给你记功。至于李家屋的事，我还没想清楚。另外根据铁军县长的要求，现在政府手上有地，要尽量安排出让，为棚户区改造提供资金支持，同时也为财政减轻压力。这项工作请吴安泰务必抓紧办好。

会议开了不到一小时。

林力说，领导还有安排吗？

席火根说，你告诉苏莺莺，我请征收组几个组长到城南喝咖啡，记住这次只喝咖啡。

美食园灯光闪烁，因为环保的需要，过去中江岸边的餐馆基本进驻美食园，园子里吃饭的散步的人都有，所有的人无论是什么表情，都是一副悠然自得的样子。

咖啡厅有了名字和招牌，木制的卡通，上面的"喜得"二字走形之后更有喜气。上次来到现在才几个月的时间，业态运营像是有了起色，一楼几个厅都有人，先前冷冷清清，现在客来客往，看来习惯是可以改变的。

苏莺莺还是安排在二楼，好像还是过去那间，距离城墙很近，这会儿竹叶青青，带着春天的水汽在春风中摇曳，古老的城墙在悠悠的光带里若明若暗，幽幽诉说千年过往。

席火根说，你们知道吗？城墙是古代城市的标志，它的作用是防御。知道这城墙为什么是国宝吗？是因为这种遗存少了，其他地方都被破坏了，所以渔梁才有机会。这就是物以稀为贵。

林力说，一个城市的特点就是城市的生命。

席火根说，拆是为了建，留白也是建。建出特色才不负今天的拆。

咖啡上来了，还是美洲的那种，是席火根特喜欢的那种。有几个人抿了一口，很夸张地用手摇摇，说，很苦。席火根说，正因为苦，才叫你们品。慢慢品，会有味道的。

雷金虎说，我好像服不得这味道。

苏莺莺说，咖啡是一种高雅消费，很奢侈的。

席火根说，非也，喝茶、喝水都可以是高雅消费，关键是怎么喝。

张军当过兵，流过汗没流过血，但骨子里已经长出军人气质。他说，与时俱进，我多喝几次也许会习惯。

何方清说，我好像可以，只是喝了睡不着，兴奋。

杨雪雪说，我很少喝，连茶也少喝，就喝白开水。

苏莺莺说，我也不习惯，不知其妙。

林力说，听听领导怎么说。好像林力是不排斥的。

席火根说，先不说咖啡，说说城墙怎么样？

张军是个炮筒子，做事不错，但读书翻三页准能睡着。他说，城墙有什么讲究？

席火根说，古代造城，城墙是地标，因此地方官热衷筑城墙，就连皇帝也十分关注城墙，偶尔也发公文督促地方修筑城墙。用现在的话说，城墙是古代的重点项目，所以城墙上垛口、谯楼都很讲究，有些细节别出心裁。

苏莺莺说，古代施政是维护江山，所以有一定的封闭性，今天施政是维护人民，因此有着广泛的开放性。

席火根听着年轻人的话，不免有些心动。赞道，我说了这咖啡有味道嘛，苏莺莺品出味了。习近平总书记说，江山就是人民，人民就是江山，守江山就是守民心。

大家都开始抿。席火根说，今天我们拆房，就是为城市减负，承载力不够，怎么行呢？所以我们做的是积善之举，受点委屈受点累算不得什么。

李劲涛上次没来，看到这情景，想到近两年来跟席火根干的这些活，拿起杯猛喝一口，说，咖啡苦，虽苦犹甜。因为席县长理解我们。

席火根说，我理解不算什么，要你自己理解才好。咖啡是苦，但别有一番滋味。就像拆迁，吵吵闹闹把事干完了，没人恨你啊，知道为什么吗？因为他们内心期待着好日子，日子好了，人家恨你干吗？

苏莺莺说，说说造城吧。

席火根说，过去是造城，今天是种城。种城是要用心的。古代造城与今天种城，表面上看没有什么不同，只不过古代城池是政治中心的分量更重，今天种城种的是政治、经济和民生，这是多么大的事。你们相信吧？它会发芽会生长。

林力说，今天的咖啡风味独特。

雷金虎说，我做过三个乡镇的常务，从来没有独立思考过，今天听君一席话，胜读十年书。

杨雪雪是年轻人中的大姐，她依然保持街坊大姐的形象，朴实中见真情，真情中是满满的爱心。说，我不像你们，虽然我是党委书记，但我不是体制内的。我只知道，帮居民做点实事，做多做少都是一份真心。

席火根说，大家都一样。我只想告诉大家，国家用这么大的气力做棚改，这是中国历史上最伟大的拆迁行动，我们今天所做的工作就是书写这一段国史，希望大家用心做。我请大家喝咖啡就一个目的，为大家减压，紧张时喝点咖啡，别憋出毛病来，好吗？

这个夜晚特别温馨。席火根工作时不讲情面，批评人够狠，可他柔的一面真的让人温暖。

连着下了几天雨，庙前水流不走，屋外的埂能挡急雨，渗水进了屋，满厅都是水。吊皮急得死，上二楼打市长热线，在电脑上发信息给省长信箱，疯了似的。

住建局来了人，说，到隔壁家院子里埋根管出去。隔壁家女人听了大骂，这种事也想得出？我给你挖，我隔壁家能让你在房底下挖？你们都是王八蛋。

住建局不是公安局，只能听，不能打。再到处看看，还是没办法，说，天师也救不了你。叫人送来一台水泵，说，实在不行就抽。吊皮的儿媳在家坐月子，原本住一楼，急着搬三楼，烦死她了。年轻媳妇说，这辈子再不回。吊皮听了，下楼去，跑到街上，像个疯子大骂政府，大骂干部。有七八个人过来凑热闹，前几天嫁女的那家，姓肖，也跟着骂，进个车都困难，一点嫁妆搬了七八趟，出门的时辰都耽搁了，什么鬼地方。大家跟着都骂。

王庆生开车过来，大声说，在大街上大喊大叫像什么话，谁叫你们乱建房，把路都堵了，车怎么进？房子这么密，下水管怎么出？你骂干部，干部还骂你呢。吊皮说，拆了抬高建，材料进不来，这屋给政府算了。鹿茸说，城南改完了，轮到改我们了吧？王庆生说，听席火根副县长说快了。人群中有个火板子说，副县长有卵用。

驱散了这帮人，王庆生把情况说给席火根听，席火根说，这就好。王庆生没听懂，挂了电话琢磨半天。

或许是因为过于拥挤和闭塞，心堵得太久，渴望搬迁，渴望一个宽松方便快捷的生活环境，十八口塘房屋征收一如席火根预料，庙前和水东两个村小组列入红线范围的房屋业主参与度高，征收进展迅速。

十八口塘公园开局大吉，再次证明了一个颠扑不破的真理，事情的成败取决于政策的作用力和反作用力，作用力大于反作用力成功才有把握，作用力远远大于反作用力则稳操胜券。但有一个实际问题，打通巷道需要拆不少附房，农村的房子没有安排厨房和卫生间，这些功能都布置在屋后的附房，没有了这些功能，人们怎么生活？

席火根带着李幼敏和陈林现场察看，这些房子都建于20世纪80年代，前院都比较大，屋后面都带着拖斗，各家各户把地都圈在自己的院内，留给公共的空间就显得非常吝啬。席火根说，拆后补前，把厨卫的功能放在前院，这个问题就解决了。在补偿方面，附房按重置评估价补偿，土地按院落土地补偿，这样农民得到的利益会多一些，工作会好做一些。

陈林说，还有几栋正房突出在道上，而后面还有空地，对于这种情况，镇里考虑重置评估价补偿后，让他们后靠把道让出来。

李幼敏说，这个成本是大了些。

席火根说，只要值，这个成本就该付。工作做到什么程度了？

陈林答道，国检之后，我安排塔前村干部专门处理这类问题，不在指挥部统筹之列，事先没请示县长，对不起啊。

席火根说，你主动担当，我要表扬你。这项工作难度很大，地是别人的，之所以没做起来，就是因为太拥堵，材料进不来，是这样吧？

陈林说，县长明察秋毫，所以我想按照一户一宅的要求，符合批建条件的以地换地，不符合批建条件的以院落土地的标准予以征收。

席火根问，这个办法执行下去能否解决问题？

陈林很自信，说，可以解决大部分问题，打通三条巷道。

庙前村小组长也在围观的人当中，他说，大家互不相让，谁都没好日子过，现在政府来主持，机会难得，谁不答应挖他祖坟。

席火根看着他，问，你有信心吗？

组长说，必须有信心。再不改变这种情况，孩子们都会骂娘了。

席火根又问幼敏，项目何时开标？

李幼敏说，还需要几天，5月中下旬可以落实施工单位，6月上旬可以进场施工。

席火根说，这个工程是重大民生工程，你要亲自抓，同时要督促方建设尽快启动中江引水工程，水是这个项目的眼睛。

李幼敏说，我会全力以赴，中江引水穿管其实很简单，项目最多一个月可完成，你放心，我们会协调好的。

茶亭路征收还未破冰。异地搬迁与他们的预期相去甚远，这些人几乎抱成了团。这其中还有几栋是2014年北门河改造时以特殊理由批建的五层楼房，因为重置评估价太低，根本没有谈的基础。雷金虎每次去都悻悻而归。

雷金虎在这一片区人面不熟，李劲涛和杨雪雪不同，他们分别都有自己的工作对象。三个人坐下来，凑了情况。杨雪雪说，还是老办法，先破冰再求扩展，从居民开始，这些人不少家属在机关事业单位工作，先跟他们谈。雷金虎和李劲涛觉得杨雪雪这个办法好。

彭铭远被迎国检的事弄得焦头烂额，但听了席火根的汇报，还是有些兴奋，说，工作势头这么好出乎我的意料，你的意思是，我来请纪委监委和组织部，把公职人员召集起来开个会对吗？

席火根说，领导英明，开会也好，谈话也罢，总之把压力传导下去，尽快打开茶亭路征收缺口。

彭铭远说，我马上调度。

彭铭远与席火根投缘，做事的风格都是说干就干。当天他和纪委书记、组织部长召开了公职人员会议，效果很好。水利局副局长肖子寒在会上表态，只要公平，迁哪都行。工信委办公室主任王小东说，我家那房是父母建的，房产几姊妹共有，我回去跟我父亲说，动员他们上楼安置，家产也好处理。还有几个也在会上表态不拖后腿。因为公职人员带头，茶亭路房屋征收开始破冰，在行政大楼上班的七八户按照征收方案已签协议。

雷金虎感到前所未有的畅快，脸上开始有了笑容。按照席火根"签、安、补、拆"四字工作法，雷金虎跟李劲涛、杨雪雪商量尽快组织拆除，但机械进不去，拆除有困难。雷金虎说，这些房子大部分是八九十年代四扇四间的建筑，有的还是金包银，人工破拆没有问题，最多成本大些。李劲涛说，我马上组织实施。

房屋拆下来后，建筑垃圾运不出去，雨水一冲，到处泥泞，住户意见很大，说，这不是逼着我们走吗？杨雪雪解释说，垃圾运不出去给大家生活造成不便，望大家克服，等拆开路，垃圾马上运走。

陈林找塔前村主任卢芳谈，你娘那栋什么时候拆？

卢芳说，领导放心，我已经在做我爸妈的工作，目前的阻力在我哥嫂。

卢芳是墙根下人，最早北门河两岸都是墙根下的地，墙根下人多了，房就建到了河东。她家这一栋在茶亭路中间，是老式四扇四间金包银结构，院子很大。哥嫂一家建了新楼，老房子就她爸妈住。老两口不想跟哥嫂生活，所以横竖不肯征收。

卢芳跟老爸谈过几次，说，你们老了，房子又低又潮，你有风湿，还是搬走的好。房子征了，你不跟哥嫂过，可以跟我们过，实在不行，我去跟陈书记说，找一处公房租住。

卢芳爸说，我跟你妈黄土埋到脖子了，还是找一处公房吧。

没想到哥嫂又不同意，今天这个理由，明天那个理由，闹得老人不痛快，卢芳更是生气。

丈夫告诉她，你嫂子这是怕你分家产。

卢芳没想到这层，她没想要娘家的东西，找到爸妈说了自己的态度，没想到老爸说，我就两个孩子，多少还是要给你一些。

卢芳说，你跟哥嫂说过？

卢芳妈说，老头子早说过。

卢芳终于知道了原因。她告诉爸妈，你们告诉我哥嫂，我一分钱也不会要娘家的。另外，公房我给你们找到了，你们若是心疼女儿就早点签吧。

卢芳娘听了眼泪就流下来，说，闺女不容易，老头子快拿主意吧。

卢芳爸把烟扔了，站起来说，公房在哪？我们去看看，如果合适，明天搬家。

卢芳家这一栋拆了，先前抱成的团彻底瓦解。

李劲涛神情兴奋地走进席火根办公室，这老小子从未主动找过他，看他神情准有好事。

李劲涛见吕立忠也在，坐下来说，这回算是把墙根下结果了。

席火根说，怎么结果的？

也许是因为太高兴，李劲涛说话带着难以掩饰的兴奋，说，理事会那伙人听说政府不沿街建楼，改作停车场和口袋公园，都说政府真心为民办事，我们没理由不支持。安置房周边所有土地全部征下来了，这回茶亭路北门河以西干净彻底了，我刚刚把地平整出来。

席火根望着这个五十多岁的老相识，被他那一脸灿烂的笑容所感染。在席火根的印象中，他那张曾经英俊的脸总是充满愁苦，芙蓉镇耗去了他大半生，从二十七八到现在五十三四，光阴如水流淌，而他自己却不知道流到了哪里，他的精力精神和生命留在了一个人们最不屑于见到的地方，注定他一生要和那些人们最不愿意打交道的人一起消耗和隐匿。人们崇尚成功者，仕途上的飞黄腾达，生意上的财源滚滚，生命中的掌声如潮鲜花如海，然而又有谁能记得他这个碌碌无为的小卒子？可他真的了不起，二十多年中，不知为芙蓉镇多少任书记挡枪挡炮。

席火根很认真地说，这的确是个好消息。席火根起身要给李劲涛泡杯茶，李劲涛赶紧起身，说，不要不要，县长没什么指示，我马上走。席火根说，不急嘛，正好立忠在，我们一起聊聊。茶端到李劲涛面前，说，我没什么奖励你，就一杯清茶吧。李劲涛说，谢谢县长。

李劲涛没来之前，席火根和吕立忠商量着茶亭路两栋五层楼的征收问题。碰巧李劲涛赶上了，正好一起商量商量。

席火根问，这两栋楼是怎么盖起来的？

李劲涛说，2014年北门河整治，他们两家征地最多，还拆了一些杂间，他们提出拆旧建新，条件是多建两层。

席火根说，当时没考虑茶亭路建设吗？

李劲涛说，按照过去的规划这两栋正好在路边，所以他们第一层架空，目的是留着日后开店。现在规划变了，这两栋正好在桥边上。

席火根说，这两栋雷金虎去过多次谈不下来，如果不实事求是做些变通，依照征收方案估计拿不下来。立忠，你再说说，让劲松也听听。

吕立忠说，这两栋征收的难点在两个方面，一是重置评估价与实际发生的建房投入悬殊太大，二是走有土安置，体量太大的确不合算。征收办的意见是，让他拿出二层走套房安置，剩下的三楼走有土安置，这样做政府层面也好说，他的预期基本得到满足。

李劲涛说，这样总体上公平。

席火根说，我考虑也只能这样了。但这个事尚需向铭远书记报告，然后在指挥部会议上确认一下。

十八口塘项目施工单位已经确定，这几天就要进场施工。以工程的手段倒逼拆迁，这个办法是席火根的独创，事实证明很管用。百货大楼如果不是倒逼，刘文英可能不会着急，她这一急房子就征下来了。雷金虎和杨雪雪着急，还有好几栋没有签下来。席火根安慰他们，不要着急，会有办法的。再说施工从挖塘开河开始，留给你们的时间不会少。

这几天，杨雪雪谈刘清河的房屋征收，他这栋在新开河的游步道上，过去他家在中间，通风采光都不好，现在前后都拆空了，他家前后开敞，竟有些不舍。雷金虎很生气，下令拆下的建筑垃圾不许搬运。门口堆成了一座山，一家子进出爬上爬下，很不方便。

杨雪雪是个心细的女人，她常常一个人去他家，说一些家常话。刘清河在石油公司退休，儿子在乡镇一个加油站工作，他就一个儿子，本来一家人生活可以过得很富足，可是他哪里知道，儿子儿媳天天做发财梦，跟着别人炒期货，结果把家里200多万元亏得一干二净，还欠了银行一屁股债。刘清河老婆说，现在全家人所有收入还不够还银行利息，这房一征，银行一准起诉我们还债。刘清河说，就算是有土安置，重置评估价也没多少，我拿什么去建房？一家人住哪？

似乎这便是刘清河的难。杨雪雪跟他算过，如果选择套房安置，可以得到三套房子，两套小户型，一套大户型，他们两口子跟儿子媳妇分开安置，银行再不人道，也不能让你们去大街上睡吧。

杨雪雪的话，刘清河听明白了。心想，杨书记也是为他着想，家里这道坎过不去，日子就不会安宁。

刘清河说，这样能避免事？

杨雪雪说，我只是这么想，应该是可以的。明天我请法律顾问刘律师过来，你跟他谈谈，在法律上他很权威。

杨雪雪知道，刘清河这栋她搞定了。

雷金虎知道刘清河签了，笑着对杨雪雪说，杨姐厉害，我有一身力气使不上啊，憋死了。

杨雪雪说，城南多难的户你都搞定了，还差了这几栋？席县长告诉我们，群众需要什么就解决什么，这是拆迁工作的秘诀。

席火根每天都会去工地，房子拆了一栋，工程进了一寸，他都清清楚楚，所以他坚持说，我们干着种城的活，每日除草施肥总是少不了的。林力与席火根如影随形，感同身受，他在本子上感言：

> 城市天天在生长
> 一点一滴凝聚我们的心智
> 饱含我们的情感
> 一片一片的塑造
> 便是我们写给城市的诗行

第二十一章

国家对渔梁脱贫攻坚全面核查如期进行。这个时节，南方水稻分蘖拔节，北方已经开始麦收。芒种，是个多么可爱的节气，又种又收，种是希望，收是喜悦。

来渔梁主导国检的是中国农业大学几位学者，抽调的是安徽农业大学的老师和学生，共计 79 人。如此大的阵仗不把渔梁翻个底朝天才怪。

席火根不敢懈怠，从检查组进驻渔梁的第一天起，席火根就吃住在韶乐乡。韶乐乡党委书记谢自发说，领导放心，我们的工作很扎实，对此我们充满信心。

席火根说，不知道检我们是哪一天，我们也不能干等。晚上把各方面情况再汇汇总。

谢自发说，好。

第一书记和支部书记参加会，谢自发按照县里的安排，逐项做布置，然后各村就中江农大模拟检查提出的问题，以及各项指标是否达标的情况作汇报。席火根要求，实话实说，把大家担心的都说出来。大家的共识是，两不愁没问题，三保障也没问题，但收入计算方法不同，或许会有争议。

尹小青说，比如务工收入，电话询问的结果，与我们调查的结果会有出入。

席火根说，大家不必紧张，平时县里督察，每个组都带着任务，不带几个问题回去，交不了差。这一次国检，有严格的标准，况且人家认知水平高，不会冤枉我们的。回去以后重点检查表格资料，不要有硬伤。另外访谈要沉着，回答问题要准确，杜绝口语化和似是而非的答话。

第一天检查完，晚上彭铭远电话里给席火根说，检查很规范，也很严格，一个乡镇检3个村。调查问卷的范围包括乡镇党政班子和村组干部，随机抽样。席火根问，明天检哪几个乡镇？彭铭远说，明天早上出发时才知道，从今天检查的情况看，没必要紧张。

韶乐乡第三天才来，抽到的3个村没有梅岭，席火根似乎还有些失望。对谢自发说，这3个村的情况没有梅岭好。谢自发说，梅岭要好些，但都不错，应该没有问题。检查组20多个人分3个组，访谈组、资料核查组、现场走访组，这些大学生连带路的人都不需要，全凭高德地图，吃饭也不用招待，自带干粮和方便面，只需提供开水。交流仅在访谈层面，资料核查也不用解释。

这真是严了。但后台会知道，县里也有人在，发现问题会及时通知。检查组离开韶乐，席火根跟着也离开。到了县城，拨打彭铭远电话，彭铭远说，韶乐乡没发现太多问题，埠前乡有一个点说是饮水安全有问题，需要我们提供佐证材料。最后县级层面的访谈，抽查对象有席火根。因为住房安全在住建。席火根对答如流，数字准确无误。检查组没有疑议。

检查组离开渔梁，席火根带上吴安泰奔赴广东找王家老四，希望能尽快解决问题。

王总见着他们很热情，招待也很盛情。席间王总说，老娘昨天来电话说，家里停电停水了，可能是拆迁采取的措施。老娘很反感你们的做法。

席火根说，城墙片区就你家一户了，我为什么要断水断电？

吴安泰跟他姐是同班同学，解释说，肯定是误会。

席火根拨通了苏莺莺的电话，询问情况。苏莺莺说，停电停水属实，但不是拆迁采取的措施。供电部门改线，正在地埋，自来水公司也在改水，估计这种情况要持续半个月。

席火根拨打李幼敏电话，告诉他，想办法给罗老师解决临时用电用水问题。

李幼敏说，我想办法尽快办。

席火根开着免提，王家老四听得清楚，说，误会你们，不好意思，谢谢县长。

吴安泰把安置地给王家老四说了，按规划可做7层，不过多出的面积按规定需缴纳土地出让金。

王家老四说，地方不错，我没意见，还是我妈不想离开。她说搬出去住不惯，好像那屋里我爸还在。

吴安泰说，老太太是倔，过去在学校读书，她脾气最大，动不动骂人。

王家老四说，我已经跟老娘在电话里说过很多次了，也请人把塔前老屋整理了一下，可她连看都不看。说塔前是她伤心之地。

吴安泰说，什么伤心事呢？

王家老四说，还不是因为我爸。下放那几年，村里没人理她，说的话伤着她了。

吴安泰说，政治运动老百姓知道什么，胡咧咧呗。好好劝劝，总得想办法让她离开啊。

王家老四说，下周我回家一趟，请大哥二哥一起回，我们想办法让她搬家。

说到这份儿上，席火根也没什么说。吃完饭跟王家老四告别，说，我们回县里等你消息。

吴安泰说，这一趟来回1000多公里，也不休息一晚，够辛苦啦。

席火根说，不跑不行，征收工作大部分是走冤枉路，说没用的话，但这个过程也是感情投资，少不得。

没过多少天，苏莺莺在电话里告诉席火根，王家总算签了协议，罗老师准备搬到塔前老屋居住。席火根没感到意外，只是觉得这消息来得快了点。搬家那天，席火根得到消息，带着林力赶过去，苏莺莺和叶绵绵领着一伙人帮忙搬家。

老太太从楼梯上走下来，手里不知拿着个什么宝贝，也许是跑上跑下，脸泛红光，神情似乎还很高兴。席火根迎上去，握着老太太的手，感觉老太太身体很好，像是一个很有修养的老人。

彭铭远迎接完国检，完成了县委临时交代的使命，席火根想，他应该可以有更多时间投入建口的工作上来了。彭铭远说，国检是否过关还不知道，估计到 7 月才会宣布结果。在这之前扶贫工作人员不能撤，力度不能减，投入不能少，这是省委的要求，我本来就是加进去的力量，可以基本撤出，尽量为你分担一些工作。

席火根说，这就好，有你来领航我更有信心。

彭铭远说，以后我们两个谈工作，不说客套话可以吗？

席火根笑笑，答道，我不会客气呵，有冲撞的地方请你包涵。

彭铭远喜欢席火根直来直去，说，两个人分管同样的工作，说话绕来绕去，累死人。

彭铭远的话感染了席火根，他把心里想的一股脑儿倒了出来。说，我考虑等宣布摘帽后，把过去用过的那 20 个人再抽回来，中江大道和城北大道列入明年的重点项目，这个松阳书记早跟我谈过，铁军县长曾说规划路和德政路虽然完成，但没有形成环，地价还上不来，要尽快实现城北大循环。所以我想安排住建和自然资源尽快做前期，元旦后付诸实施。十八口塘和城南四期是目前工作的重点，还有两个小片区严福生带着房管在做，我想今年一并了结。

彭铭远说，按你的计划推进，我想办法为你提供保障。

这一次交心，让他们今后的合作更加默契。

下午刚上班，张松阳打电话给席火根，说，现在陪我去城南看看。迎国检这几个月，张松阳全力以赴在农村履行第一责任人的责任，现在他觉得应该抽点时间关注城市了。

上次去城南是晚上，那情形张松阳没忘。这一次去，城南已是天翻地覆，过去的影儿都没了。房子基本上被拆干净了，所剩寥寥，整个片区成了施工工地。李幼敏和施工单位负责人候在市民体育公园。车在城墙尾停，张松阳下车站着没动，抬眼望着老城墙，心想这才是它的真容嘞。

一群人围上来，李幼敏跟书记汇报说，市民体育公园全部拆迁到位，建国路西延与仁德路已经连通，体育馆地下工程结束，主体完成一层，二层马上浇筑，7月主体封顶，400米标准田径场、门球场、羽毛球场、乒乓球场7月都可以完工，主要是绿化要等到冬季才能栽种，不然国庆就可开园。

张松阳看着席火根说，不简单啊，建口的同志们不声不响做了这么多事，真的没有想到能有这样的速度。

新修的建国路把城南一二三四期串联起来，形成了一条东西向的街道。市民体育公园北面是安置小区，1号、2号、3号楼已封顶装修。张松阳问，这个小区二期还有多少栋楼？

席火根说，还有5栋楼，但这片还有几户没征收到位，因为有地下车库，所以还不能全面施工，我争取一个月拿下。

张松阳问，安置小区总共有多少套？够安置吗？

席火根说，总共1300套，有剩余。

张松阳点点头。走在建国路上四处张望，这儿曾是县委大院，他在这儿待了4年，留下过太多记忆，现在人是物非，让人感慨不已。

步行街是渔梁2003年招商引资搞的一个房地产项目，当时行政中心并未决定西迁，所以店房很快卖完。后来机关走了，门可罗雀，很多设施都早已落后，之所以列入旧改，主要是打通与建国路、东风路的连接，截污分流，立面改造，形成风貌独特的一个街区。施工单位汇报说，步行街的改造按照规划增加了骑楼，风貌与其后面的循良坊街区相协调。目前管线下地、雨污分流已经到位。这个工程与市民体育公园和循良坊业态为一个标，进度稍慢的是循良坊。因为拆迁的原因迟滞了工程进度。目前增加的几个业态小楼都已开工，几栋老建筑正在加固修缮改造，绿化工程也要等到冬季。但是元旦以前都可以全面运营。

张松阳停下脚步，对李幼敏说，这个项目规划倾注了火根同志的心血，住建局要注重细节，做出品位，精美呈现。

李幼敏和施工方答应着。张松阳说，各位请回，我跟火根同志再走走。

跨过东风路就是县保育院。张松阳对席火根说，你陪我去保育院看看。席火根意识到这才是书记此行的目的，为保育院增加学位。

渔梁公立保育院原来在实验小学隔壁，为了解决实验小学大班额问题不得已搬迁保育院。现在保育院所在地原是公安局、检察院机关，这地方有座天主教堂，新中国成立前渔梁天主教盛行，不少乡镇都有保存完好的天主教堂。公安局、检察院两个单位西迁后改建成保育院。因为地方小，改建后学位只有 500 个，远远满足不了老城区就学需求，每年争学位都摇号，群众意见很大，告状信满天飞。

保育院冯院长早早在门口候着，后面还有教育局罗局长，这么大阵仗显然早有安排。席火根跟在张松阳后面并不作声。冯院长三十多岁，年轻活泼，人也漂亮，张松阳风趣地说，天天跟孩子在一起，精气神都不一样。小冯很乖巧，领着书记在园内转了一圈，笑着说，书记请上楼。

张松阳说，楼就不上了，把后门打开，我随便看看。后面是原公安局和检察院的宿舍楼，现在多次易手都不知道什么人在住。再后面就是一期改造过的项目范围朱家巷。

张松阳说，增加 500 个学位需要拆多少房子，罗局长算过吗？

罗为民虽然做过多年教育局长，但他的特长是教育，管理上并不精到。因此回话很木讷。说，没计算过，我叫人算算要多大地方。

张松阳脸色突变，批评道，你只知道学位不够，怎么解决却不考虑，现在群众意见大，你们却尸位素餐。这话太重。小冯不懂事，她不给局长补台就算了，反倒立马把面积报出来了。她说，增加一栋楼，每层4个教室，做3层，留足空间，大概2亩地足够。

张松阳说，地不大，拆征能解决吗？

书记抛出这个问题，似乎并不针对谁。罗为民说，我没搞过拆迁，心里没底。融资没有问题。

席火根压根儿不想跟这伙人浪费时间，他是爽快人，知道书记想要什么。说，征拆我来解决，教育局抽3个人到指挥部来，3个月之内完成。你们抓紧去做规划，尽快放出红线。大家利索点，明年下学期就可以用了。

张松阳说，又要辛苦你了，我们走吧。

席火根说，书记先走，我去指挥部落实你的指示。

城南指挥部关门大吉，一个人没有。席火根甚为疑惑。出来时他没带林力，这会儿他打林力电话，叫他赶紧到指挥部接他。站了一会儿，城南社区张琴书记来了，见了席火根，说，吴小军拿刀砍人，指挥部的人都赶过去了。

席火根一惊，问道，什么情况？

张琴说，吴小军几兄弟姊妹都签了，他不同意，把老大吴永军砍伤了，现在人被谢文东给拘了。我们的人送吴永军去医院了。

席火根说，这个王八蛋真是无法无天了。

席火根拨通苏莺莺电话，问，人怎么样？

苏莺莺说，伤在手臂上，差点把骨头砍断了，现在已经包扎，估计问题不大。

席火根又问，他们家属在吗？

苏莺莺说，在。

席火根说，你交代一下家属，马上回指挥部，通知城南工作组全体人员回指挥部开会。

人都到齐了，席火根说，剩下的骨头难啃，大家都说说。

张军说，城南也就一两户了，没什么了不起。

席火根说，剩下的都是有故事的人，我们要把他们的故事讲圆满就必须走进他们的心里。我叫陈林来坐镇一段，争取 7 月以前全面解决城南问题。刚刚陪书记转了一圈，才知道他考虑给保育院增学位。又有新任务了。保育院扩建需要拆迁，现在还不知道有多大量。我想抽 6 个人过去，加上教体局 3 人，共 9 个人，9 月以前全面完成任务。这个任务谁来接？

何方清说，我来吧。

席火根看了何方清一眼，心想这小子几乎是不假思索，他哪里来的底气？倒让他愣了一下，说，方清不错。指挥部没剩下几个人，剩下的肯定是难啃的骨头。现在到考验我们智慧的时候了。

大家议论着，无非是来点硬的之类，要不真没手段了。

席火根说，吴小军这个事属于家庭矛盾，公安已经介入，最后的处理要看吴永军的态度。不管结果怎么样，这家人的困难我们必须充分考虑，尽最大努力实现最温暖的拆迁。

席火根点了一根烟，说，我跟铭远书记商量，让大家轮休一周，城南先休。请苏莺莺安排一下，报我和铭远书记。

席火根说完，大家高兴坏了，轮休这个词不止一年没听过了。

吴小军被拘，兄弟姊妹不知怎么办，是联名具保还是让他坐牢，大家都等着大哥发话。

吴永军躺在医院，伤痛他能忍，心痛忍不住。刚才那场面，这畜生拿刀就砍，他真能下得去手。如果不是张军拖着，这会儿他或许去了殡仪馆。

吴永军很无奈，他这个弟弟已经坐过一次牢，这一次进去或许又是两年以上。本来他们家兄弟姊妹五个，数他读书最多，也最灵光。那时候他意气风发，师范毕业分在一所乡镇中学任教，父母为他骄傲啊，可谁承想，工作才两年多，说是强奸了女学生被判了刑。家里没人信啦，这么一个朝气蓬勃的青年怎么做出这等禽兽不如的事情。家里没人看他也没人管他，祖宗的脸都给他丢尽了。

　　出狱后他没了工作，靠着他那点小聪明，给人刻章赚点钱维持生活。吴小军跟父母说，自己是被冤枉的，可父母老了，没能力管他了。母亲流着泪跟他说，孩子，认命吧，既然没做亏心事，我们抬起头做人，毕竟你还年轻，南下去闯闯也好。

　　吴小军无论如何是听不进去了，一直找法院上诉，可法院没人理他，白纸黑字，签字画押，谁冤枉你了？他要求法院复核，可多少任院长都没人理他，甚至门都不让进了。没办法他翻墙进去，又被法警赶了出来。

　　当年他被指控强奸女学生，正值 20 世纪 80 年代初严打的高压态势，到底有没有被冤枉只有那个女孩知道。不幸的是那女孩才十三岁，公安不断找她调查，她又羞又怕，趁家人不注意跑了。这一跑就再没这女孩的下落了。

　　人生有时候就像演戏，命运的导演总是那么残酷。

　　一个充满朝气的青年从此一蹶不振，浑浑噩噩。三十多岁家里为他找了一门亲，兄弟姊妹早已成家搬出去了，这房若是不拆，也只有他一家人使用。

　　老屋很小，占地 60 多平方米，两层四间房，由于年头远，又没维修，进去昏暗不说，上楼还有摇摇欲坠之感。毕竟是父母身上掉下的肉，老人去世前留下遗嘱，这房一半归他，另一半给其他四兄妹。对于父母的这份遗嘱，四兄妹并无异议，毕竟是亲兄弟，大家的日子都比他好。吴小军老婆没工作，年轻时给人打零工，女儿高中毕业也没工作，一直跟人打工，生活的确不容易。

本来他家这房子按政策征收，或许也是一个改变住房条件的机会，因为临街可以获得 60 平方米的店面，价值至少 150 万元，二楼 60 平方米，还可以优惠价购买 30 平方米，他得一半，一家人从此也有一个好的生活环境。可他就是不同意，工作组找他次数多了，他拿起一把锤子把城南指挥部的门都砸了。

工作组反复做其他四兄妹的工作，四兄妹希望货币补偿，其他一半由吴小军处置，四兄弟签了字，给了吴小军很大压力，他知道，他一个人终是顶不住政府的压力。他恨大哥，他们个个生活得比他好，谁都不缺钱，却总是惦记这半栋屋。当工作人员把几兄妹的签字拿给他看时，他再也控制不住自己的愤怒，拿起刀就朝大哥砍。

张军试图从他妻女那里打开缺口，但显然是行不通的。他的妻子是一个很老实的女人，也许长期在他的拳脚下生活怕了，她从不敢做主。而女儿也已经出嫁，她有自己的家，更不想遭父亲语言暴力。

待吴永军伤口愈合后，谢文东去看他，问他感觉怎么样。吴永军说，医生说筋断了，虽然接上了，但手不灵活了，残了。我都七十多岁了，不去管那么多了。

谢文东说，按政策算，这屋拆了，他可以得到一套 120 平方米的房，还可以得到一些货币补偿，很合算啦，为什么就没人说得动他呢？

吴永军说，他心里没有了光明，没有了兄弟情分，也没有一个知心朋友，看谁都是仇人，也包括我们兄妹。你们把他判了吧，如果他出来再砍我，我这把老骨头就给他，算是替父亲还债了。

吴永军说得悲怆，眼泪都出来了。

谢文东说，有没有其他办法呢？吴小军也是六十出头的人了。

吴永军说，没有其他办法了，趁他在里面，把事办了吧，让我那弟媳和侄女也过几天舒坦日子。

对于一个在黑暗中行走的人，谁能走进他心里呢？时间埋葬了他，也许只有时间才能救赎他。

第二十二章

何方清主动站出来，揭榜保育院扩建拆迁项目，的确让席火根刮目相看。这个时候，征拆队伍中的每一个人都处在高度紧张疲惫的状态，手头的活，尾巴还没割断，哪里有勇气接新的任务？

何方清是个九零后的小伙子，个子不高，身体还很单薄。席火根向苏莺莺打听何方清的情况，苏莺莺告诉他，何方清 1990 年出生，父母都在农村务农，这小子很能读书，武汉大学历史系毕业直接考入乡镇公务员，2016 年乡镇换届时提任副乡长。悉心观察，席火根发现小伙子朴实、真诚、冷静、执着，这种性格适合做拆迁工作。

何方清团队总共 9 个人，3 个月完成 52 套、8 栋栋房，30 多间杂房征收，任务虽不繁重，但要把活做干净并非易事。公安局、检察院两栋宿舍楼原来是干警和检察官的福利房，这么多年房子不知周转了多少次，住户已经很杂，没交易的住的大多是老人。这楼不高，只有三层，老人出行比较方便。何方清想，先征原住户比较好，这些人毕竟在体制内，应该好沟通一些。但他一出手就碰了钉子。

王文新是工信局干部，他的住房建筑面积 122 平方米，储藏间 30 平方米。这套房原是他爸的，他爸是史志办干部，跟他妈离婚时，他刚读大一，父母问他跟谁，他说我谁也不跟，你们把这套房留给我就不要管我了。父母在离婚协议上写明房子归儿子王文新所有，他们两个人净身出户。

王文新的父亲王宝国再婚后无房，一直租住房管局公房，现在房管局这处公房也需要拆迁，王宝国带着二婚强行入住儿子王文新家，儿子儿媳很生气，家庭矛盾骤然激化。他跟儿子说，房子是我的，我至少要得一半财产。

王文新说，你跟我母亲离婚协议中明确房子留给我，如果你要一半产权，我母亲也必须要一半产权，你的女人必须出去。王文新不同意父亲的要求，而且理由充分。王宝国气极，声称要断绝父子关系。

王文新说，断了好，其实早断了。你们离婚时，我读大一，如果不是母亲给我寄钱，我早辍学打工去了。王宝国虽然羞愧，但儿子叫他后妈离开，王宝国还是十分气愤。父子俩闹得无话可说，常常是怒目相向。二婚那女子也没什么文化，说的话更难听，王文新的妻子一气之下搬娘家去了。

其实王文新也可怜父亲，他找了一个年龄小他许多的女人，这女人没工作，也是离异，嫁给他无非是想过几天好日子，没想到会沦落到居无定所。

何方清找来法院为他们调解，王文新这套房市场评估价 82 万元，王文新同意给父亲 20 万元，希望他去买一套小户型的房子养老。

儿子的宽容让王宝国无地自容。

人世间很多事很无奈，各有各的难，今天有今天的难，明天有明天的难，理解宽容是家庭和睦的良方。

公安楼 3 楼有个女人老从窗户上伸出头叫骂，住得好好的，拆什么拆？你们休想。何方清听到，仰头看她。那女人应该是五十不到，一头乱发蓬着，一张宽脸，大嘴巴哇哇地叫。

何方清把城南社区管低保的小曾叫上，问了这户的情况。小曾说，那女人叫朱三妹，这个家庭很特别，离异后，两个女儿和一个儿子跟着她。朱三妹原是塑编厂工人，早失业在家，两个女儿在外务工，家庭收入微薄，生活困难。最不幸的是儿子患有唐氏综合征，这种病表现为智力障碍，没有药物能够治疗，家长要有足够的耐心，反复进行训练，让孩子长大后生活能够自理，掌握最基本的技能。长期的生活压力，让她易怒，稍有不顺就撒泼，邻居都不跟她来往。

公安局宿舍楼 3 楼 1 单元两套房都是她的，房子是她丈夫从别人手上买下的，买的时候便宜，10 多万元一套。离婚时，把这两套房全归了她和孩子，自己则离开渔梁去外面闯世界了。这女人也不容易，孩子小时，她捡过破烂，儿子得病后，她就在家照顾儿子，好在两个女儿在外打工，能多少寄点钱回家。

因为她是低保户，跟城南社区管低保的小曾很亲近，小曾带了何方清去她家，她一听拆迁就起跳，好不容易让小曾稳住。小曾说，大姐，你别急，先听听何乡长咋说，划算你就签字，不划算就不理他。我们好好听听行吗？

朱三妹觉得小曾说得顺耳，安静下来。何方清从她家现状出发，早给她找了一种办法，货币化补偿一套，产权调换一套。产权调换在老县委安置小区，离这儿近，环境又好，货币化补偿一套可以得到80 多万元。这女人一听，有钱有房，多好的事啊。这女人其实也简单，当场就把两份征收协议给签了。

何方清松了一口气，这事办得太顺，心里有些忐忑，好像自己忽悠了人家，做了亏心事似的。没过几天，朱三妹来找何方清，说提出解决五保、增加补偿款等要求。明显她是受了人挑唆。何方清耐心解释没什么五保，你家吃了两个低保，额度是最高的，够照顾你了。这以后朱三妹隔三岔五来办公室撒泼放赖，跟她签合同的是个年轻女同志，是教体局抽过来的，端庄文静。朱三妹无端骂人，说人家生了孩子没屁眼，骂得很恶毒，把这女孩都骂哭了。趁着这女孩低头哭，她翻出那份征收协议撕得粉碎。

朱三妹的行为不断升级，几次在保育院放学接孩子的高峰期，抬个音箱开窗喊话，说何方清骗她签合同、征收政策不公平。何方清没办法，又把社区小曾叫上，帮她解决过渡安置房用水用电、搬家等实际问题。小曾说，大姐你要知足，拆迁改变了你家的命运，别人胡说你莫听，错过这村没那店。把协议好好签了，过渡安置房也收拾好了，腾完房，马上给你打钱。

这女人心里明白，得罪谁也不能得罪小曾。这些年如果没低保，她这个家维持不到今天。

朱三妹发泄完了，也舒坦了。她说，我先腾房，收到钱再交钥匙。

何方清说，可以，得了钱好好给儿子看病。

朱三妹的事虽然没有一波三折，但有这一次就够烦的了。何方清的征收对象中还有两位八十多岁独居的老人，工作做得很辛苦。检察院宿舍楼住的是检察院退休老干部，他身体不好，一个人住在这套房里，子女都不在身边，平时请了一个保姆照料，经济上紧巴巴的，因为治病把所有的积蓄都花光了。公安局宿舍楼住的是原公安局长的遗孀，这房是公安局的公房。20世纪90年代，离休的公安局长丧偶，子女都很有出息，大学毕业全都在大城市工作。老同志请了一个四十多岁的保姆，这女人也命苦，早早地没有丈夫，唯一的孩子又夭折了。在人们眼中，这女人命硬，没人敢娶她，一直寡居，靠着打零工维持生活。老局长比她大很多，因为孤独，夜里叫她陪着，她很听话，两个年龄悬殊的男女生活在了一起。她要求老局长娶了她，老局长依了，允诺这套房子是组织配给他的，他会交代局里，万一哪天他不在了，仍然让她住下去。

对于这样两个人，何方清需要静下心理出一个头绪。检察院老同志要求货币补偿，房屋市场评估价54万元，他要求货币化补偿60万元。按照征收政策，他的要求何方清满足不了，老人家指责何方清不关心老干部，征收的事一直僵持着。也不知道何方清通过什么渠道，得知县政协主席跟他曾有师生之谊，小何厚着脸皮去找了主席，主席居然答应去跟老同志谈谈，让何方清很感动。

何方清陪主席前往医院探望老同志，师生之间很是亲切，聊了很多旧事。主席说，保育院学位太少，满足不了群众就学需要，扩建是造福百姓的事，希望老师以大局为重，去过渡安置房居住。

老同志说，我一身病，退休早，工资低，请个保姆生活都成问题，这几年把过去存的一点钱花光了。政府征收，我要求货币化补偿，但货币化补偿又没过渡安置，我这个样子随时都将死去，没人给我房子租住。

何方清说，租房的事我帮您解决。

老同志说，我可以搬走，但房子市场评估价太低。我算了一下，现在房价都6000多元了，我这房子100多平方米怎么也得60万元。

主席离开时对何方清说，这老人经济上真的很难，住院治疗能报销一部分，但自费的部分需要不少钱，子女又不在身边，他又不想给子女添麻烦，你看能不能想想办法帮帮他。话说到这份儿上，路都堵死了。

何方清真的不知道怎么办了，他向吕立忠请教。吕立忠诚实，从不卖关子，他很认真地说，有条路可以走，但不到万不得已千万别走，如果都这么干，这工作量太大了。何方清说，我真的是山穷水尽了，你就告诉我吧。吕立忠说，走产权置换的路，先在老谷塘安置小区安置，然后通过房屋销售中介将其置换的安置房进行市场销售，估计可以实现老同志的预期。这个办法严福生局长用过，就是时间上不知道允许不？

何方清心里豁然开朗，一个劲地谢吕立忠，说，既然这是一条路，我就得试试，况且还有一个月哩。吕立忠说，我这里也可以帮你把程序走快点。

何方清立马给老同志说了这个办法，说，你先签了协议，我来给您办。

老同志还算通情达理，说，我可以配合你把协议先签了，但我拿了钱才能搬。

何方清依了他。好在房子好卖，没几天就找到了买主，而且实现了老同志的预期。

公安局长的遗孀不肯搬，说，这房是她丈夫应该享受的待遇。

公安局政工科的同志给她做工作，说，按政策你丈夫离休可以享受这个待遇，但他去世了，你不能享受这待遇。这些年局里睁只眼闭只眼，看在老局长分儿上没叫你搬家，已经很对得起老局长了。现在保育院扩建要拆这楼，局里只能收回房子了。

老人说，房子我花钱装修过，当时花了6万元，这个钱政府得补。另外，我没房子住，年龄又大，人家怕我死在房子里，不会租给我。

何方清说，房子我帮你租公房，装修补偿需要第三方评估，这是政策规定。老人答应。第三方评估装修补偿费3.3万元，老人不接受这个评估价，扬言要上访反映问题，双方僵持着。没办法，何方清只好去求邱政委。

邱日红说，我只好去做恶人了。

邱日红以公安局党委的名义，向她下达了收回房子的公文。老人哭了，说，老头子娶她时，告诉她可以住到死，没想到老东西骗了她。邱日红说，按照政策，老局长去世这房子就得收回，因为老局长给局里打过招呼，才让你住了二十多年，没收你一分钱租金。现在保育院扩建要拆了这楼，你也要支持，何况政府给你找了房子租住，这也是积德的事，你没理由不搬。至于装修补偿第三方没必要让你吃亏。

邱日红说得入情入理，理直气壮，老人说，我不怪你们，怪只怪我那死鬼，他从来没把我当老婆。说完嘤嘤哭泣。

老人接受了评估价，搬出了公房。何方清松了一口气，参加工作以来，这是他独立抓的一个大事情，一种从未有过的成就感让他兴奋得一宿未眠。

第二十三章

黄先甲被席火根拉黑后，就像是消失了。但席火根知道，黄先甲没有消失，他信访的渠道越来越多。这天不知怎的，手机上显示黄先甲给他发来了信息，原来拉黑只是电话打不进来，信息还是可以发，只是洗白才能看到内容。席火根很久没见他，这会儿好奇地打开，信息中说，凰岗是典型的违建别墅，你管还是不管？

还是那副咄咄逼人的架势，这冤家就像是蚂蟥，被他黏上很难脱身。席火根虽然不是那种嫌麻烦的官员，但内心也很难接纳黄先甲。此时他脑子里把知道的关于凰岗的信息一一过筛，很是惊讶黄先甲的政治敏感，秦岭别墅事件刚刚报道，黄先甲就跟凰岗联系起来。席火根预感到秦岭别墅即将引发全国性的整治行动，因为有总书记六次批示。他似乎可以想象黄先甲跃跃欲试的样子。

移民是扶贫的一种方式，就是把资源禀赋差的地方的人口转移到圩镇或县城周边，改善他们的生存环境，同时为他们就业就学就医创造新的条件，国家和省对这一类贫困人口给予了相应的政策。理论上讲这一政策设计富有成效，但是操作层面很容易出问题，因为县城和圩镇就业必须具备两个条件，要么有资本，要么有技能，而穷人缺的恰恰就是这两样，所以真正有勇气从穷地方搬出来的人并不多。

渔梁扶贫移民最早从深山区移民开始，几个点做下来接收移民

300多户，最后发现住在移民点的大都是城市居民。这些以贫穷的名义获取的移民建房或购房指标大部分都被人利用，套用移民建房指标的事在渔梁反响强烈，这才有2013年政府出台补缴出让金的事，而这件事也直接刺激了黄先甲告状。

凰岗处在县城城郊，是芙蓉镇一个行政村。2015年县委、县政府在扶贫移民的文件中，安排凰岗建一个扶贫移民安置点，奇怪的是文件只是明确了芙蓉镇的责任，并没有安排相应的项目资金。没钱怎么干活呢？芙蓉镇采取公司代建的办法，由凰岗村委会做业主，负责征地和建设事宜。项目选址在一个城郊的半坡上，前面有塘，后山葱茏，是个安居的好地方。代建方很快建起了70栋楼房，而申报的移民户中符合扶贫移民条件的只有3户，房屋安排不下去，资金无法回笼，代建方拿不到工程款，芙蓉镇党委、政府定了一个价，代建方就把房子卖了。

席火根到政府没多久就听说了这个事，因为不分管扶贫工作，所以并未上心。闲聊时给陈林提了个醒，说，凰岗扶贫点项目变形走样，实际上做成了一个房地产项目，你镇里有什么权力定价卖房，这是违法的。

陈林置身事外，回道，我到芙蓉镇的时候房子就卖完了，这个事是怎么做的，我没有具体去调查，凭我的理解镇里请人建房，应该是一个工程项目，但最后变成了施工单位卖房收钱，这里面的情况的确很让人费解。

席火根调侃说，你的前任真有魄力。

陈林笑说，我自愧不如。

席火根向陈林吹风，听说这个项目还有二期，发改委早已立项，你不会继续支持代建方做二期吧？

陈林坚决地说，因为土地已经征收，村里和代建方一直要求做二期，我到芙蓉镇后立即叫停了凰岗扶贫移民安置点项目。

席火根说，你做得对。不瞒你说，代建方也找过我，我不同意用地，理由很简单，一期都没有安置对象，还有必要做二期吗？

席火根心里也犯嘀咕，这么大一体量的项目，建设过程中怎么没人过问？也许是一切为脱贫攻坚开绿灯的原因吧。现在黄先甲把这个问题提了出来，席火根觉得建口有必要展开调查，至于怎么处理待县委、县政府研究。席火根把吴安泰叫到办公室，郑重其事地说，凤岗扶贫点的问题社会上有反映，我考虑由自然资源局牵头，住建参与着手调查，然后向县委、县政府报告。

吴安泰说，凤岗移民点的事局里一直十分慎重，就用地而言，大的问题没有，但也存在批少建多的情况，局里已立案调查。

席火根说，这就好。

吴安泰说，秦岭事件曝光之后，听说部里这几天就会开会布置，凤岗问题应该不属于违建别墅问题，它应该是违规房地产问题。主要责任在芙蓉镇，这个问题应该责成芙蓉镇党委、政府自行整改。

席火根若有所思地点了点头。

自然资源部召开的违建别墅整治工作会开过之后，省市跟着相继部署，王铁军和席火根赶去市里开会，市长这回没念稿子，脱口说，清理违建别墅是当前压倒一切的政治任务，各地要认真开展自查，不能有遗漏，隐瞒不报今后被查出来罪加一等。

回县的路上王铁军问席火根，凤岗的问题要不要报？

席火根能听出王铁军的担心，回道，违建别墅关注的是位置，主要是景区、生态红线等敏感区域，凤岗应该不算违建别墅。

王铁军说，你把准了？

席火根略一思忖，很认真地说，凤岗的问题其实很简单，错就错在芙蓉镇定价让代建方卖房子。

王铁军向张松阳汇报，张松阳也很慎重，说，请相关领导都听听，议一议。

芙蓉镇前任书记提拔到外县任职，与会同志说话都拿捏过，留有分寸。但敏感处被点了出来。这本是一个房建工程，怎么会定价让代建方卖房呢？接下来的话大家都没说，就是代建方是亏了还是赚了？有没有其他猫腻？

纪委书记胡明明说，凰岗问题可以定性为违规违纪问题。此话一出，凰岗问题的性质就上纲上线了，胡明明说，这么大一个项目不经过招标就确定了代建方，这不是违规是什么？党委政府开个会就叫代建方卖房，这不是违纪又是什么？

会场气氛骤然紧张，大家不作声，心里盘算着自己部门在这其中应承担怎样的监管责任。张松阳说，既然问题这么多，我看成立一个领导小组全面梳理问题，并处理到位。这个小组规格要高，由王铁军任组长，彭铭远任第一副组长，胡明明、席火根、丁健等为副组长，相关部门领导为成员。大家表示同意，张松阳强调，凰岗问题务必在违建别墅自查阶段处理完毕。

张松阳的用意很明显，自查阶段把问题处理了，自然不存在报与不报的事情。

按照彭铭远和席火根的设想，代建方退回房款，芙蓉镇与代建方办理工程决算，收回的房子由政府处理，面上的问题就应该到位了。但事情远没有这么简单。代建方公司老总林奇得知退款收房的消息，心里急得不行。这会儿见了李劲涛故作镇静，装着若无其事的样子，热情地给李劲涛泡茶。

李劲涛说，林老板很惬意啊，我今天来，是代表镇党委、政府通知你退款收房，请你尽快落实。说完把通知书递给他签收。

林奇看到李劲涛递过来的一张纸，像是见了一个烫手的山芋，用手挡了回去，情绪变得有些激动，说，卖房是你们镇里的决定，房价也是你们镇里定的，我又没多收，凭什么退款？

李劲涛见林奇这种态度很生气，硬邦邦地说，退款收房是镇里的决定，过去镇里定了什么我不知道，反正至今没看到镇里的文件，现在这个通知盖了镇里的大印，你必须执行。

林奇似乎还很委屈，说，叫我代建是你们镇里，叫我卖房也是你们镇里，我都是按你们镇里的要求做的，钱都结了账，要退你们去退。

凰岗村党支部书记刘景明急眼了，说，这是县里的决定，还是先想办法退款再说。

林奇头一扬，乜斜了他一眼，愤愤地说，要退你退。

林奇嘴硬，心里还是发虚。那日在酒桌上，朋友调侃说，林总厉害，东家请你建房，你把东家的房子也卖了。此话一出像是点醒梦中人，林奇便坐立不安了。他在工程领域摸爬滚打几十年，什么情况都很清楚，这个项目若是房建则没有招标，若是房地产又没有经过土地出让程序，也没有经过预售程序。他很后悔当初怎么就信了芙蓉镇党委书记说的话，连一张纸也没拿到手，现在他是空口无凭啊。眼下他真的没办法，卖房的钱除了结算工程款，剩余的都兑付了投资分红，账上基本没有了剩余资金，他已经没能力退款。

本来公安早动手了，之所以按兵不动主要是让林奇退款。邱日红听了芙蓉镇的汇报，意识到该出手了。面对冰冷的手铐，林奇有苦难言，伸出手去很配合地上了警车。

刘景明得知林奇被抓，心里清楚下一个该轮到自己了。其实他就是镇里的一枚棋子，怎么干，干什么都是镇里交代的，他后悔的是自己在工程中投了10万元，分得10万元红利，这是纪律所不允许的。这几天为这事心里七上八下，正烦着，突然接到镇里的电话，说是开会，等到了镇里，一切都明白了，县纪委正候着他。

业主被留置，代建方被拘，退款收房只能政府做了。王铁军听了芙蓉镇的汇报，平均每栋房大约60万元，这么大的资金量怎么解决？王铁军犯难了。在第一次领导小组会上王铁军把问题提了出来，吴安泰建议按照拍卖的程序走，如果购房户能够拍到，那么先前的购房款可以抵缴拍卖款，如果购房户没有拍到，那么收了拍卖款后自然有钱可退。

席火根补充说，吴安泰提出的建议应该可行，但前提是购房户要配合政府的工作。芙蓉镇要做好购房户的工作，自然资源局要把前期工作做扎实。

吴安泰说，移民安置点过去是按集体土地报批的，如果拍卖需要转国有，同时拍卖前还需要请第三方做评估，这两项工作做下来加上拍卖走程序，在自查阶段三个月内完成，时间有点紧。

高信开听说不要筹钱问题就能解决，刚还绷着的脸放松了，笑容绽放在脸上，接着吴安泰的话说，这个办法好，估计每栋房子的拍卖价应该有150万元左右，财政还能增加一大笔收入。

陈林说，账可以这么算，但工作做起来不简单。据调查，70户购房户中符合移民条件的3户可以不参与拍卖，土地保留集体性质，9户已经装修入住，如果拍卖，这9户买不起，工作就不太好做。

彭铭远很硬气地说，工作没什么不好做，相反要理直气壮做。我到现场看过，凰岗扶贫移民点石碑至今还立在点上，据说买房人不少还是吃公家饭的，不会不知道什么是扶贫移民吧？既然知道不符合条件没资格买，那么退款收房还有商量吗？当然工作还得做细，装修部分可以按照评估价补偿。

胡明明说，芙蓉镇要抓紧办理工程决算，这个工作财政审计同时介入，多出决算的房款代建方必须尽快退回政府，这个方面请公安配合，采取必要的措施落实到位。

王铁军见大多数同志都发表了意见，板着脸说，退款收房按照拍卖的程序走，再紧也得按张书记定的时间落实。芙蓉镇乱作为真是害死人，公安和纪委要认真查处。

席火根很纳闷，是什么样的原因让芙蓉镇乱作为？怨不得黄先甲告状。这会儿他似乎感到黄先甲存在的价值。

中央巡视组巡视中江，延伸巡视至市级。黄先甲不管三七二十一，将凰岗的事和过去那些事捆绑在一起，按照巡视公示的情况反映渠道，将一沓厚厚的资料通过邮政快递寄出。他天天等着巡视组的召见，一星期都过去了，像是泥牛入海。

他不甘心，觉得机会难得，必须见到巡视组当面陈情。周六他自驾到市里。巡视组工作办公选在滨江生态园一个环境优雅的小院，门口有人站岗，需要跟里面约好才能进去。黄先甲是老上访户，经验丰富，他不想约，万一对方说他反映的情况收到，正在梳理，他就白跑了。他盘算着里面的人总会进出吧，等他们出来，他就叫喊。这回他是铁了心要见组长。

市纪委监委的同志见他在外面转悠，上前问，你有情况反映？

黄先甲说，我有重要情况反映。

市里同志问，你有材料吗？

黄先甲答，材料我已经寄给巡视组了。

市里同志说，那就请回吧。按照巡视规定，巡视组会认真对待每一份情况反映，如需核实会找你的。

黄先甲说，我要见巡视组组长。

市里同志说，巡视有巡视的规定，如果大家都要面谈，巡视组还怎么工作？回吧。

黄先甲不依，他仍然在外面晃悠。但是他守了一天没见人出来。他哪里知道，里面的人天天忙得昏天黑地，阅读材料，汇总情况，分析研判，一般情况形成意见后，由市纪委监委转各县区负责解释汇报。

黄先甲想，这么大的官早晨总应该在院里散散步吧？

第二天一大早他又到了院门口，果真见着一个首长散步，他大叫，首长，我有重要情况反映。

院子外面只有门卫，市里的同志没到，首长一惊，见外面一个瘦高个大声叫喊。

首长走过去，隔着门问，你有情况反映？

黄先甲说，我有重要情况反映。

首长问，带材料了吗？

黄先甲说，没带。

首长说，那你写好材料送过来。

黄先甲扑通跪下，大声说，我要当面说。

首长犹豫了一下，说，你先去吃饭，等下进来，我会叫人在门口接你。

巡视组的同志天天夜班，这个点不少年轻人还在睡觉。那位首长是省委巡视二组组长，姓黄。上班后，他吩咐小肖去接他。

到了会议室，黄组长问，你反映什么情况说吧。

黄先甲看着黄组长，见左右两个年轻人记录。说，我反映渔梁违建当官的纵容包庇，县委出台政策以罚代法，让大批违建合法化。

黄组长好像看过反映渔梁的材料，叫小肖去取过来。没一会儿小肖把材料递给黄组长。

黄组长看了落款，问，你叫黄先甲？我们同姓。

黄先甲挺尴尬，说，我是寄过材料，但我担心你们看不到。

黄组长说，你反映的问题我们正在逐条梳理。还有什么补充吗？

黄先甲说，都在这里面了，希望你们重视。

黄组长说，没有补充就请回吧。

黄先甲说，我一个事一个事讲给你们听。

黄组长说，我们有处理问题的规定程序，你请回。

说完，起身要走。黄先甲哪肯罢休，他上前一把拖住黄组长，说，求你听我说完吧。

这时候，候在会议室门口的市里的同志拉住黄先甲，说，你还是单位职工这么不讲规矩，请回吧！

黄先甲走了以后，黄组长给市纪委书记说，渔梁违建虽然反映的都是 2013 年以前的事情，但渔梁县委要实事求是作一个全面汇报。

纪委书记打电话给张松阳，把事情经过说了一遍。然后说，把汇报材料尽快写好，我来约黄组长，你当面给他解释吧。

当天黄先甲反映的问题被巡视组梳理出来，由市纪委、监委电传到县纪委监委。

张松阳把彭铭远、席火根叫到办公室，说，你们好好去准备汇报材料，什么时候去汇报等市里通知。

张松阳很重视，他是老县委书记，交流到渔梁前已经做了几年县委书记，如果不是政策规定，贫困县主要领导不准调整岗位，早提拔走了。这会儿省委刚考察他，如果没有特殊情况，过不了一个月张松阳将是市人大常委会副主任兼渔梁县委书记。

彭铭远和席火根不敢懈怠，秘书们加了一个夜班，席火根等着修改定稿，彭铭远组织纪委的同志准备佐证材料。

渔梁的汇报材料实事求是把渔梁违建发生的原因、背景，违建的量以及处理的情况说得清清楚楚，主要的原因是20世纪90年代初，中江电站建设单位离开渔梁时，由于政府没有收储建设单位厂房以及营房，导致数千亩土地流落民间，这是渔梁私房多的主要原因。因为居民建房成风，导致土地地下交易活跃，而政府又失去管控。2011年换届张松阳到渔梁后，他想着这种局面必须管控，否则这个城市将无法建设。在学习外地经验的基础上，出台了政策，给过去数量庞大的违建一条通道。材料还汇报了黄先甲上访不止的原因，以及县里对违纪人员的处理情况。

张松阳、王铁军、席火根以及纪委书记一同去市里。在市纪委大家说起黄先甲无比感慨，因为他们都知道，谁接访过他，在黄先甲的腐败分子名单中必定有名有姓，连市纪委书记也在名单中。

黄组长根据梳理的情况说，你们把汇报材料留下，不必汇报。我个人有几点意见供你们斟酌。历史问题的处理我认为是必要的，处理之后是不是刹了车，渔梁要经得起检查。另外，对人的处理有没有过轻？还有黄先甲反映当年营私舞弊的那几栋房子为什么没拆除，是不是失之于宽？回去以后你们好好研究，处理情况及时向巡视组反馈。张松阳向黄组长表态说，领导的指示，回去后对标对表立即研究，处理情况及时汇报。

县纪委对 2013 年以后党员领导干部建私房的情况再次筛查，处理了两名以亲属名义违建的干部，建口组织力量对黄先甲反映"只处理了人不拆违"的 5 栋违建进行了拆除。这场巡视风波总算平息。

席火根知道，黄先甲不会就此罢休。人一旦被什么事伤害，如果没有能力从阴影中走出来，注定一生都会被这个事羁绊。

中央巡视中江后，纪委书记胡明明多次去人民医院见了黄先甲，他像是一位心理医生面对一个病人，跟他整上午或整下午聊，有时候院长陪同，有时候只有他们俩面对面谈。黄先甲唯一变化的是不再用手机录音，语气也平和了许多。

胡明明说，你的心结始于三分地被人利用了，而且还导致你父亲去世出殡都困难，平心而论，这些事摊到谁头上都受不了。现在这些人撤职的撤职，处分的处分，非法骗取的建房指标连同他们花钱建起的房子都拆掉了，按说你的结应该解了。人一辈子不能沉浸在那些伤心事里。

黄先甲说，我上访了十年，没有人跟我这么说话，他们仇视我，厌恶我，为什么啊？我想不通。这些人都不是好官，好官不应该这样。所以我要告他们，告不倒他们永不罢休。

胡明明说，你告他们的证据组织上一一核实了，可以说你已经通天了，中央巡视组都亲自过问了，还有什么不放心的？也许有些领导工作方法你不认同，也许你反映问题的方式领导接受不了，这些就不必去纠缠了。生命有限，把日子过好，把家经营好，比什么都强啊。

黄先甲说，我离了婚，没家了。老娘和傻妹在家里过一天是一天，没什么好与不好。我没什么好惦记的。

胡明明说，听说你曾请方建设帮忙为你妹妹批建房？

黄先甲说，方建设不是个好东西。

胡明明说，按政策农村批建房以男的作为分户条件，但你妹妹一直未婚，户口在村小组，我跟火根同志说说，看能不能通融一下。

黄先甲说，算了，不批了。

说完这句话之后，黄先甲沉默了。胡明明仍然没有放弃，他想着黄先甲不可能真的无牵无挂了。虽然他跟老婆离了婚，但是离婚并未离家，他们共同的孩子虽然跟着母亲，但他的工资却交给了老婆。

要说胡明明真有耐心，他到渔梁的时间不长，给人的印象是谦和，一如他的名字大学之道在明明德，他是一位注重修身的人，此时他最想做的便是让黄先甲说话。

胡明明说，过去渔梁地征不下，房拆不了，城市建设寸步难行，都是因为不公平，这几年渔梁的变化你都看到了，老百姓也支持政府不是吗？我们不能在历史中过一辈子不是，朝前看有什么放不下？

黄先甲再不开口。

胡明明在国庆维稳会上说，我用了不少时间跟黄先甲谈，最后结果到底怎么样我不知道。

席火根说，胡书记用了心，但黄先甲就是这么个人，他陷进去出不来了。

邱日红说，如果他一意孤行，只能依法刑拘了。公安方面已经作了预案，所有的取证都到位。

胡明明说，黄先甲已经不是一个正常人，他是个病人，对待一个病人该用什么办法，请公安的同志慎重考虑。我估计他去北京的可能性很大。

胡明明的话里明显带着对黄先甲的同情。席火根说，我同意把黄先甲看作一个病人，是不是可以按病人的办法来处理。

彭铭远说，心理疾病上访销不了号，所以按病人的办法处理不了。公安把工作做扎实，如果他去了北京，治安拘留少不了。

丁健说，公安局已经作出了对黄先甲治安拘留的决定，如果他去了北京直接拘留。

也难怪地方上最怕赴京上访，分管维稳的同志没有不恨赴京访。

黄先甲还是去了北京。席火根感到有些遗憾，为什么不能避免呢？

或许这一次被拘，能够让他从旧的生活状态下解脱出来，开始新的生活？

第二十四章

秋天到了 10 月才有了金秋的桂冠。金色是成熟的色彩，是收获的季节，饱含富丽堂皇的意蕴。

这个 10 月，渔梁县城的工地热火朝天，随处可见的吊机，把盛世的繁荣带入人们的视野，这样的景象渔梁人从没见过，人们不经意间见证了渔梁这一时期的快速发展，这也是国家发展的一个缩影吧。

这个 10 月，对于渔梁人而言，还有一件载入史册的大快人心事，在国务院公布的第二批贫困县摘帽名单中，渔梁县赫然上榜。尹小青看到这则新闻的时候，还在梅岭的单身宿舍，她大声叫着小黑哥和红妹，渔梁摘帽了，渔梁摘帽了，心中的狂喜像洪流奔泻。五年中她以梅岭为家，似乎已经忘记，她还是渔梁县妇女联合会的副主席。

事实上，这五年渔梁的各级干部都不容易，像尹小青这样的第一书记更不容易。这时候席火根觉得应该重返梅岭，去看看那些忘我工作的同志们，以及那些从建档立卡贫困户中光荣退出的乡亲们。几年了，席火根无数次走过的这条路，从来没有像今天那样让他这么畅快。梅岭的山丘松林浓密，村庄的房屋被浓荫遮蔽，若隐若现，盆地间水稻金黄，长长的禾穗弯了腰，南风吹过，来回摇曳，似是为这金秋留下饱满的记忆。鸭子在水塘游动，没有了热浪追赶，鸭子轻盈地游耍，岸边还有一群扑打翅羽抖落风尘，正是子鸭毛实上市的好时节，梅岭今年发放的数万羽鸭苗应该会有个好收成。

席火根像往常一样，在机关食堂从自己的伙食尾子中兑换了牛奶、食用油，然后又在韶乐街上叫林力买了牛肉和猪肉。牛奶和食用油送给他帮扶的贫困户，每家一份，猪牛肉是中午的伙食。林力通知了在村里工作的同志，一同去张长生家吃午饭。席火根打电话告诉张长生，杀只子鸭等他自己来炒，机关工会发的扶贫鸭票他还没去消费呢。

每次去梅岭，席火根像是走亲戚，每家走一遍。盛丰收和胡花源家猪正长膘，长生家的鸭子大都卖了，剩下没多少，他要养成老鸭下蛋。长生很高兴，说，席县长好久没来家里吃饭了。

席火根说，这一段拆迁忙着嘞，家里怎样？

长生说，好着嘞，就是你不该每次来都带这么多菜，好像我们家永远穷得招呼不起客。

席火根说，走亲戚嘛，空手来总是不好。

长生说，今天你也不用动手，我也不用你买的菜，我来下厨，你莫嫌弃就好。

林力说，也好，天热，这些放冰箱。说着，人都到了。七八个人闲聊着。

小黑哥说，忙了几年，连检都没检。

谢自发说，你就偷着乐吧。

席火根问尹小青，多久没回家了？

尹小青说，两个月没回了。

席火根说，回去看看老陈吧，不然他找了别的女人就麻烦了。

尹小青笑说，人都老了，谁要他呀。

范友明说，贫困县摘帽了，我也该摘帽了。

谢自发说，还没到届，你休想开溜。

菜陆续端上来，牛肉、红烧肉、炒子鸭、红烧排骨，还买了煌上煌的鸭脚，还有几样青菜，长生准备得够丰盛。

席火根说，长生今天把家底拿出来了，感谢盛情款待。

长生说，县长这样说，我就不高兴了，我的困难过去了，我的生活很好。县长不让喝酒，我今天准备了酒。

席火根看到长生手上拿着两瓶堆花酒，说，酒就不喝了，下午还要上班。跟我比，你还有差距嘛，你是大哥，好好保重，好好发展，我们要的是共同过好日子。

长生听了眼睛都湿润了，哽咽着说，有段日子我是真苦，因为席县长鼓励帮助，现在好了，都过去了。

席火根拍拍他的肩膀，说，老兄啊，保重身体，政策会越来越好的。然后跟乡村的干部说，贫困帽是摘了，但穷根未必就拔了，农村的事太多，劳逸结合，把心交给他们就好。

谢自发说，本来今天喝点酒庆贺一下，你又不许，那大家喝杯水，我们再接再厉。

饭很快吃好了，大家都很高兴。小黑哥说，我也半个月没回家了，今天回去交公粮了。

席火根说，你这么年轻，是该回去了，不然憋出病了。

人一辈子能遇上帮助别人的社会大环境真好。国家还没宣布中国已经解决绝对贫困，全面建成小康社会，扶贫工作就还要继续。

张松阳想着渔梁提前脱贫摘帽，各级干部付出了艰苦的努力，县里应该奖励、提拔一批干部。常委会上，张松阳动了真情，说，渔梁顺利摘帽，我感谢大家，现在不少位子空缺应该补上了。书记碰头会上大家达成了共识，现在提交常委会研究。组织部长把书记会议研究的名单提出来，一个个介绍情况，常委们都表态同意。在这批提拔的干部中，席火根注意到，做征地拆迁工作的干部不少。刘文海离开芙蓉镇到别的镇任党委书记，叶绵绵任党委副书记，还在芙蓉镇，林力任周田乡乡长，何方清任周田乡常务副乡长，雷金虎提拔任一级主任科员，苏莺莺任政府办公室副主任，张军任城管局副局长，更可喜的是，杨雪雪被录用到芙蓉镇事业单位。彭铭远告诉席火根，吕立忠超龄，不然这一次也该提拔，武兴思是工人编制，用不了。这便是一个遗憾。

张松阳刚任命了一批干部，自己接着也被组织任命，他现在是市人大常委会副主任兼渔梁县委书记。人逢喜事精神爽，席火根感到书记的状态前所未有地好，浑身放松，散发一种豁达自信的豪迈。这天约了席火根陪同，考察高铁新区项目建设，县委办公室为张松阳准备了一辆越野车，席火根同车前往。渔梁迎来高铁时代确非易事，20世纪90年代铁路绕过渔梁，让渔梁人耿耿于怀。因为渔梁没有宣传好自己，光辉的历史湮没在历史的时空，而邻县是将军县，所以铁路绕道走了。这次高铁经过渔梁，总算没辜负这块红色沃土。高铁站年初破土动工，主体年底完成，按照省里的统一部署，明年8月将全线开通。这意味着渔梁将告别一个旧的时代，迎来一个新的时代。

高铁站距离县城北入口6公里，这条线，县里定位高标准建设鲜花大道，给未来高铁新区留下充分的发展空间。目前道路已经完成路基夯实，部分路段填上了砂石。车在砂石上颠簸，两个人的身体在车上左右摇晃，张松阳很夸张地抓住了席火根的手。官场上，上下级之间有一种亲密是无言的。席火根说话很直，从不拐弯，没少顶撞领导，但他的确能干事，尽管两人之间交流不多，也不深入，但是在工作上他们内心是相通的。

张松阳戏说，年纪大了，骨头经不起折腾了。

席火根说，我比你小两岁，不敢说年老哦。

张松阳说，下车走一段，交通局长在前头。

席火根说，你带我过来，欲在延伸高铁连接线绕城段？

张松阳说，你说呢？

席火根说，是时候了。绕城段连接规划路和中江大道，如果实现了这个目标，那么渔梁城市框架基本定型。

张松阳问，你拆了那么多，还有斗志继续做下去吗？

席火根反问道，你看我还能继续吗？

张松阳说，听说你床头放着一本《毛主席语录》，你最喜欢的话是与天斗其乐无穷，与地斗其乐无穷，与人斗其乐无穷，有这回事吗？

席火根说，工作做苦了，跟建口的同志随便聊过。

张松阳笑笑，说，我看你可以继续。

席火根说，我想继续，但你也得想继续才行。现在你官升了，还想累？

张松阳说，我主要还是县委书记，国家未宣布解决绝对贫困问题，我仍然走不出渔梁。我们再吃点苦头，图个圆满，怎么样？

席火根说，我没问题，关键是怎么干。中江大道要拆干净一个居民点，还要穿过一个村庄，绕城段也就是城北大道要穿过两个村庄，同时德政路西延连接中江大道还需要穿过一个村庄。我跟铭远书记前期做过调研，总的拆迁量可能会达到 400 栋，要把活干干净没有一支铁军很难实现。另外资金也是一个问题，如果按照以前的安置办法允许货币化，那么资金量非常大。

交通局陈局长坐着工程车过来，扬起的灰尘飘到半空。

张松阳看着，皱起眉头，陈局长一下车，张松阳就说，扬尘太大，要注意规范施工。

陈局长说，每天喷两次，天太热，一会儿就干了，喷湿了又影响施工。我们尽量注意，适当加密喷水。

张松阳说，说说进度。

陈局长汇报说，路基 12 月上水稳，路面明年 6 月铺沥青，两边绿化年前完成。

张松阳说，要高质量完成绿化，形成 10 里鲜花长廊，成为城北入城闪光亮点。

大家走了一段，张松阳说，你们抓紧施工，我和席县长再去几个地方看看。越野车回头驶向中江大桥，转道桥下，中江大道被一个居民点挡住，堤上有一条窄窄的单行道可通行。张松阳说，还是步行看得仔细。

两个人走在堤埂上，过去这埂用作防汛，一埂两分，堤内堤外，因为中江汛期难得有这么高的水位，所以这堤埂也就是个样子货。多年以来堤内江岸盖了太多的房子，形成了一个很大的居民点，县定点屠宰厂也在江边，这个居民点与廖下自然村连接，好在廖下分散在堤内的房屋并不多。过了廖下就是一大片滩涂地，很多地荒着长野草，没荒的地种着蔬菜。远处还有几处建筑，是水文站和木材转运站，那里有个村庄叫接官亭。这个地方过去是古码头，很是红火，古代官员在此停泊，江岸有一亭子可供休息，故称接官亭。新中国成立以后，林业部门利用旧码头建了木材转运站，水运摒弃后码头也废了。

张松阳坚持走过去看看。到了地，席火根介绍，这里是城北大道的末端，中江二桥的起点，往东接高铁鲜花大道，向西进入新城区。

张松阳问，有路向东去吗？

席火根说，没大路，有田埂路，前面要穿过两个村庄。我们往回走吧。

重回那个偌大的滩涂，张松阳问，这是德政路和中江大道的接口吧？席火根说，是这样，具体位置还在调，尽可能减少拆迁。

张松阳问，这区间怎么布局？做过城市设计吗？

席火根说，我已安排住建和自然资源在做。我个人考虑，江岸做一个大公园，以带动中江大道以东大约220亩土地开发。

张松阳说，你的想法很好，但这个公园应该要有一个主题才好。

席火根说，我县文化馆、图书馆、博物馆建筑老旧，设备陈旧，早落后于全市，我有一个想法，城南建了市民体育公园，城北布局市民文化公园，你看如何？

张松阳四处张望，远山近江，风光旖旎，在这儿读书真不错。说，可以照这个思路规划，按程序走。现在我县已经成功摘帽，明年我考虑增加城市的关注度，从组织、力量、资金各方面予以保障，打一场更大规模的城市攻坚战。局面拉开后，适时布局人民医院整体搬迁、增建实验二小，以解决床位、学位严重不足的问题。

张松阳沿江画的这个圈，让席火根激动不已。

这是一个干事创业的时代，也是一个挥洒豪情书写史诗的时代。

席火根说，城南、城中问题提前得到解决，比我的预期好。城北这场决战可以提前开场了。

张松阳说，你有什么具体想法？

席火根说，我考虑从 11 月开始到春节前，用 100 天时间打这场攻坚战。目标是征收房屋 400 栋，征收土地 3000 亩。在力量方面，抽调 50 名干部参与攻坚。我从芙蓉镇及建口四部门再组织 50 人参战。你若同意，具体问题我跟铭远同志再商议。

张松阳说，100 天 100 个人，拆 400 栋房屋，征收 3000 亩土地，好大气魄。

张松阳停下脚步，再次环顾四野，充满深情地说，这次行动如能成功，将改变渔梁这座城市的风貌和气质，甚至改变这座城市的命运。你有信心吗？

席火根说，我能把问题提出来，当然不缺信心，有县委、县政府做靠山，又有群众支持，我有能力打赢这场硬仗。

张松阳听了席火根的话无比欣慰。刚到渔梁时，新城搞拆迁受了挫折，心里对拆迁有了阴影，这两年席火根坚持不懈地努力，打开了崭新局面，给了张松阳信心和勇气。张松阳坚信，一个团队有坚毅执着的操盘手，必定会大有作为。

阳光和煦，江风习习。回转途中，张松阳意外地表现出一种兄弟般的亲昵，说，有没有想过换个位子呢？两个人并排走着，席火根扭头看着张松阳，回道，书记有什么考虑吗？张松阳说，年终考核我想推荐你到县委这边来。席火根觉得张松阳不是封官许愿，也不是信口开河，他应该是真诚的。答道，我岁数不小了，在县里哪个岗位都一样，不必折腾了。张松阳扭头看着席火根，说，你什么意思？席火根说，如有可能，我想去市文联搞创作。张松阳说，我知道了。

其实，席火根也只是说说而已，他知道张松阳起码暂时不会放他走，心里也没当回事。

席火根上了九楼，跟铭远书记汇报张松阳的考虑。大概彭铭远觉得这事一时半会儿说不清，起身说，我这里有好茶，给你换一杯。

席火根说，我上楼时刚泡，下次喝你的。

彭铭远笑笑，说，换个味道试试。说完拿了杯子去换水，席火根说，我来我来。

彭铭远说，你坐下，一会儿就好。

茶泡好了，两个人重又坐下来交换意见。

席火根说，打大仗，人是关键。先前抽调的 50 名同志，已经有了一些经验，现在还有 10 个人留在指挥部，我考虑其他同志无论是否已经提拔，只要本人愿意都召回，个别特殊情况可以换人。

彭铭远说，已经担任主要领导的就算了，指挥部也应该做相应调整，我跟铁军同志沟通一下，让苏莺莺继续留在办公室，林力当镇长了，你不好再用了，建口秘书一下上不了手，攻坚方案请苏莺莺先做。

彭铭远也是利索人，一下把后面的话都说了。席火根说，攻坚前对过去安排的工作要有一个了断，留下尾巴，今后可能形成隐患。

彭铭远说，是要注意这个问题，拆迁拆的也就是一口气，这口气没了就偃旗息鼓了。我们一起召集四部门及两乡镇主官到现场去，察看每一个工地，有问题及时安排，力争个把月把尾巴割掉，然后轻装上阵奔赴新战场。

这两人总是心有灵犀，商量问题轻轻松松，大盘子三下五除二到位了。

市民体育公园土建已经完成，体育馆的装修布置已经到位，球场的安装正在扫尾，田径场塑胶跑道铺设到位，其他像羽毛球、乒乓球场都已完成，门球场在王家老宅房地上，因为拆迁耽误了工期，速度慢了些，下个月天气凉下来，绿化工程就可以上了。

一行人驻足观看，一座功能齐全的体育公园，与千年城墙一动一静，历史与现实冲击心田，让人不禁发出物换星移沧海桑田的慨叹。

步行街改造已经全部下架，改造后的路网已经形成，曾经的死角逐渐活跃，不少店铺又在重新装修。循良坊业态主体及外立面装修都已结束，从品相上看，松紧适度，它连接美食园，互为补充，绿化上来后，将是一个非常舒适的消费片区。

李幼敏说，这个片区还包括城墙外的绿化、停车等设施配套，拆迁工作全部到位，剩下的工作我们抓好，请领导放心。

城控集团董事长邓峰说，对面安置房片区二期已经开工，北面还有两栋房屋没有征收，这两栋房屋虽然不影响地下工程，但主体建筑和日后的小区配套施工将受影响，这两栋要抓紧搞掉。

陈林接茬说，差不多了，也就这几天吧。

移步循良坊，大家发现这地方不仅整齐，而且已经有一种新旧的协调之美，以及建筑的高低错落之美。在拆过的地方补充进来的几栋建筑，虽然没有下架，但其轮廓镶嵌其中，让人感觉一种和谐之美。留下的建筑经过一番改造，让人有了一种化腐朽为神奇的感受。

邓峰说，循良坊老建筑都拍租出去了，现在都在装修，元旦前可以开业。

彭铭远说，城南四期改造基本面呈现出来了，总体上档次都很高，业主单位还要加强监督把后续工程做好。

保育院扩建工程房屋征收已经结束，但房屋都还没有启动拆除。何方清说，房屋征收完成后，我们把这一片区交给了教体局。冯院长说，现在已经开学，不好拆，教体局的意思等工程施工时一并拆。

席火根说，小何干得很好，这么短的时间完成了任务，指挥部要报请县委表彰你们。

这一圈走下来，大家都很轻松，因为拆的任务基本完成。大部分人都是这个项目的参与者，天天看着，没什么新奇，郭守义在新城，对这些变化觉得很陌生，说，很久没来过，没想到变化这么大，大家吃了苦，我得努力干。

席火根接过郭守义的话说，拆只是手段，种才是目的，就像是农民把田耕了，种什么，怎么种还得费心思。今天请大家来，不仅是领任务，更重要的是思考，因为这座城还有很多地方等着我们去种。席火根的情绪上来了，他信心很足，充满豪情地说，拆出一片新天地，建设一座养心养眼的新城市。

彭铭远边走边说，席县长说得好，上到了一个高度，道出了一种情怀。拆迁不是一件简单的工作，我们做的是谋一城的命运和前途，有幸参与其中，我们应该感到无上光荣。短短一席话，像是为下一场攻坚战作了动员。

十八口塘公园隔着北门河，没几步就到了。大家一路走，李幼敏一路介绍，这个片区启动晚，但征拆做得快，工程进展顺利。目前茶亭路已经打通，进入桥梁安装阶段，水东道路扩宽基本到位，十八口塘与北门河连接工作已经完成，中段网红桥已经完工，十八口塘文化展示馆外立面装修到位，转入内部装修和陈展。几个重要的业态都是社会资本建设，因为招标程序较长，上个月才开标，现在正抓紧施工。公园景观节点和绿化工程准备下月初启动。

陈林说，按照规划，拆迁方面还有两栋一直没谈下来，另外还有两条巷道七八间杂房没谈下来。

席火根说，这两栋正房不拆，公园骑行步道就得拐九十度弯，很不安全，必须拆除。那两条巷道连通北门河，方便游人过往，无论如何也必须做到位。另外这个片区还要设法增加文化的厚度，门头巷坊的设计要尽快拿出来，这有益于树立十八口塘品牌。

江慧说，这个项目是以总承包方式招标，施工和设计是一个团队，他们根据拆迁的情况，在不断调整和优化方案，有些方案我审过之后，再呈报领导。

彭铭远说，作为民生工程如求圆满，还必须最大限度增设停车泊位，同时尽可能多地打通巷道，这个方面现在还有一定的缺陷。

李劲涛说，那几户人家院小，厨房拆了的确没地方建。

席火根说，幼敏和江慧想想办法，组织技术人员对这几户人家提出内部适度改造方案，把厨房放进屋，劲涛再做做工作，争取不留遗憾。

雷金虎说，那两栋房子主要是过渡安置和财产分割问题，过渡安置房工作组在帮助找，财产分割法院在调解，争取月底前拿下。

席火根说，抓紧点，尽快拿下来，我还得让你这员虎将去城北。

彭铭远说，严福生抓的几个项目比较小，就不去现场了，有什么情况汇报一下。还有城中菜市场综合体建设，方建设也要抓好监管。

严福生说，拆迁都已到位，已经在走立项招标程序，没有问题了。

彭铭远说，按照县委的工作安排，下个月我们将启动城北大规模的攻坚行动，具体安排和实施方案待县委、县政府研究后再部署，请大家务必抓住这个把月时间把工作扫好尾。

走到十八口塘公园北入口，彭铭远看到泥工正在做一段小城墙，因为没完工，看不出端倪。

彭铭远问，这个小建筑是何用意？

这个建筑是席火根的创意，席火根回道，十八口塘是一个有历史记忆的地方，应该有一地标，我想十八口塘源于城墙取土，那就做一段微城墙，把这段小城墙用铁艺包裹起来，上面写上十八口塘，另外写一段文字记叙。这个意象如何？

彭铭远说，这个创意好，有历史地标性意义。

第二十五章

秋收过后，田里裸露高高低低的禾草，过去农民一把火烧了，翻耕种油菜，现在环保要求高，不许烧，县里补助给农民每亩10元翻耕费，同时配发种子，农民还不乐意。因为没有草木灰，土地容易板结，影响出苗生长。城北农民一反常态，没有翻耕费，没有种子配发，偏偏种上了。

陈林不好意思，向席火根表示歉意，说，镇村干部通知每家每户别种，他们偏种。

席火根说，这是好事。

陈林一脸狐疑，说，政府又多出了一笔青苗补偿。

席火根说，这说明农民愿意征收嘛，这不是好事吗？

陈林笑说，领导看问题角度就是不一样。

苏莺莺把冬季攻坚方案送席火根审阅，席火根把力量做了较大的调整，以自然资源局和芙蓉镇为主，安排了一半力量征地，同时安排住建做好项目前期，把中江大道和德政路合为一个标段，城北大道作为一个独立标段。苏莺莺不解，说，房屋征收难度大，应该多安排一些力量吧？席火根说，中江大道、城北大道、德政路总长度不下5公里，这么长的战线在短短一百天内要取得最理想的成果，并为明年年初顺利开工提供保障，最有效的办法无疑是提供最大的作业面。苏莺莺说，我懂了，改好后送领导审签。

彭铭远看过方案之后也有不同意见，打电话向席火根询问，席火根解释说，我知道拆迁难，理当把力量倾斜到拆迁方面，但400栋房屋一百天完成征收不太可能，而3000亩土地一百天拿下则有把握，这是明年项目开工的基本作业面，只要项目开工就有了倒逼拆迁的外部条件，所以房屋征收只能安排一半的力量。这50个同志经验丰富，我相信这一百天会有好收获。应该说，席火根在排兵布阵上的确老到娴熟，席火根解释过后，彭铭远觉得有道理。

立冬是冬季的开始，一年有四立，冬者，终也，万物皆收藏。可这个冬天，席火根期待一场大戏，当这场大戏谢幕时，他希望有新的收获带入春天。

席火根到屠宰场的时候还不到上午十点，一个人没见着，叫办公室新安排的对口秘书梁栋通知杨芳华到屠宰场，自己到处看看。渔梁县定点屠宰场建于21世纪初，当时这一带还是郊区，建设的标准低，几乎没有排污设备，处于直排中江的状态，后来环保检查要求整改，屠宰场仅做了一个沉淀池，实际上还是直排。席火根到排污口察看，猪下水滞留在江边恶臭难闻，成为蚊蝇的饕餮场。早在菜市场搬迁屠夫罢市的时候，席火根就跟王铁军建议，让屠宰场市场化，尽快搬迁，脱离商务局亦官亦商的体制。商务局不同意，跟王铁军汇报说，屠宰场由商务局管理有利于管控肉价，不然政府很难控制。王铁军听得似是而非，指示说，体制不改，但屠宰场搬迁得抓紧。附近居民向省市投诉不断，环保督查盯得很紧。商务局长杨芳华握着县长的尚方宝剑，开始走搬迁报建程序。其实席火根知道，商务局执意这么干，无非是用政府资产为部门收取管理费。但他不分管商务，既然领导同意，只好保留意见。

杨芳华不知从哪赶过来，这么久才到。后面跟着屠宰场经理，这人矮矮胖胖，见了席火根说，屠宰场后半夜工作，八点就收工了，上午一般睡觉。他跟席火根不熟，只是屠夫罢市时见过面，知道这位副县长处事果决。杨芳华把席火根领到会客室，经理忙着泡茶，席火根说，茶就不必泡了，我带了杯，说说新屠宰场建设情况。

杨芳华说，主体早建起来了，只是设备安装还没启动。

席火根问，为什么不启动？

杨芳华说，新场较远，屠夫不愿意跑，所以就没启动。

席火根说，政府丢了那么多钱在那里，你们却让新场闲置，这合适吗？居民投诉，环保整改，你们都可以视而不见吗？

杨芳华说，县长批评得对，我检讨。我马上组织搬迁，争取两个月内搬迁到位。

席火根严肃地说，两个月太长，我现在以指挥部的名义通知你，二十天内搬迁到位。

杨芳华急了，忙向席火根解释说，机械设备安装没问题，主要是屠夫的工作难做，二十天确实很紧。能不能宽限一些时间，一个月以内？

经理帮着说，一个月内全部撤离。

席火根明显生气了，他起身准备离开，把话扔下：我不跟你讨价还价，就二十天，一天都不能多。到时搬不走，这里也别经营了，并将严肃问责。

中江大道属于公家的建筑还有航标站和木竹转运站，这两处建筑在中江大道的另一头。因为中江航运早已废弃，航标站已经名存实亡。主管航标站的是交通局下属单位航运所，这个单位属市县双重管理。彭铭远召集交通局陈局长、航运所刘所长、林业局肖局长、芙蓉镇党委副书记叶绵绵现场办公。

刘所长汇报说，航标站一直空置，2004年深山区移民时，航标站租给了一户移民，租期早过了，可这户人家还没找到地方建房，一直赖着不走。现在要拆迁，这户人家是主要障碍。

陈局长补充汇报说，我们请示了市局，考虑到未来中江通航的需要，航标站还应该保留，拆除后政府可在西岸码头给航标站预留两亩地，何时建设看需要，市局很支持县里的建设，说不必做任何补偿。

彭铭远说，陈局长工作做得很好，目前要做的是这户移民的工作，看看这户人家到底是什么情况。具体工作由交通局负责，叶绵绵协助。力争半个月处理到位，二十天内拆除。

林业局肖局长汇报说，接官亭木竹转运站是林业公司下属单位，过去生意繁忙，古码头上人头攒动，现在门可罗雀，码头也被野草覆盖。这个区间占地有10多亩，过去林业公司承包给一家板材厂，这家厂子因为违规被关停，后来承包给了一位木雕艺人。

彭铭远突然来了兴致，说，我们一起去现场看看。

木材转运站虽然已经凋敝，但仍然可见当年的繁荣，作为当年木竹粗加工转运的工厂，这里设施齐全，场地宽敞。在一个大车间彭铭远见到了这位木雕艺人。他五十多岁，长发披肩，长须飘飘，像是一个山野之人，却有着一种超脱世俗的气质。大厂房内堆满了各种各样的奇异木头，作业区只有一台机床。彭铭远到处看看，不见其他人，暗自思忖，这艺人怎么搬动这巨大的树蔸？还有他做的成品又放在何地？彭铭远一肚子疑惑想问个清楚。

彭铭远问，你贵姓？你是渔梁人吗？

艺人说，免贵姓陶，我是渔梁人。

彭铭远又问，在这个行当做多久了？

老陶说，从二十多岁做到现在五十多岁。

彭铭远好奇，还问，你一个人生活吗？

老陶说，我一个人生活。

这副行头不一个人生活还能几个人生活？彭铭远想一睹他的作品，试探问，能看看你的作品吗？老陶爽快答应。领着彭铭远到隔壁转运站食堂。这个地方还是过去的安排，左边是厨房，右边是大餐厅，没有隔断，一眼望透。但过去的木门换成了防盗门，里面摆放着他雕刻的作品，各种形象栩栩如生，令人眼花缭乱。在这些作品的中央放置着一张床，天花板的灯光像是精心布置过，七彩光柱分层照射。彭铭远想，席火根是否知道这个地方，如果他知道会作何感想？渔梁这小地方竟然还有这样的奇人，这是彭铭远没有想到的。他打电话问席火根，你知道转运站有个艺人吗？

席火根说，我知道，这是一个很有故事的人。据说他的木雕作品市场前景很好。

彭铭远说，你对他的安置有何考虑？

席火根说，要妥善安置，没准今后他还可以为渔梁做出一个产业。可以请林区乡镇协助，安排他的生产车间，循良坊还有一栋老房子可以租给他做成品展销。

彭铭远说，我看可以，我来跟他谈。

席火根马不停蹄赶往德政路，告诉梁栋通知石言，对德政路西延的线路再论证，叫他带总规到现场来。

渔梁县城市总体规划是同济大学做的，当时一个老师带着一帮娃娃住在渔梁搞了两个多月，县里花了大价钱，规划到了人大，当时席火根在人大做副主任，对规划提出了很多质疑，但最终这个规划还是通过了。石言知道，学院派的规划无视现状，一条线画过去最优，必定就这么画了。审查规划的城规委会没几个人懂，到了人大更没几个人懂，拿到省里压根儿没几个人看，厚厚的一大本规划书一两个小时就审查通过了。所以说，县城城市规划是样子货，不是很难执行，就是执行不了。

石言搞了一辈子规划，似乎见怪不怪。他最大的优点就是具体规划时严格按照规划导则行事，某种意义上详规的价值超过了总规。这样的倒行逆施让规划执行者望规兴叹。

德政路西延是2014版城市总规划的线，这条线呈弧形穿过沈家村，从图上看，这弧形似乎很优美，但席火根总感觉不是这么回事。

从现状上看，沈家与程家中间有一条道分隔，如果这条线从沈家与程家中间穿过不是更合理吗？不仅线形直，而且拆迁量极小，建设成本低。

席火根问石言，当初这条线你没注意吗？

石言很坦诚，说，没在意。想了想又说，也许直线过去，在中江大道接口处有一排涝站不好处理吧。

席火根说，排涝站下移有何不妥？

石言说，当然没有问题。

席火根说，你做了一辈子规划，考虑过规划的感受吗？

石言似乎没理解席县长的意思。小声问道，什么是规划的感受？

席火根觉得有些悲哀，一个搞了一辈子规划的人居然不知道规划的感受。席火根此时像是一个老师，说得十分清晰，规划的感受就是人性的温度。这是书上没有的，但我们是应该懂的。如果一座城市的规划不考虑原住民的感受，这个规划就没有人性，没有温度。

石言无语，席县长说的老师没教过。他知道席县长博学，不知他在哪里学到的。

席火根继续说，城市规划关乎太多人的生命情感，关乎城市的前途命运。如果一座城市不能留住原住民，那么这座城市还有文化吗？一个没有文化的城市是没有根基的，哪里还有前途？

席火根的这些话石言闻所未闻，他知道的就是容积率、绿化率、建设密度、开发强度、交通组织等，当然还有天际线这些奢侈的概念，至于人文层面的意涵他从未想过。

他看着席县长说，改线没有问题。

席火根说，我知道改线没有问题，我就想跟你交流一下规划的深层次内涵。比如城市化到底能带给农民什么？现在保障政策好，有失地农民补助，有新农合，有社保，但这些可以为失地农民提供生老病死保障吗？现在这个保障还是低水平的。政府在城市化中想降低成本，而农民则想着在城市化中获得最大利益，这就有了冲突。规划的自觉就体现在缓和这两者的矛盾。你觉得有道理吗？

石言似乎懂了一些，连声说是。

席火根接着说，还比如怎么样才能让城市中的农民市民化？村庄能否就地改造？比如在沈程两村中间西延过去，前排的房屋在红线上，能否让他们就地改造，从过去的职业种田人转变为城市中的小资产者？把一些有条件的城中村做成城市中的街区，比如十八口塘是不是有了一些街区的特征？我跟你说这些，就是希望唤醒规划自觉。我们要把以人民为中心的理念贯彻到种城的全过程，这个过程就是为这座城市的人们播种希望，谋求幸福。

席火根得知彭铭远在大桥下调研，带着石言前去会合。

石言详细汇报德政路改线的情况。彭铭远说得干脆，有利就改。

席火根说，改线后西延征收任务很小，叶绵绵带一个组进驻德政路就行，我想问题很快可以解决。

彭铭远说，大桥下这一大坨坨还是很复杂，征收难度会不小。

大桥下这个居民点叫什么没人说得清楚，廖下在北，虽然连着，但这个居民点不是原住民，所以只能叫大桥下。大桥下的房屋沿着中江岸线向北延伸，鳞次栉比，从江岸到江堤的几十米区间密密实实建着栋房，过去没深入进去不知深浅，这一次走进去，才知道什么叫新棚户区。

这个居民点成长于 20 世纪 90 年代，如果不是后来加强管控，这岸线还不知建多少房子。因为没有规划，房子建起来后只有一条窄窄的巷子进去，有些人家还得从江岸绕弯进去，通风、采光等各项指标都达不到规划要求。过去人们对幸福指数没有概念，有个地安身就不错了，现在大家都追求幸福指数，这样的住房条件让不少人感到局促和不适。

彭铭远说，我走访了 20 多户，三分之二强烈要求棚改，三分之一想改，但面临的困难不少。有几种情况，比如兄弟共有财产分割，老人安置，重置评估价低等问题。

席火根说，这些情况其他片区棚改都很普遍。没什么大不了的，但需要时间磨合。

几个人走到桥下，正对着大桥的一栋房子，院子大门头上放着一对雄狮，本来狮子放在门口，这种摆法倒让人大开眼界。中国风水学博大精深，是建筑、营造、美学、心理学的集大成者，目的是打造天人合一的至境。但有些风水师在实践中注入了很多玄学，让这门本来很阳光的学科披上迷信的色彩。

席火根说，我敢肯定这户人家有过一段磨难，征收这栋房子的难度不会小。

第二十六章

苏莺莺的旬报显示，百日攻坚启动二十天来，吴安泰和陈林带领的土地征收组完成土地分户测量 1000 亩，这个成绩让席火根很兴奋。

渔梁土地征收一直是城市建设的瓶颈，征收土地必附带着建房诉求，席火根的土地征收四原则坚守了公平底线，得到群众认可。自规划路土地征收破冰以后似乎一顺百顺，这一次的实践，更印证了群众工作的不二法则，该给群众的一分不少，一日不拖，群众就会支持你，拥护你。

两年多了，席火根见证了陈林的成长。这个八零后年轻人从不会干到会干，从会干到创造性开展工作，从怕事到不怕事，从不怕事到主动接近群众，走进群众的心里。作为长辈，席火根同样感到欣慰。

这小子这些日子兴奋着嘞，妻子二胎生了一对双胞胎儿子，现在他是三个儿子的父亲，把年轻人羡慕死了。他调侃说，生儿子找陈林，生双胞胎儿子更要找陈林。

无数实践证明，工作成效与心情好坏有关，心情好，创造力强，心情特好，豪情满怀，意志弥坚。

这些天吴安泰和陈林有分有合，配合默契。因为征收公告还在公示期，算是预征，但有些人并不计较，说反正要征，给钱拉倒。工作组不是在地里，就是在农民家里，没日没夜，这会儿苦了，知道吴安泰荤段子多，央求他讲一个。吴安泰讲荤段子是把好手，工作时经常讲几段荤得人死。他在乡镇干的时间长，老辈人文化水平不高，善于总结和记忆，六零后这辈人承前启后，把自己这辈人和老辈人的优点传递给了八零后。吴安泰说，大家想听，我讲一段，给解解乏，但是不准笑。吴安泰讲得严肃，听的人还是忍俊不禁。

　　张松阳对建口的这次行动十分关注，原本他要求指挥部搞日报，彭铭远说，日报就没有必要吧，征拆的工作不可能立竿见影。席火根说，旬报吧。张松阳说，那就旬报。他看得仔细，这才过去二十多天，成绩如此显著，感到奇怪。为什么上一届征几亩地都如此艰难？现在征几千亩说拿下就拿下了。过去他一直想着把中医院从河东迁到河西，但土地征了几年都拿不下来，所以这个项目算是夭折了。三中布局在新城区，至今教学楼已经竣工，但其他配套设施用地征不下来，导致三中迟迟不能启用。目前大班额问题突出，教育布局需要做一个比较大的调整。张松阳心里着急，因为脱贫攻坚的需要，他一直没下决心部署城市攻坚行动，这一次行动的决心其实也是席火根帮助下的。因为席火根的信心让他下定了决心。新城区第三中学征地迫在眉睫，他想把任务交给席火根。城北新片区路网打通后，房地产将迎来新的一波高潮，未雨绸缪，把实验二小布置过去，同时解决医疗床位严重不足的问题，实现人民医院北迁。这些问题都需要尽快部署。

　　张松阳告诉县委办公室主任通知王铁军、彭铭远、席火根陪同他调研。之所以没请分管教育卫生的领导参与调研，是因为这些事早已定调，就是干不下去。上车后张松阳说，今天调研的主题是解决三中用地，落实二小和人民医院搬迁选址、用地问题。请火根同志带路。在张松阳心里明显地表现出对席火根的信任。

席火根说，三中的用地我来调度落实，过去是宣传部长挂项目，我没去过问，也没精力过问，现在书记发话，我责无旁贷，这个事，我和新城的同志年前后落实，请领导放心。关于二小和人民医院选址，我带大家到现场勘察。

车到规划路与德政路接口，席火根说，前面的路都是乡间小道，请领导们下车步行吧。

席火根带路，沿着渔梁中学围墙的水泥路行走，过了渔梁中学地界是一大片旱地，径直走过去，向书记、县长介绍，按照规划这里有一条路通向渔梁大道，这一大片土地也是本次攻坚行动必须拿下的任务，在路的北面布局二小较为适合，这里将是未来城北新片区的中心。从这条路过去几百米就是城北大道。

王铁军说，这地方很好，建成后交通也很方便，征收房屋量很小，成本也低。

张松阳问彭铭远有什么意见，彭铭远说，这个地方好。

张松阳说，还有比这更合适的地方吗？

席火根肯定地说，城市总规中这里就是一所学校，据我考察，没有比这更合适的地方。

王铁军看着张松阳说，我看就定这，书记拍了板，我马上请教体局作规划，相关部门配合，争取明年与城北新片区其他几个大项目一同开工。

正说着，吴安泰和陈林走过来汇报，说，这一大片地明天开始征收。这一片与规划路的情况基本相同，会有一定阻力，但我们一定在 12 月中旬以前全部拿下。

张松阳说，那就定这。说完又表扬吴陈两人说，在渔梁历史上你们创造了奇迹，我还纳闷嘞，这工作为什么突然就好做了。

陈林说，没有席县长当初的坚持，恐怕我们还在黑暗中徘徊。说完他马上意识到此话不妥，接着补充说，当然这要归功于县委、县政府的坚强领导。

大家都笑了。张松阳知道这小子说的是心里话，他自己都是这么看，火根的确有勇有谋，能干大事。

席火根说，别表扬我了，我都五十好几了，尽力站好最后一班岗。既然二小定了址，我们继续向前，那地方前一段已征地。

吴安泰和陈林知道在哪，走在前面。几位领导边走边议，明年城市建设项目多，项目大，决定着我们这座城市的基本面。张松阳说，明年定为城市建设攻坚年如何？大家都说好，非常有必要。在城北大道南面一片空旷的土地上停下来，抬眼看，北入城口高楼林立，未来这一区间将是城北新片区的重要功能区。

张松阳说，这地方足够大了，现在人民医院不到 40 亩，怎么改造也加不了几张床，我看这地方好。

王铁军说，新的人民医院用地可能要达到 60 亩比较好。

彭铭远和席火根认为 120 亩为宜，传染病要单独占一区间。

张松阳说，地方就定这。至于用多少地好，几个原则必须要清楚，首先这是搬迁工程，必须一步到位，不留遗憾。其次，功能布置要有超前考虑，比如传染病医治问题，直升机救援问题等。铁军同志亲自带队出去考察一下，土地金贵，以不浪费为标准，要用就要舍得。

次日，席火根带着梁栋去了指挥部。苏莺莺汇报说，商务局来电，屠宰场今天搬空了。席火根看看时间，离他下达指令刚好二十天，心里还是很满意。拿起手机拨打彭铭远，说，屠宰场今天搬空了，杨芳华这小子还识相，不然非封了它不可。我准备明天拆，木材转运站那边情况怎样？

彭铭远说，木雕艺人安顿好了，物品清空可以拆了。但航标站那户深山区移民有些问题，叶绵绵还在做工作，我们到指挥部碰个头？

席火根说，我在指挥部等你。

苏莺莺说，我通知叶绵绵。

叶绵绵汇报说，这户移民叫钟吉祥，属于 2003 年深山区移民，当时的政策可以投靠亲友，但必须要村民小组三分之二以上成员同意。老钟有个女儿嫁在老谷塘，算是投靠女儿，但村小组三分之二以上的成员不同意。道理很简单，老谷塘是郊区，土地金贵，不可能接受外人，所以建房地、承包地都未落实，老钟没辙租了航标站住下来。这一住就是十多年。严格说，老钟不能算深山区移民，首先他老家房地仍在，他每年都回去播种收获，摘木梓。其次当年移民办因为他未落实落户地，所以没有给他发移民证，他也没有得到政策性补助。

席火根说，这户人家是什么情况？

叶绵绵说，老钟今年六十五岁，有两个儿子两个女儿，目前跟他住航标站的只有小儿子一家，一家六口，小儿子在建筑工地开挖机，媳妇在工业园打工，经济条件不算好，但过得去，医保社保都在原籍缴纳。事实上他不是芙蓉镇人。

彭铭远说，叶绵绵上了几次门，老钟一口咬定他是深山区移民，现在无房无土，希望政府落实深山区移民政策。

席火根说，明摆着他是来县城落户谋求建房的。当年县里在城郊安排了几个集中安置点，按照老钟的条件可以落户的啊，他为什么一定要选这条路？

叶绵绵说，也许他不知道这个政策？

席火根说，说起来当年的移民都是假的，按规定原籍的房子要拆，土地由集体经济组织收回后方可安置，并获得相应补偿。但这个政策渔梁没有执行好，很多公职人员利用这个政策以父母之名在安置点建了房，而大多数人的父母仍在乡下生活。黄先甲上访告状这是最主要的问题。

彭铭远说，怎么处理好呢？

叶绵绵说，从道理上讲，他租住航标站五年，早已到期，而且航标站只收了他五年租金，之后一直未收，他没有理由不搬出航标站。我想这事交给交通局处理较为合理。

席火根说，这样处理简单，也说得过去，但我们这样做了是不是有些冷漠？

彭铭远说，你有什么考虑？

席火根说，先放一放，我来会会他，看看情况行吗？明天先拆了屠宰场和木材转运站。

彭铭远说，那先这样。

叶绵绵陪同席火根到了航标站，席火根到处看了看，航标站面貌基本如故，院子里加盖了一间厨房，空地上老钟老婆正在种菜，走进屋，没见做过什么装饰，墙壁可能用仿瓷粉过，原来航标站的厨房还在用，老钟可能是跟儿子分灶吃了。

老钟正好接孙子回家，叶绵绵介绍，席县长来看你了。老钟见了席县长诉苦不迭。

老钟说，当年深山区移民没有办好手续，把一个家庭弄得五落四散，都怪我没文化，不懂政策，弄得现在栖身的地方都没有。如果政府逼我离开，我们一家人只好住马路上去了。

席火根说，话不能这样说，房子肯定要搬，但我肯定不会让你睡马路。有什么想法可以跟我说说。

老钟说，搬出航标站我也没地方住，两个小孩都在县城就学，老家也回不去了。你说我怎么办？

席火根说，现在没有深山区移民政策，我也帮不了你。现在你儿子儿媳在县城就业，小孩也在县城就读，老家也不想回。我给你们家找个大点的公租房安置，租金也很便宜，你看这样行不行？

老钟自知理亏，席县长又在帮自己，他也不想闹到最后无奈回老家。便说，席县长关心我们，我全家都感谢。我在航标站盖了一间厨房，住房也简单装修过。你看能不能适当补偿。

席火根说，严格说，你盖的厨房是违建不能补偿。我跟指挥部其他同志商量一下，按附房标准给你适当补偿，至于装修补偿，我看了你曾粉过仿瓷，十多年了已经没有价值了。我马上给你安排公租房，希望你好好配合叶书记的工作，尽快入住公租房。

老钟想想，答应了。

叶绵绵在德政路的工作很顺利。德政路西段实际上就程家和沈家两个村庄，改线之后需要拆迁的量很小。程家无拆迁，沈家在红线上只有四栋房屋，按照席火根的思路，可以通过拆旧建新的办法临街安置。叶绵绵知道，德政路东段杨怀昌那个区间改造用的就是这个办法，群众得了实惠，政府省了钱，城市改变了形象，席火根极为重视这种城中村改造农房城市化的实践。

沈家的房屋坐北朝南，南面的院子很大，旧房拆除后，新房向院内收缩，给临街面留足空间。叶绵绵入户做工作，沈家人表示同意。但请求拆旧给予重置评估价补偿。叶绵绵说，拆旧建新临街安置不给重置评估价补偿，过去一直都是这么做的，不能破这个规矩。

沈家人明白，德政路可以向沈家偏移，也可以向程家偏移，向哪家偏移哪家得益。程家和沈家的房屋都坐北朝南，沈家后门临路，程家前院临路，之所以选择向沈家偏移，是因为沈家房屋改成坐南朝北后街道更为美观。沈家若不同意，德政路可以向程家偏移，沈家就将失去临街开店的机会。权衡利弊，沈家同意按照政府的规划拆旧建新。申请很快到了指挥部，苏莺莺协调自然资源局，按照德政路的风格很快拿出了规划方案，席火根同彭铭远商量，立马就以纪要的方式批准了。这几天德政路几栋房屋同时破拆，统一放线，分户建设。

叶绵绵向席火根报告，工作组准备撤了。

席火根说，离撤离还早着嘞。

叶绵绵问，征收工作还不彻底？

席火根说，你看看这区间还有什么要做？

叶绵绵对德政路很熟，东段拆迁时她也是主力，这里的每家门她都进过。席火根不让撤必有道理，抬眼望，不少坟头映入眼帘。过去这一带是荒郊，人死后就地土葬，所以坟墓特别多，尤其是靠近中江大道那一片到处都是坟头。她心里一惊，这么多坟头要平掉的确不是一件容易的事。

叶绵绵问，迁坟？

席火根说，文化公园建成后，这里将是渔梁文化的高地，教育的重地，房地产将会异常跑火。春节后城北片区项目陆续开工，中江大道东侧200多亩地首先挂牌出让，到明年年底公园建成，道路畅通，这一片将会是高楼林立，人流车流不息。我们改造城市，城市将改变我们的生活。叶绵绵听着席县长的描述，似乎已经走进了那个令人向往的境界。

叶绵绵领了新任务，向陈林报告。陈林说，席县长跟我说了，现在征地工作虽然进展顺利，但任务还不轻，迁坟的事你先顶着，我叫黄仲强带两个人过来配合你，先把坟头造册登记，把情况摸清了，过一两周我会陆续把力量调过来。

阳宅难拆，难在明利，阴宅难平，难在风水。穷人迁坟讲究成本，富人迁坟讲究风水，官家迁坟或许还有更多心理上的顾忌。渔梁的风俗，迁坟的事只能在冬至、清明、中元几个节气做，一般人家做新坟要选日子，大户人家就更讲究，坏了风水损了子孙是大事。

叶绵绵年轻，刚刚摸出一些迁房的道，现在又要组织迁坟，心里没底。她估摸着，席火根要出让这个片区的土地大概也要等到清明节之后。眼下冬至临近，她想着在冬至前迁一部分，把工作氛围营造起来。

叶绵绵胆小，在她的记忆里跟父母上坟是一件很不情愿的事情，坟场上活人营造出来的氛围弥漫着一股瘆人的阴气，小时候放学回家经过坟场，乌鸦的惊魂一啼让她刻骨铭心。现在做迁坟的工作，只能壮着胆子闯进坟地，好在黄仲强是本地人，又有同事做伴。

这一片还不是这几个村庄坟场的全部，洼的地方是水田，高的地方在村庄的边上，长满了灌木和野草，平原上的坟场并不孤寂，远不如山里坟场瘆人。叶绵绵心细，看到的坟头还有祭祀痕迹的并不多。黄仲强说，草丛里还有不少。大家走进去，用棍子把草丛拨开，隐匿在草丛中的坟真不少。

黄仲强说，一般祭祀在三代以内，第四代还在祭祀的不多，五代以上基本上都会慢慢成为野坟。除非显姓望族。

叶绵绵想，人死了真有灵魂吗？如果有，或许也不过三代？不然死魂灵准会怨恨家人。所以这种事说有便有，说没有便没有。而祭祀也只是一种情感的表达，抑或仅是一种形式，一种风俗。这么想，叶绵绵就觉得在坟头行走并不可怕。

渔梁有造寿坟的风俗，就是给活人造的坟。父母健在，做儿子的表达孝心，提前为父母找一处身后好休养的阴宅，有一坟一穴的，也有一坟两穴的，因为人都还活着，所以寿坟一般都很铺张。人活着的时候很多事想不清楚，人可以青史留名，也可以精神不朽，但一般人要求世代景仰是做不到的。在家族中过了孙辈便慢慢被淡忘，因此就造坟这件事而言，豪华坟、寿坟实在没有必要，而这种传统葬俗改一改并无不可。种城的过程改造了人们的思想，传统葬俗文化在席火根心里悄然发生变化。

几个人走下来，粗粗一统计总共24座坟。叶绵绵说，明天就把迁坟公告张贴出去。黄仲强补充说，说清楚迁坟区间、程序、申报时限和迁坟时限。到时不申报的视为无主坟。公告一出，坟主的后人都出来申报了，一核对正好24座。黄仲强说，冬至前工作重点是无祭祀坟，力争动员一批，迁掉一批。在工作思路上黄仲强与叶绵绵不谋而合。叶绵绵虽然是党委副书记，但对黄仲强这个支部书记十分尊重，她知道黄仲强在村里的影响力很强。叶绵绵说，我同意黄书记的意见，从今天起工作组分成3组，每组8座坟。

叶绵绵工作责任心极强。八零后这一代人大部分都是独生子女，丈夫跟她一直都是同学，从幼儿园同到大学。在渔梁两人虽在一个学校读书，却从未有过私下接触，也就是同学关系，到了大学，两人居然同校同系同班，这样的际遇世上能有几人？两个人惊得不行抱在了一起，心里笃定这是前世的缘。大学毕业两个人都考上了渔梁的公务员，丈夫在机关，她在乡镇，结婚后生了一个女娃，公公婆婆不停地催他们养二胎，可这工作一个接一个，怎么生二胎？

小女孩都四岁了，爷爷奶奶照顾着，跟他们都不亲。丈夫说，生吧，父母都退休了，他们等不了了。

叶绵绵说，你都看到了，这工作一个接着一个，哪有时间啦，再说这工作太烦，也没心情啊，等等吧。

丈夫说，谁都知道席火根是个工作狂，这工作什么时候能是个头？除非到换届他退居二线。

叶绵绵说，席县长也是一种情怀，人家都不是渔梁人，我们牺牲一点更应该。

丈夫在机关，没丢了专业，读书写作几乎是他业余的全部。他能理解妻子，说，那你就好好干吧。

叶绵绵依偎在丈夫身边，说，放心吧，过了明年等城北的事尘埃落定，我们就生。

第二十七章

中江大道南北两头同时破拆，引来很多人围观注目。按照指挥部的安排，拆除后的建筑垃圾就地堆放绿网覆盖，住户们意识到这一路马上就要变成工地。不少人希望马上离开，他们不希望在这逼仄的空间生存。征拆是一个体系，拆房也是有讲究的。席火根的理论是拆倒后不装运，造成一个工地的事实，让拆迁户有紧迫感。这个做法自然给后拆的人带来生活上的困扰，但席火根在这个问题上没有让步。

渔梁人喜欢有天有地的栋房，这与中国封闭的圈养文化有关。因此大多数人选择有土安置，按照政策，选择有土安置只能得到重置评估价补偿，大多数人能接受第三方评估价，因为当年他们建房远没花这么多钱，虽然物价涨了，但自己住了二十年不能白住，这是正常人的思维，所以征收公告结束后，15个工作组都有斩获，最多的是雷金虎，不到一周签订了8户。也有人不这么想，拆迁是政府行为，不趁机讲讲条件岂不太撇脱？这其中也有经济条件不好的，这点评估价到手新房建不起来。这是征收工作的一个难点。但最麻烦的还是家庭内部的利益分配，这让征收干部十分头疼。俗话说清官难断家务事，可这个结不解，合同就签不了。

张军负责征收大桥下第一栋，房主罗小玉退休前是小学教师，征收公告张贴在墙上，她天天在堤上走动，看看公告，等着工作人员上她家门，心里头巴望着拆迁。这栋房子是她丈夫从别人手上买的，当时花了不到40万元，以为捡了漏，但仅两年这个家庭就遭变故，罗老师丈夫不幸在车祸中死亡。亲戚朋友说这房子正对着大桥，主凶，煞气重。一家人都怕了，请了风水师傅来出主意，风水师傅是本地的名人，自称杨救贫传人，大到卜居、造坟，小到婚嫁选日子无所不为，生意极好。他到罗老师家先是改了她家院门的朝向，然后请了一对雄狮安放在院门头顶上。

一家人把生死命运交给风水，等这一切都做到位，一家人便心安了。这以后这家人倒是平安，可一家人三天两吵，大儿子一家吵，大儿子与小儿子吵，大儿媳跟罗老师吵，反正吵个没完，吵得昏天黑地，让罗老师伤心不已。现在罗老师老了，她唯一的愿望就是找个清静的地方度过余生。所以当她听说中江大道北延需要拆迁她家房屋时，内心的欢喜不言而喻，巴望着工作人员早点进门。但工作人员真的进了她家门，她又有了新的烦恼。

她家房屋院落占地300多平方米，正房占地120平方米，建筑面积450平方米，第三方评估货币补偿总计450万元，对于这个价罗老师是满意的，说实在的，她心里还没这么高的预期，这比当年的购买价高了10多倍，她心里想着这回真的捡了漏。虽然大院门头上那对石狮评估补偿低了一些，还不到2万元，她有些不能接受，当年她家请风水师傅就花了近2万元。张军给她解释，请风水的钱是一种隐性消费，没有标的政府不可能补偿。

罗老师说她能理解。罗老师真正纠结的是，货币补偿后屋里的人对利益分配达不成共识。罗老师这个家庭四分五裂，大儿子夫妻离婚，儿媳是老师，孙女随她，小儿子也是老师，至今未婚，好好的一家人四个灶台。面对这么大笔的钱几个人都像是外人，天天吵，小孙女回家就关门。

张军带的这个组三个人，轮流着上她家门，张军知道这必定是有一个马拉松过程，他没指望一天两天解决问题，每个人去了之后，无论怎么谈，谈什么都是一番口水战，谁都有谁的理由。

大儿子说，按人分。

大儿媳不同意。说，老婆子要这么多钱干什么？

小儿子说，按男人分。老娘由两个儿子赡养。

各人都站在自己的角度考虑问题。罗老师说，房是我的，没你们什么事，我死了你们再去吵着继承。

两个儿子说，老娘也得想想儿子的难，房没了，儿子也要买房住啊。

罗老师说，你们听话，我拿点钱买个小户型安生就好，你们两兄弟平分。

大儿媳撒泼，说，我还带着你家孙女住大街上去。

吵，天天吵，声音在大桥下回荡。

张军看他们发泄够了，请法院民事庭协调，法官多次登门进行财产分割，亲朋好友也被张军找过来劝。弟弟虽没结婚，但总归要结婚，他也是一户不是？最后大家都累了烦了，都听了法官的。罗老师分得 80 万元，大儿子分得 74 万元，大儿媳分得 110 万元，小儿子分得 184 万元。这样的结局基本还是照顾到老的，两个儿子平分。

张军在中江大道遇到的问题，何方清在城北大道同样不可避免。

周福民的房子面积大，正房建筑面积 320 平方米，附属房建筑面积 110 平方米，院落面积接近一亩。他有三子，都已成家，一家大小 15 个人在这个院子里居住。周福民的想法是自己的院落大，家庭人口多，要求有土安置 4 栋房屋基脚。按照安置政策，周福民可以选择有土安置和产权调换两种方式，选择有土安置补偿政策，只能安置一栋房屋基脚，显然满足不了周家的诉求。

何方清知道周家想通过拆迁达到分开居住的目的。孩子大了不由爹，这么一大家子住一个院子众口难调，尤其是女人们一天到晚叽叽喳喳，让周福民很烦。

何方清说，你家房子大，老谷塘安置房离你家近，三兄弟每人一套分开住也好，你们二老也可以在二楼安置一套，上下都方便。

周福民内心虽然一万个不愿意，一家人在一个院子里热闹着嘞，怎奈孩子大了不由爹，吵闹少不了，分就分了吧。他跟着何方清去看了安置房，回来跟老婆说，我看了楼房，住得舒服，分了吧，分了省心。

老婆向来随他，说，这些年我侍候他们，还看他们脸色，不值当，分了好，我们两个老人过也清静。

何方清计算过，周家可以置换四套房，每家都还能分到近20万元，儿子们都表示同意。周家终于签订了产权调换安置补偿协议。

何方清年轻，虽然长在农村，可他是独子，家庭的事很简单。拆迁让他明白了这世间的很多复杂的事。

距离产生美，哪怕是有血缘的亲人也需要距离，距离也许会让亲情更长久。

城北大道虽然穿过两个村，但拆迁量不到中江大道的一半。因为老谷塘安置小区就在村庄附近，规划及配套各方面都比村庄强，所以大多数人都配合征收，只有少数人不同意签协议。

锉子这些天到处扬言不拆。这个人何方清领教过，特别难接近，特别难沟通。支部书记黄仲强说，锉子给人的印象是不干正活，流流荡荡，懒懒散散，他像能闻到腥，哪里热闹往哪里凑，最重要的是他爱钻牛角尖，他这把锉子是锉人的，非把你锉平了不可。

锉子的房屋建筑面积300多平方米，附房50多平方米，与弟弟肖满生共有，锉子建了新屋，征收时只有弟弟肖满生夫妻居住。锉子房屋市场评估价260万元，兄弟俩平分各得130万元，肖满生同意，但锉子要求得150万元拆迁补偿款，他多要的20万元不是从弟弟手上拿，而是从政府兜里掏，他的理由很简单，是你求我，不是我求你。

真是林子大了什么鸟都有。更让何方清气愤的是这人还很难找到，找到了也就一口价 150 万元。除此之外没得说。这种人的工作没得做，何方清的工作组也是 3 个人，几个人气急，商量下来决定各个击破，首先完成肖满生一半房屋的征收，只要他签了协议就拆一半下来，看锉子怎么着。

肖满生的日子比他哥过得难，因为妻子患病，干不了重活，家里靠他一个人赚钱，两个小孩一个读大二，另一个还在读高二。他不想建房，这半片房子基本上可以置换出两套房，经济上没压力。或者货币化补偿后自己去买两套房，反正怎么着都行。但兄长不同意，他也不好违背兄长的意愿，一直等着兄长觉悟，可都快两个月了，他有些不耐烦了。

何方清找他时，说，你们兄弟产权明晰，可以单独签协议，要钱要房合你自己意。

肖满生说，可以单独那就单独，我哥做梦娶媳妇由他吧。

肖满生签了协议，何方清请示指挥部决定拆了这半片房。

苏莺莺说，这半片一拆，另外半片不就倒了吗？

何方清说，倒了好啊，打官司赔偿也是 130 万元，没什么了不起。

苏莺莺说，理是这个理，但这种事这几年说过没有做过，还是向席县长报告一下吧。

席火根说，从法律上讲，拆这半片没问题，但技术上有一定难度，你能保证这半片屋不倒不斜？我的意见把程序走扎实些，到最后再动手。

何方清请法律顾问上锉子家做工作，下达了敦促拆迁的法律文书，这是启动司法强拆的必经程序，希望他支持配合，但锉子依然拒绝签订征收补偿协议。

席火根说，这种事过去说过但没做过，锉子油盐不进，做做也未尝不可。工作到位了，同意先拆肖满生半片屋。

机械进来时，锉子就在屋边上站着，那神情甚至有些幸灾乐祸，说，拆吧，但你们得注意别拆倒了我这半片。何方清知道他还有半句话没说，倒了才好呢，20万元就应该到手了，不给就告他们。

这种老式砖木结构的两层建筑其实拆也不难，施工人员先用木头撑住中间，用马钉固定后，缝中锯断，机械一推，半片房子哗啦啦就倒了，另外半片安然无恙。

这一瞬间锉子甚是茫然，刚刚他还以为这些吃皇粮的家伙只是做做样子，吓吓他，这回真倒了，他却不知如何是好。愣了一会儿，又露出玩世不恭的本性，大大咧咧地说，弟弟、弟媳走了，明天我就搬过来住，这地方大，开敞，光线好，舒坦。

锉子冷嘲热讽，甚是得意。工作组还没离开，锉子早不知去向。何方清告诉黄仲强，找几个工匠把这几根立柱加固，别让房子倒了，他想住就住吧。黄仲强说，他住个屁，让他赖吧，等春节后施工单位进了场，立马掀了，看他咋的。

这残缺的半片屋就如锉子残缺的人格，它能经风沐雨长长久久？20万元张口能来？谁也不知道锉子的心是什么做的。何方清清楚，锉子有房住，他不是不想拆，而是期待在拉锯中政府让步。何方清出神地望着这残缺的半片屋，它像是藐视他，等着他钻进圈套。此时何方清多么希望有一场大雨，让他看到这半片屋轰然倒塌。

席火根告诉何方清，别去管它了，这一步走下去锉子的美梦就泡汤了，或许只需一个台阶，锉子的半栋屋就可以拆了。何方清将信将疑，但心里轻松了很多。

没过几天，锉子的半栋屋突然倒了，无风无雨怎么就倒了呢？何方清和黄仲强去看了现场，加固的几根柱子显然是被人做了手脚。黄仲强说，倒了好，这是天意。何方清说，等着锉子找麻烦吧。黄仲强说，大不了打官司呗，没什么事，等下我叫人清场。何方清说，你看着办吧。

中午的时候，锉子找到黄仲强家，说，房子倒了，我也不追究了，合同签了，把钱给我。黄仲强说，早该这样，叫了何方清过来，签了合同。何方清说，下午把合同给征收办，明天钱就到账。锉子头也不回走了。

周六锉子堂哥从市里回来，找到黄仲强说，锉子那房我也有份。

黄仲强不明就里，问，怎么回事？

锉子堂哥说，我父亲两兄弟，锉子父亲是我叔，我爸大学毕业分配在市里工作，我叔建房时，我爸出了钱，说是留一间房给他，老了回家住。这房四扇四间，我应该有四分之一产权。

黄仲强说，房产证没记录你爸的名字，这应该是家庭内部的事，你跟锉子和满生商量。

锉子堂哥说，几天前，我给他打过电话，说了这事，他说合同还没签，叫我跟你说。

黄仲强终于明白，这半栋屋为什么倒了。但他不想当判官，更不想把事搞复杂，让他们自己折腾去吧。

杨雪雪离开社区到了镇里，工作上似乎有些不适，过去的工作对象是居民，现在既有居民，也有农民。这一次征收的对象都是廖家的农民，人面不熟，工作做起来别别扭扭，好不容易签了5户，还有一户始终谈不下来。其实，也没正儿八经谈过，这人叫廖方生，是个皮肤癌患者，心态心情都不好，杨雪雪进他家门，难得坐下来，说不了三句话。廖方生人高马大，嗓门也大，说，我都这样了，还迁什么迁，要迁就迁坟墓了。面对这个病人，杨雪雪想不出办法。

廖方生妻子回来了，这让廖方生有惊无喜。五年前廖方生被确诊为皮肤癌，妻子连个招呼都不打，悄然离开了他。那些日子廖方生万念俱灰。这么多年了，廖方生奔走于省城医院和村庄之间，田土都荒芜了，他什么事没干也干不了，几乎是坐吃山空。现在这女人突然回来，她要干什么？

廖方生想，莫不是听到房屋拆迁，想捞把钱走人？想到这，廖方生狂躁起来，他大声呵斥女人，你走了这么多年还有脸回来？

女人嘤嘤哭泣，说，我不该离家出走，但我没对不起你，我一直在外面打工，我赚的钱都寄给孩子们了。

廖方生有一子一女，女儿在他得病前就考取了大学，现在上海找了工作，得病那年儿子考上了大学，去年毕业在深圳找到了工作。家里就他一人，冷冷清清，愿意就做一顿，不愿意就泡一碗方便面，日子无滋无味，苦度余生。

廖方生心凉，比冬天的冰还凉。他之所以还坚持治疗，或许是生的欲望，又或许是想等到儿子结婚生子的那一天。他曾经为有这对儿女感到多么骄傲啊，对于农村人，人生的意义莫过于传宗接代。

曾经这个家庭是多么幸福，廖方生虽然赚不了大钱，可他勤快，种菜更是一把好手。妻子是廖下数一数二的俊女人，每天去市场卖菜，进项三四百元。在村庄人们的眼中，廖方生夫妻是恩爱的，当这女人弃他而去的时候，人们迷惑了。正如《红楼梦》说的，夫妻本是同林鸟，大难临头各自飞。廖方生不知道这女人从哪冒出来，更不知道当年她为什么抛弃自己，抛弃这个家。

无论这女人怎么解释，廖方生都不可能原谅她。

到了晚上，女人准备了饭菜叫廖方生吃饭，廖方生见女人还没走，气冲冲爬起来，掀了桌上的饭菜，大声喊叫，你滚出去。

女人看着他脸上的皮肤溃烂，心里还是怕，肚子里还想吐。那几年她看到他身体上的皮肤溃烂流脓，怕极了，恶心极了。她不让丈夫碰她，可丈夫总是猴急，她受不了，在卖完新一茬黄瓜后，女人带着1000多元钱离开了这个家。现在儿女都有了自己的工作，她想着回来看看这个曾经温暖的家，没想到碰上房屋拆迁。

女人平静地说，这房这院是我们俩一手一脚建起来的，这家有我一份，我凭什么走？

廖方生气急，你个无德的女人既然走了，就不要回来了！

女人不再言语，她准备上楼到女儿的房间住下来。

这时候杨雪雪来了。她现在是芙蓉镇的干部，这一次还是分在房屋征收组，带着一个组，领着一个组的任务。

廖方生是她这个组的难点。

廖方生家房屋院落面积230多平方米，房屋建筑面积480多平方米。廖方生选择有土安置，是想给儿子在村庄留下根，可重置评估价出来才45万元，他认为评估价过低，这些年治病虽然有医保，他是建档立卡贫困户，报账的比例高，但也砸进去不少钱，况且这些年他没有半分钱收入，凭这45万元怎么建新房？杨雪雪就是说破天，他始终不肯签这合同，工作一直处于僵局。

听说他妻子回家了，杨雪雪特地过来看看，或许她是希望从这女人那里打开缺口，没想到见到夫妻俩吵架。杨雪雪叫组里的两个人帮着收拾，那女人第一次见杨雪雪，虽然不认识，但猜到是来征收房子的。便没上楼，客气地说，不麻烦，我自己来收拾。

过了大雪即将冬至，天气有些湿冷，廖方生家装了空调，但很多年没用，空调上沾满灰尘。杨雪雪仍然是轻言细语，微微笑着，问廖方生，你冷吗？

廖方生在沙发上坐下，不再狂啸，说，我穿得多不冷，你们不嫌弃就坐哈。

杨雪雪说，你的病现在好些了吗？

廖方生说，好不了了，拖一天是一天吧，其实我也不想活，但我希望等到儿子结婚那一天。

女人在厨房听着他说话，搭讪道，你放心，儿子找了女朋友了。

廖方生不想理她，但这个消息对于他总是一种安慰。他对杨雪雪说，明天我又要去省城医院看病住院，这征收的事回来再谈吧。

可能是怕女人作怪，他大声说，房子是我的，任何人无权处置，除非我死了。

杨雪雪一看这架势这趟又白跑了。说，你好好治病，有困难告诉我。

第二天，杨雪雪本想去送送廖方生，没想到他早早就走了。女人在家收拾，这么多年这家没女人，够乱了。见了杨雪雪，女人很热情，招呼他们进屋。

杨雪雪问，你没陪他去？

女人说，我这么多年不在他身边，他又有病，不会原谅我。

杨雪雪说，他有病，你还离开他，有什么原因吗？

女人还没答话，眼泪先出来了。说，他得了病，菜也不种了，我又不会种菜，没菜卖，家里收入没了，那时候女儿读大学，每学期要6000多元，儿子读高三，马上高考了，每个月都要四五百元，我没办法只好出去打工赚钱。

杨雪雪说，那你们也要商量好才走啊。

女人这回哭了，先是嘤嘤地哭，过了一会儿竟哭出声来。

杨雪雪把两个小伙子支走，拉了女人坐下，安慰说，或许你有难处？

女人说，过去我们夫妻感情很好，他得病了，也不知道咋的，那个方面要求更强，天天要。你不知道，他身上溃烂流脓，他一碰我，我就止不住想吐。我离开他也没办法，但我也没跟他离婚呀。我也是为了儿女。这些年我在东莞一个亲戚的公司做保洁，人家每个月给我6000元，还包吃。我知道人家照顾我，所以我只有一门心思把工作做好。我把赚来的钱寄给儿女，也没敢跟他说我在哪，但儿女知道，我叫他们别说。我怕他找我。

杨雪雪不知说什么好。过去她在社区总认为哪家的情况她都晓得，这几年做拆迁她才知道，这每家隐藏着的苦痛又怎能轻易告诉你，这些都是拆出来的。

杨雪雪决定去趟省城医院看看廖方生。她买了些物品，叫征收组小伙子开车，到了肿瘤医院见了廖方生，他刚做化疗，身体虚着。

杨雪雪告诉他，我们就是来看看你，别的事不谈。

廖方生有点感动，自他第一次见杨雪雪就感到格外亲切。自己的女人也俊，说话带笑，他喜欢死了。没想到自己病下来，女人就跑了。或许这世上就没好女人。他躺着眯着眼睛不看杨雪雪。

杨雪雪说，其实你媳妇也不容易。

廖方生睁大眼看着杨雪雪说，她不容易还是我不容易？

杨雪雪说，大家都不容易，她一个女人家，为了儿女读完大学，只身在外打工赚钱，这些年儿女没问过你要钱吧？

杨雪雪说的倒也是事实。有次他问儿子要寄钱吗，儿子说妈给了，不要寄了。那时他还纳闷，这女人卖菜还存着私房钱？

廖方生说，不管怎么说，我有病她不能丢下我不管。

杨雪雪说，你们男人都是大男子主义，你们从没想过女人的感受。

廖方生说，我有病，她开始嫌弃我。

杨雪雪说，你有病好好养病啊，还胡折腾啥呀。

廖方生知道杨雪雪跟他媳妇聊过，又羞又恨，这死女人，床上的事也跟外人说。他一股气冲上来，居然坐了起来，愤愤地说，我都快死了，我不抓紧搞她，让别人去搞？

杨雪雪似乎更理解他媳妇了，男人真臭。但她没敢惹怒他。小心说，你媳妇对家庭有贡献嘞，听她说你女儿都快要结婚了，儿子也找了女朋友，一家人都好着呢。你要往好处想，坚强些。

这回廖方生真的感动了。说，新房子早点建起来，趁我还活着把儿女的婚事办了，死了也瞑目了。

杨雪雪说，你这么想就对了，你媳妇说，她不走了，现在地也没了，她去物业做保洁赚点钱贴补家用。等儿女成家了就好了。

廖方生说，不是我不支持你的工作，我就是觉得评估价钱过低，新房子做不起来。我自己心里清楚，我这看病还得花很多钱，万一哪天死了，儿子连住的地方也没有。

杨雪雪说，其实还有一个办法，就是选择产权调换，你房大可以置换好几套房子，到时候女儿、儿子回家都有自己的独立空间。你们俩也有单独的住房，多出来的可以卖呀，生活不就挪活了。

知道廖方生从省城回来了，杨雪雪带着人又去了廖方生家。廖方生像是想清楚了，见面就说，我不要有土安置了，听你的，产权置换。

杨雪雪一下子兴奋起来，说，就你家的实际情况，的确是产权置换好。

女人这些天里里外外洗了个遍，这个破家又有了生气。廖方生一进家门就感受到了。家无女人真的不像家，他看着曾经宝贝一样的女人，心里似乎又活泛了。

廖方生大声说，换套房吧。像是说给女人听的，见女人不作声，对杨雪雪说，杨组长，账算清楚没有，一项项讲给我听。我想今天就把协议签了。

第二十八章

到了大寒，天气越发寒冷。毕竟岁月不饶人，席火根给自己准备了一件鸭绒大衣，穿在身上很暖也轻。虽然保暖，但是笨笨的，方便时还得拉开拉链，不然家伙什掏不出来。席火根常在野外，这身装束正好。

席火根从工地直接去了会场，鸭绒大衣还没脱，张松阳进来，盯着席火根打量半天，像是很久不见似的，让席火根浑身不自在。

张松阳笑着说，有这么冷吗？

席火根应道，书记说我吗？

张松阳说，说你哩。身体圆鼓鼓的，脑袋小小的，不协调哩。

大家都笑，席火根也笑，说，年事已高，老在外面跑，不穿厚实了要感冒的。

这个会是席火根提议开的。年关事多，会自然也多，领导们碰在一起都难。但席火根觉得这几个规划评审不能再拖了，否则春节后开工就泡汤了。

市民文化公园规划是北京一家很有造园经验的单位做的。为首的那人道士打扮，虽然少了些仙风道骨的飘逸，但是多出几分艺术家气质。他早早候在会场，待书记、县长落座后，拿出一个卷轴上前去递给张松阳。说，这是我按照规划效果画的市民文化公园素描，奉献给大家欣赏。

张松阳评了很多规划，第一次见规划单位艺术再现建筑效果，有几分惊奇，站起身接了，两个人左右展开。一幅长卷足有3米长，画中烟雨楼台，花草树木，江天一色，风月无边。张松阳看着，心里欢喜，两个人把画轴扬起来的时候，席火根看了，眼睛也是一亮，心想市民文化公园建成后，人们在这里读书定是一种很美的享受。

道人说，1比500。

张松阳连声赞道，不错不错。然后叫文旅局长收了，交代送博物馆收藏。

道人回到汇报席，先放了一个片子，展示规划效果。这个片子做得很好，视觉冲击力很强，让人强烈感受到美和雅。接着打开规划文本，扼要讲了规划理念，三个馆各占一板块，每一板块相对独立，保持鲜明个性，同时又紧密联系，形成一体。最后详细讲了各板块布局、元素、细节、肌理，以及板块之间的连接。讲得也很生动。

道人汇报之后，大家发言讲不出什么不好，大都说这个规划做得好。江慧说了一些细节上的问题，属于优化环节的事情。江慧是住建局总工程师，这个位子非常重要，关系城市建设项目的品位，虽然级别也是正科，但这个岗位需要有建筑、设计、美学、人文等学科的专业修养。江慧学历不高，属于自学成才的那一种，她似乎有一种与生俱来的灵性，常常能从普通的元素中把一个小品点缀成精品。之前席火根在电话里跟江慧说，市民文化公园按照先前定的调，把文化馆、博物馆、图书馆放进去，围绕这个主题造园的难点在于一个雅字。江慧说，我通过微信看过部分成果，总体上体现了文化公园的特质，品位很高。现在看了，这个效果达到了。

席火根扼要说了两个问题，窗棂不必刻意雕琢，但可以放大渔梁"渔"的意涵，公园内水的运用不一定去做，大江都在边上。

王铁军附和，说得更坚决，公园内做水管理成本高，管理不到位很可能变成臭水，去掉好了。

张松阳对规划极其挑剔，几乎每一个大的规划都需要几个来回才能敲定。在这样的评审过程中大家相互启发，都能找到相同的语境，这便是一种集体成长。对张松阳而言，这又何尝不是一种学习，现在他是越来越精到了，说，刚才大家从不同的角度谈了一些意见，请规划单位再作斟酌。我没有更多的意见，公园中对水的运用独具匠心，但公园就在大江边，公园内造水就不必了，这样也省了日后运营的麻烦。

规划一次获准通过，这是最近几年没有的事。张松阳破例鼓起了掌，与会同志跟着鼓掌，会场氛围热烈，席火根似乎感到这个项目的美好前景。

石言按照会议议程，提出城北大道绿廊的宽度问题，席火根说，总规中大道两侧分别留 40 米绿廊，我认为太宽，20 米比较合理。

张松阳也觉得 40 米太宽。总规是 2014 年批准的，正是在张松阳任上，他奇怪，自己怎么没有一点印象呢？而当时又怎么没人提出这个问题呢？

张松阳说，规划是具体的，凡事马虎不得，批准了就得执行，但是这个规划的确不科学，怎么执行？规划执行的前提是规划的正确性，这个规划的确值得商榷。城北大道 3000 米，两边多搞 20 米多用了多少地，大家算算。有人报出数，张松阳说，180 亩是什么概念，土地如此金贵，不改不行。

说到这，目光转向王铁军，继续说，这个规划是你我手上的产物，看来我们有责任啊。

王铁军说，书记说得是，40 米的确没有必要，现在土地指标控制很严，180 亩是一个吓死人的数字，按程序改吧。过去规划审查走过场，这个责任主要在政府，今后要吸取教训，凡事不可马虎。

石言说，我长期负责规划，要说责任应该在我。这几年在席县长的引导下，我思考了一些问题，规划上的依赖看来是个不小的问题，学院派的规划没有施政理念主导，缺乏历史人文高度和人性温度，在实践中给我们造成了不少困惑，好在国土空间规划即将启动，我们将根据国家的政策认真做好这项工作。

在席火根的记忆中，这是书记、县长第一次从宏观层面讨论规划问题，而书记、县长坦承在规划审查中的失误，更让席火根感到这个团队的成熟。

席火根靠在椅子上想休息一会儿。百日攻坚以来，除了会议，他都在指挥部和征收现场，文件都是梁栋拿到指挥部签阅。他感到特别累，这种累无疑是心累，是锉子这号人带给他的一种难以释怀的沉重，而这种沉重似乎已经超越拆迁，是一种对于未来伦理塑造的家国忧思。

鲜花大道上了沥青路面，一条宽阔的大道强劲向东，两边的绿廊正在施工，四季花木精心布置在不同的节点。

当初评审高铁连接线规划方案时，汇报人说的话，席火根记忆犹新。渔梁曾经错过了铁路，今天却迎来了高铁，让我们以一路鲜花表达对高铁时代的崇高敬意。

鲜花大道就是这个汇报着的年轻人的提议。现在这条大道已经连接渔梁大道，宛若一个待跑的健将等待起跑的命令。西延，西延，席火根一次又一次地感受到使命的召唤。

中江大道、城北大道的征收工作比席火根的预期还要好。指挥部每周组织一次破拆，已签订协议的房屋除个别过渡安置没到位之外已全部拆完，两条大道的线形呈现出来了。

彭铭远、席火根陪同张松阳、王铁军沿着几个月前走过的路重走了一遍。席火根一路介绍，张松阳边听边看，非常高兴，冬日的暖阳下一队人如音符跳跃。

张松阳难得幽默一回，说，我到渔梁后开始嚼前任的剩饭，什么中江大道北延，规划路北延，还有茶亭路西延等，念了很多年的经，菩萨就是不显灵。阿弥陀佛，这回终于被你们延过去了。

彭铭远精神始终饱满，笑着说，火根不仅是干才，而且是谋臣，一年的拆迁量如此之大估计全市没有，全省难找。

席火根说，领导过奖。要说，也是松阳书记、铁军县长领导有方，让我手中握有一支善于干活不怕吃苦的雄兵。

张松阳说，别自我表扬了。我说过火根是条汉子。

席火根说，我们遇到了干事的好时代，国家发了那么多债支持地方棚户区改造，满足人们对美好生活的追求，这是一段了不起的恢宏国史。

张松阳说，火根这个高度和站位好，我赞同，所以我们要抓住时机干几件大事。百日攻坚时间不多了，你们两位对剩下来的这些房屋作过分析吗？

彭铭远说，指挥部做过汇总，城北新片区列入本次拆迁的总量为347栋，附房198间，到目前已征收313栋，附房187间，剩下34栋，附房11间。剩下的量指挥部也作过定性分析，34栋中公职人员22栋，12栋中暂时无法解决过渡安置的5栋，有特殊诉求的4栋，拒绝征收的只有3栋。

张松阳说，如此看来，又印证了毛主席的话，没有落后的群众只有落后的干部。剩下的公职人员的量如此之大，占比如此之高，这是一个值得我们重视的大问题。铭远，你把公职人员包括亲属背景的人员梳理一下，这到底都是些什么人，县委要集中研究一次。

彭铭远说，指挥部已经梳理出名单，县委专题研究一次很有必要，并以此为切入点，对干部开展一次集中教育。

席火根说，这就好了，到组织出手的时候了。从目前情况看，征地3000亩基本完成，主要片区和节点的土地征收全部到位，迁坟的工作全面铺开，实施城北项目大会战的时机已经成熟，可以拉开序幕了。

张松阳站在台地，四下张望，轻声说，序幕已经拉开了。

城北的问题果真刺激了张松阳，回到办公室，他立即部署召开县委常委会。

这个会议的列席人员让常委们感到蹊跷，有些新面孔不认识。张松阳说，今天列席会议的有城北片区不配合拆迁的工作人员所在单位负责人，有的是条管的，有的是二级单位的负责人，常委们不熟悉，等一下就会熟悉。今天的会议就一项议程，分析城北片区不配合拆迁的工作人员思想状况，并从中吸取教训，以此为切入点，开展一次干部集中教育。

彭铭远介绍了城北拆迁的情况，宣读了不配合拆迁的工作人员名单、身份、单位、职务。很多常委发言言辞激烈，批评指责之声一边倒。会议决定成立以彭铭远为组长，纪委书记、组织部长为副组长的高规格领导小组，组织、纪检选派干部组成巡查组，着重查不配合征收工作人员所在单位党风廉政建设情况，查不配合征收工作人员不配合征收的原因，查不配合征收工作人员平时的工作表现，查不配合征收工作人员党性纪律性。

张松阳下了狠心，在常委会结束时，张松阳说，换届以来，短短两年多的时间我们这座城市变化有多大，大家有目共睹，很多同志为我们这座城市拼命干，很多群众支持理解帮助政府干，可是令我们汗颜的是，最不支持政府的、最不愿意我们这座城市好的居然是我们队伍中的人。火根同志说，渔梁是渔梁人的渔梁，这话讲得多好啊，这是使命担当，这是家国情怀，这是我们共同的责任。我的原则是，将心比心，在征房的问题上我不要求你作奉献，该给你的给你，不能给你的请你理解，还得支持配合，因为你是党员是干部是公职人员。你不能连群众的觉悟都不如吧？那么我要请问，你到底想干什么？我也有理由怀疑你不配做一个党员、干部、公职人员，如果是党员领导干部更是不能容忍。所以我要求铭远同志好好落实四查。我不是用这个事来整干部，我希望用这个事来教育干部警示干部。

张松阳的讲话波澜起伏，充满感情和责任担当。渔梁电视台公开报道了这次会议，渔梁传媒微信公众号刷爆了张松阳的讲话。很多人留言，书记讲得好，让我们的城市更美好，等等。我们这个时代特别需要正义的声音、正气的作为和规范的伦理，如果失去这些，不管我们的发展有多快，人心的沦落就只会更快。

彭铭远召集各征收组组长开会，苏莺莺汇报说，书记讲话后，不少拆迁户反映，他们其实也没想怎样，就是跟样跟坏了，现在大部分跟工作组已经签了协议。张军说，实际上这些人当中也就几个领导干部想满足不当诉求。各组把情况汇总出来，22户没签的，已经签了19户。事实证明渔梁干部的基本面是好的。

席火根说，书记这番话可谓雷霆万钧。

彭铭远说，巡查组已经进驻到这几个单位，我的态度很明确，有正当理由或者困难，组织想办法解决，无正当理由与组织对抗，该立案调查的立案，该调整岗位的调整，该撤职的坚决撤。这已经不是拆迁的问题，而是教育整顿干部队伍的问题。这个事我来抓，指挥部这边大家再辛苦几天，能扫尾的争取扫尾，扫不了尾的大家也不用着急，过了年项目开工了，我们再扫尾。

组织是强大的，个人是渺小的。关键时候，席火根感受到了组织无比强大的力量，这也是支持他一往无前的内在动力。

年前市委关于陈林的任命下来了，县委下发了文件，陈林任渔梁县委常委、宣传部长，主管宣传、文教卫生。

席火根很高兴，对陈林说，祝贺你，年轻人。

陈林谦虚地笑着说，徒弟有点进步，全凭师傅教育。

席火根说，客气话不说了，实验二小、人民医院整体搬迁，这些项目交给你，我很放心。好好干，等这几个项目落地，渔梁城市的基本面就出来了。

陈林说，师傅放心，徒弟不敢懈怠。

2019年的春节对于渔梁意义非凡，过去的一年渔梁摘了贫困帽。人们在辞岁中送走了穷神，在迎新中品味年俗的变化，思考乡村的未来。

除夕之夜，席火根被乡村的气息裹挟，竟是无眠。他打开电脑，在《政府工作手记》中记述：

> 远方很远吗？而诗又在哪里？其实远方并不奢侈，如果你用心体会，远方就在身边，如果你把心中的杂念去掉，诗就会长进心里。
>
> 一个优美的建筑流淌诗画的愿景，它伴着音乐的旋律清洗尘世的污垢，生活在城市的人们在家门口的口袋公园就能感受美好、温暖和关怀。生活在农村的人们其实并不悲哀，田畴万顷稻菽翻滚，它是风景，更是祖先不朽的追求。餐桌上的记忆把我们带进永远怀想的远方，田野的蛙鸣，水里的鸭子，天空的大雁，荷上的蜻蜓，山里的鹧鸪，还有很多的具象都是吟不完的诗。
>
> 胸怀天下的人，地再偏，心亦远。无论生活在哪里，都不会缺乏远方和诗。

这个春节过得很快。快是时代的变迁，快是新时代的特征，快是迈向远方的节奏。快节奏的生活改变了天地间太多的状态，包括建筑、思维、审美，甚至价值观层面的很多东西。

席火根原本是可以在老家多待几天的，但岳母家还是要去的，儿子也要去他岳母家拜年，八零后这代人大都是独生子女，他们要孝敬的老人太多。

回到县里，席火根抽空去了城南。穿过十八口塘，发现这地方已是人气很旺的公园，步道上的人川流不息，遛狗的妇人和牵着孩子的夫妻，还有结伴散步的老人在这傍晚的暖阳里悠闲自在，孩子们顽皮地在植被上嬉戏。一年前谁能想到，这近乎封闭清冷的地方会变得如此热闹，并给这座城市的人们带来一种新鲜的温暖。

席火根无数次走过的这段路程，现在慢慢通过却有了一种从未有过的放松，他像是检视自己的作业，从昔日一个个战场经过。循良坊绿化到了位，一个精致的消费公园闪亮登场。席火根登上古城墙向市民体育公园走去，公园里人声鼎沸，大人闲庭信步，孩子追逐嬉闹，打篮球的年轻人朝气蓬勃，打门球的老年人聚精会神。往年的春节人们要么串门，要么搓麻，今年的情景让人欣喜，城市功能的提升，正悄然改变着小城人们的生活方式。

站在城墙上，天蓝水清，花红树绿，好不惬意。这地方过去的模样一幕幕浮现在席火根的脑海，哪儿是谁家，哪儿又是谁家，席火根都记着哩。

有个年轻人悄然走近他，热情地问候，席县长新年好。

席火根扭头去看，是一位阳光帅气的小伙子。笑答，新年好。又问，我认识你吗？

小伙子说，你不认识我。过去我家住这，这次从上海回家过年，过来看看，县城变化真大。

席火根问，过去你家住哪一块？

小伙子指着田径场显示屏方向说，在那。

席火根猜想，这小伙子莫不是杨秋妹的儿子？正要问，小伙子说，我妈没少为难你吧？

这就对了，正是杨秋妹的儿子。席火根说，你妈杨秋妹？

小伙子说，我是杨秋妹的儿子。你们搞拆迁的一个叫绵绵的女的有我微信，她跟我每次都聊起你。

席火根说，你妈把屋里的东西全搬空了，就是不签字，最后我强行把你家房子拆了。

小伙子说，听说席县长是大作家，这种事你也能干？

席火根说，你妈或许也想拆，就是下不了决心，我帮她下了，你不会恨我吧？

小伙子说，没有没有，我哪能恨你呢？这地方没有给我留下太多好的记忆，房子太密，破破烂烂，污水横流，是不折不扣的棚户区，拆了才好哩。

席火根说，你是同意拆迁的？

小伙子说，不拆不行了，旧的地方破烂不堪，荒芜废弃，新的地方不断拓展，这是中国城市化之弊，浪费土地太多。中国人把家看得太重，自然房子在他们心中分量不轻，政府的引导很重要。虽然拆到自家不一定好说话，但过去了还是会感谢政府，感谢这个时代的。

小伙子话说得有水平。席火根重新打量这个小伙子，朝小伙子笑笑，说，小伙子见识果然不俗，其实中国农村也一样，空心村满眼都是，而村庄周边的房屋又肆意铺陈，建筑是承载文化的载体，与传统割裂未来堪忧。

小伙子说，城市让生活更美好，这是理想，其要义是方便快捷舒坦。这一次回来，我感到渔梁变化巨大，大循环有了，小循环也通了，停车泊位也多了，因为你们的努力，这一片拆出来才有了眼下的生机。

席火根说，你妈没恨我吧？

小伙子说，她哪能呢？没吃亏为什么恨你啊。

席火根这回爽朗地笑了，说，我们再走走？

小伙子说，荣幸之至。

夕阳西下，中江南岸芙蓉花开。

第二十九章

　　张松阳没有按常规安排节后的工作，放生这件事自然是必做的，这件事做过之后，城市攻坚暨城北项目大会战开工仪式被提到了优先部署的日程。

　　依着张松阳的风格，重大事项先小范围议，然后县委常委会再议。县长王铁军、县委副书记彭铭远、副县长席火根以及分管教育卫生的县委、县政府领导，城市建设指挥部办公室、住建局、自然资源局、财政局、城控集团、卫健委、教体局、交通局、人民医院等相关单位主要负责人参加了小范围议事会。

　　张松阳说，这个会是年后开的第一个会，第一肯定有第一的道理，第一表明今年工作的重点，第一明确今年经济社会发展强劲开局的方向，第一由在座各位担当，同志们责任重大。下面请指挥部办公室汇报城北项目大会战的主要内容及开工仪式的安排。

　　苏莺莺汇报说，按照县委、县政府工作安排，指挥部就城北项目大会战作了实施方案，现已发至各位领导手上。项目大会战的主要内容包括建设城北大道、中江大道、德政西路三条路，总长度为 11.6 公里，其中城北大道为双向 6 车道，中江大道为双向 4 车道，总投资为 2.29 亿元；建设市民文化公园，占地 220 亩，建筑面积 4.5 万平方米，总投资 1.6 亿元；建设实验第二小学，占地 67 亩，建筑面积 6 万平方米，学位1200个，总投资1.2亿元；建设人民医院，占地120亩，建筑面积9.6万平方米，床位800个，总投资5亿元；建设公办幼儿园，16个班，480个学位，总投资4800万元，同时小区配套5所公办幼儿园，共12个班，360个学位；推进3个房地产项目落地，出让土地310亩，实现土地收益7亿元。此外中江二桥作为前期项目年内要完成工可（指工程项目可行性研究报告获得审批），力争明年8月开工。目前具备开工条件的有城北大道、中江大道暨市民文化公园、德政路等三个项目，开工仪式初定正月十一上午9时。

卫健委主任汇报说，人民医院规划设计3月上旬出成果，预计6月落实施工单位并开工。

教体局长汇报说，实验二小及公立幼儿园规划设计下周汇报成果，预计5月底开工。

自然资源局吴安泰说，三个房地产项目拟安排在4月、5月、6月三个月出让并开工。实现城北大会战的目标，最大的障碍是用地，第一批次报地将达到1000亩，这个规模前所未有，难度很大，但我们有决心有信心和省厅沟通对接好。

住建局李幼敏说，开工的三个项目通过招标已经落实施工单位，正月十一准备开工。

席火根说，刚才几位局长汇报了城北大会战的一些具体项目，我的主要任务是保障这些项目用地。县委确定今年为城市建设攻坚年，当然也包括新城区。李家屋现在说来似乎还有些敏感，这个项目几年前叫整体搬迁，我换了一个名称，叫李家屋城中村改造，当然内容也不一样。城市框架拉开后，城中村不是一个两个，怎么改是个大问题，动辄整体搬迁这个思路实践证明是行不通的，对政府而言不合算，对城市而言不合理，对农民而言不公平。我们要在城市化过程中不断实现农民市民化、农房城市化、服务均等化，让城市中农民充分享有发展权。实现这个目标需要有一个切入点，我的观点是，只有农房城市化方可实现农民市民化。李家屋处在四条道路的方块中，我认为可以通过规划管控实现拆旧建新，村民按照一户一宅的原则沿着街面布置，中间腾空的土地可以用作村庄发展预留地。改造的目标是实现城中村向特色街区转变，让农民洗脚上岸。这是一个涉及发展方向的大问题，建议作为试点提交县委常委会研究。

彭铭远说，我赞成火根同志的意见，这样做投资少，见效快，农民欢迎，真正体现以人民为中心的发展理念。我提议把李家屋改造列入城市攻坚年重点项目和市里改革项目，通过这种探索，积累城市功能品质提升的宝贵经验。

王铁军会前多次听取席火根的汇报，对城中村改造的方向表示赞同。不知为什么会上他却不说，也许他还在等书记的态度？这会儿他说，同志们积极作为勇于担当的精神让我感动，我很高兴看到渔梁生动的发展局面。渔梁城市建设滞后，功能严重不足，品质提升迫在眉睫，这些项目落地后，功能增强品质提升，财政、城控、自然资源等相关部门要加强要素保障，各业主单位要强化工程管理，确保精致、精细、精美地呈现。

张松阳说，实际上由于同志们的主动作为，城市攻坚和城北项目大会战几个月前已经拉开了序幕，而且这个序幕十分精彩，让我备受鼓舞。我们现在做的无非是补充一个仪式，以此表明县委、县政府的决心，以增强同志们的信心。刚才大家讲得都很好，目标任务明确，项目实施的各项保障措施都很具体，我都同意。开工仪式定于正月十一上午九时，具体工作请大家落实好。火根同志提出的李家屋城中村改造方案，今晚的县委常委会专题研究。

李幼敏领着苏莺莺和叶绵绵为开工仪式忙活了几天。

按照张松阳的要求场面要大，会议要短，李幼敏琢磨书记的意图，请了好几台机械把市民文化公园和房地产项目用地基本平整出来，好大的一块地。

主席台安排在中江大道与德政路接口的位置，背靠中江，视野开阔。一眼望去,中江如练,缥缥缈缈,对岸矮山逶迤,绵延不绝,远处,层峦叠嶂,好一派迷人风光。

席火根现场督察,站在主席台前的空地上,原地转了一圈,像是一个将军来到刚刚打扫过的战场,内心的喜悦溢于言表,说,这个钱花得值,平出来这块地让人看着舒服,大家都是渔梁人,过去这个片区的状况大家都是知道的,现在都拆了,美丽江岸一望无际。

李幼敏也很兴奋,说,这地方大,太大了,就像一张白纸等着我们描绘。

苏莺莺说,我理解书记把这个会放在现场开,就是要让与会者身临其境感受渔梁日新月异的变化,激发大家干事创业的热情,让社会看到渔梁突飞猛进的发展,引导社会资本广泛参与到渔梁经济社会发展中来,同时也是为这两个房地产项目做广告。

李幼敏说,苏主任说得对,或许这两块地可以早点挂网出让。

席火根说,你们把书记的意思都琢磨透了。棚改和城市功能品质提升需要大量的资金投入,如果不能建立自身造血功能肯定难以为继,这几年渔梁房地产开始起步并迅猛发展,住建要很好地宣传引导,确保房地产健康发展。

城市攻坚年动员大会暨城北重大项目开工仪式如期召开。县四套班子领导及处级以上干部,县直正科单位负责人和乡镇党委书记、乡镇长,以及抽调到指挥部参与项目会战的全体干部参会,规模之大、形式之新前所未有。

天阴,不时还飘着毛毛细雨,落在衣服上如绒毛一样晶莹。会场气氛热烈,音乐欢快流淌,红色气球飘浮上空,无人机在人们头上嗡嗡飞翔。虽然会场准备了一次性雨衣,但很多人显然被会场气氛感染并没有使用雨衣,烟雨朦胧中,大家举目张望,似乎不敢相信这惊天的变化。

县委常委、人大常委会主任和政协主席站在主席台上,都没穿雨衣,也没人打伞,男同志穿的都是正装,个个精神抖擞。席火根临时被请到台上，他穿着鸭绒大衣，像只黑熊站在末位。王铁军站在主持位，早晨出门时，他精心打理过，特意选择了一条红色领带系上，大家看他，身躯挺拔，红光满面。

王铁军主持会，议程就两项，席火根介绍城市攻坚年攻坚重点以及城北片区重点开工项目情况，张松阳讲话并宣布项目开工。礼花在中江东岸尽情绽放。

这是一个非同寻常的日子，虽然是阴雨天气，但是席火根相信同志们的心里定是晴空万里，因为渔梁正满怀豪情书写渔梁种城史上的宏伟篇章。席火根看到站在第一排的征拆干部不少人流了泪。对于所有征拆干部或许这便是一种回报。张松阳书记的讲话余音在耳，我们真情付出，改变了农村数万人的生存状况；我们真情拆迁，改变了城市数千户居民的居住条件；我们真情建设，改变了这座城市的未来。

融媒体报道了这次会议的实况，宣传部公众号经过精心制作被微信朋友圈刷爆。渔梁人知道，中江大道、城北大道、人民医院、实验二小这些重大项目即将相继开工，尤其是市民文化公园的建设，意味着一个美好的去处将走进渔梁人的生活。

三中用地解决不了，其实是受了李家屋整体搬迁的影响。当年李家屋地征不下，县政府居然默认房地产商自行征地，谁拿下土地归谁开发，有人出价 10 万元一亩，后来又有人出价 12 万元，张松阳知道后立马叫停。但农民得了钱吐不出来了。三中的地属于象湖村，这个价比正常征地多出几倍，象湖人无论如何不肯征了，教学楼已经征用的地，农民大呼上当，没少阻工。

席火根带着吴安泰到了新城镇，郭守义埋怨说，席县长把我们忘了。

席火根说，怎么能忘呢？城西是我到政府工作后打的第一枪，这不是又打回来了吗？

趁席火根方便去了，吴安泰和郭守义随便聊起来。

吴安泰说，你单干不是搞得蛮好吗？当年没弄下的新城路北延不是被你收拾了，还有当年中医院的用地不也拿下了，功劳还是不小。

郭守义强作笑脸说，你都不知道，因为三中用地，我被张书记臭骂了多少回。现在好了，老师傅来了。

席火根走过来，笑着说，背后表扬人也不好。来，守义，说说三中征地吧。

郭守义说，情况县长也清楚，我不多说。象湖与李家屋土地接壤，李家屋当年征地胡闹，后遗症太厉害，几年了还消化不了。这也是三中用地得不到解决的根本原因。农民不服，政府欺软怕硬，不公平啊。

席火根说，我给你开两服中药，包治新城后遗症。

郭守义说，哪两服？

席火根见吴安泰玩手机，说，你问安泰，他也是老师傅。

吴安泰专注看手机，没听到。说，不好意思，刚才跟我老婆聊了一下。

吴安泰老婆在北京带孙子，他一个人在渔梁。

席火根说，先吃泻药，后吃安神药。

郭守义不解，问，县长什么意思？

席火根说，我跟邱日红交代成立工作组进驻李家屋，对当年老板私自征地进行调查，对当年哄抬地价非法所得收缴入库。这服泻药有作用吧，但新城镇要全力配合好。

郭守义说，还有一服安神药呢？

席火根说，吴安泰就是一服安神药。

吴安泰不明就里，说，我怎么成安神药了？

席火根说，预留地政策就是一服安神药，你把这政策尽快执行到位，这服药定可见效。以我的判断，象湖人不会让预留地折合成货币，他们定会要地，因为三中在村庄边上，如果预留地用作租赁性住房，这学区房的生意好得很。所以安泰把事做好是关键。

郭守义说，三中与村庄之间正好还有几亩地，用作象湖的预留地最好。

吴安泰说，我明天带规划股的同志亲自去现场，守义抓紧跟村小组沟通，争取速战速决，城北还等着我嘞。

许多看起来很难的事，撂下就没人去触碰。其实，用心将将办法总会有的。所以这世上没什么解决不了的问题。

席火根问，李红军现在怎么样？

郭守义一下没反应过来，问，哪个李红军？

席火根说，野猪。

郭守义笑了。说，野猪在看守所关了几天，出来后连着几年老实多了，村子里房子也拆干净了，在安置小区落了户。建材生意还在做，而且做得很好。这狗东西好逞强，面相凶，人还是很善良的，当年若不是有高人指点，野猪也不至于那么干。其实换个思路想，李家屋安置小区有店面，工业园有仓库，生意不是照做吗？如果听政府的，还白白得了几十万元。野猪很后悔。

席火根说，你想过没有，当年李家屋整体搬迁为什么失败？

郭守义说，当时我不在新城，后来陆续了解一些，但没有想清楚。

席火根说，做群众工作，公平是我们要守的底线，就说征房吧，标的是我们的工作对象，不可附加任何条件。我给你的这个思路希望你认真思考，深入调查研究得出自己的结论。我想城市建设大会战新城镇也不能缺席，李家屋的工作面也必须尽快摆出架势来。

吴安泰说，饭要一口一口吃，我们都快奔六了，这么高强度的工作小心身体出问题。

郭守义也说，李家屋的问题是否节奏放慢点？

席火根说，累不死人的，辛苦点而已。至于快与慢的问题，我想主要是看时机，现在城市建设的大环境已经形成，现在不干更待何时？

郭守义改口说，一切听县长安排，谢谢县长指导，有这两服药，我保证拿下三中用地。

席火根说，既然守义有信心了，安泰我们走吧。

从新城镇出来，席火根感到了一丝春的气息。

席火根叫了李幼敏、吴安泰、苏莺莺一起去西区指挥部。

西区指挥部过去设在新城镇政府，席火根要求把西指搬到李家屋场去。郭守义按照席火根的要求，选择了整村搬迁时征下的两栋联排的四扇四间的老房子，这种老房子是渔梁的经典建筑，外墙砖砌，内墙干打垒，俗称"金包银"，为前后厅模式，两边各两间厢房，楼上铺木板，较一楼低，人口少的家庭一般放杂物，人口多的人家才会住人。

郭守义说，办公室简陋了一些，没做任何装修，楼上楼下请人打扫收拾干净了，灯光重新做了布置，把原先指挥部的家伙什全部搬了过来。其中一栋厅堂做会议室，厢房做工作组办公室。

席火根说，这样好。房子过几个月要拆除，没必要多花钱。我之所以叫你把指挥部安排到李家屋场来，主要是基于两个方面的考虑，一是让大家都明确西区攻坚的重点就是李家屋场，二是让工作人员直接面对群众，同时也让群众可以直接找到工作人员。指挥部要把食堂办起来，一日三餐吃在李家屋场。这个问题守义亲自安排落实。

会议室可能是摆不下会议桌，用几张桌子拼成了长方形，几个人随意坐下。

席火根说，我们现在需要认真思考，总结经验教训，探讨城中村改造的新路径。过去李家屋场搞整村搬迁为什么会失败？根本原因在哪里？下一步方案怎么做，守义同志考虑过吗？

郭守义说，按照县长提示的方向，我做了一些调研，翻阅了当年房屋征收和安置方案，我的结论是李家屋场整体搬迁失败的根本原因就是不公平。房屋征收征的是房屋标的，这个当年也没错，错的是安置增加了其他与征收无关的条件。比如以男丁为条件的安置，一个男丁安置一栋宅基地，纯女户觉得吃亏，男丁少的也觉得吃亏。所以老百姓不赞成不支持不配合，不失败才怪。这一次征收就必须改过来。最麻烦的是旧政策与新政策如何衔接？

李幼敏说，旧政策落实了的割断，没落实的按新政策落实。

吴安泰说，我赞成幼敏的意见，但还需要留一个口子，旧政策也是实行过的政策，愿意执行旧政策的可以继续执行，不然全盘否了旧政策，工作衔接起来会有困难。

席火根说，大家讲的都有道理，尤其是守义对过去失败的原因分析很精准。我多次强调公平是征收工作的底线，今天我们几个是小范围议，主要是宏观上的意见。我先说我的想法，供同志们参考。这几年我们在城中村改造中取得了一些经验，这些经验都很零碎，我希望在李家屋场做一个城中村改造的全面尝试，基本达到农房城市化、农民市民化、服务均等化的目标，真正把李家屋场变成一个城市社区。基本思路是，农房自行拆除，沿街安置一栋100平方米店面楼房，村庄拆完后中间的土地用作村庄发展预留地，由村庄理事会根据政策建设租赁性住房。这样做既有利于农房增值，也节约了政府拆迁成本，更为重要的是通过这样的改造，让这个村庄在形态上融入城市。

郭守义说，席县长曾经多次讲过这些观点，我很受启发。我知道，席县长是以社会学的认知和历史的责任感教我们工作，我懂得这样做的社会意义和历史价值。前期我做过深入调研，李家屋71户，总共有74栋正房，平均每户一宅，当然这其中也有特殊性，7户只有半栋房，4户有两栋房，有些房屋多户共有。村庄无规划呈零散分布，占地不少于30亩。这个村庄的土地过去被征了三分之二，剩下村后大约140亩地，政府全部征收后需安排预留地不到12亩。李家屋场这个区间被 3 条街道包围，总长度大约有 520 米，我初步算过每户以 100 平方米店面房安置应该够了，加上预留地放在这个区间，现有村庄用地就足够了。按照这个思路作方案，如果能够做成功，农民收益最大，土地最为节约，拆迁成本最低。

李幼敏说，这无疑是一张美好的蓝图，如果可行，对政府而言，省地省钱，更重要的是完成了一个村庄社区化改造，功德无量。

席火根问吴安泰，你有什么考虑吗？

吴安泰若有所思，说，我在考虑这个社区的规划怎么做，才能让这个社区呈现高品质城市味道。

席火根说，安泰能这么想很好。我的意见，指挥部派一些同志过来，新城镇多配一些同志进去，组成 7 个工作组，用一个月时间搞调查研究，征求群众意见，我们四个人还有铭远同志参与调研，尽快拿出实施方案上会研究。安泰尽快安排规划，务必拿出规划方案。幼敏尽快拿出基础设施建设方案，工作开始时，全面推倒文化墙，把基础设施先做起来，让群众放心。

李家屋整村搬迁没挪动，撂下来就是五六年，房不能建，村民也不想在屋里头置办东西，日常用的够了就行，很多人家看上去家徒四壁。这样的家谁爱？年轻人都走了，村里剩下老头和半老头，事也懒得去做，政府求上门，趁机敲上一竹杠。老娘们还好，懒的搓麻，勤快的种菜卖菜，这村庄散落了。

六叔家多些人气，他这屋是民国时建的，样式似老建筑，又似金包银，中堂靠后，厅大了不少，中堂后面紧巴巴仅一楼梯，楼梯下放两个尿桶。六叔的小儿子也五十了，这家伙玩性重，买了两个麻将桌放厅里，装了一个立式空调，来家玩的人多，都是村里的半老头，玩得小，一个子五毛，最多一元，赢了留下三五十元电费。

这就是个过日子聊天的地，天南地北，经常聊出些莫名其妙的东西。比如哪家两口子生了个畸孩，先天的，医生说，这女的只有碰到这男的才生畸孩，跟谁搞都不会，这女的可怜。当然聊得最多的还是拆迁，因为命根子都在这上头。河东拆得轰轰响，几百户几百户都拆了，这姓席的县长厉害。

六叔听了这些话，冷不丁回话，跟伴吃不了大亏。

小儿子说，你老糊涂看不懂图纸。

六叔生气了，说，你看得懂图纸能打一辈子光棍？玩了一辈子，还玩呀？六叔叫侄子卤肉，说，明天把桌子搬走卖了，再这么下去，我李家一脉就完了。看这些个狗东西一直叫和，六叔更气，说，明天我把这屋叫政府征去。玩的这些人才停手，贼样盯着八十岁的六叔看。

元宵节过去很多天，但还在正月里，村庄里的年味消散殆尽，快节奏的生活同样裹挟着乡村。席火根把李家屋跑了个遍，回头跟郭守义说，城市规划限制了村庄发展，李家屋现在的住房条件远不如乡村僻野的农户，再不改真的对不起城中村农民了。

席火根提出去看看李红军。

李红军家住在安置小区的栋房里，距离村庄五六百米，郭守义在前头带路，一路上两个人闲聊着。

郭守义问，拆违后，县长见过野猪吗？

席火根说，没有，当初拆违只是一眼掠过，其实到现在我也不认识他。他现在怎么样？

郭守义说，闷声赚钱呗。

席火根问，不吵不闹了？

郭守义回道，过去不了解野猪，这几年偶尔有些接触，在村里也听了一些他的事。其实野猪这个人并不张扬，更不多事。野猪野可能是说他做事的风格，就是渔梁人说的猛子吧。当年他爷爷参加革命也是个不要命的主，经历了一、二、三次反"围剿"，都当上团长了，最后牺牲在广昌保卫战中，大概也是一员猛将。

席火根第一次听人这么说野猪，心里想，如果之前守义告诉他这些，他会坚持强拆吗？

郭守义告诉席火根，当年整村搬迁野猪也是强有力的反对者，因为他家有一栋半房，可三个孩子中只有一个儿子，按政策只能安排一栋屋基土，叔叔家只有半栋房，却有三个儿子，可以安排三栋屋基土，这不公平啊。所以他吵闹，政府建写字楼要征他家两间杂房和一亩多地，起初他死活不肯，当时的肖书记跟他谈，求他帮忙，他也说了许多，主要是政府做事不公平，提出路边的田土不种了用来开店，什么时候政府要开发，他自行拆除，希望书记支持。肖书记虽然没答应，但也没反对，强调说政府用地时无条件拆除，你得信守诺言。有了书记这个态度，野猪不管三七二十一把路边一亩多地平了，建了建材批发店。在看守所关了三天出来，野猪找到郭守义，说跟叔叔共有的那栋房他做不了主，自己那栋拆了。按政策安置了一栋屋基土，在安置小区临街面按建筑成本价买了两个店面。

到了野猪家门口，正巧碰着他出门倒垃圾，郭守义说，红军啊，席县长看你来了。

野猪虽然从未跟席火根打过交道，但不仅认识，而且知道席火根。这回见了面，忙把垃圾扔桶里，拍拍手，伸手去跟县长握，席火根赶紧伸出手去，说，新年好。

野猪回道，新年好，进屋进屋。

野猪老婆笑脸相迎，忙着沏茶，说，席县长把我们两公婆关进看守所，就一直没来看过我们了。

席火根很难把那个泼辣的女人跟眼前这个联系起来，但她见面就提关她的事，的确让席火根不知怎么接茬。好在野猪说话了，老娘们乱说啥。

席火根还是没回避，说，不好意思哈，当年关你们也是没办法，看到你们生活好好的，我也高兴啊。

野猪说，算了，别说过去那些事。席县长管城建做事公平，过去渔梁地难征，房难拆，现在一帆风顺了，县城做大了，我的建材生意也好做多了。

郭守义说，席县长惦记你嘞，多次向我打听你的情况。今天来主要是看看你。

席火根说，这几年是真忙，抽不开身，听郭书记说你生意不错我就放心了。对了，你过去对整村搬迁有意见，后来怎么又选择迁了。

野猪说，现在用的店面是整村搬迁时强行装修的，从看守所出来，觉得在田里开店也不是长久之计，共产党的天下岂容你横强四霸？按政策一栋老房子换了两个店面和一栋屋基土，反正没吃亏，懒得纠缠了，管人家干吗。

郭守义说，你这样想是对的。做建材批发有个店做门面就够了，仓库放哪都没关系，反正送货上门。

席火根说，李家屋的问题我想彻底解决，想听听你的意见。

野猪说，我不想说了，管你们怎么搞，反正我不管了。

席火根把县委常委会研究的意见跟野猪说了，野猪也听明白了，说，公平就好，拆一栋安置一栋公平啊，跟别人共一栋的优先安排没房的，共有人协商解决也在情理之中啊，反正不能按儿子多少来拆屋。我还有半栋屋跟我叔共有，他三个儿子，如果政策规定拆一栋安置一栋优先给他建，我没意见，但他要来跟我商量不是，人情我来做，不能政府做。

郭守义说，你度量大，你那半栋补偿少不了。另外土地还要征完，发展预留地给村小组统一处理。

野猪说，发展预留地做租赁性住房，土地利用率高了很多，今后村庄人口多了，可不可以分给私人名下？

席火根说，租赁性住房按规划建，一般是小高层，九层以内，土地利用率高了不少，可以租赁，也可解决住房不足的问题，这些问题由村小组决定。

野猪说，这个政策好。

席火根问，家里就你们两口子？

野猪回道，大女儿大学毕业在省城上班，儿子大学毕业在深圳自谋生路，家里只有小女儿，她不愿读书，嫁在附近村庄，两夫妻都在店里看店。

席火根说，很幸福的一家子，好了，我们走了。

野猪老婆从厨房跑出来，说，县长喝杯酒再走，我已经做了几个菜了。

郭守义说，恭敬不如从命，嫂子热情，县长我们喝一杯发财酒？

来的路上席火根还在想，见了野猪尴尬自然少不了，他之所以来不就是解个结吗？没想到这两口子非但没记仇，竟然如此热情，这倒让他很是感动。说，好吧。

人贵有自知之明，野猪一时逞强做了错事，却不失烈士后代本分，并没有一直错下去，仅凭这一点让席火根高看了他几分。

出了李红军家门，席火根问郭守义，解决李家屋问题有信心吗？郭守义说得坚决，我有信心。

无风无雨，春寒料峭，席火根走在前头，心里有了一种前所未有的轻松和畅快。

2023 年 10 月定稿

图书在版编目（CIP）数据

种城记 / 李桂平著 . -- 北京：作家出版社，2024. 8.
-- ISBN 978-7-5212-2985-1

Ⅰ. I247.5

中国国家版本馆 CIP 数据核字第 2024987N72 号

种城记

作　　者：李桂平
责任编辑：翟婧婧
装帧设计：百丰艺术
出版发行：作家出版社有限公司
社　　址：北京农展馆南里 10 号　　　邮　　编：100125
电话传真：86-10-65067186（发行中心）
　　　　　86-10-65004079（总编室）
E-mail:zuojia @ zuojia.net.cn
http://www.zuojiachubanshe.com
印　　刷：唐山嘉德印刷有限公司
成品尺寸：152×230
字　　数：268 千
印　　张：20.5
版　　次：2024 年 8 月第 1 版
印　　次：2024 年 8 月第 1 次印刷
ISBN 978-7-5212-2985-1
定　　价：60.00 元